リビルドワールド VIII

Rebuild World

上 第3奥部

Author ナフセ

Illustration 吟

Illustration of the world わいっしゅ

Mechanic design cell

The advanced civilization that once dominated the world has crumbled away, and a long time has passed. People rallied the fragments of wisdom and glory scattered all over the world and spent a long time rebuilding human society.

「相変わらず無茶してるな」

「クズスハラ街遺跡奥部への裏口探しよ」
「キャロル。ミハゾノ街遺跡で何をする気なんだ？」
クズスハラ街遺跡奥部への裏口を探していたアキラ達は、
ミハゾノ街遺跡で見付けた地下トンネルを進んだ先で、
思わぬ人物達と出会う。
XVII

>Episode
008
上 第3奥部
Character

>アキラ
AKIRA

スラム街から成り上がるためハンターとなった少年。都市間輸送車両の護衛任務と坂下重工からの補償により、多額の報酬と新装備を入手する。

>キャロル
CAROL

地図屋としても活動する女性ハンター。高ランクハンター達を相手に“副業”で一晩数十億オーラムを稼ぐ悪女。

「相変わらずつれないわね」

>Author : nahuse >Illustration : gin >Illustration of the world : yish >Mechanic design : cell

リビルドワールドVIII
Rebuild World
上 第3奥部

The advanced civilization that once dominated the world has crumbled away, and a long time has passed. People rallied the fragments of wisdom and glory scattered all over the world and spent a long time rebuilding human society.

Author ナフセ Illustration 吟
Illustration of the world わいっしゅ Mechanic design cell

Contents

第212話　きわどい話

　成り上がりを夢見てスラム街の路地裏を飛び出し、命を賭けて遺跡に向かった少年は、そこで不可思議な女性と出会ったことで、その後の未来を良くも悪くも大きく変えた。ありふれた弱者は数多くの苦難を経て強くなり、見上げるほどに巨大なモンスターすら打ち倒す強者となった。

　すり切れていない服。安全な食べ物。屋根のある部屋。それらを手に入れるという、路地裏で望んだかつての夢は、既に叶《かな》っている。それでも少年は更なる力を求めて戦い続ける。

　力を求める理由は二つ。一つは、アルファの依頼を達成する為《ため》に。そしてもう一つは、死なせたくない者を、殺したくない者を、殺さずに済ませられる力を得る為に。

　都市間輸送車両の護衛依頼を受けられるほどになっても、その車列を襲った巨大な虫の群れを撃破し、更には超人との戦闘にすら勝利しても、望む力にはまだまだ足りていない。

　敵など皆殺しにしてしまえば良い。それが出来る力を。弱者として路地裏の地面に転がっていた頃に抱いていたその望みは、今も叶っていない。しかし今はそれを望まず、その望みを変えながらも、望みを叶える力を求めて、アキラは戦い続けている。

◆

　都市間輸送車両での激戦を終えて自宅に戻ったアキラは、改装が済んだ浴室で贅沢《ぜいたく》な入浴を堪能《たんのう》すると、その心地《ここち》好い余韻に浸りながら寝室に向かい、ぐっすりと眠った。

　翌朝、起床したアキラはベッドの上で身を起こし、大きな伸びをした。稀《まれ》に見る快適な目覚めだった。

　そこでアルファに声を掛けられる。

『おはよう。アキラ。よく眠れたようね』

『おはよう。アルファ。ああ、バッチリだ。これは、昨日の風呂が効いたな』

激戦の疲労は完全に消えている。その実感にアキラは機嫌良く笑った。そのアキラの様子にアルファも微笑《ほほえ》む。

『安くない費用を掛けて浴室を改装した甲斐《かい》があったわね』

『ああ。これから毎日あの風呂に入れると考えれば、むしろ安いぐらいだな。俺も贅沢者になったもんだ』

もっともその贅沢も、高ランクハンターの稼ぎの桁から考えれば、まだまだ質素でささやかなものにすぎない。それでもアキラは、そこらのハンターの生活水準から、ようやく大きく抜け出していた。

寝室を出たアキラが朝食の準備をする。料理はしない。加熱すれば良いだけの加工食品を温めて皿に載せるだけだ。それでも日々の食事を楽しみにしているアキラが少々高い商品を選んでいるだけはあって、その味は安い店の料理を数段上回っている。

そしてアキラはそれらの品をいつものように口に運んだのだが、以前とは異なり少しだけ難しい表情を浮かべた。

「……あれ、こんなもんだったっけ？」

その少し不思議そうなアキラの様子を見て、アルファが察して軽く笑う。

『都市間輸送車両の料理に慣れて、アキラも随分舌が肥えてしまったようね』

都市間輸送車両の主な利用者は都市の富裕層だ。車内で出される料理の水準も、当然ながらその者達を満足させるものとなっている。一度だけならともかく、護衛依頼の期間中ずっとその料理を食べ続けていたアキラの舌は、富裕層向けの美食に慣れてしまっていた。

『まあこれからはもっと美味《おい》しい品を買えば良いだけよ。それで食費が１００倍に上がったところで、今のアキラにとっては大した出費でもないしね』

「それはまあ……、そうなんだけど……」

『何か気になることでもあるの？』

「いや、そうやって少しずつ高価な物しか受け付けない体になっていくのかなって思ってさ」

そう言って少々難しい表情を浮かべたアキラへ、アルファが意味深に微笑む。

『アキラ。数十億オーラムの装備を揃《そろ》えて、数百万オーラムの回復薬や弾丸を山ほど使う戦闘に慣れてしまっている時点で、もう手遅れだと思うわよ？』

「…………そうだな」

もっともだ、とは思いながらも、心情的に完全に受け入れるのも難しく、アキラは苦笑いを浮かべた。

一度上げた水準を下げるのは大変だ。生活面でも。戦闘面でも。それはハンターでも変わらなかった。

◆

アキラはイナベに呼び出されて病院に来ていた。精密検査とまではいかないが、それなりにしっかり診察してもらい、残留ナノマシンの数値が少し高めな点を除けば健康体という診断結果から、その除去処置を受ける。そして以前にも利用した病室に送られた。

病室ではイナベがヒカルと一緒にアキラを待っていた。

「ギガンテスⅢでは随分大変だったと聞いていたが、元気そうで何よりだ」

「車内で治療してもらったからな。わざわざ検査をしなくても良かったんじゃないか？」

「検査を口実に呼び出したとはいえ、所詮は口実だからと何もしないのも不自然だからな。それに私も君が健康体であることを確認しておきたかった。何しろあれだけの戦いだったのだ。無自覚の後遺症があっても不思議は無い。君も自分の体の調子を確認しておいて損はあるまい？」

「まあそうだけど……」

そのような軽い話を挟んでから、イナベが態度を改める。

「さて、本題に入る前に君に説明しておくことがある。前もって言っておくが、これは坂下《さかした》重工絡みの話だ。聞いて不快に思っても、相手が坂下重工である以上、不快に思うだけに留《とど》めておけ。その件で報酬も出るのだ。許容しろ」

その随分と念押しするイナベの態度に、アキラも気を引き締めた。


アキラは都市間輸送車両の護衛依頼の最中に、エルデという超人と戦い、辛《かろ》うじて撃破した。その際エルデは、ヒカルを坂下重工所属の旧領域接続者だと誤認していた。

ヒカルは坂下重工の人間ではなく、旧領域接続者でもない。本来ならばそのような誤解を受ける訳が無く、エルデの口からそれを聞かされたヒカルは、非常に驚き混乱していた。

だがエルデも何の情報も無しにそう誤認した訳ではない。命懸けでヒカルを攫《さら》おうとするだけの根拠、情報は持っていたのだ。そしてその誤った情報を信じてしまった所為《せい》で、アキラと戦い、死ぬことになった。

その誤情報は坂下重工による工作だった。指示したのはハーマーズであり、実行したのはシロウだ。


坂下重工の秘匿情報。自社の非常に優秀な旧領域接続者、施設の外に出すことなど滅多に無い重要人物を、遠方の都市まで密《ひそ》かに輸送する計画。そのような機密情報まで手に入れられるほどに、エルデ達は情報戦にも優れていた。

だがシロウによる情報工作は、そのような者達ですら欺くほどのものだった。既に襲撃作戦を開始していたエルデ達に、その偽装情報の裏を取る時間は無かった。

そしてその工作により、ヒカルは坂下重工に自社の要人を護《まも》る為の囮《おとり》に勝手にさせられていた。その所為で建国主義者の超人に狙われるという、散々な目に遭うことになったのだ。

アキラはイナベからそれらの話の概要を聞かされた。ハーマーズやシロウなどの個別の名前は出てこない、単に坂下重工による工作として纏《まと》められた内容だったが、少し不機嫌な表情をしながらも、納得したように頷《うなず》く。

「そういうことだったのか……」

そのアキラの様子を見て、イナベが改めて釘《くぎ》を刺す。

「念押しするが、相手は坂下重工だ。どれだけ不満で不快でも、そう思う以上のことはするな。分かったな?」

アキラが難しい顔でヒカルを見る。

「……ヒカルはそれで良《い》いのか? 勝手に囮にさせられて、死ぬところだったのに」

するとヒカルは少しだけ顔をしかめながらも笑って返した。

「まあ正直に言えば、私も結構むかついてるのは確かよ。でもその程度のことで坂下重工を敵に回す気にはなれないし、勝手にやって、終わった後で言ってきたとはいえ、隠蔽せずにこっちに事情を説明したのだし、報酬も出すって言っているのだしね。この鬱憤は報酬を吊《つ》り上《あ》げて解消することにするわ」

「……そうか」

それを聞いて、アキラも態度を緩めた。

囮にされたのはヒカルであり自分ではない。そのヒカルが納得しているのであれば、ゴチャゴチャ言う必要は無い。そもそも自分は一人で逃げることも出来たのだ。そうせずにエルデと戦う選択をしたのは自分だ。その所為で死にかけた責任を坂下重工に求めるのは、何となく違う。そう判断した。

「分かった。俺も下手に騒がないことにする。ヒカル。それで良いか?」

「ええ。ありがと。助かるわ」

軽い調子で笑い合う二人の横で、イナベが小さく安堵《あんど》の息を吐く。そしてキバヤシならアキラを嬉々《きき》として煽《あお》っていたと思い、ヒカルをアキラの担当にした自分の判断の正しさを自賛した。

「それでは本題に入ろう。君達を襲ったあのエルデという者だが、彼は坂下重工の部隊の戦力を基準にしても相当な実力者だった。そしてそれほどの者を倒した以上、君は坂下重工の要人の護衛に大いに貢献したことになる。その貢献に対して坂下重工は君に報酬を出すと言っている。今日君を呼び出したのは、その報酬の具体的な話をする為だ。だがその前に……」

　イナベがヒカルに意味深な視線を向ける。

「……私はこれからアキラときわどい話をするのだが、アキラの担当者として同席するかね？」

「……いえ、イナベ区画長が直々に足を運んでの案件です。アキラの担当者とはいえ、私のような末端の職員が知るべき事柄とは思えません。外に控えさせて頂きます」

　ヒカルはそう言うと、丁寧に頭を下げて病室から退出した。

　黙ってヒカルを見送ったアキラが、怪訝《けげん》な目をイナベに向ける。

「……なあ、何を話す気なんだ？」

「先程も説明した通り、坂下重工からの報酬の具体的な話だ。ただその話にはウダジマの件も絡むというか、はっきり言えばウダジマの殺害手段にも関係するのでね。彼女はそれを察して席を外した訳だ。都市幹部の殺害計画だ。察しただけなら知らなかったも通じるが、知ってしまえばそうもいかないからな。無関係の人間の立場を維持する為には、知らない状態を意図的に保つことが重要だ」

「ああ……、なるほど」

「君も注意することだ。自分の担当だからと気を抜いて、君がヒカルにうっかり口を滑らせれば、その時点で彼女には知った事柄に対する責任が生まれる。そして我々にはそれに対処する必要性が生じる。この件にヒカルを関わらせる気が無いのであれば、彼女の為にも黙っておきたまえ」

「分かった。気を付ける」

　素直に、そして真面目に頷いたアキラの様子を見て、イナベはヒカルの評価をまた少し上げた。無関係な者を巻き込むのは好まない。その程度の考えであろうとも、アキラがヒカルに気を使ったことに違いは無いからだ。

「では本題に入ろう。先に言っておくが、これは選択肢の提示にすぎない。そうしろと強制する気は全く無い。君の自由だ。そういう手段があると知っていながら、私はそれを意図的に隠していた、などと君に誤解されない為のものだ。良いかな?」

その執拗《しつよう》に念押しするイナベの態度に、アキラが軽く困惑する。本当に一体何を話すのかと思って、少したじろぎながら答える。

「あ、ああ。それで?」

「坂下重工からの報酬だが、要は君は坂下重工に貸しを作った訳だ。単純に金やハンターランクを要求しても良いが、他のものを要求しても良い。はっきり言おう。坂下重工に今回の件の報酬としてクガマヤマ都市に圧力を掛けてもらうという手もある。それでウダジマは完全に失脚。壁の外に追い出される。君が彼を殺す際の障壁は無くなる」

イナベがアキラをじっと見る。

「坂下重工との交渉は私がやる。問題無い。あとは君の意志次第だ。どうする?」

突然突き付けられた選択肢に、アキラは戸惑っていた。

◆

ヒカルは都市間輸送車両の護衛依頼の報告をイナベにした際に、キバヤシから渡された情報についても話していた。勿論《もちろん》、イナベがアキラと組んでウダジマの失脚、排除、殺害を計画しているという点を除いてだ。

話を聞いたイナベの所見は、ヒカルにとっても興味深いものだった。

まず、キバヤシからの情報提供は、キバヤシがヒカルに仕掛けた罠《わな》という推察。

アキラが酷《ひど》い危険人物であると教えた上で、更にアキラと敵対関係にあるウダジマが同じ車両に乗っていると教える。するとそれを知ったヒカルが、アキラにウダジマを襲わせない為に、アキラを車両から降ろす可能性が出てくる。

都市間輸送車両の護衛要員を急遽《きゅうきょ》車両から降ろすのだ。当然ながら大きな失態となる。その失態によりヒカルがアキラの担当から外されれば、アキラで楽しもうとしているキバヤシにとっては好都合かもしれない。

それとは別に、ウダジマがアキラに仕掛けた罠という推察。

ウダジマもアキラの動向ぐらいは調べている。極秘の依頼でもないのだ。アキラが都市間輸送車両の護衛依頼を受けたことぐらい簡単に察知できる。

そこでアキラが乗る車両に予約を入れて、実際には乗らずに、自分がそこにいると何らかの手段でアキラに伝える。騙《だま》されたアキラが車内でウダジマの部屋を襲撃すれば、アキラは車両の警備に始末される。

また、ウダジマが何らかの理由で本当にギガンテスⅢに乗り込んでいたとしても、同じ車両にアキラがいる以上、別名義で部屋を取るぐらいの対処はする。乗員名簿にウダジマの名前があった程度のことでは、ウダジマが実際にそこにいた証拠にはならない。

イナベがそれらのことを話した上で言う。

「まあいろいろ言ったが推察にすぎない。そしてそれらが事実だったとしても、君がその状況下でアキラをしっかり制御し切ったことに違いは無い。申し分の無い成果だ。人事評価は期待してもらって良い。良くやってくれた」

「あ、ありがとう御座います……」

ヒカルのどこか歯切れの悪い返事に、イナベは少し不思議そうな表情を浮かべた。出世の約束の言質にも近いことを告げたのにもかかわらず、かなりの上昇志向の持ち主だったはずの者から、それを喜ぶ様子を感じ取れなかったからだ。

そしてヒカルのその態度の理由が、その口から続けられる。

「……イナベ区画長。アキラの担当なのですが、今回の件で力不足を実感致しました。直々に任命して頂いた身で、このようなことを言わざるを得ないのを恥じるばかりですが、アキラの担当から外して頂けないでしょうか？」

今回の件でヒカルは折れてしまった。それを理解したイナベが、軽く言う。

「……、そうか。それは残念だ。まあ無理強いはせんよ。強いたところで意欲が下がるだけだからな。しかしすぐに外す訳にはいかない。後任の選出には時間が掛かる。それにアキラから装備の調達を頼まれているのだろう？　それが終わるまでは続けたまえ」

「はい。ありがとう御座います。それでは、これで失礼致します」

ヒカルは小さな安堵の息を吐いた後、丁寧に頭を下げて退出しようとした。しかしそこでイナベから意味深に声を掛けられる。

「一つ助言をしよう。君は非常に優秀だ。だから埋没は出来ない。取るに足らない者にはなれない。また、中立とは無関係を意味しない。そして中立が許されるのは、自分以外の全てを敵に回せるほどの強者だけだ。君は非常に優秀だが、そこまでの強者ではない。今後の舵取《かじと》りには、十分に気を付けたまえ」

ヒカルはもう一度頭を下げてイナベの執務室を退室した。イナベはそのヒカルを、それ以上は何も言わずに見送った。

アキラの病室を出たヒカルが、昨日のイナベとの遣《や》り取《と》りを思い出しながら、廊下で小さな溜《た》め息《いき》を吐く。

（イナベさんの話って、あれ、絶対ウダジマさんの件よね……）

ヒカルはイナベがアキラと組んでウダジマの失脚、殺害を含めた排除を進めていることを知っている。正確にはキバヤシからの情報で、その可能性が高いと知らされている。その情報に明確な証拠は無く、厳密にはキバヤシの憶測にすぎないのだが、恐らく正しいと察してもいる。

安全な防壁の内側に住む善良な一般人であるヒカルには、そもそも殺人というものに強い抵抗感がある。都市の幹部同士の抗争に巻き込まれたくないという点以前に、誰かの殺害などという事柄には関わりたくなかった。

それでも完全な無関係を貫くのは難しい。それはヒカルも理解していた。

自分はイナベの下で、アキラのハンターランクを上げる手伝いをしている。加えてアキラから装備調達を頼まれている。どちらもウダジマの殺害を助長する行為だ。ウダジマに自分は中立、或《ある》いは無関係だと訴えたところで、それを相手が受け入れるとは考え難《にく》い。それはヒカルも分かっていた。

「……中立が許されるのは強者だけ、か」

アキラという高ランクハンターとの関係を利用して成り上がろうとする気概は、既にヒカルの中には無い。都市間輸送車両での激戦を肌で感じて折れてしまった。

しかし成り上がりそのものを諦めた訳ではない。これからも他の手段で伸《の》し上がっていこうとは思っている。

それでも、イナベから言われた強者、他者から中立を許される、許させる絶対者にまで上り詰めようとする意気、悪く言えば、自分ならばそれが出来るという思い上がりは、ヒカルの中から大きく薄れていた。

それが薄れてしまえば、イナベとウダジマの争いに巻き込まれている現状は、ヒカルにとって何の見返りも無いただの困難にすぎない。

どうすればやり過ごせるのか。その対処にヒカルは頭を悩ませていた。

◆

坂下重工からの報酬を、ウダジマを防壁の外に追い出す為の工作に使うかどうか。イナベからその選択肢を突き付けられたアキラは、突然だったこともあって驚いた。しかし驚きで返事を遅らせながらも、迷わずに答える。

「坂下重工からの報酬は、金とハンターランクにしてくれ」

「……それで良いのか？　強制はしないが、絶好の機会ではあるのだぞ？」

「ああ。俺は金とハンターランクの方が良い。一応言っておくけど、別に俺はあいつを殺す為なら何でもするとか、全てを犠牲にしても良いとか、そんな考えは全く無いよ。あいつを殺す為に生きてる訳じゃないんだからな」

真意を探るような目を向けているイナベに、アキラが更に続ける。

「俺にはウダジマの件とは無関係に強力な装備が必要なんだ。また超人に襲われるような事態になっても死なずに済むようにな。何でか知らないけど、俺はそういう機会が多いんだ。ヒカルに装備の調達を頼んでるけど、強力な装備の購入には金の問題だけじゃなくて、ハンターランクによる制限とかもあるだろう？　その辺を解決する為にも金とハンターランクの方が良いんだよ」

そしてアキラは少し真面目な目をイナベに向けた。

「俺にも優先順位がある。ウダジマにさっさと失脚してほしいそっちの都合も分かるけど、その為に自分の装備を後回しにする気は無い。悪いな」

イナベが雰囲気を緩める。

「いやいや、それは誤解だ。最初に言った通り、強制する気はこちらにも欠片《かけら》も無い。問題無いよ。分かった。坂下重工には私から金とハンターランクを要求しておこう」

イナベはアキラの反応から、アキラの中でウダジマの殺害がどの程度の優先順位であるのかを、大体把握した。

「しかしそれならば坂下重工に装備を要求する手もあるぞ？　本来はハンターランクによる購入制限がある品でも、坂下重工であればどうとでもなる。非常に高性能な装備が手に入るだろう」

「あー、その辺は、俺には次の装備を機領《きりょう》とかから買わないといけない契約とかもあるからさ。ヒカルにも頼んであるし……」

その程度の契約など、坂下重工であれば同じくどうとでもなる。幾らでも一方的に破棄できる。しかしその上でイナベは、契約を破らないようにするアキラの考え方、良くも悪くも融通の利かない姿勢を、今は好意的に捉えた。

殺し合うほどに憎み合っていようとも、取り交わした契約は遵守する。その姿勢は、アキラのような立場の者には特に重要になる。契約を重視しないハンターなど、契約では制御できない武力など、東部の秩序を護る者達にとってはモンスターでしかないからだ。

「そうだったな。分かった。その辺りはヒカルに任せよう。しかし装備の調達にはそれなりに時間が掛かる。その間、装備無しではまずい。こちらで用意しておいた」

イナベはそう言って、病室の隅に置かれていた大型のケースに視線を向けた。

ケースの中身はアキラの装備だ。ＣＡ31Ｒ強化服と2挺《ちょう》のＬＥＯ複合銃。強化服も銃も以前の物と同じ性能を持っている。イナベが機領とＴＯＳＯＮ《トーソン》の二社と交渉して、修理中に使う貸出品として出させた物だった。

修理といっても強化服の方は、エルデとの戦いによりもう直せないほどに破壊されている。貸出にはイナベも自身の権力を大いに役立たせた。

エルデとの戦いに使った銃は、木っ端微塵《こっぱみじん》になってしまい修理どころの話ではない。しかしバイクの拡張アームに取り付けていた方は修理可能な状態で残っていた。そのおかげでイナベも簡単な交渉で貸出品を提供させた。

尚《なお》バイクは、都市間輸送車両の屋根に放置されていたのを、車両の警備が回収して格納庫に運んでいた。その後にヒカルが修理の手配を済ませて、今は修理中だ。

イナベがそれらのことをアキラに話してから、付け足す。

「この当面の装備の費用などはこちらで処理しておく。使ってくれ」

「良いのか？」

「ああ。私も君に死なれると困るのでね」

イナベはそう軽く答えた後で、少し真面目な態度を見せた。

「苦言を呈すれば、君は都市に戻ってからこの病室に来るまで、一日程度の短い期間とはいえ、真面《まとも》な装備が無かった訳だ。君の家は都市の中とはいえ防壁の外にある。狭義では荒野として扱われているスラム街に比べて、襲撃の倫理的な難易度は高いとはいえ、絶対は無い。その間にウダジマに襲われていた恐れは否定できない。気を付けてくれ」

「分かった」

指摘されれば確かにその通り。自分は随分と油断していた。そう思ってアキラは真面目な表情を浮かべた。そこでアルファが口を出す。

『一応言っておくけれど、実際に襲撃を受けたとしても、私が事前に察知してアキラを逃がすぐらいのことはしたからね？』

『そうか。ありがとう』

アキラを無防備にしていた訳ではない。そのアルファの少し後出しの言い訳にも解釈できる言葉に、アキラは普通に感謝を述べた。

そこにイナベが続ける。

「もう一つ付け加えれば、君が坂下重工の報酬をウダジマの失脚に使っていた場合は、君にはウダジマが完全に失脚するまで、安全の為にこのまま入院してもらうつもりだった。この病院は都市の経営だ。ウダジマの息が掛かっている者達であろうとも、都市の人間ならそのような場所の襲撃は躊躇《ちゅうちょ》するだろうからな」

「そうだったのか」

「ああ。だからわざわざ呼び出したのだ。坂下重工との交渉で君のハンターランクがどこまで上がるかは分からないが、大きく上がればそれだけウダジマの失脚を促せる。つまり、それを恐れるウダジマが極端な行動に出る恐れも高くなる。君が強力な装備を得ようとしていることを知れば、その危険は更に上がるだろう。十分に注意してくれ」

「分かった」

「私からの話は……」

ヒカルがアキラの担当から外れるかもしれないこ

とを話しておくべきか。イナベは少し迷ってから、今は話さないことにした。

「……これぐらいだな。君からは何かあるか？」

「俺からは……」

『アルファ。何かあるか？』

『無いわね』

「特に無いな」

「そうか。ではヒカルを呼び戻そう。坂下重工の報酬を金とハンターランクにしたのだ。その点を加味して、次の装備調達について彼女と改めて調整すると良い」

その後イナベは、部屋に呼び戻したヒカルに状況を説明すると、先に帰っていった。

ヒカルがチラッとアキラを見る。

「何だ？」

「……何でもないわ」

アキラは坂下重工からの報酬に、金とハンターランクを選んだ。イナベはそう言っていた。選んだということは、他の選択肢もあったということになる。

ではそれは何だったのか。ヒカルには見当がついていた。

しかし聞かないことにした。そのまま話を流す。

「えーっと、坂下重工からの報酬のお金だけど、本当に全額装備代に充てて良いの？」

「ああ。弾薬費とかも込みでだけどな」

「了解よ。坂下重工がどれだけ出すかは分からないけど、五大企業からの報酬なんだもの。相当な額になるのは間違いないわ。最前線向けの装備とまではいかないまでも、かなり近い性能の物を用意できるはずよ」

「そうか。多分これで交渉がもっと面倒臭くなったんだろうけど、悪いけど頼む」

「勿論よ。任せておいて。私はアキラの担当だからね」

少なくとも、今は、まだ。ヒカルはその言葉を省略して、アキラに笑顔を向けた。

◆

ウダジマが部下からアキラについての報告を通信で受けている。

「……アキラは生きていて、今はイナベの息が掛かった病院にいる。そこまでは間違いないんだな?」

「はい。確定情報はそこまでです。申し訳御座いません。残念ながら、負傷の度合いなどまでは調べられませんでした」

「分かった。引き続き調査を頼む」

ウダジマは通信を切ると、顔を険しく歪《ゆが》めた。

「……死んでなかったのか。クソッ!」

ウダジマは都市間輸送車両の車列が大規模な襲撃を受けたことを知ると、アキラの生死をすぐに確認しようとした。イナベと深い繋《つな》がりがある上に自分を間違いなく敵視している高ランクハンターが死ねば、イナベとの権力争いで劣勢を強いられているこの状況も、少しはましになるからだ。

しかし確かな情報は得られなかった。

イナベも情報工作ぐらいはしている。アキラは生きている。既に死亡している。無傷で家に帰った。瀕死《ひんし》の状態で病院に運び込まれた。ウダジマの配下の諜報《ちょうほう》員にはそれらの情報が錯綜《さくそう》していた。

加えて現在のクガマヤマ都市では、坂下重工によるシロウの大規模な捜索が、都市にはその目的を知らされずに実施されている。その所為で都市側の情報収集等に悪影響が出ていた。

ウダジマが部下からの報告内容を改めて確認する。

「アキラのハンターランクは……55か。この短期間でそこまで上げるとは……。信じられん。ツェゲルト都市まで行ったとはいえ、たった1週間程度で、そこまでの成果を稼いだというのか?」

基本的にハンターランクは高くなるほど上がり難くなる。

ハンターランクは50だが、実際の実力は55ぐらいの者がいたとする。その者が自身のハンターランクを55まで上げるには、実力相応の地域ならば年単位、無理をして少し上の地域で活動しても数ヶ月分のハンター稼業の成果を必要とする。ハンターランクの数値とは、その者の実力を示すものではなく、その者の統企連《とうきれん》への貢献を示すものだからだ。

つまり自身の武力に見合った地域で1週間ほど活動した程度では、本来ならばハンターランクは1つも上がらない。大流通関連の間引き依頼を受けたアキラも、その期間中に大量のモンスターを撃破したのにもかかわらず、ハンターランクは以前と同じ50のままだった。

それが今は55だ。都市間輸送車両の護衛依頼でアキラは一体どれほどの激戦を乗り越えたのか。それが分からないウダジマではなかった。

自分はそれほどの者を敵に回してしまっている。その理解が、ウダジマの顔を険しく歪ませていた。

そこにヴィオラから連絡が入る。

「何の用だ？」

「あら、随分機嫌が悪いのね。何かあったの？」

「お前には関係無い。手短に用件を言え」

「セールスよ。ほら、12時間ぐらい前に言ったでしょう？　情報を買わないかって。気は変わってないかなーって思ってね」

「あれか。変わらん。内容の説明も無しに200億オーラムも払えるか」

どのような情報なのか事前に一切の説明無しに、全額前払いで200億オーラム。ウダジマは半日ほど前に、ヴィオラからその冗談のような取引を持ち掛けられていた。到底受けられるような話ではなく、ウダジマはその場で断っていた。

そしてヴィオラもその時は食い下がらずに、意味深な笑顔を残すだけで引き下がっていた。

「それなんだけど、今なら200万オーラムで良いわ。どう？」

「200万だと？　お前、その程度の情報を200億で私に売り付けようとしていたのか？」

強いいらだちを示したウダジマに、ヴィオラが質《たち》の悪い笑顔で答える。

「とんでもない。ただ同じ情報であっても、それをどのタイミングで知ったかによって、その価値は大きく変わるわ。時間の経過で価値が減って、今はそこまで値下がりしたってだけよ」

ウダジマが顔をしかめてわずかに悩む。12時間前には200億オーラムの価値があったが、今は200万オーラムの価値しかない。そのような情報とは一体何なのか。気になるところではあった。

「……良いだろう。買おう。入金したぞ」

「お買い上げありがとう御座います。送ったわ」

送られてきた情報を見たウダジマが驚愕《きょうがく》を露《あら》わにする。

「こ、これは……！」

その情報はアキラに関するものだった。アキラが都市間輸送車両の護衛依頼で、装備のほぼ全てを失った証拠が揃っていた。加えてその状態で護衛も無しに家に帰っていたことまで記載されていた。

つまりその情報は、驚異的な戦闘能力を持つアキラを殺す、千載一遇の機会を示すものだった。

「……貴様！　なぜあの時に売り物がアキラの情報だと教えなかった！」

ウダジマの怒気の籠もったその言葉にも、ヴィオラは全くたじろがずに答える。

「冗談言わないで。売る前にあなたにそこまで教えちゃったら、200億オーラムの価値があるアキラの情報ってことから、取引が成立する前に内容を推察されちゃうでしょう？」

ウダジマが黙る。ヴィオラの言葉を否定すれば、その程度のことも見抜けない無能だと、自分で認めることになるからだ。

「200億オーラムって値段も、可能であれば隠したかったぐらいなのよ？　今のあなたにその値段で売り付けられる情報なんて限られているからね。流石《さすが》に私も売値を隠して取引なんて出来ないから、それは教えたけどね」

「……なるほどな。そちらの言い分は理解した。それならば、この情報が200万オーラムまで値下がりした理由は何だ？」

「その情報なら500万オーラムよ」

ウダジマが入金すると、すぐにその内容が届いた。イナベが機領とTOSONの二社と交渉したこと。アキラのいる病院にその二社から装備が搬入されたこと。それらの証拠だ。

装備を失ったアキラの為に、イナベが新たな装備を調達したのは明らかだ。つまり既にアキラは無防備な状態ではなくなっている。今からアキラを襲撃しても生半可な戦力では返り討ちに遭うだけ。アキラがろくな装備も無い状態だったという、千載一遇の機会は失われていた。

それを理解して、激情を抑える為に歯を噛《か》み締《し》めているウダジマに、ヴィオラがからかうように言う。

「それじゃあ私はこれで。ああ、幾ら何でもこの情報に200億オーラムは高過ぎるって思ってるのかもしれないけど、足元を見た価格ってのは否定しないわ。でも良いじゃない。商品は、高く買ってくれそうな人に、優先的に売る。商売ってそういうものよね？　そういうことよ。じゃあね」

ヴィオラはそれだけ言って通信を切った。

ウダジマがテーブルを強く叩《たた》く。しかしそこまで。自身の激情をそれだけで抑えた。

（……仮にあの時に200億支払っていたとしても、同じ情報を得られた保証は無い。しれっと別の情報を渡してきた可能性は十分にあった。機会を逃したのは事実だが、私の判断は間違っていない）

ヴィオラが自分に無価値な情報に200億オーラムも支払わせて、それをイナベに成果として売り込んでいた恐れもあった。

また、幾らアキラが無防備な状態だったとしても、都市の幹部である自分が、防壁の外とはいえ都市内の住宅地に、大規模な部隊を秘密裏に派遣するのも困難だ。それを考えれば、あの情報に200億オーラムの価値は無い。あの女自身も、足元を見た価格だと言っていた。

ウダジマはそのような、自分の判断を肯定する考えを続けて冷静さを保とうとしていた。

「……まだだ！　まだ逆転の目はある！　私は終わっていない！」

ウダジマが自身を鼓舞して決意を新たに意気を高める。逆転の目を、血眼《ちまなこ》になって探さなければならないほどに追い詰められている現状から、目を逸《そ》らしながら。

◆

ウダジマとの話を終えたヴィオラが、自身の事務所で楽しげに笑う。

「もう少し……ってところかしらね」

追い詰められた者は極端な行動を取りやすくなる。無謀な賭けに出やすくなる。それは都市の幹部でも変わらない。ウダジマに追い詰められていた頃のイナベが、アキラから手に入れた旧世界製の情報端末を利用して、遺物の出所の偽装という不正行為に手を染めたように。

ウダジマもいずれ暴発する。恐らく直《じき》に。そう思い、それをもっと早める為に、より大規模にする為に、ヴィオラは質の悪い笑顔で燃料を注《つ》ぎ込んでいる。

アキラという特大の爆発物が生み出す、類を見ない大騒ぎ。それが見たい。その欲に、その性《さが》に、逆らえず、逆らわず、ヴィオラは笑っていた。

第213話　シロウの観光

　クガマヤマ都市の上位区画にある特別貸出区域、現在は坂下重工に貸し出されているその領域の一室で、その坂下重工の重役であるスガドメに、ハーマーズが深く頭を下げている。

「面目次第も御座いません」

　続けて同席しているマツバラが、シロウの捜索状況を報告する。

　シロウは現時点でも見付かっていない。クガマヤマ都市の内外に設置された監視装置の記録に281２人のシロウを確認。勿論、全てデータ上にしか存在しない偽物。改竄《かいざん》されたデータを消しても数分で追加される。念の為、現地に人員を送って調べさせたが、発見には至っていない。

　それでもデータ改竄の頻度と精度から考えて、シロウが最低でもクガマヤマ都市の近隣にいることだけは、ほぼ間違いない。坂下重工所属の旧領域接続者という情報を伏せて、ただの尋ね人として社外の者にも捜索させるかどうかは検討中。

　それらの報告を聞き終えたスガドメがハーマーズに視線を向けた。それだけでハーマーズの緊張が高まっていく。

「シロウの脱走は君の失態ではある。ただ、多大な過失があるとは言えない。君が彼の側を離れなければ防げた事態ではあったが、君は一時的にとはいえ彼から離れることを、しっかり上に確認を取った。そしてその許可を出したのは私だ。多少自己弁護が入るが、君も私もあの状況下で、十分擁護できる判断をしたとしておこう」

「ありがとう御座います」

　事実上の、ほぼ無罪の判定に、ハーマーズは安堵の息を吐いた。

「もう少し言い訳をすれば、この程度のことはシロウを施設の外に出すと決めた時点で、想定可能なリスクではあった。我が社はそのリスクを許容して彼を外に出したのだ。不必要なまでに過度に叱責することではない」

　スガドメが自己弁護を建前にして、ハーマーズの責任を追及しない理由を続けていく。

「それにシロウの手腕も見事だった。君の治療を優先する判断をしたのは私だが、その判断の基になったデータが改竄されていてね。そのデータでは、君は瀕死に近い状態だったのだ。彼から離れる許可を出したのには、そういう理由もあったのだよ。それだけの役職に就いているのだから、その程度のことは見抜け、と言われればそれまでだがね」

　処分が甘いのではないか。そういう目をハーマーズに向けていたマツバラも、スガドメの態度から自身の不満を抑えた。

　その部下の様子を見て、スガドメは今回の件の処分に関する話を終えた。話の内容を今後の対応に変える。

「ハーマーズ。君の仕事はシロウの護衛と監視だが、今はそのシロウが脱走中だ」

「はっ！　死力を尽くして見付け出します！」

　自身の失態を自分で拭うべく、ハーマーズは真剣な表情でそう答えた。しかしスガドメが続ける。

「いや、君は待機だ。君の戦闘能力は実に素晴らしいが、その能力を人の捜索に割り当てるのは適切とは言えない。適材適所だ。適した仕事の割り当てが決まるまで、少し休んでいたまえ」

「………………畏《かしこ》まりました」

　ハーマーズは苦しい表情で返事をした。そこにスガドメが更に続ける。

「休めとは言ったが、シロウを発見した捜索班から、確保の協力を要請されることはあるだろう。休暇だと捉えて完全に気を緩められても困る。そこは気を付けるように」

「はっ！」

　挽回《ばんかい》の機会は残っている。その心を顔にも声にも出して、ハーマーズは力強く答えた。そして丁寧に頭を下げて退室していった。

　スガドメがマツバラにわずかに笑って視線を移す。

「甘い処分が不服かね？」

「……いえ、そのようなことは」

それがどちらかといえば嘘《うそ》であり、それをスガドメに見抜かれていることは、マツバラも分かっている。この話題が続かないように話を逸らす。

「それにしても、今回の襲撃は腑《ふ》に落ちない点があります。シロウの身柄を狙ったものだったようですが、上空領域のモンスターまで連れてきて、あれではシロウが死んでしまっても不思議はありません。いえ、我が社の警備を突破するのです。あれぐらいのことは必要だ。そう判断しただけだと言われればそれまでですが……」

実際に襲撃犯達は、あれだけの騒ぎを起こさなければ、シロウの近くに辿《たど》り着《つ》くことすら出来なかった。そしてその上でシロウの奪取に失敗している。

マツバラの推測は間違ってはいない。しかしそれでもマツバラは、どこか納得し難いものを感じていた。

そのマツバラの疑問に対して、スガドメが軽く答える。

「その辺りは、向こうもシロウの身柄など、どうでも良かったのだろうな」

「…………は？　いえ、その、しかし、あれはシロウの身柄を狙った襲撃のはずですが……」

困惑するマツバラに、スガドメが説明を補足していく。

「どうでも良い、は言い過ぎか。シロウの身柄の奪取は作戦全体の一部にすぎず、その主目的に比べれば優先順位の低いものだった、ということだ。勿論向こうとしても、成功した方が好ましいとは考えていただろうがね」

ますます困惑した顔を見せたマツバラに、スガドメが自身の推測を更に詳細に話していく。

上空領域のモンスターまで誘導する作戦だ。当然ながら襲撃の費用は莫大《ばくだい》なものになる。それほどまでの費用を投じて実施する襲撃作戦の目的が、単純に坂下重工への攻撃であれば、他に狙う施設など幾らでもある。その上で、敢《あ》えて都市間輸送車両の車列を狙った以上、相手の目的はシロウの身柄の奪取に違いない。マツバラはそう判断した。

スガドメはその上で今回の襲撃を、シロウという物資のクガマヤマ都市への輸送という点を重視して解釈する。車列にはシロウ以外にも多数の人型兵器など、クズスハラ街遺跡奥部の攻略に役立つ大量の物資が積み込まれていた。そして今回の襲撃を、それら遺跡攻略の補給線に対する攻撃だと考えて、マツバラとは異なる解釈をする。

「あれは恐らく、ただの威力偵察だ。襲撃そのものが主目的で、我々がクズスハラ街遺跡の攻略を本気で再開するつもりなのか、襲撃後のこちらの反応から探る為のものだろう」

「……威力偵察!?　あれがですか!?」

余りの内容に驚くマツバラとは対照的に、スガドメは落ち着いた様子で話を続けていく。

「そうだ。だからシロウの身柄はそこまで重視しない。襲撃の巻き添えになって死んでも、それはそれで構わない。我々がシロウの代わりを早急に手配するかどうかからも、こちらの本気度を確認できるようになる。そういうことだろう」

「……し、しかし、あれほどの規模の襲撃がただの威力偵察とは、流石に考え難いのですが……」

「そこは、我々が遺跡奥部の攻略再開に本気だった場合に備えた、補給線への攻撃も兼ねているのだろうな。それを考えれば大した規模でもない。我々は50年ほど前にも奥部の攻略を進めていたが、まあそれは頓挫した訳だが、その時の戦力に比べれば、今回の襲撃など大した規模でもないだろう？」

「それは……、確かにそうですが……」

その表情を困惑から納得へ少しずつ変えながら、マツバラが新たに生まれた懸念を口にする。

「……では、今回の襲撃の背後にいるのは……」

「あの規模の襲撃の費用は相当なものだ。それを威力偵察の為に出せるところは限られている。恐らく他の五大企業だろう。それだけの費用を出してでも、我々がクズスハラ街遺跡の再攻略に、本格的に乗り出したのかどうかを知りたいのだろうな」

「そうしますと、実行犯が建国主義者というのも疑わしいですか？　他企業の部隊の恐れも？」

「いや、実行犯そのものは建国主義者だろう。思想を汚染された者の処分を兼ねた可能性もあるがね。後者だとしても証拠は出んよ。まあ、明確な証拠など出ても困るが。その辺はいつも通りに対処だな」

五大企業は統企連の主要な構成要素だ。東部の統治者として連盟を組み、表向きは強固な協力関係を築いている。

しかしその裏では激しい交戦も数多く行われている。極めて貴重な遺物や遺跡など、武力を用いた実力行使でなければ得られないものは幾らでもあるからだ。各種工作でも死傷者は絶えない。公的に露見すれば戦争に発展する事案も珍しくない。

だが五大企業がそのまま全面戦争を始めてしまえば、下手をすれば東部が滅びかねない。それは坂下重工も、他の五大企業も望まない。

そこで決定的な衝突を回避する為に、本当は違うと分かった上で、該当の事案は建国主義者の仕業であると装い、互いに建国主義者への非難声明を出して事実を隠蔽するのが常套《じょうとう》手段となっていた。その為に建国主義者を装った独自の組織まで設立し、時には本物の建国主義者と合同で作戦行動を取ることすらあった。

スガドメは場合によってはその手の作戦を立案する立場だ。そういう背景もあって、今回の襲撃も実際には他の五大企業による同様の作戦行動ではないかと考えていた。

尚、その常套手段には弊害もある。建国主義者を装う以上、その工作員は建国主義者側の思想等を深く理解している必要がある。その過程で、相手の思想に理解を示し、共感し、建国主義者側に転向する者が出るのだ。

それらの者が金で裏切ることはない。五大企業は金を発行する側であり、金を支配する側だからだ。つまり転向者は統企連による統治に疑問を抱いた者となる。

そして基本的に工作員とは、非倫理的な手段を目的の正しさの為に肯定する者達ということもあり、建国主義者に転向してしまうと非常に厄介な存在となる。統企連視点での正しさではなく、それを装って、建国主義者視点での正しさで行動するようになるからだ。

そのような裏切り者達を、決死の作戦に投入して処分する。建国主義者視点での正しさの為に進んで死んでもらう。今回の襲撃で死んだ敵側の者達の中には、そのような処分対象の者も含まれていた可能性もあった。スガドメはそうも考えていた。

話を聞いたマツバラが、浮かんだ懸念を口にする。

「……スガドメさんの推測通り、あの襲撃は当社のクズスハラ街遺跡攻略再開の現実性を、他の五大企業、仮に多津森《たつもり》や月定《つきさだ》辺りが、こちらの反応から探る為の威力偵察だったとします。向こうはどう捉えたでしょうか？　本腰を入れて最奥攻略に乗り出したと判断するでしょうか？」

「その辺りは何とも言えん。だが少なくとも、そう判断する確率は上がっただろう。我々は大規模な戦力を提供してでも、都市間輸送車両の車列に、クガマヤマ都市へ予定通りの日時に出発することを強要した。元々クガマヤマ都市はクズスハラ街遺跡攻略の前線基地だった。我々には遺跡の最奥攻略の為にその補給線を護る確固たる意志がある。そう判断しても不思議は無い」

平然とそう話すスガドメに向けて、マツバラは少し険しい表情を浮かべた。そしてわずかな緊張を滲《にじ》ませて尋ねる。

「……では、それは誤解なのでしょうか？　それとも……、事実ですか？」

坂下重工は、かつて断念したクズスハラ街遺跡の完全攻略に再び乗り出すのか。その暁には何が得られるのか。それは他の五大企業が、たかが威力偵察の為に、あれほどの騒ぎを起こすほど価値のあるものなのか。それが何であるのかを上層部は知っているのか。

自社の幹部であるスガドメがクガマヤマ都市に派遣されたのは、クズスハラ街遺跡攻略の指揮を執る為か。シロウの輸送も、その作戦の一部か。

今、自分は、かなりきわどい質問をしてしまっている。マツバラはそう自覚しながらスガドメの返答を待った。

その問いに、スガドメは態度を変えずに答える。

「その質問には、君にその情報を知る必要性が生じたら答えよう。今、君に言えるのはそこまでだな」

「……分かりました」

少なくとも今の自分が知って良い情報ではない。マツバラはそう理解した。そして扱いの難しい情報に下手に触れようとしたことを流す為に、話題を変える。

「それにしても、シロウはなぜ脱走などしたのでしょうか？　彼はそのような破滅的な思想の持ち主ではないと報告を受けていましたが」

自由を制限されていたとはいえ、それは自分の安全の為だとシロウも分かっていたはずだ。そしてその不自由を補って余りある境遇を享受していたはずだ。それにもかかわらずこの暴挙に出たシロウの行動を、マツバラは全く理解できなかった。

スガドメが冗談のように軽く言う。

「……一人で気ままに観光でもしたくなったのかもしれんな」

「観光、ですか。なるほど。彼も随分贅沢者になったものです。幾ら我が社の優秀な旧領域接続者とはいえ、少々甘やかし過ぎましたかね？」

スガドメの話を冗談だと捉えて、マツバラも笑って話を合わせた。そして職務に戻る為に退室していった。

一人になったスガドメが、部屋の中央に視線を向ける。部屋のその位置の床には立体映像の表示装置が設置されていた。

「繋げろ」

スガドメの指示を受けて表示装置が起動する。すると遠隔地の人物が坂下重工の秘匿回線を介して、まるでそこにいるかのように映し出された。

「進捗を聞こう。彼女との交渉ルートの構築に、何か進展はあるか？」

表示された人物が、面倒臭そうな表情をスガドメに向ける。

「特に無し。そんなすぐには無理だって」

「そうか。催促はしないが、進展が無いのであれば、私も気長に待つのは難しくなる。それは改めて言っておこう」

「へいへい。分かってるよ」

立体映像の少年が大きな溜め息を吐く。それはシロウだった。


シロウが脱走した日の夜、スガドメは執務室で一人で仕事をしていた。すると部屋の立体映像表示装置が勝手に起動して、見覚えのある人物を表示する。それを見たスガドメは少し驚いた後、呆《あき》れたような表情を浮かべた。

表示された人物はシロウだった。

「君も随分と図太い男だな。アポイントメントぐらい取りたまえ」

動じていないスガドメの態度を見て、シロウは意外そうな表情を浮かべた。しかしすぐに気を取り直すと、笑って気安い声を出す。

「いやー、俺もそうしようと思ったんだけど、正規の方法だと面倒臭いことになりそうだからさ」

「だろうな。それで、脱走の釈明でもしに来たのかね？　そもそもなぜ脱走などしたのだ？　坂下重工を敵に回してでも逃げ出したくなるような、劣悪な生活は送らせていないはずだが、何か不満でもあったのかね？」

坂下重工を敵に回した。そう指摘されたことで、シロウの頰に冷や汗が流れる。それでもシロウは軽薄にも見える笑顔を何とか保ち、冗談でやっていると分かるように、大袈裟《おおげさ》にわざとらしく首を横に振った。

「いやいやいや、不満なんか無いって。豪勢な生活を送らせてもらって日々感謝してるよ？　本当だよ？　ただ、何ていうか、ほら、ずっと施設暮らしだと息も詰まるし、たまにはゆっくり観光でもしたいなーって思ってさ。駄目？」

坂下重工から脱走した者が言う、その随分と図々《ずうずう》しい要求は、当然ながら断られることが前提のものだ。しかしスガドメは怒りもせずにあっさり答える。

「良いだろう。だが護衛無しでの観光は危険過ぎる。すぐに護衛を派遣する。そちらの位置を送信しろ」

そしてシロウは、本来通るはずなど無い要求が条件付きとはいえ通ったのにもかかわらず、逆に焦りを見せていた。

「……えっ？　あー、でもそれ、送られてくるのってハーマーズだろう？　それはちょっと気不味《きまず》いっていうか……、それに野郎と観光しても楽しくないっていうか……」

「では女性の護衛を送る。容姿にも拘《こだわ》ろう。それで良いな？」

「あー、実は俺、人見知りするタイプなんだよね。だから幾ら美人でも、見知らぬ人と一緒に観光ってのは息が詰まるから、その、ちょっと」

スガドメは脱走者に対して本来有り得ないほどの譲歩を見せている。それにもかかわらず、シロウは焦りを滲ませながら拒否の姿勢で話を続けていた。

「ほら、俺もさ、別に多津森《たつもり》や月定《つきさだ》に亡命しようとか、そういう気持ちは全然無いんだ。気が済んだらちゃんと帰るよ。だからちょっとの間だけ見逃してほしいんだ。頼むよ。な？」

「駄目だ」

押されている。そう感じたシロウは話の主導権を握ろうと強引な手段に出た。意味深な笑顔を敢えて浮かべてスガドメに向ける。

「話は変わるんだけど、実はこの部屋のセキュリティーは、今は俺が掌握してるんだ。この表示装置にも秘匿回線で勝手に繋いでるし、記録にも残らないようにしてる」

「そのようだな。まあ我が社の施設ではないのだ。君の侵入を防ぐほどの高度なセキュリティーを求めるのは酷だろう」

「いやいや、俺でもここに侵入するのは大変だったよ？　だからその辺は安心して良いと思う」

シロウは軽い感じでそう言ってから、表情だけでなく、声にもわずかに威圧を滲ませた。

「……で、それはそれとして、この部屋の安全は今、俺が握ってる。空調を弄《いじ》っただけでも、室内の人間を十分に殺せる。それを踏まえて、俺の外出について、手心が欲しいんだけどなー」

今、お前の生殺与奪は俺が握っている。この場に限らず、坂下重工の施設並みに強固なセキュリティーが敷かれていない場所にいる限り同様だ。シロウはそうスガドメに脅しを掛けた。

実際にシロウにはそれが可能だ。そしてスガドメはそれを知っている。坂下重工の幹部として、自社の優秀な工作員の力量ぐらい把握している。

その上で、スガドメは全く揺らがなかった。

「必要ならばやれば良い。そして坂下重工を本当に敵に回した意味を、身を以《もっ》て知ると良い」

その落ち着いた口調には、威圧は欠片も含まれていなかった。天気の話をするような、普通の声だった。

しかしそれで逆にシロウに震えが走る。スガドメは普通の態度のままだ。だがそこには自身の死を普通に平然と受け入れられる覚悟があった。そして被験者が余りにも悲惨な末路を迎える実験を、同様に普通に平然と指示できる神経が存在していた。

これ以上踏み込めば、自分もその末路の一例に加わることになる。シロウはそれを理解した。虚勢を張りつつ引き下がる。

「……冗談が過ぎました。ごめんなさい」

最悪の場合、その末路を迎えることになる覚悟は、車両から脱走した時点で決めている。しかしその覚悟は、今、この場で使うものではない。今は引くべきだ。目的を達成する為にも、坂下重工を本当の意味で敵に回す理由は、この程度のことであってはならない。シロウはそう判断し、冷や汗を流しながらも調子の良い笑顔を保った。

スガドメがそのシロウの心理を見抜いた上で、わずかに間を開けてから告げる。

「よろしい」

それを聞いた途端、シロウが大きく息を吐く。危なかった。その思いが溢《あふ》れていた。

スガドメが話を続ける。

「話を戻すか。護衛無しでの観光など認められん。また、悠長に観光を楽しむ休暇も君には与えられん。仕事をしてもらう」

自分の立場を理解したらとっとと戻ってこい。その手の内容を言われなかったことをシロウが不思議に思う。しかし続く言葉にその疑問など吹き飛んだ。

「十分な成果を出せば、君の外出はその為の必要経費だったと認めよう」

継続的な外出の許可。坂下重工の幹部を脅すような真似《まね》をしてでも引き出したかった言葉が、条件付きとはいえ向こうから出たことに、シロウは驚きながらも話に食い付く。

「何をすれば良い？」

「今送る」

シロウの下に資料が送られてくる。その一覧の中にある最優先の仕事内容を見て、シロウは思わず顔を険しくした。

「……ツバキとの交渉ルートを作れって、これ、交渉役が生首になって、護衛が全滅したやつだよな？」

「そうだ。必要なことだったとはいえ、痛ましい出来事だった。彼らの献身に報いなければならない」

「……俺にそういう交渉能力を求められても困るんだけど」

「その交渉ルートの構築とは通信経路の話だ」

「俺が旧領域経由で仲介すれば、安全に交渉できるってことか？　ああいう連中って旧領域経由でも殺しにくるんだけど……」

「その危険性は問題にしない」

「いや、殺される危険があるんだから問題だって」

「そうではない。問題無いのではない。問題にしない。君が死ぬ危険は、君が護衛も無しに外に出ている時点で、考慮する必要が無くなっているという意味だ」

そう言われるとシロウも反論できなかった。それが嫌なら戻ってこいということだからだ。

「交渉可能な通信を繋げてくれれば、交渉自体はこちらで受け持つ。君がやっても構わんがね。そこは君次第だ。大きな成果を上げれば、認められる経費も多くなる」

「……分かったよ。やってみる」

「よろしい。ああ、一応言っておこう。君の捜索は中断しない。連れ戻されるのが嫌なら、早く成果を出すことだ」

「努力はするよ。じゃあな」

脱走した立場にしては良い結果を得られた。そうは思いながらも、シロウは険しい表情のまま通信を切った。

一人に戻った部屋で、スガドメがシロウとの会話を精査する。

シロウの反応に嘘は感じられなかった。豪勢な生活に感謝している。他の五大企業に亡命するような考えは無い。気が済んだら帰る。それらの言葉は本心だと考えられる。

そのような者が、坂下重工から脱走してまでしたいこととは何なのか。護衛を断ったのは、連れ戻されるのを恐れただけなのか。

シロウは非常に優秀な工作員として、自社の貴重な人材として、坂下重工に相当な無茶を要求できる立場だ。それにもかかわらず、何の相談も要求も交渉もせずに、いきなり脱走という手段を取ったのはなぜなのか。

スガドメはそれらのことを考えながら、シロウの行動の意図を探った。そしてシロウとの会話の中で気になった言葉を口に出す。

「観光、か」

シロウの目的がただの観光ではないのは明らかだ。しかし坂下重工の幹部に対して嘘を吐く危険性を理解していないとは思えない。そこで嘘にはならない程度の内容を、比喩や言い回し、隠語や俗称だったと言えばごまかせる言葉を、意図的に使ったと考えられる。では、その裏にあるものは何なのか。

スガドメが推測を深めていく。わずかな情報から導き出されたその内容は、シロウが聞けば驚愕するほどに、シロウの本当の目的に近付いていた。

進捗の報告をする立体映像のシロウに、スガドメが何でもないことのように尋ねる。

「観光は順調かね？」

たったそれだけの質問に、そして自分をじっと見るスガドメの視線に、シロウはわずかな不安と焦りを覚えた。少しだけ目を逸らして答える。

「……あー、いろいろ見て回ってる感じ」

「そうか。早めに満足して帰ってきてもらいたいのだがね」

「いやー、俺を満足させる所がなかなか無くてさ。もうちょっと待ってよ」

シロウは笑ってごまかそうとした。スガドメはそれを指摘せず、軽く釘を刺すように言う。

「急《せ》かすつもりは無いが、君は今の自由と引き換えに、君がこれまでに積み重ねてきた成果を消費し続けている。余り時間があるとは思わないことだ」

「分かってるよ。さっさと成果を出せって言いたいんだろ？　だからそんなすぐには無理だって」

「次の報告では朗報を期待している」

「へいへい。じゃあな」

シロウはわざとらしく不満げな顔を浮かべて通信を切った。

スガドメが真面目な顔で呟《つぶや》く。

「観光は、順調ではない、か」

総力を挙げてシロウを確保するのは、まだ早い。

スガドメはそう判断した。

第214話　内緒話

　ヒカルは今日も精力的に働いていた。アキラという高ランクハンターに自社の製品を使ってほしい。そして大いに宣伝してほしい。それを望む多くの企業を相手に、自身の才を駆使して交渉を続けている。

「……ええ、そうなんです！　アキラはあの都市間輸送車両の護衛依頼で、ハンターランクを55まで上げました！　依頼の前は50だったのに、たった1週間でですよ？」

　自分がアキラの担当なのは、アキラの新装備調達を終えるまで。アキラに助けてもらった恩を返す為に、そしてアキラの担当から速やかに外れる為に、ヒカルは難しい交渉に熱を入れている。

「これがどれほどの偉業なのかは説明など不要でしょう？　それほどのハンターに、御社の製品に乗り換えさせる又と無い機会です！　ここは勝負に出るところだと思いますよ？」

　難しい交渉とはいっても、積極的なのはアキラを使って自社製品を宣伝したい企業の方だ。難しいとは、それを餌にしてどこまで高性能な装備を提供させられるか、という点であり、ヒカルは各企業に好条件を競わせていた。

「イナベも件《くだん》のハンターを積極的に支援する姿勢を見せています。機領さんも、護衛依頼で修理など不可能なほどに大破した強化服を、修理中の代用品の名目で新品を貸し出すほどに優遇しています。前回の装備の代金も、機領さんが負担しております。現状では次も機領さんで決まりでしょう。ですが、確定はしておりません。今ならまだ、巻き返せます」

　通信先の企業の営業も、ヒカルの話に熱心に耳を傾けている。高ランクハンターを顧客に出来れば、それだけで非常に大きな売上を期待できる。自社製品を気に入らせて継続的に取引できれば、利益も桁違いに増える。営業として力も入る。

　しかしその為の好条件を他企業と際限無く争うことは出来ない。営業本人の裁量を超えれば上司の判断を仰がなければならない。要求される条件が上がれば上がるほど、より高い位置にいる者の決断が必要になる。

そして、そこまでの条件を強いられるのであれば、残念だが撤退も止《や》む無しか、という考えも生まれてくる。その迷いは営業の顔に表れていた。

迷わせて好条件を吊り上げるのがヒカルの仕事だ。退《ひ》かれては意味が無い。相手の揺らぎを見抜いたヒカルが少し真面目な顔で言う。

「……ここだけの話ですが、いえ、本当に内密にして頂きたいのですが、実は、アキラに支払われる報酬は、そちらでも摑《つか》んでいる護衛依頼のものだけではないのです。別件の追加報酬があります」

「……それは、どのようなものなのですか？」

「具体的には言えません。ですが、下手をすれば、現時点での報酬が霞《かす》むほどになります」

「そう言われましても……」

営業の顔に、疑念の色を強めた困惑が浮かぶ。具体性に欠ける情報をどこまで信用できるかには、相手との関係性が物を言う。そしてヒカルとはそこまでの関係を築いていない。つまりヒカルの話は、現時点では、条件を吊り上げる為にありもしないものを仄《ほの》めかす、胡散臭《うさんくさ》いものでしかなかった。

勿論それはヒカルも分かっている。疑念からの振れ幅を大きくする為に敢えて隠していたことを、更に真面目な顔で伝える。

「……本当に、他言無用でお願いしますよ？　実は、その報酬は、坂下重工からのものになります」

営業の顔に驚きが浮かぶ。坂下重工。五大企業の一社。その名前は詐欺紛《まが》いの話で出して良いものではない。つまり具体的に言えないのは、その裏が虚偽だからではなく、坂下重工の機密に触れかねないから。その考えが顔に出ていた。

相手はギリギリの情報を提供してきた。ヒカルは交渉相手の営業にそう判断させた手応えを感じて、内心では笑って、相手に見せる顔では少ししゃべり過ぎたという表情で続ける。

「……流石にこれ以上は言えません。私にも立場があります」

「その追加報酬で、彼のハンターランクはどこまで上がりそうなのですか？　58……、いえ、60ぐらいですか？」

「それも言えません。具体的な数を出すと、そこからもいろいろ推測されてしまいますから。ただ、彼は最前線向けの装備を欲しがっていた、とだけ言っておきます」

実際には、アキラのハンターランクがどこまで上がるかなど、ヒカル自身も知らない。その交渉はイナベが坂下重工と行っている最中だからだ。分かる訳が無い。

その上でヒカルは、そもそも知らないから言えないことを、知っているが言えないのだと勘違いさせた。加えてアキラが最前線向けの装備を欲しがっていることから、アキラのハンターランクはそれだけの物が手に入るほどに上がる可能性があると、相手に推測させた。

数多くの高ランクハンターを相手にする営業も、それほどの者に自社製品を使わせる絶好の機会を、自分の判断で捨てることなど流石に出来ない。続く判断はヒカルの望むものになる。

「……分かりました。上と相談させて頂きます」

「ありがとう御座います。それでは、これで失礼致します」

ヒカルが拡張現実で表示されている相手に深々と頭を下げる。そして通信を切ると、感じた大きな手応えに大きく息を吐いた。

「……よし。この反応なら大丈夫そう。次に行きますか」

ヒカルはその後も、ここだけの話、を他の企業にも話していく。どの企業からも上々の反応を引き出していた。


仕事が一段落したところでヒカルが休憩を取っていると、同僚の女性から声を掛けられる。そして軽食を摘まみながらの雑談で意外な話を聞かされた。

それはヒカルがキバヤシに気に入られているという

ものだった。思わず怪訝な顔で聞き返す。

「……それ、どういう意味ですか？」

「どういう意味って、そのままの意味よ。それにしても正直意外だったわ。出世欲が強いのは知ってたけど、まさかキバヤシの誘いに乗るほどだったとはね。失敗したらどうしようとか思わなかったの？　私なら絶対成功するって考えてたの？　まあ実際に成功した訳だし、その辺は私があなたを過小評価してたってことかしら？」

ヒカルは軽く混乱していた。

言われていることは分かる。キバヤシの悪評。成り上がりの機会を求める者に、大勝か大敗しか無い極端な賭けを嬉々として提供する悪癖。自分はそれに乗って見事勝利を勝ち取った。それでキバヤシからも気に入られることになった。そういうことを言われているのだと理解は出来る。

しかしヒカルには自分がそのような真似をした認識は一切無かった。戸惑いながら否定する。

「ちょ、ちょっと待ってください。それ、キバヤシさんのあれの話ですよね？　私、そんな誘いには乗っていないんですけど」

「別に隠さなくても良いじゃない。負けたのならともかく勝ったのだし。それであのキバヤシから、お気に入りのハンターの担当を譲ってもらったんでしょう？　これであなたの出世も約束されたようなものね。本当に大したものだわ。私の上司になったら、よろしく頼むわね」

「いえ、本当に違うんです。アキラの担当も、今やってる装備調達が終わったら私は外れるんです。イナベさんからもその旨は聞いています」

ヒカルの話を一度は軽く流した女性も、ヒカルが二度も同じ態度で、しかもイナベの名前まで出して否定したことから考えを改めた。ヒカルの話を信じた上で、不思議そうな表情で聞き返す。

「そうなの？　変ね。でもあなたの後任を選出するなんて話は出てないし……、私にまで情報が流れていないだけ？　うーん……」

それを聞いてヒカルも困惑を顔に出す。そこらのハンターではない。アキラの担当の後任なのだ。時間を掛けて慎重に調整する必要がある。ヒカルの感覚でも、後任の選出作業は既に始まっていなければおかしいように思えた。

その話が無いということは、自分がアキラの担当を継続することになる。同僚もそう思ったからこそ、自分がキバヤシの誘いに乗ったと考えたのだ。しかし自分はアキラの担当を降りる。辻褄《つじつま》が合わない。何か変だ。ヒカルはそう思い、不安になってきた。

「……すみません。用事が出来たので失礼します」

「え、ああ、うん。またね」

同僚の女性と別れてその場を離れたヒカルが、一人になれる場所でキバヤシに連絡する。すぐに繋がった。

「ヒカルか。どうした？　あ、この前はすまなかったな。でもあの状況を乗り越えるなんて流石だ。俺もヒカルならやれると……」

ヒカルがキバヤシの話を遮って真面目な声で言う。

「キバヤシさん。直接会って話したいことがあります。お時間をいただけませんか？」

「話？　何だ？　悪いんだけど俺も忙しいんだ。重要な話だとは思うけど、秘匿回線に切り替えて話すのじゃ駄目なのか？」

キバヤシは気乗りしない様子を見せていた。だがそこでヒカルが敢えて意味深な声を出す。

「賭けに勝ったのなら、それぐらいの我儘《わがまま》は聞いてもらえません？」

するとキバヤシの態度が変わる。非常に楽しげな、嬉々とした笑顔を想像させる声が返ってくる。

「そう言われたら仕方ねえな。分かった。会おう。そっちの予定は？」

「今すぐにでも構いません」

「それなら30分後にクガマビル1階のロビーだ」

「お待ちしています。それでは」

通信を切ったヒカルが、叫び出さないように必死に自分を抑えながら呟く。

「あの野郎……！」

賭けは提供されていた。自分の知らぬ間に。それを理解して、ヒカルは険しい表情で歯を噛み締めた。

ヒカルが待ち合わせの場所でキバヤシを待つ。しっかりと歯を噛み締める必要は無い程度には落ち着きを取り戻しているが、その表情には強いいらだちが滲んでいた。

時間通りにキバヤシがやってくる。その表情はどこか嬉々としたもので、都市間輸送車両でヒカルに資料を送った時の態度が、完全に演技であったことをありありと示していた。

隠す気などさらさら無い。そのキバヤシの態度に、ヒカルが更にいらだちを強める。そのヒカルの様子にも、キバヤシは楽しげだった。

「来たぞ。ヒカル。それで、話って何だ？」

「……その前に、一発殴って良いですか？」

「良いぞ？」

ヒカルがキバヤシに殴りかかる。しかし防壁内の素人が怒りにまかせて勢いのままに振るった拳など、自身の趣味、悪癖の為に、何度も荒野に出ているキバヤシには通じない。片手であっさり防がれた。

「それじゃあ、どこで話す？　ここで良いのか？　何の話をするのか聞いてないが、適した場所でしてくれよ？」

「……私、死ぬところだったんですよ？」

「死なずに済んで良かったな」

睨《にら》み付《つ》けても、殴りかかっても、キバヤシは欠片も動じていない。何を言っても何をやっても喜びそうなその態度に、ヒカルは大きく溜め息を吐いて拳を下ろした。そして真面目な顔で言う。

「適した場所であれば、何でも話してくれますか？」

「何でもとは言えないが、賭けの勝者がその権利を主張しているようだし、適した場所ならそれなりにヤバいことも話してやるぞ？　その為にわざわざ来たんだからな」

「そうですか。では適した場所はキバヤシさんが決めてください」

そこでキバヤシが意味深に聞き返す。

「良いのか？」

取り扱いの難しい情報を話す為には相応の場所が必要だ。同じ話題であっても道端と密室では、話せる内容は著しく異なる。

その場所の選択をキバヤシに委ねるということは、何についてどこまで話すのかもキバヤシに任せるということになる。下手をすれば、知ったことを知られただけで命に関わる情報さえ、知らされる恐れがあった。

それを理解した上でヒカルも答える。

「構いません。お任せします」

既に自分は、都市の幹部がハンターと組んで他の幹部の死亡を含めた排除を計画しているという、非常に危険な情報を知っている。厳密にはそれをキバヤシから知らされている。

それならば今更臆してどうする。自分の状況を正確に把握して、その情報を基に現状を乗り切る為にも、危険を承知でまずは知らなければならない。ヒカルはそう考えて、覚悟を決めて、敢えて踏み込もうとしていた。

その無理無茶無謀にも通じるヒカルの態度に、キバヤシが笑みを深める。

「そうか。それじゃあこっちだ」

先導するキバヤシに、ヒカルはそのままついていこうとした。しかし思わず立ち止まる。

機密性の高い場所に案内されると思っていたヒカルは、防壁内のどこか、情報漏洩《ろうえい》対策済みの会議室などに行くのだと考えていた。だがキバヤシが進もうとしているのは下位区画側、防壁の外の方向だった。

元々ヒカルは、シズカの店に行くだけでも護衛をつけるほどに、壁の外の治安を信じていない。加えて都市間輸送車両の護衛依頼では、都市の防壁内並みの治安維持が敷かれているはずの車内でも、命に関わるほどに危険な目に遭った。その経験の所為で、ヒカルは壁の外に出ることに、軽いトラウマを覚えていた。

足を止めたヒカルに、キバヤシが少しからかうように言う。

「どうした？　こっちだ。怖いのなら……、やめておくか？」

キバヤシはヒカルの態度を不思議には思わない。防壁内で安全に暮らしていた者が、軽い気持ちで荒野に出てトラウマを負い、以降は壁の内側に病的に引き籠もるようになる。それはよくある話だった。

それでもあれだけの啖呵《たんか》を切っておいてここで尻込みするようでは話にならない、とは思っていた。その内心を見せずにヒカルの様子を窺《うかが》う。

そしてヒカルがそれに応える。

「……行きます」

そう言って歩き出す。臆さずに、ではない。臆しても、その怯《おび》えを超える意志で、ヒカルは退かずに足を前に進ませた。

キバヤシはとても楽しそうだった。

ヒカルがキバヤシに案内されたのは、防壁に比較的近い場所にある下位区画のレストランだった。そこそこの高級店ではあるが個室ですらない。ヒカルには機密情報に触れる話をする場所にはとても思えなかった。

「キバヤシさん。こんな所で話すんですか？」

「そうだ。防壁内の会議室より、こういう場所の方が適している場合もあるんだよ。ああ、勿論秘匿回線を使いながらだぞ？　これを使ってくれ」

キバヤシから秘匿回線の接続コードが送られてくる。ヒカルはそれを見て少し怪訝な顔をしたが、まずはそのまま接続した。

『……これ、クガマヤマ都市のコードではないですよね？』

『そりゃそうだ。都市のコードなんて使ったら内容が都市側に筒抜けだろう？　今からするのは、そういう話だ。そっちもダミーで使うけどな』

ヒカルが都市のコードでもキバヤシと接続する。すると都市側の秘匿回線と、キバヤシから提供された秘匿回線で、別々の資料が送られてきた。

『さて、いろいろ知りたいんだろうが、先にこっちから一通り話した方が早いな。細かい質問はその後にしてくれ』

「ああ、何か頼むか？」

『分かりました。お願いします』

「そうですね。頼みましょう」

空気による伝達。都市の秘匿回線。それとは別の秘匿回線。それらを全て用いた、ヒカルとキバヤシの内緒話が始まった。


ヒカルはキバヤシから一通りの話を聞き終えた。既に知っていたことや予想していた内容もあったが、それらについてもより詳細な情報を得たことで、事柄への理解を深めていた。

スラム街を支配していた二大徒党の抗争の背景。イナベが行った遺物の出所の偽装工作。アキラとカツヤを介した、イナベとウダジマの権力争い。そこから続く、アキラとイナベによるウダジマの排除及び殺害の計画についても、ヒカルは漠然な推測ではなく、確度の高い情報による事態の把握を済ませた。

また、自分は知らなかったとはいえアキラのハンターランクを大幅に上げたことで、二人の計画に大きく加担したことも理解した。その所為でウダジマからは敵視されているであろうことも、合わせて理解した。

そして同僚達から受けている誤解についても把握した。自分はイナベからの指示で、出世に釣られてキバヤシの賭けに乗り、アキラの担当をキバヤシから譲ってもらい、アキラに都市間輸送車両の護衛依頼を受けさせた。そして賭けに勝利し、アキラの担当の地位を正式に手に入れた。そう思われていたのであれば、あの態度も頷けると溜め息を吐く。

『……キバヤシさん。あの時に私に都市間輸送車両の護衛の話をしたのは、アキラにその護衛依頼を受けさせるように促す為。本当にそれだけだったんですね？』

『ああ、それだけだ。アキラをウダジマと同じ車両に乗せようなんて考えてないよ。そもそも俺に、アキラに都市間輸送車両の護衛依頼をさせようと促されたとはいえ、あの車両を選んだのはヒカルだろ？』

『そうですが……』

『百歩譲って、俺がヒカルならあの車両を選ぶってて読み切っていたとしても、そこにウダジマを乗り込ませるなんて無理だよ。流石に俺も都市の幹部の予定に干渉なんか出来ないからな』

話の辻褄は合っている。ヒカルはそう思いながらも、目の前の人物の態度もあって、それを素直に受け取るのは難しかった。だが続く言葉で受け入れる。

『あの時は、ここまでの状況にさせる気は無かった、なんて言ったが、笑いを堪えるのが大変だっただけで、言ってることは嘘じゃなかったんだぞ？』

『そうですか』

機嫌良く楽しげに笑うキバヤシに向けて、ヒカルは非常に嫌味っぽくそう言った。そして小さな溜め息を吐いて続ける。

『じゃあ、結局あの車両にウダジマさんは乗っていなかったってことですね。あの話を信じて車内に残った所為で、私がどれだけ苦労したと思って……』

偽情報に踊らされた所為で酷い目に遭った。その思いを顔に出すヒカルに、キバヤシが軽く言う。

『ウダジマなら乗ってたぞ？　帰りはともかくとして、行きの時にはほぼ間違いなくな』

『……えっ？』

『だからあんな情報を送ってでも、お前をあの場に残らせてアキラの世話をさせたんだよ』

キバヤシから追加で資料が送られてくる。それを読んだヒカルが驚く。困惑さえ覚えていた。記載された情報が正しければ、ウダジマは同じ車両に別名義で別に部屋を取っていた。

『どういうことですか？　アキラが乗ってるってことは向こうも事前に分かってたはず……』

『さあな。そこまでは調べ切れなかった。ただ実際に乗っていた以上、偶然アキラに出会って襲われる懸念を承知の上で、そうするだけの理由があったんだろう』

キバヤシもそこは本当に分からず、不思議そうな顔を浮かべていた。しかしそこは自分にとっては重要度の低いことなので、気を切り替えて話を続ける。

『まあ俺としては、アキラが車内でウダジマを襲撃する展開も、つまらないとは言わないが、あいつに期待するほどのデカい騒ぎじゃない。あいつが車両の警備に殺されるにしろ、逆に返り討ちにするにしろ、それだけの話で終わりそうだからな。そういう大して楽しめない事態を防ぐ為に、お前に頑張ってもらった訳だ』

　あの時キバヤシが自分にアキラの情報を提供した本当の理由は、そういうことだった。完全にキバヤシの娯楽であり、趣味であり、質の悪い生《い》き甲斐《がい》の為だった。その思いでヒカルが嫌そうな顔を浮かべる。その一方、キバヤシは嬉々として笑った。

『そしてお前は本当によくやってくれた。もう本当に大爆笑だ。行きの時の巨虫類《ジャイアントバグズ》との戦闘だけでも凄《すご》いのに、坂下重工の旧領域接続者を狙った襲撃者と戦って、しかも勝つなんてな！　お前がアキラをそこまで制御できるとは思わなかった！』

　笑うキバヤシとは対照的に、ヒカルはどこかげんなりとした様子を見せていた。それはアキラがキバヤシに似たような話をされた時の様子とよく似ていた。

『お前は俺がお前の実力を軽んじてると考えて不満に思ってたみたいだが、謝る！　お前が正しかった！　これからもアキラと一緒に俺を楽しませてくれ。期待してるぜ？』

　キバヤシから嘘偽り無く期待している目を向けられて、ヒカルは思わず嫌そうに顔を歪めた。

『お断りします。私はもうアキラの担当を降りますから』

『ああ、それ、無理だぞ？』

『えっ？』

『ヒカル。アキラをあそこまで管理できる人材を、イナベが手放す訳無いだろう』

　予想外の返事に驚いたヒカルの顔に困惑が滲んでいく。

『いえ、アキラの新装備調達を最後に担当を降りて良いと、イナベさんからちゃんと許諾を得ているのですが……』

『その話を信じたのか？』

『信じたのかって……』

困惑を強めるヒカルへ、キバヤシが楽しげに言う。

『よし。その辺も特別にしっかり説明してやろう。俺はお前を気に入ったからな。贔屓《ひいき》してやる』

以前似たようなことをアキラに言った時のように、キバヤシは笑顔で説明を始めた。


坂下重工はエルデの件でアキラに報酬を出したのだが、正確にはアキラとヒカルの二人に対して出していた。アキラにはエルデ撃破の報酬として。そしてヒカルには、自社の旧領域接続者を護る為の囮に勝手にさせられたことへの迷惑料としてだ。

ただその際に、アキラとヒカルで報酬の支払方法に差異が出ていた。雇われハンターであるアキラに対しては、アキラという個人に対して支払われた。しかしヒカルに対しては、ヒカルがクガマヤマ都市の職員であることから、クガマヤマ都市に対して支払われることになったのだ。


その話を聞いたヒカルが驚きで顔を歪める。

『そ、その話……、私、知らないんですけど』

『その手の情報を、上が律儀にすぐに丁寧に教えてくれるとでも思ってるのか？　甘いな。そういう情報がちゃんと自分のところに入ってくるように、自前で情報網を作っておくんだよ』

ヒカルは広域経営部に所属しているとはいえ、所詮は末端の職員でしかない。都市の上の部分の動向まで把握できる情報網など持っていない。

だがそれは甘いと指摘して、キバヤシが話を続ける。

ヒカルに対する報酬の件は、本人に速やかには伝えられないとはいえ、いずれはヒカルにも教えられることだ。イナベはその時間差を利用する。

金とハンターランクが報酬のアキラとは異なり、都市の職員であるヒカルへの報酬は、組織内での立場改善となる。要は出世だ。その一方で、高ランクハンターの担当から外されるなどということは、基本的には降格の類いとみなされる。

それを坂下重工の視点で見ると、報酬を与えたはずの者が、出世するどころか降格しているということになる。坂下重工からクガマヤマ都市は自社を軽視していると判断されても不思議は無い。

イナベはそれを口実にヒカルを引き留める。アキラの新装備調達を済ませたヒカルにそのことを説明して、私も坂下重工の要請には流石に逆らえないと謝りながら、アキラの担当の続投をヒカルに指示するのだ。

間違いなくそうなる。キバヤシはそう断言した。

それを聞いたヒカルは頭を抱えた。キバヤシの説明に不備は無く、自分で考えてもそうなる確率が非常に高かったからだ。

『……そ、そんな、どうすれば……、あ！　キバヤシさんが代わりにアキラの担当になれば……』

『坂下重工絡みの人事を覆すなんて俺には無理だよ。イナベでも無理だな。だから良い口実になるんだよ』

思い付いた案を即座に潰されたヒカルが項垂《うなだ》れる。アキラの担当を続けた所為で、またあのような騒動に巻き込まれるのではないかという不安が、思いっ切り顔に出ていた。

そのヒカルに、キバヤシが笑って言う。

『何とかしてやろうか？』

「何とかなるんですか!?」

通信経由ではなく思わず声に出すほどに、ヒカルはキバヤシの誘いに食い付いた。

「ああ。条件はあるけどな」

そう誘うように言われたことで、ヒカルは目の前の男がとても質の悪い者であることを、あの悪評を持つ人物であることを思い出す。それでも出された助け船を無視は出来なかった。

「な、何ですか……？」

「アキラの新装備調達を、俺にも手伝わせろ」

ヒカルが思わず訝《いぶか》しむ。

「……何を企《たくら》んでるんです？」

「人聞きの悪いこと言うなよ。アキラに出来るだけ良い装備を手に入れてほしいだけだ。俺はあいつを贔屓してるからな。あいつが高性能な装備を手に入れられるように手伝ってやろうってことだよ。勿論、あいつの装備が高性能になるほど、デカい騒ぎも起こりやすくなって、俺が楽しめるってことは否定しないけどな。それで、どうする？」

ヒカルの返事は、聞くまでも無かった。

第215話　悪女の副業

都市の下位区画にある高級ホテル、その一室でキャロルが今日も副業に勤《いそ》しんでいる。相手はドーラスというハンターだった。ハンターランクは63。紛れも無い高ランクハンターだ。

そこらのハンターとは稼ぎの桁が違う高ランクハンターは、当然ながら支払能力も桁違いだ。一泊数十万オーラムの部屋に、普通に長期に亘《わた》って宿泊できる経済力を持っている。

しかし事が済み、支払の時間となったドーラスが浮かべている表情は、キャロルが今まで何度も相手をしてきた一山幾らのハンター達のものと、大きな違いは無かった。

「……なあ、やっぱり高過ぎないか？」

初回の料金は1万オーラムだった。別に只《ただ》でも良いのだけれど、こういう商売をしている以上、無料というのも差し障る。だから代金として一杯奢《おご》ってくれればそれで良い。酒場で出会い、歓談を楽しんだ女性からの誘いを、ドーラスは軽い気持ちで受けていた。

しかしその一回目で、ある意味で勝負はついてしまった。高ランクハンターとして数多くの誘いを受けて、女遊びになど慣れていたはずのドーラスだったのだが、キャロルとの体験は今までの経験を一度で色褪《いろあ》せさせるほどに素晴らしく、嵌《は》まってしまった。また会う約束を取り付けて、そのまま関係を続けてしまう。

そしてそこにつけ込まれる。初回はたった1万オーラムだった料金が、会う度に値上げされていく。それも指数的にだ。

すぐに酒を奢る程度では足りなくなる。更には豪勢な食事代でも不足するようになる。繰り返し会い、高級ホテルの宿泊料でも相殺できなくなる。そして今では、１００万オーラム程度小銭のように扱えるドーラスが、支払に困るほどになっていた。

流石に高過ぎる。もっと安くしてくれ。今まで相手をしてきた客達から何度も言われて聞き慣れた文句を、キャロルが笑って受け流す。

「嫌なら払わなくても良いわよ？　あなたから取り立てるなんて私には無理だし、最後の一回ぐらい、泣き寝入りしてあげるわ」

「………払わねえとは言ってねえよ」

払わないのであれば、あなたとの関係はお終《しま》い。そう言われて、惜しいと思ってしまう。

事が済んで冷静さを取り戻した頭でどう考えても高いと考えて、次は更に値上がりすると分かった上で、それでも関係を断ち切ることが出来ない。

夜を重ねる度に刺激が増していくような不可解にも思える一時を、顔をしかめたくなる割増料金で提供する悪女に、ドーラスはどっぷり嵌まっていた。

その悪女が笑って告げる。

「そう。それじゃあ今日は……、端数はまけて20億オーラムにしておくわ」

「20億か……」

一晩20億オーラム。幾らドーラスが高ランクハンターとはいえ、それだけの金を一夜の為に支払うのは流石に無理だ。しかもキャロルからは毎回一括での支払を求められており、支払の難しさを上げられていた。

本来ならばキャロルとの関係は既に破綻していなければおかしい。それでも関係は続いていた。それを可能にする手段を、ドーラスは今回も使用することにする。

「……分かった。それなら……まずはこれだな」

ドーラスがキャロルの情報端末にデータを送る。それは高ランクハンターでしか知り得ない貴重な情報の一覧だった。

自分の体を堪能した代金として桁違いの金を請求しているキャロルだが、オーラムで受け取っているのはその一部でしかなかった。一回目に一杯奢ってもらったように、請求額に相当するものであれば何でも良い。そう言って金以外での支払を認めていた。

そこでドーラスはキャロルへの支払として、一緒にクズスハラ街遺跡の第2奥部に行って、キャロルの地図屋としての遺跡調査の手伝いなどをしていた。その一環でハンターランクを上げるのに協力したり、ハンターランクによる購入制限が掛かっている強力な装備を、キャロルの代わりに買ったりもした。

高ランクハンターを専属の護衛につけるなど、本来であれば数千万、或いは億の金が動いても不思議は無い。普通ならば一夜を共にした女性への借りなどそれで片がつく。

しかしキャロルへの支払は際限無く増えていく。そして少々割り増しした護衛代でも代金を相殺できなくなったドーラスは、それを補う為にそこらの者では入手困難な情報をキャロルに提供することにした。

情報の価値は曖昧だ。10億オーラムの調査費用が掛かった情報でも、その内容に10億オーラムの価値があるとは限らない。下手をすれば1オーラムの価値すら無い恐れもある。勿論その逆もある。そしてある者にとっては無価値でも、別の者にとっては貴重極まる価値を持つ場合もある。

つまり、この情報にはそれだけの価値があると相手に認めさせさえすれば、その値段は幾らでも上げられる。ドーラスは自分のような高ランクハンターでなければ知り得ない情報を、ハンターとしては格下であるキャロルに高値を付けて売り付けていた。

キャロルが提示された情報の中から、最近の高ランクハンター達の動向や、クズスハラ街遺跡奥部の最新の地図などを選んでいく。そしてその総額が4億オーラムほどになったところで、提供可能な情報の一覧の中に興味深いものを見付けた。

「…………これは？」

ドーラスが意味深な表情を浮かべる。情報の値段を吊り上げる為の小細工だ。

「それか？　それは高いぞ。そうだな。10億ってところだな」

「へー。10億。面白そうね。教えてちょうだい」

相手の小細工を分かった上で、キャロルも楽しげに普段の笑顔を浮かべる。客を誘う魅惑の笑顔の下にあるものを何も悟らせずに。

その情報は、坂下重工がクガマヤマ地方で旧領域接続者を熱心に捜しているというものだった。

提供された資料を一通り閲覧したキャロルは、その内容には十分な信憑《しんぴょう》性があると判断した。その上でドーラスには軽く疑っているような笑顔を向ける。

「うーん。内容にケチを付ける訳じゃないんだけど、これ、本当なの？　旧領域接続者がとても貴重なのは私も分かるけど、そこらの企業ならともかく、坂下重工なら旧領域接続者ぐらい何人も抱えてるでしょう？　そんなに熱心に捜すもの？　別件の偽装工作とかなんじゃない？」

そう疑われても、ドーラスは全く揺らがなかった。

「まあそう考えても不思議は無い。だが俺は偽装じゃないと考えてる。実はな、坂下重工がクズスハラ街遺跡の完全攻略を再開するんじゃないかって話があるんだよ。最近クガマヤマ都市に来たハンターの中にも、その辺を期待して来てるやつが多いんだ」

坂下重工の幹部が密命を帯びてクガマヤマ都市に来ているらしいという話がある。少し前に都市間輸送車両の車列が大規模な襲撃を受けたが、その車両にはクズスハラ街遺跡攻略に必要な重要物資が積み込まれていて、それを狙われたという噂《うわさ》もある。

幾ら建国主義者でも、都市間輸送車両の車列を襲うなど普通は考えられない。逆に言えば、それだけの理由はあったことになる。坂下重工が遺跡の攻略を再開する可能性は高い。ドーラスはそう持論を話した。

それを聞いたキャロルが言う。

「……へー。じゃあ坂下重工が50年前みたいに、クズスハラ街遺跡の大規模な攻略に乗り出す可能性はある訳か。でもその話、坂下重工が旧領域接続者を熱心に捜す件と何か関係があるの？」

「その前提で考えるといろいろ浮かんでくるってことだよ。ほら、遺跡でハンターが突然死するって話があるだろ？　旧領域接続者として中途半端に目覚めたやつが、遺跡から大量のデータを受信して過負荷で脳死するっていうあれだ」

「あるわね。それで？」

「あれ、死んだって話が目立ってるだけで、死なずに済んだやつも意外に多いらしいぞ。まあ多いって言っても、捜せばいるって程度らしいがな」

「……へー。だから？」

さっさと結論を言え、と急かしているかのようなキャロルの態度を見て、ドーラスが話を進める。

「でな？　その生き残ったやつなんだが、旧領域接続者として完全に覚醒したってやつもいれば、完全に駄目になったやつもいる。勿論、中途半端なままのやつもいるんだが、その中には遺跡への接続情報が脳に焼き付いたやつもいるって話だ」

脳死しかねないほどの過負荷により、脳の通信機能に不具合が生じてしまい、その者の通信能力は旧領域接続者とは呼べないほどに低下した。しかしその不具合が逆に上手《うま》く働き、遺跡のセキュリティーを一種のバグで突破できるようになった。

そのような者は特定の遺跡、つまり自身が死にかけた遺跡に限定して、卓越した旧領域接続者ですら得られない情報を手に入れることが出来るらしい。坂下重工が捜している旧領域接続者とは、そういう者ではないか。ドーラスはそう自身の推察を話した。

「優秀な地図屋が旧領域接続者だと誤解されるって話も、多分そういう背景から広まったんだろう。遺跡の中の、誰も到達していないはずの場所の地図が、なぜか密かに売られている。どうも偽物じゃないらしい。じゃあその地図は一体どうやって作ったんだって話の、回答の一つだな」

キャロルはドーラスの話を興味深く聞いていた。そして希望的観測を口にする。

「……なるほどね。坂下重工はクズスハラ街遺跡の完全攻略の為に、遺跡の精巧な地図をどうしても手に入れたい。その為に以前からクガマヤマ都市に命令して遺跡にハンターを大勢送り込ませていた。そして遂《つい》に、遺跡への接続情報が脳に焼き付いた旧領域接続者が生まれた兆候を摑んだ。坂下重工が捜しているのはそいつね？」

「多分な。だが俺はそれだけじゃないと思う。他の遺跡の接続情報を持ってるやつも捜してるはずだ」

「……どうして？」

「遺跡の最奥部へのルートは複数あっても良いだろう？　現実的な進行ルートを増やす為に、他の遺跡の接続情報も捜しているはずだ」

　ヨノズカ駅遺跡にある巨大な地下トンネルは、クズスハラ街遺跡に繋がっていると考えられている。今は荒野にモンスターを溢れさせない為にクガマヤマ都市により封鎖されているが、それも坂下重工なら開けられる。

　クズスハラ街遺跡の最奥を目指して今も延長作業が続けられている後方連絡線を使うより、その地下トンネルを使った方が安全に最奥部に行けるかもしれない。

　また、似たような地下トンネルが他の遺跡にも存在する可能性は十分にある。ミハゾノ街遺跡には工場区画があり、大量の物資を製造している。それらの運搬に地下トンネルを使用しているかもしれない。市街区画も当時は大勢の人が暮らしていたはずだ。手軽に他の都市に行ける交通機関ぐらいあっても不思議は無い。

　他の遺跡や未発見の遺跡にも、同様の施設が存在する可能性はある。恐らく坂下重工はそれらを全て可能な限り調べるつもりだ。だからこそ、クガマヤマ地方で旧領域接続者をあれだけ熱心に捜しているのだろう。ドーラスはそう結論付けた。

　その話を聞き終えたキャロルが内心を隠して微笑む。

「……なかなか面白い話だったわ。そうね、この内容なら……、付加情報も含めて、坂下重工絡みの情報ってことも考慮して……、14億オーラム相当ってことにしてあげる」

「おっ？　よし。あと2億だな。それじゃ次は……」

　多少欲張って10億オーラムの価値を想定した情報に、14億オーラムもの高値が付けられたことで、ドーラスは気を良くして笑った。しかし続く話でその顔も歪む。

「だから残りの2億はオーラムで支払って」

「……えー」

思わず不満の声を漏らしたドーラスに、キャロルは笑いながらも少しだけ呆れたような顔を向けた。

「あのねえ、オーラム以外での支払を認めてるとはいっても、少しぐらいはオーラムで支払いなさいよ。2億なら支払額のたった10分の1でしょう？」

「そりゃそうだけどさ……」

一晩20億オーラムに比べれば格安とはいえ、それでも常識外れの高額には違いない。桁違いの稼ぎを誇る高ランクハンターとはいえ、代金を仕事や情報で支払うことに慣れてしまったドーラスには、安いとは思えなかった。

するとキャロルが自分の体を指差して誘うように微笑む。

「私もこの体には大金を注ぎ込んだの。維持費だって凄く掛かるのよ？　でもそれだけの価値があることは、私の体をたっぷり堪能して十分に確認したでしょう？　楽しんだ分、少しは負担してくれない？」

ドーラスが苦笑を浮かべる。

「その体の維持には2億あっても足りねえのか？　道理でな。分かったよ」

その体に幾ら注ぎ込んだのかは知らないが、それだけ掛かっているのであれば、そこらの女とは違う訳だ。ドーラスはそう思いながら、キャロルの口座に2億オーラムを振り込んだ。

「ありがとう。まあ色恋沙汰以外で女を抱いたんだもの。支払うものは支払ってもらわないとね」

用事は済ませた、とでもいうようにキャロルが服を着ていく。高ランクハンター向けの、購入にはハンターランクによる制限がある強化服だ。

尖《とが》った旧世界風のデザインで、慣れていない者には、その性能を認めさせても着るのを躊躇させてしまう品だが、キャロルは以前からその手のデザインの強化服を全く気にせずに着用していた。その着慣れた雰囲気もあって、東側の領域から来た女性ハンターにも見える。

この雰囲気に釣られたのが始まりだった。ドーラスがそのようなことを考えながら、軽い調子で言う。

「色恋沙汰か……。安くしてほしければ口説き落とせってことか？」

「そういう意味じゃないわ。まあ確かに、私も恋人から金なんて取らないけどね」

「いるのか？　恋人」

「いないわ」

「……ふーん」

ドーラスはそう興味の薄そうな返事をした。しかしキャロルはドーラスの声からその内心を見抜くと、妖艶に笑って告げる。

「悪いけど、私、口の軽い男はタイプじゃないの」

「酷《ひで》えな」

金の代わりに情報を売っているドーラスは、確かにある意味で非常に口の軽い男ではあった。しかし支払に困らせてそのような真似をさせているのはキャロルだ。

その当人から、だからタイプではないと言われると、ドーラスも苦笑を浮かべるしかなかった。

着替え終えたキャロルが笑顔で言う。

「それじゃあ私はもう行くわね。また呼んでちょうだい。そうね、次は30億……と言いたいところだけど、オーラムで2億も支払ってもらったのだし、次は25億にしてあげる」

「何だかんだ言って上げるのかよ。そこまで値上げされると流石に俺も正気に戻って、もう呼ばねえかもしれねえぞ？」

「またね」

また呼ぶ。絶対に。そう言っているような顔と声を残して、キャロルは帰っていった。

一人になったドーラスがベッドの上で大きな溜め息を吐く。

「……俺も随分質の悪い女に引っ掛かったもんだな」

金を女に注ぎ込んだ所為で破産するハンターなど、所詮はその程度しか稼げない二流だ。そう思っていたドーラスだったが、最近はその考えを改めるべきか悩み始めていた。

自分は良いように扱われている。それを分かっていながら、ドーラスはキャロルとの関係を断ち切れないでいる。

キャロルはそういう悪女だった。


自室の大きなベッドに腰掛けながら、キャロルが非常に険しい表情を浮かべている。自宅に戻った後、キャロルはずっとそのままだった。その顔にドーラスと一緒にいた時の余裕は欠片も無い。強い焦りが、更に強い怯えと共に滲んでいた。

「……まずいわ」

悲観的に考え過ぎているという楽観視、望み、願望は、既に最悪の状況の想像に押し潰され、塗り潰されてしまっている。その想像、起こり得る未来から逃れようと、キャロルは頭を抱えながらひたすら解決策を考え続けた。

◆

クガマヤマ都市に帰還してからのアキラは、自宅で勉強と訓練の日々を続けていた。今日も車庫の中でアルファと模擬戦をしている。

都市間輸送車両での激戦を経て、アキラはまた一段と強くなっていた。1週間程度の短い期間ではあったが、その過酷で濃密な経験はアキラの心身を強烈に鍛え上げた。絶望的な死地を駆け、無数の死線の隙間を潜《くぐ》り抜《ぬ》けて、わずかな勝機を逃さず摑んで勝利する。それを可能にする神懸かり的な戦闘感覚を、更に鋭く研ぎ澄ませていた。

高性能な強化服を着ただけでは得られない、ある種の強さの本質。それもまた、激戦を踏破したアキラが得たものだった。

そしてそのアキラにアルファの蹴りが叩《たた》き込まれる。判定は即死。アキラは頭部を派手に吹き飛ばされて床に転がった。

もっともこれは訓練。その首無しの死体はアルファと同じ映像上の存在だ。現実であればどうなっていたかを再現したものにすぎない。

不運の撃破に失敗した自分の姿を見て、アキラが軽く息を吐く。

「アルファ。今度は何秒保った？」

『5秒ぐらいよ』

「5秒か……。俺にしては上出来……って考えちゃ駄目なんだろうな」

『上出来ではあるわよ？　実戦では、死んで上出来では駄目だけれどね』

「だな」

実際の経過時間はわずか5秒だが、体感時間の操作を限界まで実施した上での5秒だ。下手な戦闘より疲労しており、アキラはしっかりと息を整えた。

「……よし。アルファ。次だ」

再びアルファと少し距離を取って対峙《たいじ》する。

『アキラ。始めるわよ。5、4、3……』

先程のアルファは素手だったが、使う武器は毎回変更している。様々な銃や、ブレードなども使用する。また1対1の戦闘に限らず、アルファが10人ぐらいに増えて戦うこともある。そしてそのいずれの場合でも、総合的な戦力はエルデと同程度になるように調整していた。

アキラはそのアルファ、或いはアルファ達と、アルファのサポート無しで戦っていた。当然ながら勝負になる訳が無く、何秒生き残れるかという戦いになっている。そして5秒生き残れば上出来、という成果しか出せていない。

生存し、反撃の糸口を掴み、反撃し、勝利する。今はその一歩目の段階で躓《つまず》いている。先は長かった。

両手に持ったLEO複合銃をだらりと下げた初期状態のまま、アキラがアルファを注意深く観察する。

（……また素手か。前回は下手に迎え撃とうとしたのがまずかった。よし。今回は先制して撃ちながら距離を取ろう）

エルデと同程度に強い設定のアルファは、並大抵の銃撃では倒せない。しかし拡張粒子が散布されている設定ではないので、高速フィルター効果は発生しない。それなら迎え撃てるかも、と考えて失敗したことを踏まえて、アキラは戦闘開始の合図を待つ。

『……2、1、0』

そして開始の合図の直後、自身がアルファに銃を向ける前に、アキラは眉間を撃ち抜かれて即死した。綺麗《きれい》に風穴の空いた死体が床に転がる。

アルファは銃を持っていなかったはず。そう思って驚くアキラに、アルファがそれを見せ付けるように手を動かす。何も持っていないように見えるが、何かを握っているかのような手に、映像の銃が追加表示された。

それでアキラも理解する。自分を撃ったのはその銃であり、アルファは光学迷彩で見えない銃を持っている設定だったのだと。

「……えー。アルファ、それ、ありか？」

『ありよ。ちゃんと見抜けるように拡張感覚のデータも送っていたわ。そして5秒も猶予をあげたのに、アキラはそれを見抜けなかった。その所為で死んだ。それだけよ。実戦ではなくて良かったわね？』

エルデ並みに強い者が、そのような小細工までしてくる。それを卑怯《ひきょう》だと言うのは簡単だが、声高に非難したところで敵は使ってくるのだ。その小細工で殺されない為に、しっかり見抜いて対処しなければならない。

都市間輸送車両で光学迷彩の腕を持つ相手と戦った時はアルファが見抜いてくれた。しかしアルファのサポートを受けられない時は自力で見抜かなければならない。失敗すれば、実戦では死ぬ。出来るようにならなければならない。アキラもそう思い直し、自身を叱咤《しった》して意識を切り替えた。

「分かった。次だ」

一瞬で勝負がついたこともあって疲れてはいない。アキラはすぐに次を始める。

『今度はもっと分かりやすい銃にしてあげるわね』

アルファの両手に大型の銃が現れる。その長めの銃身と目立つ銃口を見て、アキラも確かに分かりやすいと思った。

だが次の瞬間、アルファが10人に増えてアキラを取り囲んだ。全員両手に同一の銃を持っている。

『始めるわよ。5、4、3……』

10人に分散したことで、それぞれのアルファの戦力は10分の1より下がっている。それでも10人のアルファが持つ20挺の銃の射線を見切らなければ、アキラは穴だらけになる。

自分を綺麗に円形に包囲するアルファ達の位置を、情報収集機器を介した拡張感覚を用いて認識する。そのそれぞれが持つ銃の位置と、銃口の角度を捉える。今は下に伸びている射線が一斉に自分に向けられる瞬間に、その全ての銃撃から逃れる為に、意識を研ぎ澄ます。

体感時間を、そして意識上の現実の解像度を操作する。時が非常に緩やかに流れ、自分とアルファ以外が白く染まっていく世界で、アキラは限界まで集中し、その瞬間を待った。

『……2、1、0』

拡張現実の中で無数の弾丸が飛び交う。現実であれば車庫を自宅ごと一瞬で消し飛ばす弾幕が荒れ狂う。そしてそれが治まった時、アキラは穴だらけの状態で床に倒れていた。生存時間は2秒。撃破したアルファは1人。戦力差から考えれば、十分に上出来の内容ではあった。

それでもアキラは不満げに呟く。

「……まだまだか」

横たわったままのアキラを、アルファが首の後ろ辺りを摑んで持ち上げる。厳密にはそう見えるように強化服を操作した。両足が床から離れて少し浮いているが、空中に力場装甲《フォースフィールドアーマー》の足場を生成できる強化服であればそれも可能だ。そしてアキラと目線を合わせて微笑む。

『確かにまだまだね。でも一人は倒せたのだし、悪くはなかったわよ？』

「そりゃどうも」

アキラが苦笑を浮かべて床に立つ。及第点には届いていないが、見込みのある評価だとして、前向きに捉えることにした。

『アキラも大分疲れてきたようだし、ここからは軽く流す感じにしましょうか』

「分かった」

実戦ならば回復薬を大量に服用して続行するところだが、今は訓練だ。死地を駆けるような過負荷の訓練ではなく、軽い休憩を挟めば続けられる程度の負荷に抑えて模擬戦を続行する。

今度のアルファの設定は、体感時間操作も現実解像度操作も使わないアキラと同じぐらいの強さだ。それでもアキラ達は常人にとっては目にも留まらぬ高速戦闘を繰り広げている。勝ったり負けたりしながら、雑談を交えて交戦する。

「それにしても、結局エレナさん達に合流できなかったのは、ちょっと残念だったな」

しばらく待てば格段に強力な新装備が手に入る。都市間輸送車両の護衛依頼の報酬もあるので当面の金には困っていない。ハンター稼業をすぐに再開しなければならない理由は無い。

それでもアキラは、クガマヤマ都市に戻ってきたのだから、チームで間引き依頼を続けているエレナ達に合流しようと思っていた。しかしその旨をエレナに伝えると、アキラは激戦を終えたばかりなのだからしっかり休め、と言われてしまった。

それを残念がるアキラに、アルファが軽く言う。

『そんなに残念に思うのなら、強引に加われば良かったのに。一応あれはアキラのチームなのだから、途中参加の是非を決める権利はアキラにあったと思うわよ？』

「いやまあ、そうだけどさ、……下手にごねるようなら、アキラが休もうとしないってシズカさんに叱ってもらうって言われちゃったし……」

そう言われてしまっては、アキラは引き下がるしかなかった。またチームを指揮するクロサワからも、アキラほど強い者に急遽参加されるとそれはそれで問題が出るとして、やんわりと断られた。加えてチームは近い内に解散する予定だとも教えられた。

大流通もそろそろ終わる頃であり、間引き依頼も合わせて終了する。加えてそもそもこのチームは、ヒカルがアキラに成果を稼がせる為に結成したものだ。その理由が失われた時点でチームを存続させる意味は薄れていた。

勿論アキラ達が自分達の意志でチームを続ける分には全く構わない。しかし続けても今までのようなクガマヤマ都市からの大規模な支援などは無い。アキラの担当を降りたいヒカルも、既に手仕舞いの後処理を済ませていた。

そういう理由もあって、アキラは新装備を手に入れるまでの期間を、訓練と勉強に費やすことにしていた。

『本当にアキラはシズカに頭が上がらないのね』

「良いじゃないか。それだけ世話になってるんだからな。……よし！」

雑談しながら続けていた銃撃戦は、今回はアキラが勝利した。何度も被弾したアルファが頭部の力場障壁《フォースフィールドシールド》を貫かれ、額に穴を開けて床に倒れる。

しかしアキラが負けた時とは異なり、そのまま死体を映し続けるようなことはない。立ち上がる描写すら省略して、すぐに無傷の状態でアキラの前に立つ。

『3連敗は阻止したわね。次はブレード戦にしましょうか』

「分かった」

アキラが銃を仕舞うと、空になった手にブレードが現れた。それを握って構えを取る。アルファも銃を消してブレードに持ち替えた。

『始めるわよ。5、4、3、2、1、0』

開始の合図と同時に、アキラとアルファが共に間合いを詰める。そして拡張現実上にしか存在しないブレードを勢い良く振るった。

長い刀身がぶつかり合う。その手応えが、アルファによる強化服の操作で、まるでその刃が本当にあるかのようにアキラに伝わる。

衝撃で弾《はじ》かれたアキラがすぐに体勢を立て直す。そして跳躍して頭上からアルファを襲う。安易に飛ぶと、その後は空中を慣性に従って動くだけになり不利になる、という考えは、その空中を足場に出来る者には意味をなさない。地面の上でしか戦えない者には非常に奇妙に見える位置と構えでブレードが振るわれる。

アルファはその一撃を自身のブレードで弾いて防ぐ。そして敢えて強く発生させた衝撃変換光を目眩《めくら》ましにしてアキラに斬り掛かる。

しかしアキラは強い光で視界を一時的に失おうとも、情報収集機器を介した拡張感覚でアルファの動きを摑んでいた。迫り来るブレードを躱《かわ》し、搔《か》い潜《くぐ》って、再び斬り付ける。

そのまま激しい攻防が続く。繰り出し、躱し、防ぎ、反撃する。その高速戦闘を続けながら、雑談も続ける。

「あ、そうだ。アルファ。新装備を手に入れるまでは遺跡に行かずに訓練を続ける予定だけどさ、その後はどうするつもりなんだ？」

『クズスハラ街遺跡の第２奥部に行くつもりよ』

「あそこか……」

アキラは以前に第２奥部に行ったことがあった。だがモンスターの余りの強さに半分逃げ帰っていた。それも第１奥部との境目に近い場所でだ。奥に行くほど高難度になる遺跡の中で、第２奥部の序盤で引き返したのだ。当時のアキラでは、それが限界だった。

アキラがその時のことを思い出して、少し難しい顔を浮かべる。

「……まあ、大丈夫……か？」

今の自分はあの頃より強い。それに強力な新装備を手に入れてから行くのだ。だから大丈夫だろう。そうは思いながらも、アキラは過去の苦戦の記憶もあって断言は出来なかった。

そう微妙な不安を口にしたアキラに、アルファが笑って答える。

『大丈夫よ。今あの辺りは都市が呼んだ高ランクハンター達の稼ぎ場所になっているけれど、アキラもその高ランクハンターでしょう？　それに都市間輸送車両であれだけ戦えたのだもの。前に第２奥部で戦ったモンスター程度、今のアキラが苦戦する相手ではないわ』

アルファからそう言われたことで、アキラもわずかな弱気を払拭した。自信を込めて笑って返す。

「……そうか。そうだな」

『ええ、そうよ。あの場所で、今のアキラがどこまで行けるか試しましょう。新装備の性能次第ではあるけれど、十分な位置まで辿り着けるようなら、アキラには、そろそろ私の依頼に本格的に手を付けてもらうことになるわ』

それを聞いたアキラが驚く。

アルファの依頼。アルファが指定する遺跡を攻略すること。場所も名前も知らないが、とてつもない高難度で、かつての自分ではそこに到達することすら不可能だと言われた遺跡。それほどの遺跡を攻略する為に、その為の力を手に入れる為に、自分はずっと戦ってきた。

それがようやく、とはまだ言えない。しかし、もう少し、と言える所までは来ることが出来たのだ。その思いで、アキラが力強く笑う。

「……そうか。じゃあ、頑張らないとな！」

その意気を込めてアキラがブレードを振るう。一閃《いっせん》。アルファの胴を両断した。

しかしアルファは笑っている。

『ええ。頑張ってね』

そして笑ったまま上半身だけでブレードを振るい、アキラの首を斬り落とした。

横たわる首無しの死体と、床に転がる自身の首を見て、アキラが少し残念そうに言う。

「……引き分けか」

『いいえ。アキラの負けよ』

「……何で？」

『勝利条件の違いよ。敵役の私は刺し違えても勝ちだけれど、アキラは死んだら負けよ。死んでも良い戦いなんてしていないのだからね。そうでしょう？』

「……そうだな」

相手が相打ち前提で襲ってきたからといって、自分もそれに付き合うことは出来ない。刺し違えることは出来ない。生き残らなければならない。

ユミナとの戦いでも、そうやって生き延びたのだから。

アキラはそう思い、自分の認識の甘さを自覚して意識を切り替えた。

「分かった。俺の負けだ。次は勝つぞ？」

『有言実行でお願いね？』

「分かってる！」

訓練を再開する。実力は互角だが、敵は生還するつもりが無い。そこから生じる不利を覆す力を得る為に、アキラは頑張って戦った。


本日の訓練を終えたアキラは、今日もその疲労を浴室で癒やしていた。湯船に浸《つ》かり、たっぷりのお湯に身を委ねて、大金を出して得た豪勢な入浴体験を、だらしない声まで漏らして堪能している。

「あー、効くなー」

同じ浴槽に身を浸しているアルファが、そのアキラの様子を見て笑う。

『それはお湯に入れた回復薬について言っているの？　それなら普通に使用した方が良く効くと思うわよ？』

間違ったことは言われていないと思いつつ、アキラは魂を湯に溶かした顔で答える。

「良いじゃないか。やってみたかったんだよ。これでキャロルにも安い風呂とは言わせないぞ」

あれだけ稼いでいるのに、随分安っぽい風呂に入っている。以前アキラはキャロルからそう言われたことがあった。そしてキャロルの自宅の浴室の設備を聞いて、確かにその内容に比べれば安っぽい風呂と言われても仕方が無いと思わされた。

その話の中でアキラが一番驚いたのは、お湯に回復薬を混ぜているというところだった。身体強化拡張者であるキャロルの体の整備も兼ねているとはいえ、随分贅沢なことをしていると思い、世の中にはそういう入浴もあるのだと興味を覚えてもいた。

そして改築と呼んでも差し支えないほどに改装したアキラの浴室には、その手の機能もついていた。それを思い出したアキラは、訓練で疲れたこともあって早速試してみたのだ。

キャロルは副業の為に自身を磨き上げる必要がある。客を魅了する美しさを保つ為に、高い金を注ぎ込んで、全身を回復薬入りの湯に隅々まで浸して、肌の本当に細かな傷まで取り去って、その柔らかな裸体を輝かせる意味がある。

アキラにはそのような必要など欠片も無い。それでも単なる興味で回復薬入りのお湯に浸かり、無駄に肌を輝かせていた。

もっともその程度の無駄遣いで高ランクハンターの支出に影響が出ることはない。ハンターランク55の稼ぎから考えれば十分にささやかな贅沢を、アキラは心から堪能していた。

『アキラ。そのキャロルから通話要求が来たわよ』

「……ん？　分かった。繋げてくれ」

そのままアルファを介してキャロルと話す。

「……キャロル。悪いんだけど、今風呂に入ってるんだ。長くなりそうなら、後にしてほしいんだけど」

『こんな美人が連絡してきたっていうのに、相変わらずつれないわね。話すだけでも、アキラの家の安い風呂よりは楽しめると思うんだけど？』

そうからかうように言ってきたキャロルに、アキラが少し得意げに言う。

「残念だったな。俺の家の風呂はもう安い風呂じゃなくなったんだ。金を掛けて改装したんだよ。キャロルの家の風呂にだって負けないぐらいに……、いや、これは勝ってるな！」

『へー。そうなの。でもアキラが言うことだしね。そんなことが言えるのも、私の家のお風呂を体験してないからじゃない？』

「そういうキャロルだって俺の家の風呂を体験してないから……、その話は置いといて、用件は？」

話の脱線に気付いたアキラは、さっさと用件を聞くことにした。キャロルも本題に入る。

『実はアキラと直接会って話したいことがあるの。時間を取れない？』

「何の話を？」

『その説明も含めて、直接会って話したいの』

「まあ良いけど……」

意識を浴槽に溶かしているアキラは、深く考えずに了承の意を返した。そのまま半分茹《ゆ》だった頭で相談し、明日キャロルの家で会うことになった。

『それじゃあ、また明日ね。待ってるわ。ああ折角だし、ついでに私の家のお風呂に入っていけば？』

「そうだな……。じゃあな」

キャロルとの話を終えたアキラは、浴槽から一度取り戻した意識を再び湯に溶かし始めた。表情を緩めて気の抜けた声を漏らす。

「あー……」

そのアキラの様子を、アルファは笑って見ていた。

第216話　護衛依頼

　アキラがキャロルの家を訪れる。迎えたキャロルは、銃と強化服でしっかり武装しているアキラの姿を見て軽く苦笑した。

「いらっしゃい。アキラ。待ってたわ。それにしても女の家に強化服で来るなんてね。アキラらしいと言えばそれまでだけど、よそ行きの服ぐらい持ってないの？」

「否定はしないけど、この格好は用心の為だ。事情があって最近ちょっと物騒なんだよ」

「ふーん。まあ良いわ。入って」

　キャロルの自宅は下位区画の物件ではあるが、稼ぐ者達が住む高級マンションの一室ということもあり、豪勢な造りになっている。部屋も多く、そして広く、各種設備も整っており、浴室を除けばアキラの家とは比較にならない居住空間だ。

　その内装を興味深そうに見ているアキラだが、気後れすることはなかった。都市間輸送車両の客室で寝泊まりした経験などで、高い部屋への耐性はついている。自宅の浴室の改装の時に同水準の物件への引っ越しを勧められたが、やはり自分がこのような家に住んでも持て余しそうだ。そう思って落ち着いていた。

　リビングルームに案内されたアキラが、部屋着のキャロルから飲み物を受け取る。

　キャロルは露出を極力抑えた品の良い服を着ている。しかしその服ではキャロルの色香を押さえ込むには足りておらず、隠し切れない魅惑の雰囲気が、露骨ではない色気として周囲に漏れ出ていた。

　それをアキラは全く気にせずに話に入る。

「それで、直接会って話したいことって何だ？」

　アキラの反応はキャロルも予想済みだ。気にせずに話し始める。

「実はアキラに護衛を頼みたいの」

「護衛？　どこかの高難度の遺跡にでも行くのか？　悪いんだけど俺は今ハンター稼業を休んでるんだ。

新しい装備を手に入れてバイクの修理も終わってから……」

「あ、待って。まずは私に先に説明させて。細かい話はその後でね」

キャロルはそう言ってアキラの話を止めると、護衛依頼の説明を始めた。


キャロルから護衛依頼の概要を聞き終えたアキラは、どこか困惑した表情を浮かべていた。依頼の内容は、アキラには少し不可解にも思えるものだった。

護衛といっても周囲を四六時中警戒する必要は無い。何かあった時にすぐに対処できる距離にいてくれれば良い。期間は未定だが、その間は基本的にアキラの好きに行動してもらって構わない。家で休んでいても、遺物収集やモンスター討伐をしても、それどころか別の依頼を受けても構わない。キャロルの同行を許す限りは自由にして良い。

護衛代は1日100万オーラム。その基本料金とは別に、戦闘等を行った場合は追加料金を支払う。金額はその都度、敵の強さなどを考慮して要相談。更に1ヶ月ごとに1億オーラム支払う。

加えて、護衛依頼を受けている間は、キャロルに好きなだけ手を出して良い。

その話を聞いたアキラは、最後の部分は自分には報酬になっていないと思いながら、別の疑問を尋ねていく。

「なあキャロル。そもそもこの護衛依頼って何の為なんだ？　どこの誰から、或いは何からキャロルを護れば良いんだ？」

「それは……、私にも分からないわ」

「分からないって……」

思わず怪訝な顔を浮かべたアキラに向けて、キャロルが笑って答える。

「まあ、あれよ。実はこの依頼は用心の為っていうか、単に私が自意識過剰なだけで全部杞憂《きゆう》かもしれないの。襲撃される前提で周囲を常に警戒しろ、なんて頼んでないでしょう？　それはそういう理由だからよ」

「でも念の為に護衛を雇おうって考えるぐらいには不安なんだろう？　何が不安なんだ？」

「あー、その辺は説明が難しいの。ちゃんと説明すると情報料が必要な部分に触れないといけないのよ。だから言えないわ」

アキラはその説明で、そうか、で済ませることも出来た。しかし今は納得よりも困惑が勝り、更に続けて尋ねる。

「情報料って、幾らぐらい？」

「そうね。どこまで話すかにもよるんだけど……、100億オーラムぐらいかしら？」

「100億!?」

予想外の金額が出て来たことに、アキラは思わず声を上げた。キャロルがその反応を楽しむように笑う。

「ああ、それぐらいヤバい情報って訳じゃないわ。その情報に100億の価値があるとも言わない。同等の情報を真面目に調べようとすると、それぐらいの経費が掛かっても不思議は無い。そういう意味での100億よ。その情報を欲しがってる人に、その経費を根拠にして100億オーラムの売値をつける人もいるかもしれない……ってところかしら」

「そ、そうか……」

それでも相当な額がつく情報であることに違いは無い。アキラはそう思い、驚きを隠せなかった。するとキャロルが誘うように微笑む。

「聞きたい？　良いわよ、話しても。ただし、私の護衛を引き受けた上で、その報酬との相殺分だけってことになるけどね。どうする？」

「いや、話さなくて良い。護衛を引き受けるならその辺がちょっと気になるってだけだ。知らないままでも依頼を断れば済むだけだしな」

「そうきたか。うーん。アキラも少しは交渉事に慣れてきた？　手強《てごわ》くなったわね」

そのキャロルの軽い世辞に、アキラが少しだけ得意げに笑う。もっともその時点でキャロルに乗せられている。アキラの交渉能力はまだまだだった。

キャロルが話を続ける。

「まあそれはさておいて、上手くいけば何もしなくても1ヶ月で1億3000万オーラムよ？　私もそこそこ良い話を持ってきたと思ってるんだけど」

　改めてそう言われると、アキラも確かにその通りだと思った。キャロルの裏事情が気にならないとは言わないが、それを許容させるだけの額だとも思い、そこから話が上手過ぎると感じて逆に疑う。

「その条件で、そこそこ良い話、程度なのか？」

「高ランクハンターを1ヶ月働かせると考えれば安いかもしれないけど、さっきも言った通り、上手くいけば何もしなくても良いんだし、そんなものじゃない？」

「……まあ、そんなもの、か？」

　アキラが悩む。この辺りの仕事の相場は、その手の知識に疎いアキラには分からない。ではそれが分かる者、例えばヒカルなどに相談した方が良いかとも思ったが、まずはすぐ側にいる身近な者に尋ねる。

『アルファ。どう思う？』

『取《と》り敢《あ》えず嘘は言っていないようね。でもまずはその前に、アキラは彼女の護衛を引き受けたいの？』

『……、その辺も含めてどう思うって聞いてる。キャロルが嘘を吐いてないのなら、1ヶ月で1億3000万だ。第2奥部に行くなら弾薬費も掛かるし、新装備の性能が微妙だったらもっと高性能な装備が必要になるんだし、金は要るだろう。……あ、キャロルを連れて第2奥部に行くのはまずいか？』

　第2奥部は流石に危険過ぎるので行かないでくれ。キャロルからそう言われた場合は、アキラも依頼を断るしかなかった。

「キャロル。先に言っておくけど、俺は近い内にクズスハラ街遺跡の第2奥部に行くつもりなんだ。さっきの条件だと、そこにキャロルもついてくることになるんだけど……」

「ええ。構わないわ」

「その場合、護衛代はどうなるんだ？　俺の都合で第2奥部に行くのに、払うのか？」

「勿論よ。ちゃんと追加料金として支払うわ」

　キャロルはあっさりそう答えた。そして続ける。

「まあ、出来れば私を案内役として雇った上で、その報酬では相殺し切れなかった分を支払う感じにしてほしいわね。第2奥部には私も何度か行って戦ってるから、そう簡単に足手纏《あしでまと》いにはならないわ。それに広範囲の地図も持ってるから、結構深い所まで案内できるはずよ」

それを聞いたアキラは意外そうな表情を浮かべた。そして少し難しい顔で、言い難いことを言うように続ける。

「……こういう言い方は気を悪くすると思うけど、あそこには俺も前に一度行ったことがあって、その時の俺が逃げ帰ったぐらいには高難度のはずなんだけど……」

キャロルの実力では第2奥部で真面に戦えるとは思えない。端的に言えばそうなる少々失礼な内容を、アキラは一応言葉を選んで言っていた。

そしてキャロルはそのアキラの疑問を予想していたこともあり、笑って答える。

「言いたいことは分かるわ。でも大丈夫よ。あそこ、今は余所《よそ》から来た高ランクハンターの稼ぎ場所になってるでしょ？　今の私は、その彼らに交じって戦えるぐらいには強いの。まあ、全部物凄《ものすご》く高い高性能な装備のおかげってのは否定しないけどね」

「そんな凄い装備を持ってるのか……。でもそういう高性能な装備って、ハンターランクの制限とかで買えないんじゃないか？」

「普通はね。正攻法でなければ遣《や》り様はあるのよ」

「へー」

『……アルファ』

『嘘は吐いてないわ』

『じゃあ本当にあそこでも戦えるぐらい強いんだ。凄いな』

そこまで疑った訳ではないのだが、一応アルファに確認を取っても嘘ではなかったことで、アキラは軽く驚きながらも納得したように頷いた。

『アルファ。もう一度聞くけど、どう思う？　戦力的に問題無いなら良いんじゃないか？』

『そうね。私も強く止める気は無いわ。彼女の護衛を引き受ければ、稼ぎを底上げできるのは間違いないのだしね。第2奥部で彼女が足手纏いになった時は、その分だけ護衛代をたっぷり上乗せしてもらいましょう』

『決まりだな』

一度はそう決めたアキラだったが、続く話でそれが揺らぐ。

『強いて懸念を言うのであれば、どうしてアキラに護衛を頼むのかが、少し気になるところね』

『……何で？』

『アキラが騒動に巻き込まれやすい人物であることは、彼女も知っているはずだからよ』

全部杞憂かもしれない。それでも用心の為に護衛を雇う。そのような考えの持ち主が、アキラのような不測の事態に巻き込まれやすい者を、わざわざ護衛に選ぶだろうか。アキラの所為で杞憂が杞憂ではなくなってしまう、などとは思わないのだろうか。普通は別の者を雇うのではないか。敢えてアキラを雇うのはなぜなのか。

アルファはそう自身の懸念を簡単に説明した。

そしてアキラはその説明に納得してしまった。少し難しい表情でキャロルを見る。

「アキラ。どうしたの？」

「いや……」

疑問が完全に解消するまで尋ねることも出来る。相手もしっかり答えてくれるかもしれない。しかしその内容が信頼できるものかどうかは分からない。正確にはそれを判別できる能力が自分には無い。疑わしい部分をしつこく追及したところで、結局は上手く言い包《くる》められてしまうだけかもしれない。それでは何を聞いても意味は無い。

そう考えたアキラは、聞かなければならないことを絞り切ることにした。真面目な顔でキャロルに問う。

「キャロル。気を悪くすると思うから先に謝っておく。答えてくれ。この護衛依頼に、俺を嵌めようとか、騙そうとか、そういう考えは無いんだな？」

この質問に嘘を吐かれ、自分がそれに騙されてしまうようであれば、もうどうしようもない。その場合は、キャロルが他の全ての質問に正直に答えたとしても、それは全て自分を陥れる為のものとなる。そして恐らく自分はそれを見抜けない。

だからこれで見極めよう。嘘を吐かれ、それを見破れなかったのなら、今までアルファに頼り切りで交渉能力を磨かなかった自分の所為だ。アキラはそう思い、真剣な目をキャロルに向けていた。

そのアキラの真剣さに応えるように、キャロルも真面目な態度で答える。

「言葉の意味によるわ。嵌めるという意味が、私がアキラの不利益を期待している、という意味なら、そんな考えは欠片も無いわ。でも、こんなやつらと戦う羽目になるなんて聞いてない、キャロルに騙された、とアキラが思う状況は、場合によっては有り得るわ。その恐れは私も否定できない。そこを断言できないと依頼を受けられないのなら、私も諦めるわ」

聞くべきことを聞き、話すべきことを話した二人が、互いの目をじっと見る。流れる沈黙が、張り詰める緊張が、どちらもそれだけ真剣であることを示していた。

そして、アキラが先に雰囲気を緩めた。

「分かった。引き受ける」

それでキャロルも表情を緩める。小さく安堵の息を吐いた。

「ありがとう。助かるわ」

「変に疑って悪かった。キバヤシってやつから、お前の交渉能力は素人同然だ、このままだと食い物にされるぞって注意されたことがあってな。少し念入りに疑ってみただけなんだ」

「良いのよ。気にしないで。疑った上で信じてもらえたのなら、むしろ嬉《うれ》しいわ」

「そうか」

本当に気にしていない。そう伝えるように明るく笑ったキャロルを見て、アキラも気が楽になった。

「それじゃあ、私の護衛を引き受けてもらえたことだし、払うものは払っておくわね」

キャロルが情報端末を操作してアキラの口座に報酬を振り込んだ。

それを確認したアキラが少し驚いた顔をキャロルに向ける。振り込まれた額は1億3000万オーラム。1ヶ月分の報酬が先払いされていた。

「……良いのか？　こんな大金を先払いして。俺に持ち逃げされたらどうするんだよ」

「そうね。その時は、がっかりするわ」

「が、がっかりするって……」

そういう問題ではないだろう。そう思って困惑するアキラに、キャロルが笑って続ける。

「私はアキラを信じて護衛を頼んだの。それでアキラが逃げたのなら、私に見る目が無かった。それだけよ」

そして次は意味深に、少しだけ挑発的に微笑む。

「だからアキラ。期待させてちょうだいね？」

それを受けて、アキラも笑って返す。

「了解だ。期待してくれ」

「頼んだわ」

期待する者と、それに応えようとする者は、内心を映した表情を互いに向けていた。

そしてキャロルが軽く言う。

「まあ、そんなことを言った後でこういうことを言うのも何だけど、そもそもその期待に応えてもらわないといけない状況には、なってほしくないんだけどね。ただの杞憂で終わるのが一番だわ」

「そりゃそうだ」

アキラ達が笑い合う。その緩んだ空気の中で、キャロルが今度は誘うように微笑む。

「それじゃあ金以外の報酬も渡しておきましょうか。アキラ。約束通り好きなだけ手を出して良いわよ。たっぷり楽しませてあげるわ」

「出さない。っていうか、その報酬は要らない」

「相変わらずつれないわねー。まあ良いわ。気が向いたらいつでも言って。取引は成立済みだから、私を好きなだけ抱く権利はもうアキラのものよ。その権利を行使するかどうかは、アキラの好きにしてちょうだい」

アキラの呆れたような顔を見ても、キャロルは全く気にしていなかった。

「あ、そうだ。アキラ。私がアキラの家に行くか、アキラが私の家に住むか、どっちにする？」

不思議そうな顔をしたアキラに、キャロルが説明を補足する。

1ヶ月分の報酬は既に支払われている。つまり護衛依頼は既に始まっている。アキラはキャロルの側にいなければならない。当然、寝ている間もだ。

それを聞いてアキラも納得したが、どちらにするのかは即答できなかった。

「私はどっちでも良いわ。アキラの好きにして」

「そう言われてもな……」

迷っているアキラを見て、キャロルが少しからかうように得意げに笑う。

「何なら私の家のお風呂に入って決めたら？　しばらく一緒に住むんだもの。快適な入浴を楽しめる方がアキラも良いでしょう？」

私の家の風呂の方がアキラの家の風呂より上質だ。そう言っているかのようにどこか挑発的に笑うキャロルを見て、アキラはその挑発に乗った。

高級マンションの設備に何を求めるかは人それぞれだが、キャロルは入浴という行為に身体強化拡張者である自身の体のメンテナンス機能まで求めたこともあって、自宅の浴室の質は他の部屋より格段に高いものになっていた。

それを体感したアキラが、広い浴槽に浸かりながら表情を少し硬くする。

「こ、これは……！　……いや、負けてない。負けてないぞ……」

勝っている、と断言できない時点で、加えて、負けていない、と言っている時点で、ある意味で勝負はついていた。

一緒に入っているアルファが、少し呆れたように言う。

『明確な優越が無いのであれば、どちらでも構わないわね。それでアキラ、どうするの？』

『どうしようか……』

入浴体験の差では選べないのであれば、キャロルを自宅に住まわせるのか、他人の家で暮らすのかの二択から選ぶことになる。どうしようかと、アキラは迷っていた。

そこにキャロルが現れる。普通に全裸で浴室に入ってきて、アキラと同じ浴槽に身を沈めた。

「……だからさ、入ってくるか？　普通」

「良いじゃない。アキラは私の裸になんて興味無いんでしょう？」

「そういう問題じゃないだろう……」

呆れたようにそう言ったところで、アキラはアルファが姿を消していることに気付いた。

『アルファ。どうして姿を消したんだ？』

『アキラが私に反応して、それを彼女が誤解したら面倒でしょう？』

『……ああ、そう』

ここで下手に反論すると、アルファから追加でからかわれる上に、本当に面倒な事になりかねない。

アキラはそう思い、余計なことを言うのはやめた。意識を切り替える為に別の話題をキャロルに振る。

「なあ、キャロルは何で俺に護衛を頼んだんだ？」

既に護衛依頼を引き受けている。返答の内容がどのようなものであれ、アキラには一度引き受けた依頼を降りるつもりは無い。単なる素朴な疑問として聞いていた。

そしてキャロルもアキラの態度からそれを理解した。本心で答える。

「初めて会った日にも、私はアキラを護衛に雇ったでしょう？　その時にちゃんと私を護ってくれたからよ」

「それだけ？」

その程度のことで決めたのか？　という意味を強く含んだアキラの言葉を聞いて、キャロルが機嫌良く笑う。

「それだけって……、随分簡単に言うのね」

アキラがその時のことを思い浮かべる。

「……まあ、簡単じゃなかったか」

ミハゾノ街遺跡の工場区画で大量の機械系モンスターに襲われ、キャロルの案内で何とか脱出した。そして脱出時に使用した飛行コンテナを空中で砲撃され、そこからも脱出し、ビルの側面で多脚戦車と戦う羽目になった。

まだまだ弱かった頃の自分が、アルファのサポートのおかげで何とか切り抜けた死地の経験だ。同等の死地と、それを超える死地を他にも山ほど経験した所為で少し印象が薄れていたとはいえ、確かに簡単な出来事ではなかった。キャロルに指摘されて、アキラもそう思った。

「そうよ。簡単じゃなかったわ。その大変な状況の中でも、アキラは私を見捨てずに最後までしっかり護ってくれた。だから、アキラにまた護衛を頼んだの。アキラなら、またしっかり護ってくれそうだからね」

それは自分の実力ではない。アキラはそう思いながらも、その否定だけで思考を終わらせなかった。今度もしっかり護れば、キャロルにとっては同じことだ。そして、自分はアルファのサポート込みの実力を、自分の実力だと誇示しなければならない。そう思い、まずは自身に示すように笑って返す。

「そうか。まあ今回もちゃんと仕事をするつもりだ。そこは安心してくれ」

「頼もしいわ」

そのアキラの笑顔に、キャロルも偽りの無い笑顔を返した。しかしそこで、わざとらしく不満を零《こぼ》す。

「……そういう信頼できる人だから、私も特別に追加報酬を弾んだってのに、そこはアキラは評価してくれないのよね。その報酬は要らない、だなんて、ちょっと酷いんじゃない？」

「そう言われてもな。そこまで言うなら、その追加報酬には幾らぐらいの価値があるんだ？」

「そうね……。最低でも２００億オーラムぐらいはあるわね」

「うっそだー」

欠片も信じていない。アキラはそれを顔でも声でも言葉でもありありと示した。

キャロルもその程度の反応は予想できる。楽しげに笑って反論する。

「嘘じゃないわ。この前も一晩20億で相手をしたところだしね」

「いやいやいや、10分の1になったからって、信じるとでも思ってるのかよ」

「まあ流石に全額オーラムで支払ってもらった訳じゃないわ。ほとんどは有益な情報とかで支払ってもらって、オーラムで受け取ったのは2億だけよ」

当初の額の100分の1。十分現実的な額になったでしょう？　とでも言うように、キャロルはアキラに笑いかけた。

確かに100分の1ならば、とアキラは一瞬流されそうになった。しかし我に返って首を横に振る。

「……いや、それでも2億だろ？　ねえよ」

「本当なのに。悲しいわー。あ、そうだ。アキラは嘘を見抜くコツみたいなものを持ってるんでしょう？　それで見抜いてみなさいよ」

欠片も信じていなかったアキラも、そこまで言われると半信半疑になった。コツの演技として、真面目な表情でキャロルの目をじっと見る。

『……アルファ』

『嘘は言っていないようね』

『マジか！』

本当だったという驚きを思わず顔に出したアキラを見て、キャロルは勝ち誇ったように微笑んだ。

「信じてくれたようね」

「……疑って悪かったよ。でも普通は信じられないだろ？」

「気持ちは分かるわ。だから、一度体験してみない？　そうすれば、アキラも納得できるわ」

キャロルはそう言って妖艶な笑顔でアキラを誘った。しかしアキラの反応は、単に興味が無かった時より悪くなっていた。

「やだよ。そこまでくると何か怖いぞ？　よく分かんないけど、ヤバい中毒性とか依存性でもあるんじゃないか？」

「酷いわねー」

キャロルは苦笑して、明確な返答を避けた。

入浴を終えたアキラの体の水滴を、脱衣所の壁から吹き出す風が吹き飛ばしていく。その感覚を楽しんでいるアキラの隣では、キャロルも水滴だけを纏った自身の裸体に風を当てていた。

「アキラ。結局どっちの家にすることにしたの？」

「あー、まだ考えてる」

「そう。まあゆっくり考えてくれて良いけど、夜までに決まらないようなら今日は泊まっていって……ん？」

「どうした？」

「ヴィオラから通信が入ったの。しかも無視すると面倒臭くなるマーク付きでね」

キャロルが脱衣所に埋め込まれている情報端末を遠隔で操作してヴィオラに繋げる。

「ヴィオラ。用件は？」

「面白い情報が入ったの。買わない？　取り敢えず１００万で良いわ」

キャロルが入金を済ませると、ヴィオラの楽しげな声が続く。

「そこ、あと10分で包囲されるわよ。相手はロットブレイクっていう大規模なハンターチーム。都市がクズスハラ街遺跡奥部攻略の為に招致したところね。チームのトップはゼロスってやつで、ハンターランクは77。そいつが部隊でそこに向かってるわ」

「……包囲する理由は？」

「プラス１０００万でどう？」

「また後でね」

キャロルは通信を切った。そしてアキラを見る。

「アキラ。一応聞いておくわね。何か心当たりはある？　あっても詳細は話さなくて良いわ。あるかどうかだけ知りたいの」

『アルファ。何かあるか？』

『アキラを狙ってのものという前提で考えるのであれば、ウダジマの差し金とも考えられるわね。ウダジマは第2奥部の攻略を熱心に進めているようだから、招致されたハンターチームとは繋がりがあるでしょう。病院でイナベにあった時も、わざわざアキラの装備を用意してきたぐらいに、ウダジマには気を付けるように言われたでしょう？』

その説明に納得したアキラの表情がわずかに険しくなる。そしてそれを見たキャロルの顔も少し難しいものになった。

「心当たりが全く無いって顔じゃないわね」

そしてキャロルは敢えて明るく笑った。

「まあ、私でもアキラでもない可能性もまだまだ十分にあるけどね。杞憂を期待しつつ、用心だけはしておきますか」

アキラも笑って答える。

「そうだな」

全裸のアキラ達が脱衣所を出る。入浴を終えたアキラ達が着る服は、部屋着ではなく強化服になった。

キャロルが尖った旧世界風のデザインの強化服を着用しながら、苦笑を浮かべて愚痴を零す。

「それにしても、アキラを護衛に雇ったその日にこんなことが起こるなんて、ついてるんだか、ついてないんだか……」

「ついてる、で良いんじゃないか？　護衛がいる時に起こったんだからな」

不運だとしても、打ち倒すだけだ。そう思い、アキラは敢えて得意げに笑った。

そのアキラの笑顔を見て、キャロルも苦笑を笑顔に変えた。

「……そうね。そう思いましょうか」

アキラを雇って良かった。そう思って笑っていた。

第217話　一晩１００億オーラム

ヴィオラの情報を受けて武装を済ませたアキラ達は、そのままキャロルの自宅に留まっていた。

既に10分経《た》っている。情報通りであればマンションの包囲は完了している。しかし包囲を突破して逃げ出す必要があるとは限らない。自分達とは無関係である可能性は残っている。また自分達を目的とした包囲であっても、交戦に至ると決まった訳ではない。こちらから下手な動きを見せて、相手の短慮を誘うのは危険だ。アキラ達はそう考えていた。

そこでマンションの警備から連絡が入る。それはロットブレイクがキャロルに会いたいと言っており、更にマンションの外まで出てきてほしいと言っているというものだった。

キャロルが小さく溜め息を吐く。

「相手の用事は私のようね」

「そうみたいだな。それで、どうする？」

「……、行きましょう。話し合いで終わるかもしれないし、ここで戦ったら部屋が滅茶苦茶《めちゃくちゃ》になっちゃうしねー。アキラ。それで良い？」

最悪交戦になった場合、この場の方が良いか、それとも外の方が良いか。アキラの好きな方を選んでくれ。そういう意図で、キャロルは笑って言っていた。

「了解だ。行こう」

アキラも笑って返した。

◆

ロットブレイクによるマンションの包囲はあっさり完了した。

もっとも包囲といっても広い敷地《しきち》を数百名で取り囲んで完全に封鎖するようなものではない。マンションの周りに十数名がまばらに立っている程度だ。

それでもマンションの警備員達にその包囲を邪魔することはできない。

警備の質も高級マンションの必要条件。配置されている警備員はそこらのハンターより強く人数も多い。加えて非常時には他の警備会社にも支援を要請できる。

だが相手は高ランクハンターだ。下位区画の範《はん》疇《ちゅう》では上等という程度の武力で太刀打ちできる存在ではない。好きにさせるしかなかった。

しかし警備側もそれを理由に事態を放置する気は無い。警備部隊の隊長は出来る限りのことはしようと、マンションの前にいるゼロスの側で、相手の武力行使を抑えようとしていた。

「……包囲は黙認したんだ。頼むからこれ以上のことはしないでくれ」

険しい表情でそう頼んできた男に、ゼロスも一応は配慮を見せる。

「分かってる。俺も穏便に済めば一番だと思ってるよ。あとは向こうの出方次第だ」

「……そうか」

ゼロスの返答は、向こうの出方次第では穏便に済ませるつもりは無いというものだ。欠片も安心できない。しかし圧倒的な武力差もあって強く出ることも出来ない。

穏便に済みますように。男にはそう祈ることしか出来なかった。

そこにアキラ達がやってくる。しっかり武装しているアキラ達の姿を見て、ゼロスが笑わずに意味有り気な声を漏らす。

「……へー」

勘弁してくれ。男は口には出さずにそう嘆いた。

マンションの外に出たアキラがゼロスと警備の男を見付ける。すると拡張視界に二人の情報が表示された。

これはアルファのサポートではなくキャロルのサポートだ。キャロルが保持している各種の情報が、情報収集機器などの連携によりアキラ側で表示可能になっていた。

警備の男にはその武力の目安として、ハンターランク30相当と表示されている。そしてゼロスの方にはハンターランク77と出ている。

それらはどちらもキャロルが保持している情報にすぎない。正しい保証は無く、更にそれを基にした目安でしかない。

それでも、都市間輸送車両の車列の先頭にいるような実力者が、場合によっては敵対する状況で目の前にいることに、アキラは無意識に警戒を強めた。

ゼロスの方もその警戒に気付く。その上で視線をキャロルに向けた。

「お前がキャロルだな？」

キャロルは欠片もたじろがずに笑って返す。

「そうだけど、何の用？　っていうか、あなたはどこの誰？」

知っていることも知らないことも、虚実を交えてキャロルは笑っていた。

「俺はゼロス。ロットブレイクってハンターチームの隊長をやってる。お前、最近俺達を探ってるだろ？　その理由を、お前の裏に誰がいるのかも含めて、全部話してもらおう」

「何言ってるのか分からないんだけど」

「この状況でとぼけてんのか？」

「そっちこそ、それが下らない駆け引きじゃないのなら、分かるようにちゃんと説明してくれない？」

警備の男が穏便には済まない雰囲気を感じ取って慌て出す。少なくとも男にとってキャロルの態度はハンターランク77の実力者に、そこらの都市など個人で脅せる者に対して取って良いものではなかった。

その男の慌て振りを見て、アキラも万一の場合のことを考える。

『アルファ。ヤバい時はキャロルを連れて逃げるから、その時はサポートを頼む』

都市間輸送車両でヒカルを助けた時とは異なり、今はキャロルを連れて逃げ出せる。エルデの時のように賭けに出てまでゼロスを倒す必要は無い。それならば脱出一択だ。アキラはそう判断した。

『分かったわ』

笑ってそう答えたアルファの返事を聞いて、アキラもこの判断で問題無いと安心した。そのまま、まずは事態の推移を落ち着いて見守る。

キャロルとゼロスが無言で対峙する。ゼロスは鋭い視線をキャロルに向け続けているが、キャロルの笑顔は曇らない。そのキャロルの様子を見て、ゼロスが先に態度を変えた。部下に無線で指示を出す。

「あいつを連れてこい」

部隊の者に連れてこられたのは、ババロドというハンターだった。アキラの拡張視界にはハンターランク60と表示されている。

ババロドはキャロルを見てどこかばつが悪そうな表情を浮かべたが、その顔もゼロスの視線を受けてすぐに強張《こわば》った。

そしてゼロスが、そのババロドの顔を摑んでキャロルに言う。

「こいつを知ってるな？」

「ええ」

「お前はこいつから俺達の情報を買った。そうだな？　ああ、違うと言っても俺は信じない。その辺はこいつにしっかり口を割らせた。だから俺はこいつを信じる」

「厳密には違うわ。私を抱いた代金を、彼が情報で支払っただけよ」

「俺達の情報を手に入れたことは認めるんだな？」

「ええ」

ゼロスがババロドから手を離す。

「じゃあ改めて聞こう。俺達を探った理由を、お前の裏に誰がいるのかも含めて、全部話してもらおう」

「あなた達を探ったつもりは無いわ」

キャロルは平然とそう答えた。

ゼロスが大きく溜め息を吐く。そして雰囲気を大きく変えた。

「穏便に済ませるつもりだったんだがなー」

警備の男が慌てふためく。アキラも険しい表情を浮かべて、キャロルを連れて逃げ出す機会を窺い始める。

その臨戦の雰囲気が漂う中で、キャロルだけが余裕の笑顔を浮かべていた。

「勘違いしないで。嘘は吐いていないわ。確かに私は彼からあなた達の情報を受け取ったけど、それは別にあなた達を探る為じゃないわ」

「どういうことだ？」

「ロットブレイクの情報が欲しいなんて、私は彼に一言も言ってない。そもそも情報が欲しいとすら言ってない。私を抱いた代金の代わりになるなら何でも良いって言っただけよ。遺跡探索の手伝いでも、中古の装備でも、高ランクハンターとの伝でも、遺跡の地図とかを含めた情報でも、何でも良いってね。そこでロットブレイクの内部情報を選んだのは彼よ。私じゃないわ」

ゼロスは少し考えてから、ババロドの頭を再度摑んだ。

「ババロド。どうなんだ？　彼女から俺達の情報が欲しいと一度でも言われたか？」

「そ、それは……」

「百歩譲って彼女からそれらしいことを言われただけだとしても、そういうことだと解釈したのはお前か？　抱いた代金の代わりとしてチームの機密を選んだのは、彼女か、お前か、どっちなんだ？」

ババロドは答えなかった。それはもう答えているのも同然だった。

ゼロスが小さく溜め息を吐く。そしてババロドの頭を摑んだまま、視線をキャロルに戻す。

「百歩譲って直接の要求はしなかったとしても、お前が最後にこいつに請求した額は100億オーラムだったって聞いたぞ？　それはもう、俺達の機密情報を流せって言っているのも同然じゃないか？」

それを聞いたアキラが吹き出す。一晩100億オーラム。常識外れにも程があるとしか思えない金額だった。

そのアキラの反応に、ゼロスも気持ちは分かるという表情を浮かべた。気配を少し緩ませる。

キャロルもアキラの反応を楽しんで軽く笑った。その調子のまま答える。

「いいえ。違うわ。私の体にそれだけの価値があるだけよ。あと、私は最後の一回は泣き寝入りを認めてるの。大金を要求している自覚はあるからね。それでも私に泣き寝入りさせずに、次を求めて支払ったのは彼よ。私じゃないわ」

ババロドには支払わない選択もあった。チームの機密情報を渡さないことも出来た。それでも、そうしなかったのはババロドだ。だから100億オーラムとロットブレイクの機密情報を関連付けるのは無理がある。キャロルはそう告げていた。

ゼロスが難しい表情を浮かべる。

（……これは、違うか？）

ゼロスにとって重要なのは、キャロルが自分達と敵対するチームに雇われた者で、ババロドにハニートラップを仕掛けてロットブレイクの機密を盗みにきたのかどうかだ。そこが違うのであれば、他の部分が多少不明瞭でも問題無かった。

そしてキャロルのしたことは、ハニートラップとしては雑過ぎる。鴨《かも》にした相手が予想外の情報を渡してきただけであり、自分達の機密情報を意図的に狙ったとは考え難い。ゼロスはそう考え始めた。しかし疑念は完全には拭えない。

「……でもなあ、100億は無いだろう。何らかの目的が別にあったと思われても不思議は無いんじゃないか？」

「別の目的なんか無いわ。信じられないって言うなら証明してあげても良いわよ？　あなたも協力してくれるならね」

「へー。何をすれば良いんだ？」

少し興味深そうな様子を見せたゼロスに、キャロルが笑って告げる。

「あなたも試しに私を買えば良いのよ。100億ぐらいすぐに……ってのは無理でも、あなたを納得させるぐらいなら、すぐよ」

本気で言っている。キャロルの目を見て、ゼロスはそれを理解した。そしてそこから、キャロルの目的がチームの機密情報ではなかったことも、何となく納得した。軽く息を吐き、雰囲気を一気に緩める。

「分かった。チームの情報を狙ったってのは誤解だったみたいだな。疑って悪かった」

「誤解が解けて良かったわ。それでどう？　これも何かの縁よ。試してみない？」

「悪いが遠慮しておく。自制心には自信があるが、俺はお前に嵌まった所為でやらかしたやつに責任を取らせる立場だからな」

「そう？　残念」

そのキャロルとゼロスの軽い調子の遣り取りは、交戦の恐れはもう無くなったと周囲に示していた。警備の男はあからさまに安堵し、アキラもゼロスの部下達も警戒を解いて雰囲気を緩める。

その中でババロドだけが項垂れていた。ババロドにとっては誤解が解けない方が、自分が被害者の立場になれるので都合が良かったからだ。

その当初とは大分変化した状況で、ゼロスが改めてキャロルに交渉を持ち掛ける。

「さて、誤解は解けたとはいえ、そして入手経路がどうであれ、お前がチームの機密を知っていることには違いない。こっちで調べた限りは情報をどこかに流した様子も無いようだし、そのまま黙っていてもらえると助かるんだけどな」

「その辺りは要交渉ね。報酬として受け取ったものを、そっちの都合だけで無価値には出来ないわ。あなただって命懸けの仕事の対価を誰かに勝手に無料にされたら嫌でしょう？　まあ、流石に100億払えとは言わないけど」

再び難しい顔を浮かべたゼロスを見て、警備の男も再度慌て始める。

しかしゼロスにまた騒ぎを起こすつもりは無かった。仕事の対価を消される不愉快は理解できる。そして値引き交渉に応じるとも言っている。それらを考慮すれば妥協できる範囲ではあったからだ。

だが100億を半値にさせても50億、9割値切っても10億だ。桁外れに稼ぐ高ランクハンターのチームであるロットブレイクとはいえ、そこまでの出費を軽率に決める訳にはいかない。何か良い手は無いかと考える。

そしてアキラの姿が目に入った。

「……そいつはお前の護衛か？」

「そうよ」

「今回の件を予期して雇ってたのか？」

「それは内緒」

「ふーん」

そう軽く答えたゼロスが、ババロドの頭を摑んで提案する。

「よし。それならそいつとこいつで一勝負しないか？」

「……どういうこと？」

「こいつが勝ったら、その護衛は役に立たないってことだ。こいつはチームを裏切った。その償いはしてもらう。要は散々な目に遭ってもらうんだが、その所為でこいつがお前を逆恨みして、後でお前を襲うかもしれない。それを俺達が止めよう。その代金と相殺ってのはどうだ？」

「なるほどね。その話を受けるかどうかは別にして、アキラが勝った場合は？」

「その場合は、そっちの要求通り要交渉だ。お互いに仲裁役でも用意してじっくり交渉しよう」

キャロルがアキラに少し真面目な顔を向ける。

「アキラ。どうする？　正直に言って乗り気なら受けてほしいけど、嫌なら嫌で構わないわ」

「俺が断ったらどうなるんだ？」

「まあ向こうの要望通り彼を抑止する報酬で相殺ね。100億の価値を消されるのは惜しいけど、高ランクハンターのチームと無駄に揉《も》めるよりはマシよ」

つまりキャロルは、アキラの判断で100億オーラムの価値を消しても良いと言っていた。アキラはそれをかなり意外に、そして少し嬉しく思った。それをごまかすように軽い調子で尋ねる。

「一応聞いておくけど、勝ったら俺に護衛代は出るのか？」

「勝ち負けにかかわらず出すわ。勝ったら上乗せもしてあげる」

キャロルは軽く挑発するように笑ってそう言った。それにアキラも強気に笑って返す。

「乗った」

これにより少々変則的ではあるが、アキラはキャロルの護衛として早速働くことになった。

マンションの包囲はロットブレイクの機密情報を狙う敵対チームへの対処として実施されていた。その誤解が解けたことで包囲は解除された。周囲に配置されていた者達も、今はアキラとバババロドの勝負を観戦しようとゼロスの所に集まっている。

「あいつがキャロル……、一晩100億オーラムのやつか。うーん、いや、確かに美人だけど……、100億はねえだろう」

「1億だってねえよ。無茶苦茶豪遊したい気分の時に、出して1000万ってとこじゃねえか？」

「だよなあ。ババロドは何を考えてんだか。あいつ、そんなに女癖が悪かったたっけ？」

「そんなことはなかったはずだけど……、まあだからこそ慣れてなくて逆にのめり込んだのかもな」

「それでヤバい女に嵌まってこのザマか。よくある話だが、俺達のチームから実例が出ちまうとはな。情けねえ話だ。お前も気を付けろよ？」

「お前がな」

これから戦う者達よりもキャロルの方に興味を偏らせた雑談をする男達の前で、審判役のゼロスがアキラ達に、主にアキラに向けて軽く言う。

「殺し合う訳じゃないんだ。銃は無しの格闘戦で良いよな？」

アキラは軽く頷いて、装備していた銃をキャロルに渡した。

「本気を出すなって意味じゃないが、事故が起こらない程度に加減してくれ。俺の合図で始めよう。それじゃあ二人とも開始位置に……、ああ、ちょっと近いか？　もう少し離れてくれ」

ゼロスは自然な態度でアキラ達に距離を取らせた。そしてババロドに通信で釘を刺す。

『ババロド。分かってるな？　自分の処遇を少しでもマシにしたけりゃ、死ぬ気で勝てよ？』

『わ、分かってる』

アルファがアキラに軽く尋ねる。

『アキラ。どうする？　取り敢えずは自力でやってみる？』

『いや、しっかりサポートしてくれ。訓練じゃないんだ。手は抜かない。それに辛勝程度じゃ、向こうの考えも変わるかもしれないからな』

自分はキャロルの護衛としてここにいる。それならば敵の撃退が可能だと示すのではなく、敵に襲撃そのものを躊躇《ためら》わせる力を見せる必要がある。アキラはそう考えた。

『了解よ。そういうことなら、しっかり勝ちましょうか』

自分の力をアキラに改めて示す為に、アルファも笑って同意を示した。

アキラもババロドも事情は違えど、この勝負に真剣に挑んでいた。距離を取って対峙する二人に、ゼロスの合図が響く。

「始め！」

次の瞬間、８メートルは離れていたババロドの拳がアキラに迫る。一瞬で間合いを詰めたのではない。腕が高速で伸びていた。

それをアキラは身を横に振って回避する。大気を穿《うが》つ痛烈な音が真横で響いた。だがアキラは欠片も動じない。似たような音は今まで何度も、銃弾でも砲弾でも聞いているからだ。

一瞬で伸びた腕が一瞬で縮み元の長さに戻る。そのまま右腕を引き絞った構えを取ったババロドが、即座に次の攻撃を放つ。かなりの初見殺しだったはずの一撃にあっさり対応されたことに驚きながらも、動揺で動きを乱すような真似は見せない。更に鋭い攻撃を繰り出していく。

再び拳がアキラを襲う。今度は左右の腕での連撃。重く、硬く、瓦礫《がれき》程度あっと言う間に粉砕する威力の一撃が、絶え間無く繰り出される。

それをアキラは躱し、逸らし、防いで対処する。巧みに軌道を変えて拳を繰り出すババロドの技量は達人の域に達している。しかしそれも超人の域に達した者の猛攻を経験したアキラにとっては脅威ではない。問題無く対応する。

ババロドは険しい表情を浮かべながらも、それならばと、更に次の攻撃を繰り出した。両腕を一度手元に戻し、勢い良く振るう。長く伸びた腕が伸縮自在の鞭《むち》のように変化し、縦横無尽の動きでアキラを襲った。

アキラ達の攻防を見て、キャロルが少し険しい表情でゼロスに文句を言う。

「格闘戦じゃなかったの？」

モンスターに嬉々として近接戦闘を挑むような者はハンターの中でも少数派だ。しかしハンター達が近接戦闘技術を軽んじている訳ではない。戦闘能力の底上げや、モンスターに接近されてしまった時の対処にも、十分に役に立つからだ。

また、銃器も刃物も使用しない格闘戦は、相手を殺さずに自分の力を示すのにも適している。

血の気の多い者もいる。言い争いが激化して、武力での争いに発展することもある。それでも殺し合いではなく殴り合いに留めて、死者を出さずに勝ったり負けたりして決着をつけたい場合は、暗黙的に格闘戦となる。ハンターの武器とはモンスターを殺す為に使用する強力な物であり、それを人に向けて使っておいて、殺す気は無かった、は通じないからだ。

キャロルもゼロスがその暗黙の前提の上に格闘戦を提案したと思っていた。だが腕を8メートル先の相手に届く長さまで伸ばし、更に太い鞭のように操るバババロドの戦い方は、キャロルには暗黙の格闘戦を逸脱しているように感じられた。

そのキャロルの文句に対し、ゼロスがあっさり答える。

「格闘戦だろ？　銃もブレードも使ってないぞ？　まあ確かにバババロドはサイボーグの体を活《い》かした生身じゃ無理な戦い方をしているが、そっちも補助アーム付きの強化服を着て戦ってるんだ。似たようなもんだろ」

キャロルは顔をしかめたが、反論はしなかった。してやられたとは思ったが、格闘戦の定義の確認を怠った落ち度を、相手側に求めても意味は無いからだ。

もっともゼロス自身も、自分で言っておいてその言い分は無理があると思っている。しかし立場の差で押し通した。武力は自分達の方が圧倒的に上なのだ。こじつけに近い内容でも、押し通せると分かっていた。正論が通るのであれば、交渉に武力は必要無い。高ランクハンターという特大の武力を束ねる者として、ゼロスはそれをよく知っていた。

その上で、表情を険しくする。

「……まあそっちの文句も、ババロドが優勢なら分かるんだけどな」

ババロドを有利にする為に小細工をした自覚はある。格闘戦だと言って相手に銃もブレードも使わせず、更にババロドに有利な間合いで勝負を開始させた。

それでも劣勢なのは、明らかにババロドだった。

ババロドは必死に戦っていた。

相手は攻めあぐねている。こちらの攻撃を防ぐのが精一杯で、間合いを詰めることも出来ない。それならばこのまま潰す。今は何とか凌《しの》げているようだが、良いのを一発でも喰《く》らえばそれで終わり。そのまま畳み掛けるだけだ。そう思って、初めの内はすぐに勝てると思っていた。

しかし有効打は全く入らない。全て躱され、いなされ、弾かれる。長い腕を自在に動く鞭のように振るって叩《たた》き付《つ》けようとするが、アキラに軌道を読まれて拳で打ち落とされる。その瞬間にもう片方の腕で拳を放つが、ギリギリで回避される。辛うじて躱したのではなく、見切られているのは明らかだった。

（……強い！　ゼロスの小細工で俺の間合いで始めていなけりゃ危なかった！　だがこの間合いを維持すれば勝てる！　絶対に近付けさせねえ！）

負ければ自分は終わりだ。ろくでもない末路が待っている。勝たなければならない。何としても。その思いでババロドは死力を尽くす。だがその思いが焦りを生み、その焦りがババロドの達人の技量をわずかに乱した。

その隙をアキラが衝《つ》く。直線で放たれた相手の拳に、自身の拳を合わせて迎撃する。力場装甲《フォースフィールドアーマー》で強化された拳同士がぶつかり合い、激しい衝撃変換光がほとばしる。

腕が鞭のような柔軟性を持っている時ならば、アキラに迎撃されてもババロドの体勢は崩れなかった。しかし突きの威力を上げようと、拳を当てるのではなく突き刺すようにする為に、腕全体を硬化した瞬間を狙われた。迎撃の衝撃が硬い腕を通して胴体まで伝わり、ババロドが体勢を大きく崩す。

（……まずい！）

この体勢の崩れは致命的。長い両腕での攻撃は、アキラの接近を抑止する牽制《けんせい》も兼ねている。だがここまで崩れた体勢ではその牽制が出来ない。体勢を立て直す前に、アキラに間合いを詰められてしまう。

負ける。そう思い、ババロドは表情を非常に険しく歪めた。

だがそうはならなかった。ババロドが体勢を立て直している間も、アキラはその場に留まっていた。

両腕を通常の長さに戻して構えを取ったババロドが、思わず怪訝な顔をアキラに向ける。そして表情を更に険しく歪ませて、既に気付きながらも、確認するようにアキラに問う。

「……どうして攻めてこなかった」

「役に立たないって思われないように、ちゃんと護衛の仕事をしておこうと思って」

アキラ達の戦いを観戦している者達も、アキラの言っていることの意味を摑めずに怪訝な顔を浮かべる。しかし一部の者は気付いて納得したように苦笑した。

そしてアキラが続ける。

「逆恨みして後で襲ってくるかもしれないんだろ？　そう思わせない勝ち方をしておかないとな」

相手は攻めあぐねているのではなかった。自分の攻撃に対処するのが限界で、間合いを詰められずにいるのではなかった。単に間合いを詰めなかっただけであり、その気になれば初撃を先程のように迎撃してそのまま勝つことも出来た。

アキラに問う前に、ババロドもそこまでは気付いていた。そしてなぜそうしたのかを説明されて、そちらも理解する。報復の意志を挫《くじ》く為。襲っても無駄だと分からせる為。その為に、明確な実力差を見せ付ける為だ。

あっさり倒してしまっては、油断しただけだと思うかもしれない。相手の油断や隙につけ込んで勝ってしまっては、そこさえ気を付ければ次は勝てると考えるかもしれない。

無理だ。どうしようも無い。勝てる訳が無い。自分にそう思わせる為に、そういう勝ち方をする為に、相手はすぐに勝てる勝負を、敢えて引き延ばしている。再戦する気が起こらなくなるほどの敗北感を、自分に与える為に。ババロドはそう理解した。

そのババロドの解釈は、程度は別にして方向性は合っていた。アキラはキャロルの護衛として、敵に成り得る者に自身の力を示すように戦っていた。正確には、アルファのサポートを含めた自分の対外的な実力をだ。

仮に相手の力量を正確に見抜く者がいても、それで見抜けるのは自分の本当の実力であり、アルファのサポートを含めた実力を、自分と戦う前に把握するのは無理だ。そして自分程度が相手であれば、油断さえしなければ何とかなると思うかもしれない。アキラはそう思っている。

だからこそ、アルファのサポートを受けた自分の実力を、今この場で見せ付けている。ババロドが逆恨みしても、襲撃は諦めてもらう為に。その為にアルファにもしっかりサポートしてもらうように頼んでいた。

ゼロスが大きく溜め息を吐く。

「ババロド。もうやめにするか？」

「……ふざけるな！　まだだ！　まだ終わっちゃいねえ！」

怖《お》じ気《け》が生まれた自身の心を叱咤するように、ババロドは大声で言い返した。その返事を聞いて、ゼロスが今度はアキラに向けて言う。

「そうか。……おい、このままだらだら続けてもしょうがねえだろう。あと10秒にしよう。それで良いか？」
着がつかなかったら引き分けだ。それで決
「分かった。良いぞ」
「よし。ババロド！　分かってるだろうが、お前は
引き分けじゃ駄目なんだからな？」
「……分かってる！」
「それじゃあ、10……！」
ゼロスが残り時間を告げるのと同時に、ババロド
は再び両腕を長く伸ばして鞭のように振るった。し
かし今度はアキラへの攻撃の為ではない。アキラに
間合いを詰めさせない為のものだった。
ババロドは気付いている。ゼロスが残り時間を10
秒に制限したのは、ババロドを勝たせる為の小細工
だ。
ゼロスから引き分けでは駄目だと言われたババロ
ドだが、それはアキラも同じだ。勝って当然。相手
に自分の実力を理解させる為に戦っている。そうい
う威勢の良いことを言った以上、アキラに引き分け
は許されない。つまり何としても10秒以内に勝たな
ければならない。
そしてその状況でババロドが時間稼ぎに徹すれば、
悠長に戦えないアキラは、勝負を急ぐ分だけ強引な
行動を取らざるを得ない。
その隙を衝け。そういう指示であると、ババロド
は理解していた。
両腕を、残存エネルギーも体の破損も考慮せずに
全力で振るう。長期戦では負荷が強過ぎて無理な芸
当だが、たった10秒の短期決戦ならば問題無い。威
力も速度も桁違いに上がった2本の鞭が、アキラと
ババロドの間を荒れ狂う。
(さあ来い！　口だけの野郎じゃなけりゃあな！)
そしてそれに応えるようにアキラが動く。大気を
引き裂く鞭の嵐の中に、一気に飛び込んだ。
鋼を凹《へこ》ませるどころか斬り裂く威力の鞭が、アキ
ラの左右から同時に迫り来る。常人が目で追える速
度ではない。並のハンターであれば気付く間も無く
真面に喰らい、装備ごと千切れ飛ぶ。
それをアキラは鞭の軌道を見切って迎撃した。拳

を叩き込み、弾《はじ》き飛《と》ばす。瞬く間に十数回振るわれる速度でも、体感時間の操作を実施したアキラにとっては十分に遅い。止まった物体を殴り付けるように、正確に打ち込んでいた。

その衝撃でババロドの長い腕が大きく吹き飛ばされる。その腕が再度自分を襲う前に、アキラがババロドとの間合いを詰める。8メートルなど、アキラの強化服であれば一歩で到達できる。走り出す一歩目で地面を蹴るように半ば跳躍し、一瞬でババロドを間合いに収めた。

ババロドの長い両腕は、まだ弾かれた勢いで宙をさまよっている。アキラを迎撃する為に自身の近くまで戻す猶予は無い。つまりその両腕は使えない。

しかしそれは、ババロドの想定通りだった。

(ここだ！)

次の瞬間、ババロドの背後から追加の両腕が勢い良く現れ、そのままアキラに殴りかかる。この両腕はサイボーグであるババロドが、背面の部品に偽装して背中に隠していたものだ。伸縮などはしないが、その出力は非常に高い。

加えてババロドは伸びた両腕をアキラに弾かれても、今度は残存エネルギーを振り絞ることで体勢を維持している。そのおかげで全力で拳を振るうことが出来る。

(このタイミングでこれが躱せるか！　勝った！)

ババロドは勝利を確信しながら、渾身《こんしん》の力でアキラに拳を振るった。

だが、その拳は空を切った。

(何!?)

絶好のタイミングで放たれたババロドの拳を、アキラは躱して相手の懐に入り込む。そしてまずはババロドに足払いを放つ。

ババロドの両足は、力場装甲《フォースフィールドアーマー》による接地機能により、まるで地面と同化しているかのように強固に接着されていた。しかしアキラはそれを、自身の強化服の出力を限界まで上げた超人並みの蹴りの威力で、強引に引き剥がした。両足を地面から剥がされたババロドが、蹴りの衝撃でそのままその場で2

回転する。

更にアキラが両手を組んでババロドに叩き付ける。胴体にそれを食らったババロドは、地面に激しく激突した。舗装された固い地面が陥没し、無数のひび割れが周囲に放射状に広がる。

それでもババロドは戦闘不能には陥っていない。長年の経験で反射的に立ち上がろうとする。

だがそれよりも早く、アキラの蹴りが突き刺さる。ババロドの動きが止まり、勝負はついた。

「……参った。俺の負けだ」

アキラの蹴りはババロドの頭の、すぐ横の地面を貫いていた。意図的に外したのであり、勝負を続行するのであれば、アキラも次はババロドの頭に叩き込む必要があった。喰らえば重傷は確定。下手をすれば死ぬことになる。

しかしババロドは、それを喰らいたくないから負けを認めたのではなかった。敗北を認めざるを得なかった決定的なものは、ババロドが最後に繰り出した隠し腕での攻撃、それを躱された時に見た、アキラの表情にあった。

その顔に、驚きは無かった。

それが隠し腕での攻撃を読んでいたからなのか、或いは予想外ではあったが、アキラにとっては初見でも問題無く対処できる程度のものでしかなかったのか、それはババロドには分からない。

しかしそのどちらであれ、ババロドの心を折るには十分だった。あの状況であれに完全に対処できるやつに勝てる訳が無い。そう思ってしまったことで、ババロドの戦意は無くなった。逆恨みしたとしても、後で襲撃することも無くなった。

ババロドから戦意が完全に消えたことを察して、アキラも気を緩めて息を吐く。そこにキャロルがやって来て、笑ってアキラの勝利を称《たた》える。

「アキラ。お疲れ様。流石だわ」

ババロドが倒れたままふて腐れたように言う。

「キャロル。お前、こんなやつを雇えるほど荒稼ぎしてやがったのかよ。幾らだ。幾らで雇った？」

自分に勝った者なのだ。キャロルからとてつもない額の金をふんだくっていってほしい。それだけの大金で雇われた者に負けたのなら諦めもつく。ババロドはその思いから、深く考えずに聞いていた。

「アキラ。言って良い？」

「え？　ああ、別に良いけど」

「1ヶ月で1億3000万オーラムよ」

「1億3000万!?　テメエ！　そんな安い金で雇われてんじゃねえぞ!?」

安いんだ。アキラは思わずそう思った。

そこにキャロルが続ける。

「加えて、護衛依頼中は私を好きなだけ抱いて良いことになってるの」

「そういうことかよ！」

納得するんだ。アキラは思わずそう思った。

少し遅れてゼロスもやってくる。そしてキャロルに言う。

「負けたか。仕方無い。お前が知ってる俺達のチームの機密情報の扱いについては、そっちの要望通り要交渉だ。後でこっちの仲裁役からそっちに連絡を入れさせるから……」

ゼロスはこの場で交渉の段取りを進めようとしたが、それをキャロルが止める。

「ちょっと待って。多分すぐにこっちに来ると思うから」

「誰が？」

やってきたのはヴィオラだった。相変わらずの質の悪い笑顔を、調子の良い態度でアキラ達に向ける。

「キャロル。様子を見に来たわ。結局どうなったの？」

私は事情を把握していない、と暗に告げるヴィオラに向けて、キャロルが笑ってそれをあっさり否定する。

「どうせどこかで見てたんでしょ？　まあ良いわ。後はよろしく。良い感じに纏めておいて」

事情を把握していない者が聞けば、何を頼まれているのかすら分からない頼みに、ヴィオラが笑って答える。

「私に丸投げするなら、初めから全部私に任せておけば良かったのに」

「そうすると高くつくでしょ？　じゃあ、頼んだわ。アキラ。行きましょう」

「あ、ああ……」

交渉能力に欠けるアキラには、キャロルとヴィオラが言うまでもないと省略した内容まで、正確に把握するのは無理だった。軽く困惑しながらも、取り敢えず二人の間ではしっかり伝わっているのだろうと思い、キャロルの後に続いてマンションに戻っていく。

当然のように現れた怪しげな女に、ゼロスがわずかに訝しむ目を向ける。

「……キャロル側の交渉人はお前で良いんだな？」

「そうよ。よろしくお願いするわね。それじゃあ、場所を変えて話さない？」

「分かった」

得体の知れない雰囲気を出す悪女を見て、ゼロスはチームの交渉人に任せる前に、自分でも軽く話して相手の人物像を摑んでおくことにした。そしてそれはそれとして、ババロドに少し鋭い視線を向ける。

「ババロド。負けた以上、覚悟はしろよ？」

既に立ち上がっているババロドが、落ち着いた表情で小さな溜め息を吐く。

「……分かってる。好きにしろ」

ババロドは納得できる敗北を受け入れたこともあって、潔い態度を取っていた。

ゼロスは軽く頷き、今度は警備の男に顔を向けた。

「迷惑料や修繕費が欲しいなら、そっちも交渉役を出せ。要らないなら構わないがな」

「わ、分かった。すぐに上に伝える」

高ランクハンターを相手にした交渉など自分の仕事ではない。男はそう思い、すぐに上司に連絡を取った。

その後、ゼロス達もその場を立ち去った。最悪の場合、高ランクハンター同士の派手な殺し合いにまで発展しかねなかった事態は、高級マンションの前の地面が多少破壊されただけという、非常に穏便な結果で終わった。

第218話　今のアキラのもてなし方

キャロルの自宅に戻ったアキラは、軽くシャワーを浴びて汗を流すと、今度こそ部屋着に着替えた。キャロルの家に男物の、しかも子供のサイズの部屋着があることに関しては、いちいち突っ込まなかった。

一緒にシャワーを浴びたキャロルも部屋着に着替える。その部屋着は、服を着ずに寝る者が就寝前に軽く羽織るような薄手の物で、とても艶《なま》めかしい。肌の露出もあって、戦闘の興奮を残している者にはその魅了の効果も更に高くなる。

しかしアキラは相変わらずの反応だった。キャロルが小さく溜め息を吐く。

「それでアキラ、取り敢えず今日は泊まっていく、で良いの？」

「ん？　ああ、そうだな。そうする」

「そう。それじゃあ食事にでもしましょうか」

キャロルが手早く食事を用意する。簡単な調理法の料理ばかりだが、富裕層向けの食材を用いた品であり、味も防壁内の水準に十分に達している。その美味しさを堪能したアキラは、自分の家にするかキャロルの家にするかの二択で、思考を少々後者に偏らせた。

その後、就寝の時間になる。アキラはキャロルの要望で、護衛として自分の側にいることを理由に、一緒のベッドで寝ることになった。薄手の白いシーツを掛けているだけで、下着も着けずに横になっているキャロルの隣で目を閉じる。そしてすぐに眠りに就いた。

アキラは決して女性に興味が無い訳ではない。それはキャロルも知っている。以前にミハゾノ街遺跡で一緒に遺跡探索をした時の、アキラのエレナ達への反応からもそれは明らかだ。

その体で多くの異性を虜《とりこ》にしてきた魅惑の悪女は、では自分は一体何が駄目なのだろうと思って、少しふて腐れたように小さく溜め息を吐いた。

◆

結局アキラはそのままキャロルの家で暮らすことになった。

自宅ではなく、キャロルも側にいるので、アルファを相手にした模擬戦をするのは難しい。代わりに勉強や、体感時間操作と現実解像度操作の訓練などをする。

キャロルと一緒に動画などの鑑賞やゲームなども楽しむ。暇潰しに困ることはなく、ゆっくり過ごしていた。

そこにキバヤシから連絡が来る。

「アキラ。今すぐにクガマビルまで来れるか？」

「今すぐにか？　随分急だな」

「無理強いはしない。遅れても良いぞ。何か用があるなら1週間後でも1ヶ月後でも良い。だがお前が遅れた分だけ、お前の新装備調達も遅れる。そういう用件だ」

そう言われると、アキラも断れなかった。

「分かった。すぐに行く。でも何で新装備の件でキバヤシから連絡が来るんだ？」

「俺もお前の装備調達に協力してるからだよ」

アキラが黙る。その沈黙に含まれるものを感じ取って、キバヤシは楽しげに笑った。

「安心しろ。別に何か企んでる訳じゃない。言っただろう？　俺はお前を贔屓してるって。出来る限り高性能な装備を、お前に使ってほしいだけだ」

「……そうか」

そこはアキラも信じられた。多分キバヤシは、自分の装備が高性能になるほど、それだけ高性能な装備が必要な戦いに巻き込まれると思っている。それを楽しむ為に、本気で可能な限り高性能な装備を用意しようとしているのだろう。アキラはそう思い、余計なことを言うのはやめた。

キバヤシが機嫌良く言う。

「よし。じゃあ待ってるぞ。急げよ」

アキラはキャロルに事情を話すと、一緒にクガマビルに向かった。

キャロルに車で送ってもらったアキラがクガマビルに到着する。ビルの前ではヒカルが待っていた。

ヒカルはアキラが女連れで来たことに少々驚いたものの、アキラ達をビルの上層階に店舗を構える高級レストランである、シュテリアーナに案内する。

尚ヒカルもキャロルのことは、面識は無いがアキラの資料を閲覧して知っている。副業で稼いでいることも、その副業の所為で少なくないハンターが破滅していることも、質の悪い情報屋と繋がりがあることも把握している。キャロルがそういう悪女であることは、間違いないと分かっている。

しかし口出しはしない。アキラ自身も、下手をすれば1000人ぐらい殺している危険人物だからだ。そういう交友もあるのだろうと、その辺りの事柄からは目を逸らした。

「それにしてもやっぱりアキラぐらい凄いハンターになると、ちょっとした会合に呼ぶだけでも、場所はシュテリアーナみたいな高級店になるのね」

「ふーん。そうなんだ」

アキラは口ではそう軽く答えながらも、その胸中では軽くないものを覚えていた。

自分を呼び付けるのであれば、そういう場所でなければ失礼に当たる。そういうことだと思い、アキラは自分がハンターとして成り上がったことを、ある意味で今までで一番強く実感していた。

シュテリアーナに着いた後は、入口で銃を預けて店内に入る。希望すれば適した服も貸してくれるが、それは断って強化服のままにした。キャロルもアキラと同じように強化服の姿で中に入る。

店員に案内されたのは、店の奥にある広めの個室だった。シュテリアーナの客層の中でも裕福な者達が利用する部屋で、企業の幹部達の会合などにも使用される。つまりそういう者達の領域だ。

既にその部屋にいたキバヤシがアキラを笑顔で迎える。

「来たか。女連れで来るのは予想外だったな」

「別に良いだろう。俺にも都合があるんだ。それで、何で呼び出したんだ？」

「そうだな。取り敢えずは、ここで1時間待ってくれ」

アキラが怪訝な表情を浮かべる。

「今すぐ来いって呼び出しておいて、1時間待てってどういうことだ」

「落ち着けって。意味も無く急ぎで呼んだ訳じゃない。お前が来てから1時間ってところに意味があるんだ。美味《うま》い飯でも食って待ってろよ。連れの分も含めてこっちの驕《おご》りだ。好きに頼んでくれ」

不可解な呼び出しに不満を覚えたアキラだが、それもシュテリアーナの料理の前では消し飛んだ。大人しく席に着き、メニューに手を伸ばす。

キャロルはそのアキラの様子を見て面白そうに微笑むと、自分も席に着いた。

注文を済ませてしばらく待つと料理が運ばれてくる。キバヤシはその間ヒカルと一緒に一度席を外していたが、一人で戻ってきた。

「キバヤシ。ヒカルは？」

「あいつは別の客の出迎えをしてる」

「他に誰か来るのか？」

「ああ、お前に自社製品を使ってほしい企業の担当者がな。何人来るかは未定だ。一人も来ないってことはないと思うが、もしそうなったら、その時はその時だな」

それはそれで楽しめる、という顔を浮かべたキバヤシを見て、アキラは深く聞くのはやめた。

「じゃあ今日お前を呼び出した理由を簡単に話しておこう。食べながら聞いてくれ」

アキラは頷き、まずは料理に手を付ける。そしてその余りの美味しさに、集中力を舌に根刮《こそ》ぎ奪われそうになりながらも、キバヤシの話を聞く分を何とか頑張って捻出した。

そのアキラの様子を見て、キバヤシが笑って忠告する。

「今後お前が誰とどんな交渉をするとしても、交渉場所をここにしようと提案されたら、お前は断った方が良いな」

アキラが苦笑いを浮かべる。否定は出来なかった。この料理を食べながら交渉に集中できるほど、アキラの舌は肥えていない。

類い稀な成り上がり振りに多くの者を驚かせた高ランクハンターは、舌だけはそこらのハンターのまま、その桁違いの稼ぎに比べれば微々たる値段の料理に翻弄されていた。


キバヤシがアキラを呼び出したのは、アキラの新装備の調達元の企業を決定する場に、アキラにも同席してもらう為だった。

アキラのハンターランクは坂下重工からの報酬として大幅に上昇する予定になっている。キバヤシは各企業にそれがどこまで上がるかを予想してもらい、最低でもそれに見合った装備を提供してもらうように話をつけていた。

だが幾ら自社製品の宣伝の為とはいえ、高ランクハンター向けの非常に高額な装備を、宣伝効果を期待した採算度外視の安価で提供して、アキラが荒野に呑《の》まれて死にでもすれば、大損害となる。

それを分かった上で高いハンターランクを出した企業は、アキラをそれだけ高く評価していることになる。そのようなところとは、アキラも長期に亘って前向きに取引をするだろう。キバヤシはそういう甘言で、各企業から可能な限り高性能な装備を提供させようとしていた。

そしてアキラのハンターランクは、キバヤシがアキラに連絡する少し前に更新された。しかしハンターオフィスの個人ページなどへの反映は、まだ行われていない。キバヤシがハンターオフィスの職員の権限で止めていた。反映すると、各企業にもアキラの上昇後のハンターランクが伝わってしまうからだ。

反映はこの後、各企業の代表者が集まった場で実施する。新装備の内容の細かい調整は、購入先の企業が決まってからその担当者と行う。

アキラが遅れた分だけ新装備の調達も遅れると言ったのは、そういうことだ。キバヤシはそう説明を締《し》め括《くく》った。

　話を聞き終えたアキラが、目の前の皿をちょうど空にする。鍛えた体はまだまだ栄養を欲しており、その皿を脇に退《ど》かして次の皿に取りかかる。メニュ一に記載されている名前だけでは材料も調理法も分からない料理を、シュテリアーナの料理であれば不味《まず》い訳が無いという考えで果敢に注文し、挑んでいた。

「それで、結局俺の装備が手に入るのは、あとどれぐらいになるんだ？」

「それは購入元に決まった企業次第だな。今日中に手に入るかもしれないし、1ヶ月後かもしれない」

「何でそんなに違うんだ？」

「他の都市の倉庫から取り寄せる場合は、相応の輸送期間が必要になる。クガマヤマ都市に来た高ランクハンターへの販売用に、品自体は既に近くの倉庫にあって、お前に届けるまで30分だとしても、どの製品を幾らでお前に売るのか決めるのに、1ヶ月掛かっても不思議は無い。広告効果を期待して半値で売るとしても、２００億の品なら１００億だぞ？即決は難しいんじゃないか？」

「な、なるほど……」

　既にアキラは50億オーラムもする高性能な装備を使っている。その上でその装備では性能不足として次の装備を求めている以上、キバヤシが言った２００億オーラムという額もそこまで極端なものではない。理解は出来る数字ではある。

　それでも１００万オーラムが小銭ではないアキラの金銭感覚では、文字通り桁違いの大金だ。たかが自分の装備調達程度のことが、そこまでの大金が動く出来事になっている。そのことに、アキラは今更ながら軽い緊張を覚えていた。


　アキラが料理を食べ終え、デザートも平らげて、食後のコーヒーを飲み始めた頃、少し離れたテーブルには各企業の者達が揃っていた。そちらのテーブルに料理は無い。飲み物があるだけだ。

　企業の者を部屋まで案内してから次の者を出迎え

に行くのを繰り返していたヒカルが、最後にイナベを連れて戻ってくる。それは時間切れを示すものでもあった。アキラが来てから1時間経ったのだ。

キバヤシが席を立ち、アキラのテーブルから企業のテーブルに移る。そして愛想良く笑った。

「お待たせ致しました。急な呼び出しにもかかわらず足を運んで頂けた皆様のことは、件のハンターも高く評価するでしょう。少なくとも、間に合わなかった方々よりは」

この場に出席者を出せなかった企業は、次の新装備調達の機会があったとしても、恐らく門前払いとなる。キバヤシは暗にそう告げて、場の者達の労力を労《ねぎら》った。

「さて、皆様方からは既に件のハンターが次に使用する装備に相応《ふさわ》しいハンターランクを予想して頂いておりますが、変更はまだ受け付けております。最も近いハンターランクを出された方が、件のハンターの新装備調達の交渉権を得られます。宜《よろ》しいですか？　変更の受付は、この場が最後です。宜しいですか？」

各企業の代表は真面目な表情で無言を返した。

「……宜しいですね？　では、ハンターオフィスの職員として、件のハンターのハンターランクの更新処理を実施致します。始めます」

各企業の代表達の拡張視界には、既にハンターオフィスのアキラの個人ページが表示されている。アキラとキャロルも自分の情報端末で同じものを見ていた。

そして表示内容が更新される。その途端、各企業の代表達の表情が驚愕で満ちた。

アキラのハンターランクは、70だった。

流石にアキラも驚きを隠せない。ハンターランクの常識に疎いところがあるアキラでも、流石にこれが本来有り得ないことぐらいは理解できた。

『……アルファ。ハンターランク70って、ハンターとしてはどれぐらいなんだ？』

『そうね。都市間輸送車両で巨虫類《ジャイアントバグズ》と戦った時のことは覚えているわよね？　あの車列の先頭に配置

される ハンター達のハンターランクの下限が、大体70ぐらいといったところよ。私はあの時に、アキラにも近い内にあれぐらいにはなってもらう、と言ったけれど、案外早かったわね』

『そ、そうだな……』

楽しげに笑っているアルファに、アキラはそう答えるのが精一杯だった。そしてその少し硬い表情のままキバヤシを見る。

キバヤシは、その顔が見たかった、とでも言うように笑って返した。

上がれば上がるほど上がり難くなるハンターランクが、55から70まで一気に上昇するという、アキラでさえ分かる異常事態の裏には、それなりの事情が存在していた。

アキラは坂下重工からの報酬を、金とハンターランクにするようにイナベに頼んでいた。だがそれはキバヤシの介入によりハンターランクの上昇のみに変更された。

坂下重工は五大企業の一社として、自社への貢献を示した者には気前の良い態度を示さなければならない。報酬として金を要求されれば、最低でも流石は坂下重工だと思われる額の大金を支払う必要がある。しかしその坂下重工も無限の資金を持っている訳ではない。

だがハンターランクの上昇のみであれば金を支払う必要は無くなる。また、ハンターランクの大幅な上昇という報酬は、坂下重工の体面を保つのに十分なものだ。

それでも55から70への上昇には理由が足りない。そこにキバヤシの手腕が加わる。アキラの報酬だけではなく、ヒカルの報酬も足したのだ。

これによりヒカルは、坂下重工からの報酬を根拠にしたクガマヤマ都市での昇進を失った。つまりアキラの担当を続けなければならない理由が無くなった。通常の考えでは明確な損だが、アキラの担当を降りたいヒカルにとっては問題無い。

尚ヒカルはその際に、イナベから本当にそれで良いのかと言われて引き留められた。しかしヒカルは、自分は自分の命の恩人であるアキラに、高性能な装備を調達する為に出来る限りのことをすると約束した、と言って、自分の報酬をアキラの為に使うことをイナベに認めさせた。

坂下重工からの報酬を2人分も使えば、ハンターランクを大幅に上げる理由にはなる。しかし55を70にする理由にはまだ足りない。

ハンターランクも高ランクハンターの水準ともなれば、数年掛けて1上げるのがやっと、という者が大半だ。そこらのハンターも含めれば生涯を掛けても上がらない。

そのような環境下で、ハンターランクが一気に15も上がる。その理由はアキラが都市間輸送車両で見せた戦い振りにあった。

ハンターランクは厳密にはその者の実力を示すものではない。ハンター稼業などを通して行った統企連への貢献度を示すものだ。しかし実力の目安にはなっており、そのように活用もされている。ハンターランク調整依頼などというものが存在するのもその為だ。

そしてエルデを倒したアキラの実力は、ハンターランク55の水準から明確に逸脱している。過去にハンターランク調整依頼を受けているアキラだが、追加がすぐにでも必要な状態だ。

そこで坂下重工は今回の件を、ある種のハンターランク調整依頼として扱うことにした。

特例であり、特別扱いではある。だがそもそも今回の件は、坂下重工がアキラ達を勝手に囮として扱ったことに対しての報酬であり、坂下重工への多大な貢献への見返りなのだ。

そしてそもそもハンターランクは統企連への貢献度を示すもの、という前提に立ち返れば、統企連の主要な構成要素である坂下重工への貢献は、そのまま統企連への貢献であり、その貢献に報いるのは坂下重工として当然、とも解釈できる。少なくとも外部に納得させられる理由にはなる。

それでも70まで上げるのは流石にやりすぎではな

いか、という意見は坂下重工内部にもあるにはあった。しかし軽く調査すると、該当のハンターは飛び切りのランク詐欺ハンターの状態がずっと続いていた。坂下重工はそこを考慮して、この短期間で３回目のハンターランク調整依頼が発生しないように、アキラのハンターランクを敢えて高めに調整することにした。

これらの理由によりアキラはハンターランク70のハンターとなった。そしてハンターオフィスの職員として事前にそれを知ったキバヤシを大爆笑させた。

キバヤシも今回の件でアキラのハンターランクが常識外れに上がることは予想していた。それでもキバヤシの予想では、最高でも65ぐらい、というものだった。その自身の予想をアキラに大幅にあっさりと超えられた分だけ、キバヤシは大笑いしていた。

予想外の事態に動揺を隠せない各企業の者達へ、キバヤシが表情を接客用のものに戻して言う。

「続きまして、交渉権を得た方の発表に移らせて頂きます」

各企業の者達の強い視線がキバヤシに集まる。彼らのほとんどは、アキラのハンターランクを高くとも60程度だと見積もっていた。それが70だ。交渉権を得た場合の利益は飛躍的に高まり、それを得られなかった場合の損失も膨れ上がった。固唾を呑んで発表を待つ。

そしてキバヤシが勝者を告げる。

「機領様。おめでとう御座います。どうぞあちらのテーブルにお移りください」

そう告げられた機領の者達に喜びの表情は無い。しかし真面目な顔で立ち上がり、アキラのテーブルへ移動していった。

「他の方々はお引き取り願います。本日は御足労、誠にありがとう御座いました」

敗者達が顔を見合わせる。そしてその一人がキバヤシに言う。

「……彼に挨拶ぐらいは出来ないか？」

「認められません。この場では、その権利も含めて機領様に優先権が御座います。そのように取り決めたはずです」

「しかしだな……」

食い下がる男に、キバヤシが真面目な顔で告げる。

「この会合は皆様が勝敗にかかわらず遺恨を残さずに済むように、皆様の要望でハンターオフィス立ち会いの下に行われております。取り決めの破棄はお勧めできません」

男が残念そうに溜め息を吐く。企業の重役である男も、ハンターオフィスの名前を出されては、何も言えなかった。諦めて退室していく。他の者達も男の後に続いた。

イナベも一緒に部屋を出ようとする。しかしその前に、後ろで待機していたヒカルに声を掛ける。

「ではあとは頼んだ。私には彼らのフォローがあるのでね」

「わ、分かりました」

キバヤシもヒカルに声を掛ける。

「ヒカル。俺もここまでだ。あとは頑張ってくれ」

「えっ!? キバヤシさんもですか!?」

「ここから先はクガマヤマ都市の領分だろう? 俺はハンターオフィスの職員としてここにいるからな。口は挟めない。お前はまだアキラの担当だろ? 頑張ってくれ」

そこにイナベも続ける。

「彼が言う通り、アキラの装備調達が終わるまでは、君がアキラの担当だ。出来る限りのことをするのだろう? 頑張りたまえ」

キバヤシとイナベがそう言い残して去っていく。

「……はいはい。分かりました！」

ヒカルは半分自棄《やけ》になって小さな声でそう言うと、職務を全うする為にアキラのテーブルに向かった。

◆

自身の装備調達とは無関係な連れがいることもあり、アキラは機領との交渉をヒカルに任せて途中で抜け出していた。

それでもアキラにとって重要な部分の交渉は十分に済ませた。新装備の納入は明日になった。それも最低でもハンターランク70に相応しい装備を用意することを、機領が確約したのだ。

そこまで決まってしまえば、アキラも残りの細かい交渉は、ヒカルと機領の間で好きなようにゆっくり決めてもらえば良かった。キャロルと一緒に一足先にシュテリアーナを出た。

尚、機領がキバヤシに出したハンターランクは65だ。もっとも本来ならば65でも高過ぎる。機領も通常の判断であれば、他の企業と同様に60前後を出していた。それを65まで大幅に引き上げた理由には、イナベとの裏取引があった。

イナベは機領に対して、都市間輸送車両の戦いで装備を失ったアキラへ、修理中の貸出品として装備品を提供させるなど、かなり強引なことをしている。

その見返りとして、イナベは次も機領がアキラに装備を提供することになった時には、自分が支払の担保をすると約束していた。アキラのハンターランクに対して過剰に高性能な装備を提供し、その所為で代金がアキラの支払能力を大幅に超えたとしても、全て引き受けると確約していた。

これにより機領は、広告効果が薄れるほど過剰に高性能な装備をアキラに提供しても、そこまで大きな問題にはならなくなった。そこで、出すハンターランクを大幅に引き上げたのだ。

機領はその考えを元に、アキラの更新後のハンターランクを確実に超えると思われる、65という数字を出した。その数字と更新後の数字の差分をイナベへの貸しにして、クガマヤマ都市の装備納入に食い込む為だった。

しかし結局65ではアキラのハンターランクを超えることは出来なかった。機領の代表としてこの席に参加した重役の者は、そのことに非常に驚きながらも、アキラ達にはその驚愕を一切悟られずに交渉を進めた。自分達は初めから70を出していた。見事にそう振る舞って、ヒカルからの細かい追求を躱していた。

機領がアキラに、ハンターランク70に相応しい装備を明日までに用意するという好条件を出したのは、そういう事情があってのことだった。

勿論そのような事情などアキラは知らない。推測も難しい。しかし予想以上に強力な装備が手に入ることに違いは無く、自宅に向かう車の中で機嫌の良い様子を見せていた。

運転席のキャロルが笑って言う。

「それにしても、ハンターランク70とはね。驚いたわ。そこまで上がるなんて、アキラ、都市間輸送車両で一体何をやってきたの？」

「詳細は話せないんだけど、凄く強いやつと戦ったんだ。普通なら絶対負けてた。勝てたのは完全に運だった」

「へー。ついてたのね」

「……いや、そんなやつと戦う羽目になったんだから、ついてなかったんじゃないか？」

「でも勝ったし、それでハンターランクも70になって、そのおかげで強力な装備も手に入ったんでしょう？ 結果的には良かったんじゃないの？」

「そう言われてもな……」

アキラもキャロルの言いたいことは分かる。しかし、だからといって、幸運だったと思うのは難しかった。その内心が顔に出て、アキラの表情が少し難しいものに変わった。

それを見て、キャロルが笑顔で続ける。

「まあ、禍《わざわい》を転じて福と為《な》すって言うでしょ？ 大変な目にあった分、得られたものも大きかった。それで良いんじゃない？ ついてなかった、だけで終わらせるよりは、精神衛生上にも良いと思うわよ？」

アキラが表情を緩める。

「……そうだな」

不運だ、で片付けずに、キャロルの言う通り不運に打ち勝って幸運を得たと考えた方が良い。不運と幸運は表裏一体。そう考えれば、今まで続いた不運も、幸運を得る機会が続いたということであり、そこまで悪くはなかったかもしれない。アキラはそう思うことにした。

そのまま自宅まで送ってもらったアキラは、しばらくキャロルの家で暮らす為に着替えなどを持っていく準備を始めた。準備といっても大したことではない。数日分の下着と部屋着が少々という程度だ。

トランク一つに十分収まるその少ない服を見て、キャロルが苦笑する。

「それにしても、アキラはあんな高い強化服は買う気があるくせに、よそ行きの服とか普通の服は全然持ってないのよね。買わないの？」

「いや、別に服に興味は無いし……」

ファッションセンスに疎い自覚があることもあり、アキラは進んで服を買う意思に欠けていた。

「家もこれ、ここってハンターランク30程度の人が住む所でしょ？　アキラは70なんだから、もうちょっと良い所に住んでも良いと思うわよ？」

「いや、昨日までは55だったし……」

「それでもよ。ハンターランク50になったら、住む家どころか住む都市を変えるハンターもいるっていうのに……。アキラって物欲とか、いえ、何でも良いから何か欲とか無いの？　家の家具とか、これ多分全部備え付けのやつで、新しいの買ったりしてないでしょう。私にも手を出さないぐらいだから性欲も無さそうだし……、欲が無さ過ぎるのも、それはそれで不健全だと思うわよ？」

「そんなこと言われてもな」

アキラにも欲はある。真面な服が着たい。美味しい料理が食べたい。屋根のある家が欲しい。そういう欲からハンターになったのだ。

そしてその欲は早い段階で満たされた。加えてそれ以前の生活がスラム街の路地裏という過酷なものだったこともあって、それ以上を求める欲は弱くなっていた。例外は風呂ぐらいだ。

また、住み続ければ愛着も出てくる。苦労して手に入れた家であれば尚更《なおさら》だ。上質な入浴の為に引っ越しではなく浴室の改装を望んだのも、そういう気持ちがあったからだった。

そういう理由もあって、アキラは桁違いに稼ぐ高ランクハンターとはとても思えない質素な生活をしている。それでもアキラはその生活に満足していた。

だがそこでアルファが表情を険しくする。

『アキラ。警戒して』

アキラが即座に臨戦態勢を取る。それを見てキャロルも一気に警戒を高めた。

「アキラ。どうしたの？」

「いや、ちょっと……」

次の瞬間、アキラの家が外からの攻撃で吹き飛んだ。砲弾のように巨大な弾丸が、特大の銃から周囲の被害など全く気にせずに連射され、アキラの家を粉微塵《みじん》にした。

アキラが過酷な戦いを経て得たものが、また一つ失われた。

第219話　自宅跡の攻防

アキラの自宅は瓦礫の山すら残さずに消し飛ばされた。そこから少し離れた路上には一台のトレーラーが停《と》まっており、その上には人型兵器用の銃とブレードを持っているババロドの姿があった。

人型兵器用の物のように巨大な武器、ではない。明確に人型兵器用の武器だ。本来は大きさの違いから通常の人の体型の者には持てない。それを、長く伸ばした腕を武器の持ち手の部分に巻き付けて、無理矢理持っていた。

アキラの家を吹き飛ばしたのは、その巨大な銃による連射だった。そしてそれを躊躇わずに実行した男は、今の攻撃でアキラを殺せたとは判断していなかった。巻き添えになった他の家屋の残骸や、全壊を免れた建築物などの陰を注意深く警戒する。

次の瞬間、男の予想通りアキラがその陰から飛び出てきた。高速で移動しながら両手の銃を男に向けて連射してくる。男はその銃撃を巨大なブレードを盾代わりにして防ぎつつ、人型兵器用の銃を再度連射した。

特大の弾丸が周囲に着弾し、不運な家屋を粉砕していく。都市の下位区画。壁の外とはいえ都市の中。それでも防壁内の者達は、そこは荒野だと言って外出時に護衛をつける。それが納得できる激戦が始まった。

敵の攻撃を察知したアキラはその場を全力で離脱した。キャロルを半ば抱き抱えながら強化服の身体能力で自宅の壁をぶち破り、全力で敵の射線を掻い潜って巨大な弾丸を回避する。

そして一緒に家から飛び出すと近くの家屋の陰に移動し、キャロルを射線から逃す為に自分は敢えて姿を晒《さら》した。キャロルから離れつつ、両手の銃を男に向ける。

そこでアキラはようやく男の姿に気付いた。予想外の相手に驚きを露わにする。

『あいつは……！　クソッ！　結局襲ってきたのか！』

　後で襲ってこないように力の差を理解させる為だったが、少々煽り過ぎてしまっていたか。やり過ぎた。そう思って悔やむアキラだったが、アルファがそれを否定する。

『アキラ。違うわ』

『違うって……、現に襲ってきてるだろ？』

『そういうことではないの。あれは、体は以前に戦ったババロドという男の物だけれど、中身は別人よ』

『……別人？　どうなってるんだ？』

　要するに、あの体に入っている脳はババロドではなく別の者、ということはアキラにも分かる。しかし別の誰かがババロドの体で襲ってくる理由は分からない。思わず困惑するアキラに、アルファが更に告げる。

『アキラ。その辺りを考えるのは勝ってからにしなさい。重要なのは、見た目は同じでも別人だということ。以前楽に勝った相手だと誤認して油断しては駄目だということよ』

『……了解』

　体感時間の操作をしながら行った、念話による実時間では一瞬の会話で、アキラは気を引き締めた。油断無く敵を銃撃する。大量のエネルギーを投入した無数のＣ弾《チャージバレット》を、２挺のＬＥＯ複合銃から勢い良く撃ち放った。

　しかし相手に巨大なブレードを盾にして防がれる。巨人の体軀《たいく》で振るっても壊れない人型兵器用のブレードは、威力だけでなく頑丈さも人間用の物より格段に上だ。加えてこのブレードは、高ランクハンターが乗り込む強力な人型兵器の武装だった。分厚い鋼の板も貫くＣ弾《チャージバレット》を喰らっても凹みすらしない。

　そして同水準の性能の銃で反撃される。砲弾並みの大きさの弾丸を、激しい勢いで連射してくる。それをアキラは必死になって回避する。

　それだけ巨大な弾をその勢いで撃ち続ければ、すぐに残弾を使い切るのではないか、などという甘い考えは持たない。東部には拡張弾倉という物が存在しており、アキラ自身もその恩恵をずっと受けている。弾切れが期待できないことはよく分かっていた。

距離を取っての撃ち合いでは不利。そう判断したアキラが男との間合いを詰めていく。相手は連射を続けながらも、単に弾をばらまいているのではなく、しっかりアキラを狙っている。射線の見切りを誤れば死は免れない。

一直線に飛んでくる無数の巨大な弾丸を、ギリギリで躱す。真横を駆け抜けていく物体から伝わる衝撃波を、強化服の力場装甲《フォースフィールドアーマー》で防ぐ。

更に両手のLEO複合銃で、敵の巨大な銃を狙う。人型兵器用の武器だけあって強靭《きょうじん》で、着弾させても破壊は出来ない。しかし揺らすことは出来る。連続して被弾させ、相手の照準を自分にもキャロルにも当たらないように狂わせ続ける。

その銃撃戦の余波で更に多くの家屋が全壊し、粉砕されていく。たった二人の者に、しかもどちらもその場の破壊を目的としていないのにもかかわらず、都市の下位区画が広範囲に亘って容赦無く破壊されていく。高ランクハンターの管理に失敗した場合に発生しうる被害の実例が、また一つ生み出されていく。

そして後退しながら銃撃を続ける男に、アキラが追い付いた。しかしそれは、男のブレードの間合いにアキラが飛び込んだということでもあった。

すかさずブレードが振るわれる。巨大な質量がその重さを感じさせない速度でアキラに迫る。しかも速いだけではない。長い腕を柄に巻き付ける持ち方をしながらも、振るわれる刃には剣技の高等技術を明確に示す鋭さがあった。

喰らえばアキラは死ぬ。アルファがアキラの強化服の力場装甲《フォースフィールドアーマー》を神懸かり的な調整で強化しようとも、一瞬で両断される。それだけの威力がある。

しかし喰らえば即死の攻撃など、アキラは躱し慣れている。極度の体感時間操作の中、大迫力で迫るブレードを見ても、アキラは欠片も慌てない。宙を蹴り、加速して、巨大な刃を掻い潜る。そして人型兵器用の武器では攻撃できない位置、相手の懐に飛び込むと、両手の銃を男に向けた。

だが同時に、男も両手の銃をアキラに向けていた。人型兵器用の武器を持つ長く伸ばした両腕ではなく、背中から生やした通常の長さの両腕で人間用の銃を握り、照準をアキラに合わせていた。

アキラも相手も既に回避は不可能な状態だ。被弾前提で連射する。計4挺の銃から放たれた銃弾が、二人の間の狭い空間を埋め尽くした。

被弾の衝撃でアキラが弾き飛ばされる。その程度の軽傷で済んだのは、即座に出来る限りの回避行動を取った上で、相手の銃弾を自身の銃弾で大量に迎撃し、加えて強化服の力場装甲《フォースフィールドアーマー》の出力を精密に制御して、防御力を一瞬だけ飛躍的に上げたからだ。

そのいずれが欠けてもアキラは死んでいた。そしてアルファのサポートが前提とはいえ、その全てが出来る実力をアキラは身に付けていた。

男は高威力のC弾《チャージバレット》を全身に浴びていた。人型兵器用の武器を持っている所為で、アキラのような回避行動を取れなかったからだ。しかし倒されてはいない。被弾の衝撃で体勢を崩し、体の至る所を凹ませてはいるが、それだけだ。

ババロドの体に本来ここまで強力な力場装甲《フォースフィールドアーマー》は備わっていない。だが男は、人型兵器用の武器に装着されているエネルギーパックのエネルギーを、それを握る伸ばした腕を介して体の力場装甲《フォースフィールドアーマー》の強化に使用することで、その防御力を飛躍的に上昇させていた。

出力調整をわずかでも誤れば過負荷で体が吹き飛んでいた。その体の元の持ち主であったババロドには不可能な高等技術だが、男には可能だった。

男の懐、人型兵器用の武装では攻撃できない位置から弾き飛ばされたアキラが、即座に体勢を立て直して再度相手の懐に飛び込もうとする。しかし男の方も素早く体勢を立て直し、巨大な銃とブレードでアキラを攻撃しようとする。

その一瞬の攻防を制したのは、どちらでもなかった。

宙を貫き焼き焦がす高出力のレーザーが男の巨大な銃に着弾する。一撃で大破までとはいかなかったが、銃を護る強力な力場装甲《フォースフィールドアーマー》を突破して銃身を破損させた。更に着弾の衝撃で男の体勢を再び大きく崩した。

撃ったのはキャロルだ。使用したのはレーザーも射出できる可変式の複合銃。それを威力向上の為に大きく展開させて撃っていた。

クズスハラ街遺跡の第2奥部でも装備のおかげで戦えると豪語するだけはあり、キャロルの装備の性能は非常に高い。アキラのLEO複合銃では着弾させても壊れなかった巨大な銃を、しっかり破損させていた。

キャロルがアキラに通信を繋ぎ、不敵に笑いながら得意げに言う。

『つい手を出しちゃったけど、邪魔だった？』

男が体勢を崩しながらも巨大な銃でキャロルを狙う。すかさずアキラはその銃に蹴りを入れた。撃ち出された特大の弾丸は、蹴りの衝撃で照準を狂わされ、キャロルから大きく離れた位置に飛んでいく。

『いや、大歓迎だ！　どんどん撃ってくれ！』

男から再度振るわれたブレードを躱しつつ、アキラが男の通常の大きさの方の銃を狙って連射する。そちらの銃でもキャロルを攻撃できないように、大量の銃弾を浴びせ続けた。

『良いの？　今度はアキラに当たっちゃうかもよ？』

キャロルは軽い冗談のようにそう聞き返していたが、尋ねていることは冗談ではなかった。

アキラに意図的に当てるつもりは欠片も無い。しかし絶対に当たらない保障も無い。先程の銃撃はアキラが男の懐から弾き飛ばされた直後ということもあって、最悪でもアキラには当たらない確信があったから出来たことだ。アキラと男の高速戦闘は、それほどまでに速かった。

自分としてはアキラを援護したつもりだが、アキラもそう捉えたかどうかは分からない。アキラの邪魔になるようであれば、これ以上の手出しは控える。

そう考えているキャロルに、アキラが調子良く笑って答える。

『大丈夫だ！　当たりそうな時はこっちで避ける！　合図なんかしないで思いっ切り撃ってくれ！』

アキラのその自信に溢れた声に、キャロルが驚きを顔に出す。しかしすぐにその顔を力強い笑顔に変えた。

『流石ハンターランク70！　言うことが違うわね！　分かったわ！　ちゃんと避けなさいよ！』

この威力だ。アキラの強化服では防ぎ切れない。自分が誤射をすればアキラは死ぬ。高速戦闘を続けている標的を狙えば、誤射の恐れもそれだけ上がる。それはキャロルも分かっている。

しかしアキラは自力で避けられると言っている。それならば、自分が臆して撃つのを控えるのはアキラへの侮辱になる。キャロルはそう思い、アキラを信じて次を撃ち放った。

痛烈な威力のレーザーが、再び宙を一直線に貫き焼き焦がす。そして男の巨大な銃に命中した。銃の破損が酷くなり、銃本体を護る為に力場装甲《フォースフィールドアーマー》の出力を上げた所為で、エネルギーも大きく消費する。

流石に男も二度は不意を衝かれない。しかし躱せなかった。アキラに邪魔されたからだ。

キャロルの援護を得たアキラは、攻撃の主目的を相手の行動の阻害に切り替えていた。自力で倒す必要が無いのであれば行動の自由度も上がり、無茶をする必要も無くなる。拡張弾倉による豊富な弾丸を、着弾の衝撃で相手の体勢を崩し続けることだけに使用し、キャロルを攻撃されないことに集中する。

男もそれに必死に抗《あらが》う。しかし人型兵器用の武器を二つも持っている所為で、動きの精密さではアキラより劣ってしまっている。アキラにブレードを躱され、懐に潜り込まれて巨大な銃を蹴られる。男はその至近距離の間合いで、アキラと普通の大きさの方の銃で撃ち合うのが限界だ。とてもキャロルを狙う余裕は無い。

そして強化した力場装甲《フォースフィールドアーマー》による防御も、アキラの攻撃は防げるが、キャロルの攻撃は防げない。人型兵器用の武器に付けられたエネルギーパックを使用して防御を強化しても、キャロルの攻撃はそれを上回る威力だった。

また、アキラを盾代わりにすることも出来ない。キャロルの射線上にアキラがいても、発砲の瞬間にアキラはその射線から機敏に、かつ正確に逃れていた。

そのまま変則的な二対一が続き、男は追い詰められていく。既にキャロルの攻撃を6回受けている。それでも倒されていないことが、男の実力と装備の性能の高さを示している。それでも限界は近かった。

そしてその限界は7回目の被弾よりも早く来た。アキラの蹴りが巨大な銃に叩き込まれる。破壊ではなく照準を狂わせる為の一撃など、本来の強度であれば十分に耐えられる。しかし既にエネルギーが枯渇しかけていた力場装甲《フォースフィールドアーマー》では、その程度の衝撃にも耐え切れなかった。

巨大な銃が大破して吹き飛ばされる。その銃を握っていた男の長い腕も一緒に千切れて飛んでいく。

この時点で男の勝ちは無くなった。人型兵器用の武器が半分になったことで、体の力場装甲《フォースフィールドアーマー》の出力も半減したからだ。全体の重量も半減した分だけ敏捷性《びんしょうせい》は上がったが、それでもアキラからの妨害を受けながら、キャロルの攻撃を躱せるほどではない。次の被弾で体も確実に破損し、鈍くなったところに追撃されて、そのまま倒される。

それならばと、男は即座に決死の行動に移った。刺し違えての引き分け狙いだ。残るエネルギーを巨大なブレードに注ぎ込み、威力を飛躍的に上昇させる。

人型兵器用のブレードは、人型兵器が使用する前提で作られている。つまり、使用時に生じる余波を、それを使う機体自身が喰らっても、人型兵器の頑丈さであれば大して問題は無い、という設計になっている。

だがその余波もサイボーグである男には大問題だ。最大出力のブレードは、刀身から漏れ出すエネルギーだけで、男自身も殺せる威力となっていた。エネルギーをブレードに注ぎ込んだ所為で、体の力場装甲《フォースフィールドアーマー》の出力も落ちている。持っているだけで5秒もすれば男も死ぬ。振るえば余波で体も粉砕される。

　しかし自分の体はそのままでもアキラ達の銃撃で破壊される。もう体の損傷を気にする必要は無い。男はその判断で巨大なブレードを勢い良く振ろうとする。注入されたエネルギーで刀身が発光し、光刃と化した刃がアキラに迫る。

　だが男の決断は一手遅かった。

　キャロルの7回目の銃撃が光刃に着弾する。破壊は出来ない。ブレードは限界まで威力を上げたことで強度も上がっており、キャロルのレーザーでは破損どころか傷一つ付けられない。

　しかし振るわれるブレードの勢いを落とし、刃の軌道を歪める程度の威力はあった。その隙にアキラが両手の銃で男を狙う。

　エネルギーをブレードに回した所為で、力場《フォースフィールド》装甲《アーマー》の出力を激減させた体では、アキラの銃撃には耐えられない。無数のC弾《チャージバレット》を喰らい、男は一瞬で粉微塵に吹き飛んだ。

　使い手を失ったブレードが、振るわれた勢いのまま見当違いの場所に飛んでいく。そしてその先にあった不運な建物を十数軒吹き飛ばしてから、ようやく地面に転がった。

　アキラが大きく息を吐く。強敵だった。その思いを疲労の滲んだ態度で表していた。

　しかしアルファは笑って言う。

『楽に倒せて良かったわね』

『楽？　どこがだ』

　アキラは思わず不満げな顔を浮かべたが、アルファは笑顔のまま続ける。

『都市間輸送車両での戦いに比べれば楽だったでしょう？』

『あれを基準にしないでくれ……』

　確かに男は強かった。しかしエルデに比べれば劣っており、勝つ為に賭けに出る必要も無かった。加えて今回はキャロルの援護もあった。そういう意味ではアキラの勝利は順当なものであり、楽に勝ったと表現できなくもなかった。

『……まあ、護衛なのに護衛対象に援護してもらったんだ。その分はアルファの言う通り、楽に倒せたってことにしておくよ』

そこにキャロルがやってくる。

「アキラ。大丈夫？」

「ああ、大丈夫だ。援護してくれて助かった。おかげで楽に倒せた」

笑ってそう言ったアキラに、キャロルが少し驚く。

「楽にって……、そうは見えなかったけど」

「普段はもっと大変なんだ」

「あれで楽な方なの？　ハンターランクが70になる訳ね」

自嘲の入った苦笑を浮かべるアキラに、キャロルは軽く同情するように笑った。そしてその表情を真面目なものに変える。

「……それにしてもババロドが襲ってくるなんて。ヴィオラは何やってるのよ。そんな真似をさせない交渉ぐらい出来なかったの？」

これはヴィオラの何らかの落ち度によるもの。そう判断して憤るキャロルに、アキラが軽く告げる。

「いや、襲ってきたのはババロドってやつじゃない。体はそいつのでも中身は別人だ」

キャロルが意外そうな表情をアキラに向ける。

「……そうなの？　アキラ。何で分かったの？」

それはアルファに教えてもらったからなのだが、それをキャロルに言う訳にはいかない。しかしアキラはキャロルにも説明できる理由を別に手に入れていた。

「前に戦った時より強かった。中身が同じやつなら、もっと楽に勝ててたよ」

「なるほどね……」

では誰が何の為に襲ってきたのか。それもわざわざババロドの体で。アキラとキャロルの頭には、同じ疑問が浮かんでいた。

◆

戦闘を終えたアキラ達の下に、様々な者がやってくる。

　まずはアキラの自宅がある区域の治安維持を請け負っている民間警備会社の者だ。アキラ達を刺激しないように、離れた場所に車を停めて、一人で武装せずに降りてきて、両手を軽く挙げてゆっくり近付いてくるという、非常に慎重な対応を見せていた。それは一触即発の敵対組織を相手に停戦の交渉に来た交渉人のようだった。

　アキラ達はその者に取り敢えず事情を説明した。もっとも事態の全容などアキラ達にも分からない。分かることだけを話した。

　続けてキバヤシにヒカルにイナベなど、都市の関係者でアキラと関わりの深い者がやってくる。キバヤシとヒカルはともかく、都市の幹部であるイナベは、本来は壁の外の住宅地が多少壊滅した程度のことで、わざわざ現地に行くようなことは無い。しかしアキラが関わっていると聞いて、他の用事をキャンセルして足を運んでいた。

　アキラはキバヤシ達にも同じように自分にも分かることだけを説明すると、賃貸業者との遣り取りなどを全てヒカルに頼んだ。

　ヒカルはまだアキラの担当者だ。周囲の惨状を見て引きつった表情を浮かべていたが、断ることは出来ない。明日アキラの担当を降りられることを内心で本気で安堵しつつ、そのまま仕事に入った。

　同じ惨状を見ても、キバヤシは楽しげに笑っていた。

「それにしても、アキラ。また派手にやったな」

「……俺じゃない。やったのは俺達を襲ってきたやつだ」

　アキラはそう言って、自分は被害者の立場であることを一応表明した。もっとも言い訳として通用するかどうかは、言った本人も微妙だとは思っていた。

「……全く、どうせなら明日襲ってくれれば新装備で戦えたってのに……」

　ついてない。アキラはその思いを顔に出していた。そこにキバヤシが軽く言う。

「だから今日襲ってきたんじゃないか？」

「……そういうことなのか？」

「そうも考えられるってことだ。ハンターランク70を護衛に付けてるやつを殺そうとする者なら、その程度の情報収集はするだろう。……いや、数時間前までは55だったんだから、考え過ぎかもな」

イナベがキャロルに尋ねる。

「こちらでも調査はしてみるが、襲撃者の身元などに心当たりは無いか？　アキラを護衛に雇ったのだ。襲撃そのものは予想していたのだろう？」

「……何とも言えないわ。いろいろと恨みを買ってる自覚はあるし、ちょっと前にもロットブレイクに乗り込まれたところだしね」

「そうか」

イナベが確認したかったことは、この襲撃がキャロルではなくアキラを狙ったものであった確率はどの程度あるのか、という点だった。キャロルに襲撃者の正体に心当たりが無いのであれば、アキラを狙ったものであった確率が高まるからだ。

キャロルもイナベがそういう意図で聞いていることぐらいは気付いている。その上で、何とも言えない、と答えて、アキラを狙った襲撃であったことも完全には否定できないと教えた。

また、キャロルは別のことも考える。

襲撃の狙いが自分であったとしても、アキラを護衛に雇った理由によるものであれば、その目的は自分の身柄であり、殺害ではないはずだ。

しかし今回は確実に殺しにきている。結果的に殺害に至ったとしても、ロットブレイクの時のように事前に何らかの通告ぐらいはあっても良いはずだが、それすら無かった。

あれほどの実力者が、自分に対してそこまでの襲撃を実行する理由は何か。その点において、キャロルは本当に心当たりが無かった。

「ヴィオラ。そっちには何か心当たりは無い？」

騒ぎを聞き付けたヴィオラも、ゼロスとババロドを連れてやってきていた。アキラ達から戦闘の記録を見せてもらい、確かに相手がババロドの元の体を使用していたことを確認すると、ヴィオラは面白そうに微笑み、ゼロスは表情を険しくさせ、ババロドは冤罪《えんざい》を被せられた者のように顔を歪めさせた。

話を振られたヴィオラが、いつも通りの質の悪い笑顔で答える。

「無いわね。ババロドの体を売ったのは私だけど、私は業者に売っただけ。その後どこに流れたのかは知らないわ。勿論、その辺はこれから調べるけどね」

ゼロスも口を出す。

「俺達の方でも調査はする。誰かは知らんが、わざわざババロドの体を使ったんだ。俺達の仕業だと誤解させる為の、他チームの工作の恐れもあるからな」

そこでアキラが真面目な顔をヴィオラに向けた。

「ヴィオラ。俺からも頼んでおく。今回の件、ちゃんと調べてくれ。襲ってきたやつは殺したけど、裏に誰かいるなら知っておきたい」

「構わないけど、正式な調査依頼として頼んでるのなら、払うものは払ってもらうわよ？」

「幾らだ？」

「調べてみないと分からないわ。ヤバい相手が裏にいたら調査も相応に大変になるし、その分だけ経費も掛かるからね。何しろハンターランク70を襲うぐらいなんだもの。しっかり調べてほしいのなら、前金は弾んでもらわないと。報酬次第で私のやる気も変わるわよ？」

アキラが難しい顔で唸《うな》る。言い分は納得できる。しかし新装備の代金に所持金を注ぎ込む予定なので余分な金など無い。

どうしようかと悩むアキラを見て、ヴィオラが自分に都合の良い条件を出そうとする。しかしその前にアキラがある案を思い付いた。

「じゃあこうしよう。ちゃんと調査できたら、その報酬として、お前を生かしておいて良かったと思ってやる。加えて前金として、誤解で殺す前に一声掛けてやる。これでどうだ？」

断れば殺す。そう言っているも同然のアキラの言葉に、ヴィオラはむしろ楽しそうに笑った。

「そう言われたら私もやる気を出すしかないわね。分かったわ」

「頼んだ」

「あ、でも一つ教えて。誰かに襲われることぐらい、アキラなら珍しくもないでしょう。その程度のことにそんな条件を持ち出すなんて、私には結構な大盤振る舞いに思えるんだけど、そこまでして知りたい理由を聞いても良い？」

　お前を生かしておいて良かったと俺に思わせろ。

スラム街の二大徒党の大抗争の件で、ヴィオラがアキラとしたその取引は、いまだに成立していない。ある意味で執行猶予がずっと続いている状態だ。

　シェリルの徒党の運営に深く食い込み、その経済的な発展に大きく貢献した後でも、アキラはヴィオラを躊躇無く殺せる。ヴィオラが死んだ所為でシェリルの徒党の運営に致命的な悪影響が出るとしても、次は誤解でも殺すと言い切るほどに、ヴィオラの生存に価値を見出《みいだ》していない。

　そのアキラが、この程度のことにここまでの条件を出すなど、ヴィオラにはかなり意外に思えた。何か裏があるのかと思わず勘繰ってしまうほどに。

　そのヴィオラの疑問に、アキラが不機嫌な表情で答える。

「そんなに不思議か？　家を吹き飛ばされたんだぞ？　それもちょっと前に改装したばっかりだったんだぞ？」

　返事の内容そのものは、ヴィオラには納得できるものではなかった。しかしアキラの怒りに嘘偽りが無いことぐらいは容易《たやす》く見抜けたので、アキラはそういう人物であると解釈して、話を合わせてアキラを宥《なだ》める。

「おっと、そうだったわね。悪かったわ。ちゃんと調査するから勘弁してちょうだい」

「……頼んだぞ」

　アキラも平静を欠いた自分に気付いて、憤りを抑えてそれだけ言った。

　そして大きな溜め息を吐く。目の前に広がる光景、廃墟《はいきょ》ですらない自宅の跡は、そうさせるだけの喪失感をアキラに覚えさせていた。

◆

自宅を失ったアキラがキャロルの家の浴槽で息を吐く。上質の入浴体験を味わっているのだが、吐く息には陰鬱なものが含まれていた。一緒に入っているキャロルへの反応も一段と鈍くなっている。アルファが姿を現しても問題無いほどに。

ハンターランク70とは思えないその姿に、キャロルは苦笑気味に笑った。

「アキラ。そんなにあの家が気に入ってたの？」

「……まあな。苦労してようやく手に入れた自分の家だったし」

「そう。それじゃあ随分悪いことをしたわね。ごめんなさい」

キャロルは微笑んではいるが真面目に謝っていた。アキラがそのキャロルの態度を少し意外に思いながら答える。

「ん？　別にキャロルの所為じゃないだろう。悪いのはあんな場所で襲ってきたあいつだ。キャロルは悪くないよ。援護もしてくれたし、助かった」

「そう言ってくれると助かるわ。まあ、次の家が決まるまで、ここを自分の家だと思って寛《くつろ》いでちょうだい。アキラも私の家の浴室の質に不満は無いみたいだしね」

結局アキラも、私の家の浴室の方がアキラの家のものより上だと認めている。だから私の家かアキラの家の二択で私の家を選んだ。私の勝ちだ。キャロルはそういう意図を乗せて得意げに微笑んだ。

「……そうだな。次の家はその辺もよく考えて決めるよ」

次は勝つ。アキラはその思いを乗せて、力強く笑って返した。

そして別のことも思う。

自宅という、自分が死ぬ思いをしてようやく手に入れたものは確かに失われた。しかし今の自分であれば、同じ苦労をしなくても更に良いものが手に入る。それだけの力を手に入れている。

明日には新装備も手に入る。その装備に十分な性能があれば、アルファの依頼の遺跡攻略もいよいよ本格的に始めることになる。自宅を失ったのは残念だが、今はそれを嘆いて立ち止まっている場合ではない。

頑張ろう。その思いでアキラはやる気を取り戻す。そのアキラの視界に映る二人の美女、実在している方もしていない方も、アキラのやる気を感じ取って嬉しそうに微笑んでいた。

第220話　端金脱却《はしたがね》

クガマヤマ都市の防壁には巨大な搬入口が幾つもある。そこではタイヤだけでアキラの背丈を超える大型輸送車両が頻繁に行き交い、大量の物資を都市の外から防壁内に供給している。当然ながら関係者以外は立入禁止。都市の防衛隊によりしっかり警備されている。

アキラはその搬入口の中にある倉庫に、キャロルと一緒に新装備を受け取りに来ていた。

そしてそのアキラを迎えたのはシズカだった。いつも通りの明るい笑顔をアキラに向ける。

「アキラ。いらっしゃい……で、良いのかしらね？」

「良いんじゃないですか？　ここは今日はカートリッジフリークの支店ってことで」

「そうね。そういうことにしておきましょうか。それじゃあ改めて。アキラ。カートリッジフリーク2号店へようこそ」

シズカの店であるカートリッジフリークは、かつてはハンター向けのありふれた万屋《よろずや》だった。潰れるほど寂れてはいないが、2号店を出店できるほど繁盛もしていない。その程度の店だ。

その店にアキラという客が増えた後も、店の賑《にぎ》わいは大して変わっていない。常連が一人増えた程度では、客数としては誤差でしかない。

しかし大きく変わったものはあった。それをシズカが笑ってアキラに告げる。

「それにしても、私の店も随分あこぎな商売をするようになっちゃったわね。商品を店舗に入荷すらしないで右から左へ。それだけで桁違いの儲《もう》けよ。これでも良心的な経営を心掛けていたつもりなんだけど」

機領から新装備を買うことになったアキラだが、厳密には機領の商品を買うことが決まったのであり、アキラはあくまでもシズカの店で装備を注文して買っている。

ハンターランク70の装備だ。当然ながら桁違いに高い。そこらの品であれば店が潰れかねないほど良心的な利益率であっても、桁外れの利益になるほどに。

「良いじゃないですか。シズカさんの店には駆け出しハンターの頃からお世話になってるんです。儲けておいてください」

　笑ってそう答えたアキラが、以前の装備購入の時のことを思い出す。

「それにほら、シズカさんも前に注文代行だと利益がいまいちとか言ってたじゃないですか。その時に俺は今後に期待してくださいみたいなことを言って、シズカさんも期待してるって言ってましたよね？　随分お待たせしましたけど、ようやくってことで」

「そんなこともあったわね。未来の大口のお客様をしっかりお持て成しした甲斐があったわ。流石私、とでも言っておきましょうか」

　アキラとシズカが軽い冗談のように気安く笑い合う。アキラのハンターランクが70になっても、装備の代金が億を軽く超えるようになっても、シズカの店がありふれたハンター向けの店のままでも、二人は以前と同じように笑っていた。いつまでもそうありたいと願う、アキラの望みのままに。

「それじゃあ、今日もしっかりお持て成ししないとね。ではアキラ様。本日の品はこちらになります」

　シズカはそう言って倉庫に置かれたアキラの新装備一式を手で示すと、それらの説明を始めた。

　アキラの新たな強化服はＨＣ31Ｒ強化服、商品名ロスカーデン。高ランクハンター向けのただでさえ強力な品であり、それを高性能な拡張部品の組み込みにより更に強化させている。価格も、身体能力も、力場装甲《フォースフィールドアーマー》の強度も、高価格帯の人型兵器並み。力場障壁《フォースフィールドシールド》まで展開できる。統合されている情報収集機器の精度も飛び抜けて高い。

　オプション品も付属している。防護コートとバックパック、そして2本のブレードだ。

　フード付きのロングコートは非常に頑丈なだけでなく、ある程度動かすことも可能で、補助アームの変わりとしても使用できる。更に高度な迷彩機能も搭載している。その性能は常人であれば目の前にいても目視では認識できず、一般的な情報収集機器による索敵でも探知できないほどに高い。バックパックにも同等の機能がついている。

湾曲した黒い片刃のブレードは、素人が振るっても鋼を断つほどの切れ味を持っている。刀身の保護にも使用されている力場装甲《フォースフィールドアーマー》の出力を上げることで、切断力を更に高めることも出来る。対《アンチ》力場装甲《フォースフィールドアーマー》機能も標準搭載している。加えて斬性を帯びた指向性エネルギーの放出まで可能で、間合いの外の敵であっても容易く両断できる。

新たな銃はＲＬ２複合銃だ。可変式の銃であり、一つの銃口で通常弾、Ｃ弾《チャージバレット》、小型ミサイルに加えて、ＡＦレーザー砲のような、いわゆるのレーザーまで撃つことが出来る。更には、流石に今回は調達まではしていないが、対滅弾頭にまで対応している。この銃を機領を介して4挺調達した。

バイクも修理が終わっており、この場に運び込まれている。搭載されていたエネルギータンクは、ハンターランク70で購入可能になる更に大容量の物に変更され、ブレード生成機にも以前の物より高性能な液体金属が注入されている。補助アームに付けていた銃も修理済みだ。

各種の拡張弾倉とエネルギーパックなども、ハンターランク70向けの品を調達している。同水準の回復薬も試供品として手に入れている。

そこまでの説明を終えたシズカが、手元の資料を改めて見て、苦笑いにも見える微笑みを浮かべた。銃は1挺20億オーラムもする。強化服はオプション品込みで１００億オーラムを超えている。消耗品の類いにも、どれも桁違いの値段が記されていた。

「締めて２１８億オーラム。やっぱりとんでもない金額ね。アキラ。大丈夫なの？」

この金額は通常の支払額であり、シズカの店に支払われる額だ。一度店の口座に入ってから、店の利益を差し引いた額がすぐに機領に入金されることになっている。

そして店への支払そのものはイナベが実施する。

アキラに自社製品を宣伝してもらう前提とした広告料としての値引きなどは裏で行っており、シズカの店での会計処理には出てこない。

シズカもその裏事情を部分的にだが聞かされており、218億オーラムを全額アキラが支払う訳ではないと知っているのだが、それでも額が額だ。流石にいつもの笑顔は向けられなかった。

アキラも少し硬い笑顔を返す。

「ま、まあ、大丈夫ですよ。何とかします。何とか」

広告料分の値引き額を差し引いても、アキラの支払能力を完全に超えている額だ。イナベに立て替えてもらわなければ絶対に支払えない。勿論アキラもちゃんと返すつもりはあるのだが、自信に溢れた表情は返せなかった。

機領の重役と一緒に隣で話を聞いていたイナベが、シズカに向けて言う。

「御心配無く。彼なら大丈夫でしょう。私もそう判断しているからこそ、彼に以前から投資をしております。問題ありませんよ」

都市の幹部に失礼が無いように、シズカは丁寧に頭を下げた。

「そう言っていただけると私も安心できます。アキラ。これからも頑張りなさい。でも無理をしては駄目よ?」

「はい。気を付けます」

アキラはしっかりと笑って頷いた。

アキラに同行してきたキャロルと、シズカの付き添いでここに来たエレナとサラは、少し離れた所からアキラ達を見ていた。

エレナがシズカの様子を見ながら、少しだけ苦笑してサラに言う。

「シズカも大変ね。都市の幹部や機領の重役までいる場に連れてこられるなんて」

「まあ、仕方無いんじゃない？　アキラの装備の調達で、今日だけで十数億の儲けなんでしょう？　大物の相手は大変だと思うけど、それぐらいはやらないと」

そう言って、サラも軽い苦笑を浮かべた。

「それに、相手の機嫌を損ねちゃいけないのはシズカじゃなくて、シズカの相手をする方みたいだしね」

「そうみたいね」

ハンターランク70のハンター。クガマヤマ都市経営陣の大派閥の長。名立たる企業の重役。そのような者達が、たかが下位区画の小規模な個人経営の店の店長に気を使っている。事情を知らない者には不可解にも思える光景がそこにあった。

アキラの装備の受け渡し場所は、元々は前回と同じくシズカの店の予定だった。しかし昨日アキラの家が吹き飛ばされたことで、装備の受け渡しの場にはイナベなどの重要人物も出席する都合から、警備上の問題により急遽この場所に変更された。

よって本来シズカはこの場にいる必要は無い。店舗を使用する訳でもないのだ。そこの店長などいなくとも、装備の受け渡しは十分に可能だ。

ではなぜシズカがこの場にいるのかというと、イナベと機領が出席を頼んだからだ。そしてそれは、自分達は決してシズカを軽んじている訳ではないと、アキラに示す為だった。

シズカもその程度のことは理解している。アキラの為にも、思い上がった態度を取って相手の機嫌を損ねるような真似も、逆に過度に諂《へつら》ってアキラの機嫌を損ねるような真似もせずに、落ち着いて対応していた。そしてその分かっている対応は、イナベ達にも好印象を与えていた。

エレナが視線をシズカからアキラに向ける。

「それにしても……、ハンターランク70か……。凄いわね」

サラも少しだけ寂しげな笑顔で頷く。

「ええ。本当にね。凄いわ」

エレナ達のハンターランクは45だ。イイダ商業区画遺跡での戦いを終えた頃は40だったものを、この短期間でそこまで上げていた。一般的なハンターの基準では十分に驚異的なことであり、普通は有り得ない。

これはエレナ達が大流通関連の間引き依頼で、アキラと一緒に荒稼ぎした成果ではある。エレナ達の実力によるものとは言い難い部分も確かにあった。

それでも今のエレナ達の実力は、余所から来た高ランクハンター達を除けば、クガマヤマ都市では一流の水準に十分に達している。東部全体の基準での一流を目指して更に東を目指すハンターでもなければ、成り上がったと言うに足る到達点に辿り着いたということだ。

自分達は十分に強くなった。十分な金も得た。ここが限度。ここが境界線。これ以上は命を賭けてまで進む必要は無い。ここまで来られたことを誇って良い。自分達がハンターとしてそういう場所まで上り詰めたことを、エレナ達も理解はしている。

それでも、その境界線をあっさり踏み越えて遥《はる》か高みに到達した者がいて、加えてその者が自分達の後輩のような者だったことを思うと、いろいろと複雑な想《おも》いを抱かずにはいられなかった。

エレナがその想いの一部を少し寂しげな声で口に出す。

「流石にもう先輩面は出来なくなったわね」

サラも同じ想いは抱えていた。しかしエレナとは別のことを言う。

「良いじゃない。続けましょうよ。先輩面」

意外そうな表情を向けてきたエレナに、サラは少し勝ち気な笑顔を返した。

「離れるのは、格下がすり寄ってきて目障りだとか、アキラが思ってからでも遅くはないでしょ？」

アキラとは流石に実力差があり過ぎるので、これからは一緒にハンター稼業をするのは難しくなる。身の程を弁《わきま》えて少し距離を取った方が良いかもしれない。エレナの言葉にはそういう意味も含まれていた。

サラはエレナのその考えを読み取った上で、距離を取るかどうかはアキラが決めれば良いと考えた。単に自分達が気後れして距離を取るならともかく、自分達の方でアキラの考えを勝手に解釈して疎遠になる必要は無い。そして自分は自分からアキラとの関係を断つつもりは無い。そう、親友に告げていた。

そしてその親友の言葉を聞いて、エレナは表情を和らげた。下らない悩みを払拭したように明るく力強く微笑む。

「……、そうね。サラ。そうしましょうか」

「ええ。エレナ。それで良いじゃない。ああ、でも、流石に全く役に立たない状態で、アキラと一緒にハンター稼業をする気も無いわ。だから保留にしていた返事を言っておくわね。もっと先に行く。そういうことでお願い」

それを聞いたエレナは少しだけ驚いた後、今度は不敵に微笑んだ。

「了解。これからも頑張りましょうか。それじゃあまずは、ナノマシンを使い切ったら死んじゃうサラのひ弱な体を何とかしないとね。金が掛かるわー」

「何言ってるの。ハンター稼業に金が掛かるのは当然でしょ？」

「全くだわ」

サラは幼い頃に諸事情で瀕死の状態に陥り、治療としてナノマシンの投与を受けたことで、身体強化拡張者となった。それは死にかけの体を、消費型のナノマシンの力で無理矢理動かしているようなもの。ナノマシンの枯渇はサラの死を意味する。

枯渇しても死なないようにサラの体を完治させるには、通常の手段では稼げないほどの大金が必要だった。エレナ達にとってハンター稼業は、その金を稼ぐ為の手段だった。

そしてハンターとして成り上がり、その金を稼ぎ終えたエレナ達には、二つの選択肢があった。ハンターを辞めるか、続けるかだ。

体を完治させればサラは身体強化拡張者ではなくなる。つまりハンターとして今までのように戦うことは出来なくなる。

そのままハンターを辞めるのであればそれで良い。しかし続けるのであれば強化服を買うにしろ、身体強化拡張処置をもう一度受けるにしろ、追加の予算が必要になる。食うには困らない程度にハンターを続けるのか、ハンターとして更なる高みを目指すのかでも、必要な予算は変わってくる。

以前のように戦えなくなったサラを家に残して、エレナだけハンターを続けるという選択は、エレナ達には無い。辞めるにしろ続けるにしろ二人一緒だ。その上でどうするか。その決断を、エレナはサラに任せていた。長年の望みである健康な体を手に入れた後の生活は、サラ自身に決めてほしかったからだ。

サラはその決断を保留にしていた。治療費は確保してあるので急いで決める必要は無い。ゆっくり決めれば良い。エレナからそう言われたこともあって、焦らずに決めようとしていた。

そして今日、サラはそれを決めた。ハンターを辞めてしまえばアキラとは疎遠になる。程々のハンターのままではアキラに先輩面は出来ない。それならば、自分達もハンターとしてもっと先に行く。

辛《つら》いことも、失うものも多かったハンター稼業だが、得たものもあったのだ。それを失わない為に、自分から手放さない為に、あっさり抜かれてしまった後輩にはもう追い付けないとしても、自分達の方からは離れない為に、エレナ達は笑って先に進むことにした。

ハンターとして更なる高みを目指すことに決めたエレナ達を、キャロルは横目で観察していた。

(分からないわねー。確かに美人だし、ハンターとしての実力も悪くはないと思うけど、その辺なら私も負けてないどころか、勝ってると思うんだけど。それなのに、何でアキラはエレナ達には反応して、私には無反応なのかしら)

キャロルが視線をアキラ達に戻す。そこにはシズカと機嫌良く話しているアキラの姿があった。間違いなく女性に対しての態度を取っている。

そこからキャロルはシズカとエレナ達の共通点を探してみた。

(うーん。アキラが駆け出しハンターだった頃からの付き合いだからとか？　つまり付き合いの長さが重要？　アキラは女性関係に限って物凄く人見知りってこと？　それなら私を護衛してる間にアキラも慣れて私に興味を持ったり……)

当たらずとも遠からず、というところまで辿り着いたキャロルの思考を、情報端末に届いた通知が中断させた。それはドーラスからだった。

新装備の調達を終えたアキラは、早速それらに装備を変えた。新しい強化服に着替えて、防護コートを身に着ける。２本のブレードと２挺の銃を装着し、弾薬類を詰めたバックパックを背負う。バイクの補助アームの銃もＲＬ２複合銃に交換した。今からでも荒野に向かえる状態だ。

その自分の姿を見て、アキラが以前にアルファから言われたことを思い出す。

『……俺の装備も、ようやく端金を脱却できた訳か』

支払通貨がオーラムである限り、１００億あっても端金。アキラはまだ１２００万オーラム程度の金で酷く動揺していた頃に、アルファからそう言われたことがあった。

東部には企業通貨では買えない特別な製品、コロンでなければ購入できない非常に高性能な装備が存在している。それらの装備に比べれば、１２００万オーラム程度の小銭で買える物など、性能が低過ぎて話にならない。

アルファはアキラにそう言っていた。そのアルファも、新装備を着けたアキラを見て嬉しそうに微笑む。

『そうね。ようやく真面な装備が手に入ったわ』

オーラムでの支払であっても、流石に１００億を超える価格帯の装備となると、コロン払い専用品に匹敵する性能を持つ品も出てくる。

アキラの装備は２１８億オーラム。それだけの力がそこにあり、その力を身に着けられるだけの者がそこにいた。

『２１８億オーラムの装備にその評価か。つまりアルファが指定する遺跡を攻略する為には、最低でもそこまでの装備が無いと駄目ってことなんだろ？　アルファに出会ったばっかりの頃の俺が聞いたら卒倒しそうだな』

『内緒にしておいて良かったでしょう？』

『全くだ』

そこでアキラはふと思って防護コートの迷彩機能を使ってみた。するとコートで隠れている部分が見えなくなる。頭もフードで覆われていない顔だけが浮かんでいるようになる。実際には可視光の範囲だけでなく、紫外線や赤外線でも、更には反響定位でも探知は著しく困難になっていた。

「シズカさん。どうです？」

シズカがアキラの胸の辺りに手を伸ばす。感触はあるのだが、どれだけ目を凝らしても肉眼で実在を認識するのは無理だった。

「凄いわね。アキラ。悪用しちゃ駄目よ？」

「はい。勿論です」

素直にそう答えたアキラに向けて、シズカは少しからかうように微笑んだ。

「覗《のぞ》きとかも、絶対しちゃ駄目よ？」

「しません」

アキラは迷彩機能を解除してフードを脱ぎ、少し子供っぽい態度でそう答えた。

そのアキラの反応に、シズカが笑ってアキラを宥める。

「ごめんなさい。からかい過ぎたわ」

そしてシズカはアキラの頭を優しく撫《な》でた。明確な子供扱いだが、子供扱いするなとその手を撥《は》ね除《の》けることはアキラには出来ない。そのまま撫でられている。

そのアキラにアルファが口を出す。

『まあアキラは私の裸を好きなだけ見れるのだから、覗きなんてする必要は無いわよね』

『黙ってろ』

『それはそれとして、やっぱり触れられるのは効果があるようね』

『……黙ってろ』

アルファに下手に反応しないように、アキラは少しだけ紅《あか》い顔で笑顔を硬くしていた。

そこでキャロルから通知が届いた。アキラはそれを理由にシズカに撫でるのをやめてもらうと、通知内容を確認する。副業の絡みで席を外すので、終わったら連絡するというものだった。

護衛として常に近くにいるようにしているが、キャロルの方から離れるというのであれば安全なのだろう。それにキャロルの副業の現場に同席したいとは思わない。そう考えて、アキラは了解の意を返信した。

その後アキラは今までの装備類を、新しい強化服の付属品であるメンテナンス機能付きの格納機器等と一緒に、自走式の小型コンテナに詰めた。新装備一式の受け渡しはこれで完了した。

あとはバイクでその貸出コンテナと一緒に帰るだけだ。キャロルから連絡が来るまでシズカ達と雑談して暇を潰そう。アキラがそう思っていたところに、キバヤシがヒカルを連れて現れる。

「アキラ。装備の受け渡しは終わったか？　じゃあちょっと話があるから来てくれ」

「話って？」

キバヤシが意味有り気に笑う。

「俺の方は昨日の件。ヒカルの方はお前の家の賃貸の件だ」

「分かった」

そう言われたらアキラもそう答えるしかなかった。シズカを心配させる訳にはいかないからだ。

キバヤシは昨日アキラが襲撃を受けた件について、敢えて昨日の件とだけ言って、関係者以外にはその詳細が分からない言い方をしていた。

その上で、もしアキラが後にしてくれなどと言って拒否するのであれば、激しい戦闘でアキラの自宅が消し飛んだことを、それどころか周辺の家も広範囲に纏めて吹き飛んだことを、その所為で家の賃貸についての話が必要になったことも含めて、シズカがいるこの場で話す。そうキバヤシはその表情で告げており、アキラもそれを読み取っていた。

「シズカさん。すみません。用事が出来たのでこれで失礼します」

「ええ。アキラ。またね」

「はい」

短いながらも本心で、いつ死んでも不思議は無いハンター稼業をしながらも、生きてまた会うことを約束して、アキラとシズカは笑い合った。

アキラがキバヤシ達と一緒にその場を去っていく。するとアキラを見送っていたシズカの所に、エレナ達だけでなく企業の営業達もやってきた。

彼らの目的ぐらいはシズカも容易に推測できる。アキラのおかげで今日は桁違いに儲けたのだ。だから彼らの相手をするのも仕事の内だろう。そう考えて、シズカは笑って仕事をすることにした。


キバヤシ達と一緒にその場を離れたアキラが何となく振り返ると、自分を見送ってくれたシズカに多くの者が集まっていた。

「キバヤシ。あいつらは？」

「お前の新装備の調達競争に負けた営業の連中だ。装備の受け渡しが終わったことで、機領を優先する縛りも無くなったからな。ハンターランク70を顧客に抱える店の店長に、早速群がってるんだよ」

アキラは少しだけ表情を険しくした。それを見てキバヤシが笑って続ける。

「安心しろって。お前がどんな心配をしているのかは聞かないが、彼女の機嫌を損ねても、お前の機嫌を損ねても、お前の次の装備調達で不利になるってことぐらいは連中も理解してる。彼女の利益になる内容で話を進めるはずだ」

キバヤシはそう言って、先に進むようにアキラに手で促した。アキラと一緒に再び歩き始める。

「まあ、連中がお前じゃなくて彼女に群がっているのには、もうちょっと理由があるがな」

「どんな？」

「まず、この場でお前に、次の装備は我が社の製品を宜しく、なんて言えば、それは、こいつはすぐにまた装備をぶっ壊す、って言っているのも同然で、お前の機嫌を損ねる恐れがある。だから言い難いお前に直接言うのではなく、言いやすい彼女の方に言う。そういう理由が一つ」

防壁の壁内部の通路を進みながら、キバヤシが話を続ける。

「そしてもう一つ。今お前に群がって時間を取らせると、お前がこれから会うやつの時間も奪うことになる。それはちょっとまずい。だからこの場でお前に交渉を仕掛けるのはやめて、ここではお前が贔屓にしてる店の店長や、お前が珍しくチームを組んでいた仲の良さそうなハンターと、良い関係を作ることを優先しよう。まあ、そんなところだろうな」

「これから誰かと会うのか？」

「ああ。今は昨日の件の関係者とだけ言っておく。向こうにも言い分はある。詳しいことは本人から直接聞いてくれ」

「分かった」

次はヒカルが話を振る。

「えーっと、アキラ。その、アキラの家の話なんだけど……、取り敢えずアキラに賠償とかは無いようにしておいたわ」

アキラの自宅の賃貸契約は、強盗等への対処を基本自力でする内容になっている。その際に、周囲の家に被害を出さずに戦う義務は無い。また、自宅が吹き飛んだことへの賠償は、家賃に含まれている保険で賄える。それ以上を求めるのであれば、アキラではなく襲撃者に対して行うべきだ。

ここは防壁の外。自衛の責任は各人にある。そして大規模な襲撃を未然に防ぐ責任は、その地域の治安維持を担当する組織にある。地域の賃貸物件を借りただけのアキラには無い。ヒカルは賃貸業者とそのような話をした。

そして賃貸業者はその話を受け入れざるを得なかった。ヒカルの話が正論かどうかなど全く関係無い。クガマヤマ都市、そしてハンターランク70と揉めたいかどうかだ。選択の余地など無い。それでも、業者側にも最低限譲れないものはあった。

「それでね？　悪いんだけど引っ越しだけはしてくれない？　要するにあの場所には住まないでほしいってことなんだけど」

アキラの自宅は周囲の家ごと消し飛ばされたが、その土地にはいずれ新しい家が建てられる。賃貸契約を解除していない以上、そこにまたアキラが住むことも不可能ではない。しかし賃貸業者としては、それは勘弁してほしかった。

そしてヒカルも流石に業者を気の毒に思い、そこはアキラに妥協してほしかった。

アキラも自分に出ていってほしい相手側の気持ちは分かる。しかしそれはそれとして唸る。

「うーん、まああんなことがあった訳だし、俺に出ていってほしいのは分かるけどさ。でもそうすると引っ越し先はどうなるんだ？」

「高ランクハンター向けの賃貸物件があるわ。他の都市からクズスハラ街遺跡奥部攻略の為に呼んだ人達向けのやつね。そこじゃ駄目？」

「……駄目って訳じゃないけど、一応言っとくけど、家賃が１０００万オーラムを超えるとか、そういう所を紹介されると困るんだけど」

「……さっき２００億オーラムの商談を済ませたことに比べれば誤差じゃない？」

「いや、そんなこと言われても……」

ハンターランク70が住む家と考えれば、家賃が１０００万オーラムを超えても不思議は無い。また、そのような物件がある地域であれば警備の質も高くなるので、先日のような騒ぎも起こり難くなる。

しかしそれを分かっていても、ヒカルの方が正しくとも、そのような物件に住むのはアキラの金銭感覚では難しかった。

そこでキバヤシが口を挟む。

「まあ次はどんな家に住むにしても、以前の場所から移るのは確定で良いだろう。あの辺はハンターランク30ぐらいのやつが住む所だ。70のやつが住む所じゃねえよ。しばらくはあのキャロルってやつの家で暮らすんだろ？　次の家をどうするかは、その間にゆっくり考えれば良いと思うぞ？」

「……そうだな。そうする」

それを聞いたヒカルが小さく溜め息を吐く。

アキラの装備の引き渡しが終わったことで、ヒカルは本来ならばアキラの担当を降りるはずだった。

しかし昨日の襲撃騒ぎでその予定は変更になる。イナベの指示により、今回の騒ぎが収束するまで、最低でも抱えている案件が無くなるまで継続することになったのだ。

　襲撃そのものの調査はキバヤシが嬉々として請け負ったので、ヒカルが抱えている案件は、アキラの家の件を片付ければ終わる。

「アキラ。家の資料は送るから、気に入ったのがあったらすぐに連絡してね？」

「ん？　ああ。分かった」

「絶対よ？　真夜中でも遠慮無く連絡して」

「分かったって」

　ヒカルは笑って念押しし、アキラも軽く笑って答えた。

　キバヤシは楽しそうに笑っていた。

第221話　ドラゴンリバー

　昨日の襲撃騒ぎの関係者と会う。アキラがキバヤシにそう言われて連れてこられたのはシュテリアーナだった。入口で銃などを預けて中に入ると、二人の男女が座る席に案内される。アキラはその女性に見覚えがあった。

　キバヤシがアキラにその二人を紹介する。

「紹介しよう。こいつはタツカワ。ドラゴンリバーってハンターチームの隊長だ。彼女はメルシア。そこの副隊長をやってる」

「タツカワだ。よろしく」

「メルシアよ。また会ったわね」

「えっと、アキラだ」

　簡単な自己紹介を済ませてアキラ達が席に着く。そしてまずはタツカワが店員を呼び、適当にいろいろ持ってきてくれ、という高級店には似つかわしくない注文を済ませた。その後にキバヤシが話を進めようとする。

「それじゃあ話に入るか。タツカワ。どうする？　やっぱり概要ぐらいは俺から話すか？」

「いや、全部こっちで話す。お前に任せると絶対に話を無駄に面白可笑《おもしろおか》しくしようとするだろうが」

「そんなつもりは無いって。お前と俺の仲じゃないか」

「俺とお前の仲だから信じられねえんだよ」

「酷えな」

　キバヤシに嫌そうな顔を向けるタツカワと、それを笑って流すキバヤシ。その二人のどこか気安い遣り取りは、アキラにどことなく身に覚えのあるものを感じさせていた。

　タツカワが軽く息を吐いてアキラを見る。

「先に言っておく。こっちにそっちとやり合う気は無いし、こっちもどっちかといえば被害者の立場だ。その前提で、この資料を見ながら聞いてくれ」

　短距離通信で送られてきた資料を、アキラが拡張視界に表示する。そこには先日の襲撃で男が使用していた人型兵器用の装備が載っていた。

「昨日お前を襲ったやつが使っていた武器は、俺達から盗まれた物だ」

思わず意外そうな表情を浮かべたアキラに、タツカワ達は、その襲撃にドラゴンリバーは無関係であることを話し始めた。


襲撃者はアキラの銃撃を浴びて中身ごと吹き飛んだが、使用していた人型兵器用の巨大な武器や、その運搬に使用したトレーラーは比較的原形を残していた。

調査の為にそれらを回収したキバヤシは、人型兵器用の武器がドラゴンリバーの所有物であることを突き止めた。その場でタツカワに連絡を取り状況を説明する。

それを聞いたタツカワはすぐにメルシアに確認を取らせた。するとデータ上は倉庫にあるはずの装備が無くなっていた。

これは装備の使用記録が改竄されていることを示している。そしてこの手の改竄は、外部の者より内部の者が行う方が簡単だ。つまり下手をすると、アキラの襲撃にドラゴンリバーの者が協力している恐れが出てきた。

その時点ですぐにチーム全員の所在を確認する。結果、行方不明の者はいなかった。その報告をメルシアから聞いたタツカワはまずは安堵した。行方不明の者がいた場合、ババロドの体の中身だった恐れがあったからだ。

「まあそういう訳で、お前を襲ったやつが使ってた装備が俺達の人型兵器の物だったってことは認める、誰がどうやって盗んだのかは分からんが、まんまと盗まれた所為でお前が大変な目に遭ったのは分かるし、その部分はこっちも落ち度を認めるが、こっちも装備を盗まれた被害者で、俺達がお前を襲った訳じゃない。そこは分かってほしい。……これぐらいか？」

タツカワの視線を受けて、メルシアが続ける。

「そんなところね。あとはまあ、この話をあなたが信じるかどうかだけど、こういう言い方も何だけど、仮に私達が主犯っていうか、あなたを襲ったのが私達だったら、多分あなたは死んでいたはず。だから違うって考えてくれない？」

それはある意味でアキラにとって一番説得力のある説明だった。メルシアの力はアキラも都市間輸送車両で見ている。今日の新装備ならば、やってみなければ分からない、ぐらいは言えるのだが、流石に昨日の装備では勝ち目があるとは思えなかった。

「分かった。信じる」

タツカワが軽く安堵の息を吐く。

「分かってもらって助かるぜ。まあこっちでも調査は続行するし、何か分かったらそっちにも教えるよ」

本題が済んだところでちょうど料理が運ばれてきた。その後は食事をしながらの雑談となる。

その雑談の中で、メルシアが今回の件の意見を述べる。

「私も少し考えたんだけど、今回の件、襲われたのはアキラ達でも、狙いは私達だった可能性もあるのよねー」

「どういうことだ？」

「私達から盗んだ武器でアキラを襲ったやつは、ロットブレイクのババロドってやつの体を使ってたんでしょう？　私達とロットブレイクの潰し合いを狙った工作だったかもしれないわ」

ドラゴンリバーは今回の襲撃にババロドの体が使われたことから、ロットブレイクの工作を疑う。ロットブレイクはドラゴンリバーの装備が使われたことから、ドラゴンリバーの工作を疑う。そうやって、互いに相手の工作だと疑念を抱かせて潰し合わせる。

クズスハラ街遺跡奥部攻略の上位チームが潰し合えば、漁夫の利を得るところは多い。そう考えれば可能性はある。メルシアはそう語った。

「こう言っちゃ悪いけど、ハンターランク70を護衛につけた人を狙った襲撃にしては、随分お粗末な感じもするし、襲撃自体が目的で、彼女の生死はどうでも良かったのかもしれないわ。まあ、そうも考えられるってことだけど」

「もしそうなら、俺はそんな理由で死ぬところだったのか……」

ついてない。アキラはそう思って溜め息を吐いた。

その溜め息を聞いたタツカワが軽く言う。

「大変そうだな。……そんなに大変なら俺達のチームに入るか？　安全な部屋も用意できるし、また襲われてもチームで撃退できるぞ？」

アキラは意外な申し出に驚いたが、すぐに答える。

「あー、悪いんだけど、俺はどこかのチームに加わる気は無くて……、いや、その前に今はキャロルってやつの護衛を引き受けてる最中で、そういうことを勝手に決める訳にはいかないんだ」

「そうか？　それなら正式な加入じゃなくて、事態が落ち着くまでの一時的な加入でも良いし、そのキャロルってやつも一緒で構わないぞ？」

そう言われるとアキラも迷い出す。キャロルの同意を得る必要はあるが、一時的にドラゴンリバーに加わればキャロルの安全が増す以上、検討の余地はあるように思えた。しかし懸念も覚える。

「……何か随分こっちに都合の良い話に思えるんだけど」

少しだけ訝しむ様子を見せたアキラに、タツカワが意味深に笑って答える。

「ハンターランク70をチームに誘うんだ。この程度の条件は別に不思議じゃないだろう。まあ先輩として、後輩をちょっと助けてやろうか、なんて思ってる部分もあるのは否定しないけどな」

アキラは意味が分からずに怪訝な顔を浮かべた。するとタツカワがキバヤシを指差しながら続ける。

「アキラもこいつの酷え依頼を受けて成り上がったんだろ？　俺もなんだよ」

アキラが思わずキバヤシを見る。するとキバヤシは、心外だ、と言わんばかりの表情を楽しげに浮かべた。

「酷え依頼とは酷えなあ。桁違いに稼げる依頼をお前の為に頑張って用意してやったってのによ」

「何言ってやがる。それで俺が何回死にかけたと思ってんだ？」

「それだけの価値はあっただろ？　一山幾らの駆け出しハンターだったお前が、５年も経たずに高ランクハンターになったんだからな。アキラだって俺の協力が無ければ、この短期間でここまで成り上がってなかったと思うぞ？　だよな？」

　そう言って、キバヤシは同意を求めるような視線をアキラに向けた。間違ってはいない。しかしアキラも首を縦に振るのは難しかった。そこにタツカワが口を挟む。

「そりゃ結果論だよ。アキラ。お前もとっくに気付いてるとは思うが、まだ気付いてないなら教えといてやる。こいつの依頼を受けて俺やお前が生き残ったのは、実力は大前提だとしても、はっきり言って運だぞ？　甘い考えでこいつの依頼を引き受けたハンターが、下手すりゃ４桁は死んでるんだぜ？」

「何言ってんだ。そもそもハンター稼業ってのは初めから命賭け。その程度は死んでも不思議はねえよ。しかも命を掛け金に積んでもショボい賭けしか出来ないやつがゴロゴロしてる。俺はそういう、機会に恵まれないやつに、命を賭けるに足る依頼を提供してやってるだけだ。お前ももっと感謝してくれても良いんだぞ？」

「ほざいてろよ」

　死にかねないほど危険な依頼を平気で斡旋《あっせん》した者と、その依頼を引き受けて死にかけた者は、そのような経緯があったのにもかかわらず、どこか気の合った友人のように楽しげに話していた。

　アキラがタツカワに尋ねる。

「タツカワが受けたキバヤシの依頼って、どんなのだったんだ？」

「ああ、まずはだな……」

　そこから雑談の内容は、タツカワがキバヤシから斡旋された依頼の話に移っていく。

　キバヤシも別に変わった依頼を斡旋した訳ではない。モンスター討伐に荒野の巡回、都市主導での遺物収集への参加に物資輸送の警備など、依頼の内容自体はごくありふれたものだ。

しかしその難易度は当時のタツカワの実力では厳しいものばかりだった。それでいて、これは幾ら何でも絶対に無理だ、と思わせるほどではなく、しかも達成すれば多大な成果を得られることもあって、上手くいけば、と思わず思ってしまうように調整されていた。

高い実力を持ちながらも機会に恵まれない者。或いは、そう思い込んでいるだけの思い上がった者。そのどちらもが、キバヤシからそれが事実かただの思い込みかを試される機会を、成り上がりのチャンスに餓《う》える者達には垂涎《すいぜん》の依頼として提供された。

そして多くの者が荒野に呑まれて朽ち果てた。

賭け事は勝つ確率が低いほど得られるものも多くなる。タツカワが大規模なハンターチームの隊長になるほどに大成したのは、それほどまでに勝率の低い賭け事に勝ったからということでもあった。

それらの話を聞いたアキラは、半分感心し、半分呆れていた。自分のようにアルファのサポートがある訳でもないのに、よくそんな依頼を引き受けたものだと、そしてよく死なずに済んだものだと、良くも悪くも凄いと思った。

アキラからその称賛と呆れの混じった視線を向けられたタツカワが、気持ちは分かると思いながら、同じ経験をしているはずの者に尋ねる。

「それで、アキラはどんな感じだったんだ？」

「ああ、俺は……」

そこでキバヤシが口を挟む。

「待て、そこは俺が話してやろう。こいつはいろいろと自覚が薄いからな。そこがアキラの面白いところでもあるんだが、自覚が薄いから聞いても薄い話になるだけだ。こいつの無理無茶無謀さは、俺が第三者の視点で説明してやる。いやー、本当に凄いぞ？　大爆笑だぞ？」

期待を煽るキバヤシの話し振りに、タツカワも興味深そうな表情を見せた。しかしその表情も、話を聞く内に少々引き気味なものに変わっていく。

都市周辺の巡回依頼の最中に、クズスハラ街遺跡からモンスターの大規模な群れが出現した時には、他のハンターが都市への帰還を決める中、アキラは巡回用の車両から一人で降りて、救援場所に走って向かおうとした。

クズスハラ街遺跡の地下街の戦いでは、重装強化服まで持ち出して現場のハンター達を大勢殺した遺物強奪犯達を、事実上アキラ一人で撃退した。

賞金首の騒ぎの時には、過合成スネークの亜種と思われる巨大なモンスターに車両ごと食われたのにもかかわらず、そのモンスターを体内から撃破して脱出した。

建国主義者討伐戦では、人型兵器が玩具に見えるほどに巨大で、都市の防衛隊が苦戦を強いられるほどに強力な、巨人のようなモンスターと一人で戦い勝利した。

そのどれもが、当時のアキラのハンターランクと装備では、生還は絶望的な難易度。無理と無茶と無謀をこれでもかと注ぎ込んで煮詰めたような、常軌を逸したものだった。

タツカワが驚きながらも、アキラを見ながら半ば呆れたように言う。

「なるほどな。キバヤシに気に入られる訳だ」

そう言われてアキラは不満げな表情を浮かべたが、良い言い訳も思い付かず、反論はしなかった。

その一方でキバヤシは上機嫌で続ける。

「だろう？　お前も少しは見習ったらどうだ？」

そしてアキラに向けて、タツカワの現状を嘆く。

「アキラ。こいつも昔はお前みたいに……、いや、お前ほどじゃないにしろ、結構な無茶をして俺を楽しませてくれたんだぜ？　それが今じゃ、安全に無難に稼ぐだけの、ありふれたハンターになっちまってよ」

それを聞いたタツカワは鼻で笑った。

「知るか。お前を楽しませる為にハンターやってる訳じゃねーんだ。それに俺はもう十分成り上がったからな。成り上がる為にお前の依頼を仕方無く受ける必要は無くなったんだよ」

それはタツカワとキバヤシのたわい無い遣り取りだったのだが、そこにメルシアが口を挟む。

「何が仕方無くよ。あんた無茶苦茶乗り気だったじゃない」

思わず口を閉じたタツカワに、メルシアが更に畳み掛ける。

「デカい報酬に釣られたあんたを私がどれだけ苦労して止めたと思ってるの？　あんたが死ななかったのは運じゃなくて、本当にヤバい依頼の時は私が死ぬ気で止めたからよ？　忘れたの？」

「……ちょ、ちょっと大袈裟じゃないか？」

タツカワはそう言いながらも少し目を逸らしていた。その時点でメルシアの言い分が正しいと半ば認めているようなものだった。

メルシアが視線をタツカワからアキラに移す。

「全然大袈裟じゃないわ。聞いてくれる？　こいつ、酷いのよ？　私が止めても勝手に依頼を受けようとするこいつに、私が何て言ったと思う？　絶対あんたを庇《かば》って死んでやる。あんたよりも先に死んでやる。ここまで言ったのよ？　言っただけじゃなくて、実際に私はこいつを庇って何度か死にかけたのよ？　あんまりだと思わない？」

「そ、そうですね」

アキラはメルシアの剣幕に押されていた。タツカワもメルシアを宥めに入る。

「分かった分かった。俺が悪かった。落ち着けって。俺も反省してる。だからチームの運営はお前に任せてるし、依頼を受けるかどうかの決定権もお前に渡して、俺も大人しく従ってるだろ？」

「……そうね。分かってるなら良いわ」

メルシアはそう言って一度大きく溜め息を吐いた。そして態度を改めてアキラに言う。

「ドラゴンリバーってね、元々は私とタツカワの二人だけのチームだったのよ。で、こいつも私以外のやつには気を使う程度の責任感はあるし、同行者の面倒を見るぐらいのことはするの。それで、こういう言い方も何だけど、こいつが無茶できないように、私が足手纏いをチームにたっぷり入れたのが、今のドラゴンリバーになった元なのよね」

そしてメルシアはチームの運営側の責任者として

愛想良く微笑んだ。

「だから、仮加入だとしてもあなたがドラゴンリバーに入ったら、あなたの連れを含めてチームとして護るぐらいのことはするわ。っていうか、こいつにさせるわ。だから良かったら、キャロルって人と一緒に検討してちょうだい」

「分かりました」

アキラが頷き、それでメルシアも多少は機嫌を戻したのを見て、タツカワは小さく安堵の息を吐いた。

メルシアが雰囲気を勧誘から雑談に戻して話を続ける。

「それにしてもハンターランクを55から70まで一気に上げるなんて、どんな手品を使ったの？　良ければ聞かせてくれない？」

「ああ、それをやったのはキバヤシなんだ。手品の種はキバヤシに聞いてくれ」

メルシアが視線をキバヤシに向ける。するとキバヤシは楽しげに笑った。

「アキラをチームに取り込んで俺の楽しみを奪おうとするやつに教える訳無いだろ？」

「相変わらずね。全く、あなたが都市の職員程度ならどうとでもなるんだけど」

「ハンターオフィスの職員に手を出すのはお勧めしないぞ？　俺を楽しませてくれるのなら別だけどな」

「分かってるわ。私もドラゴンリバーの責任者として、個人的な感情でチームを揺るがす訳にはいかないからね。残念だわ」

メルシアとキバヤシが笑い合う。そのテーブルで、どうとでもなる立場のヒカルは、黙って食事を続けていた。シュテリアーナの料理ですら、味など分からなかった。

◆

防壁の側にある高級ホテルは、その警備の質も非常に高い。自前の戦力も高く、非常時には即時の対応が可能。加えて都市の防衛隊とも支援契約を結んでいる。

そして防衛隊は都市がツバキとの取引で得た莫大な利益の恩恵により、その戦力を格段に上げている。よって、たとえ襲撃者が高ランクハンターだとしても先日のような騒ぎは起こし難い。またそれを理解した上で襲撃を実施したとしても、防衛隊により鎮圧されることになる。

つまりそのホテルは、キャロルがアキラから一時的に離れても大丈夫だろうと判断する程度には、安全な場所だった。

キャロルはドーラスからそのホテルの一室に呼び出された。ドアを開けて自分を迎えたドーラスに、妖艶に、そしてどこか得意げに微笑む。

「やっぱりまた呼んでくれたわね？　今日は25億よ？　大丈夫？」

「……、まあな」

ドーラスはそれだけ答えてキャロルを室内に入れようとする。

そこでキャロルがドーラスの様子を少し怪訝に思う。ドーラスはどこか複雑な、そしてどこか真剣な表情と口調であり、それはキャロルにこのまま部屋に入って良いのか一瞬迷わせたほどだった。だが迷いはしたが、そのまま入室する。

ドーラスは強化服等を含めて武装をしていない。開いたドアから情報収集機器で室内を調べても他に誰もいない。ドーラスに何かあったのだとしても、自分とは無関係のことだろう。気にし過ぎだ。

それにアキラへの支払もある。25億を全てオーラムで貰《もら》えるとは思っていないが、ある程度は情報ではなくオーラムで支払ってほしい。ハンターランク70を護衛に雇っているのだ。予算は潤沢に確保しておきたい。

キャロルはそう考えて、いつも通りに副業に勤しむことにした。

そして副業は何事も無く終わった。キャロルはやはり杞憂だったと思って笑いながら、ベッドの上で支払を催促する。

「じゃあ、しっかり楽しんだところで、払うものは払ってもらいましょうか。今日は25億よ？」

「分かってる」

そこでドーラスは情事の後の余韻など欠片も感じさせない真面目な表情を浮かべた。予想外の態度にキャロルもわずかに戸惑いを見せる。

「情報で支払う。この情報には25億の価値はある」

それを聞いたキャロルは驚きながらも強気の笑顔を浮かべた。

「随分強気な値段設定ね？」

「ああ、何しろお前の命に関わる情報だからな」

流石にキャロルも笑顔を消した。少し険しい顔で聞き返す。

「……聞きましょうか。どんな情報なの？」

「事情は知らないが、キャロルはアキラってハンターと組んでるだろ？　表向きは護衛ってことにしてるようだが、それ、すぐにやめた方が良い」

「……、理由は？」

「昨日お前達が襲われたのは、多分その所為だ」

驚くキャロルにドーラスはその根拠を、25億オーラムの価値がある情報という説得力を込めて、真面目に話し始めた。


クズスハラ街遺跡奥部の攻略は、クガマヤマ都市が呼び寄せた高ランクハンター達によって着実に進んでいた。奥側への到達点という意味では、既に第2奥部ではなく第3奥部に到達したと宣言するハンターチームも出ている。

もっとも奥部の攻略とは、単純に遺跡の最奥を目指すだけではない。貴重な遺物を求めて攻略範囲を広げる必要もある。後方連絡線の延長作業も必要だ。そういう意味では第2奥部の攻略もまだまだ終わっていない。

そして都市はその進捗を進ませる為に、ハンター達に多大な支援を行っているのだが、それはハンター達の意欲を大幅に上げる一方で、各ハンターチームの連係を大きく阻害する要因にもなっていた。

幾らツバキとの取引で儲けているとはいえ、ここまでの支援を実施すれば桁違いの資金が掛かる。クガマヤマ都市の予算では難しいのではないか。坂下重工がクズスハラ街遺跡の完全攻略を再開するという噂もある。この予算の出元はクガマヤマ都市ではなく坂下重工ではないか。

多くのハンターがそう考え、その思考がハンターチームの行動指針に影響を与えた。この支援が坂下重工の意向で実施されているのであれば、ここで大きな成果を出せば坂下重工との繋がりを深めることが出来る。それならば他のチームに出し抜かれる訳にはいかない。そう判断し、通常の遺跡攻略であれば普通に行っていたチーム間での協力すら控えるところが続出していた。

そしてその悪影響が特に強く出たのは、遺跡の情報の共有に関してだった。

同じ遺跡であっても、未知か既知かでその攻略難易度は激変する。内部構造は迷路のように入り組んでいるのか、或いは違うのか、事前情報無しではそれすら分からない。どのようなモンスターがどれだけいるのかも見当もつかない。そのような未知の状態では非常に慎重にならざるを得ず、攻略は遅々として進まない。

そこで通常であれば、先行しているハンターチームなどから攻略情報を購入したり、自分達が持っている情報と交換したりする。そうやって遺跡の情報は徐々に多くのハンター達に広まり、共有されていく。

しかし今回はその最低限の情報共有を、各ハンターチームが他チームに出し抜かれない為に自主的に制限していた。クガマヤマ都市も彼らに情報の共有を強制させることなど出来ない。相手はそこらの都市など個人で脅せるほどの者達で構成されたチームなのだ。

その状況で、キャロルというハンターが意味を持つようになる。

ハンターランク50にも満たない者なのだが、多くの高ランクハンターから副業の代金として金や装備、更には遺跡の情報を得ているという。しかも遺跡攻略の複数の上位チームの者を副業の顧客に多数抱えており、保持している情報の質と量はトップチームを超えている可能性がある。

そのような者を自チームに取り込めれば非常に有利になる。逆に他チームに取り込まれてしまえば、坂下重工に自分達の力を示す絶好の機会であるこの遺跡攻略争いで、大きく出し抜かれる恐れがある。

各チームの進捗が遅れるほど、キャロルが客から新たな情報を手に入れるほど、その意味は強くなる。価値にして100億オーラムほどの地図情報がロットブレイクからキャロルに流れたという噂もある。他のハンターチームからも同等の情報が流れていても不思議は無い。

ここで、どうやってキャロルを自チームに取り込むか、という健全な考えを持つ者は少数派となる。好条件の競い合いに参加できるのは、必然的にそれだけの条件を出せる上位チームに限られるからだ。

そこで、その少数派以外の者は別のことを考える。どうすればキャロルを他チームに取り込まれずに済むか。そして不健全な考えを持つ一部の者は、更にこう考える。キャロルを殺してしまえば良いと。

キャロルが保持する情報は消えてしまうだろうが、どうせ自分達には入手できないものなのだ。他チームに渡るより遥かに良い。

そして遂にその考えを実行に移した者が出た。それが昨日の襲撃だろう。ドーラスはキャロルにそう説明した。

その話を険しい表情で聞いていたキャロルが真面目な声を出す。

「……その話が事実だとして、アキラとどういう関係があるの？」

「恐らくだが、今までは見逃されていたんだろう。キャロルは手に入れた遺跡奥部の地図情報を、俺から手に入れたものも含めてだが、誰かに売ろうとはしていなかっただろう。だから、そういう真似をすればただでは済まないと分かっている、身の程を弁えたやつだと思われていた」

推測にすぎないが、信憑性はある。ドーラスは真面目な態度でそう告げていた。

「そのお前が護衛を雇った。しかもそいつはハンターランク70だ。それほどの護衛が必要なことをしようとしていると判断されたんだろうな」

「つまり、私が保持しているクズスハラ街遺跡奥部の地図情報を、どこかのチームに纏めて売るとか？　私がアキラを雇ったのは、その交渉の為の武力だって思われたってこと？」

「まあな。それにこうも考えられる。その情報を売るつもりがないのであれば、なぜそんなに集めていたのか。実はキャロルはアキラ以外にも多数の実力者を裏で確保している。どうやって……って部分は、まあ、お前の副業で？　とかにしておこう。それでチームを作って、集めた情報を使って、奥部の攻略を一気に進めるつもりなんじゃないか。そうやって坂下重工にチームごと売り込むつもりなんじゃないか、ってな」

「……いずれの考えでも、私がアキラを雇うのをやめれば、その否定になるってことね」

「ああ。そういうことだ。少なくともハンターランク70の武力は必要無くなったと考えるはずだ。そこから、奥部の情報の売買は既に完了したと判断したのなら、今からキャロルを殺しても意味は無いと考える。奥部の攻略をキャロルのチームでやるって話も、その計画を進めるのであれば、チームからアキラを外すとは考え難い。頓挫したと思われるはずだ」

キャロルが大きく息を吐く。辻褄は合っている。少なくとも自分がそれを否定したところで、そう思っている相手がそれを信じるとは思えない。それはキャロルも認めざるを得なかった。

「……25億の情報は、これで全部？」

「ああ。俺がこの結論に至ったデータも纏めてある。送るぞ」

ドーラスからそのデータが送られてくる。キャロルはその中身を見ようとして、やめた。ドーラスの性格などから考えて、何となくではあるが、見るまでもなく中身は正しいと判断した。

そのキャロルの様子を見て、ドーラスはキャロルが自分の話を真面目に捉えていると判断した。そのまま話を進める。

「この情報はキャロルにとって25億の価値があると俺は思っている。ただ、その妥当性をキャロルに聞く前に、一つ提案がある。条件付きで、この情報、只にしても良い」

流石にキャロルも怪訝な顔をドーラスに向けた。

「……条件って、何？」

「アキラの代わりに25億で俺を護衛に雇うことだ」

キャロルが真意を問う視線をドーラスに向ける。ドーラスはその視線を受け止めて話を続ける。

「キャロル。このままクガマヤマ都市にいたら死ぬぞ。別の都市、出来ればかなり西まで避難しろ。道中と、そこから先の護衛は俺がしてやる。柄じゃないことを言ってる自覚はあるし、下心もたっぷりあるが、真面目に心配してるんだぜ？」

キャロルは黙って話を聞いている。真意を問う視線はそのままだが、裏を探るような目ではなかった。その目を見ながらドーラスが更に続ける。

「こう言っちゃ何だが、キャロルはハンターとして俺達みたいに成り上がる気は無いんだろ？　副業で荒稼ぎして、その稼ぎで高性能な装備も手に入れてハンターランクも上げてるが、普通にハンター稼業を続けるだけじゃ届かない分を、そっちで補う為にやってるようには俺には思えなかった」

実際に、キャロルはハンター稼業を補う為に副業をしている訳ではない。その点はドーラスの推察は正しかった。

「それなのに何でハンターを続けてるのかは知らないが、この辺にしておけよ。ハンター稼業に命を懸ける気が無いなら、潮時だと思うぞ？　今更ハンターを辞めても過去の面倒事が追ってくるだけって言うのなら、その辺は俺が何とかしてやるからさ」

そこまでの話を聞いたキャロルがドーラスをじっと見る。真意を問う目はしていない。代わりに本気を問う目を向けていた。

「その話を真に受けると、あなたはハンターとしての成り上がりを捨てることになるんだけど？」

高ランクハンターの中には、ハンターとしての生き方や成り上がりに矜持《きょうじ》を持つ者も珍しくない。いつ死んでも不思議の無いハンター稼業を、一般人が生涯を掛けても稼げない大金を手に入れて尚、自分の意志で続けているのだ。そのような思想を持たない者であれば、ハンターなど十分な金を得た時点で辞めている。そしてキャロルはドーラスもその手の矜持を持つ者だと知っていた。

しかしキャロルと一緒に西の都市に行けば、ドーラスはその矜持を捨てることになる。弱いモンスターと安い遺物しかない場所では、高ランクハンターとしてのハンター稼業は出来ないからだ。

しばらくの間だけ避難しよう。ほとぼりが冷めたらまた戻ってこよう。ドーラスがその程度の軽い意味で言っているのではないことぐらいは、キャロルも理解していた。つまりドーラスは、下手をすれば自分の命より重い矜持をキャロルの為に捨てようとしていた。そういうことを口にしていた。

だからこそキャロルは尋ねていた。本気で言っているのかと。

ドーラスが苦笑を浮かべて答える。

「その辺は、質の悪い女に嵌まったからとでもしておくよ。ハンターが落ちぶれる理由としては、よくある話だろ？」

キャロルとドーラスが黙って相手の目を見る。そして少しの沈黙を挟んでから、キャロルはベッドから降りた。脱いでいた強化服を着て、帰る準備を済ませる。そして、立ち去る前に、ドーラスに顔を向けずに言う。

「……口説き文句としては、悪くなかったわ」

そう言い残して、キャロルは振り返らずに部屋から出ていった。

一人残されたドーラスがベッドの上で溜め息を吐く。

「……振られたか。本気で言ったんだけどな」

信じてもらえなかった所為で振られた。そう思ってしまうのは自惚《うぬぼ》れか。何となく浮かんだその考えの答えなど、ドーラスには分からなかった。

部屋を出たキャロルが浮かない顔で大きな溜め息

を吐く。

　多くの客を相手にした長年の経験で、キャロルはドーラスが嘘を吐いていないことも、本気で言っていることも見抜いていた。

　それでもドーラスの誘いに頷くことは出来ない。本気で言っているとしても、それが未来を含めて本当である保障など、どこにも無いからだ。

　キャロルは、それをよく知っていた。

第222話　裏口探し

　新装備の調達を終えてタツカワ達との話も済ませたアキラは、クガマビル1階のロビーでキャロルと合流すると、そのまま一緒にキャロルの自宅に戻った。バイクはマンションの駐車場に停めて、自走式の貸出小型コンテナに詰めた物は、取り敢えずキャロルの自宅に置かせてもらうことになった。

　そして風呂に入り、当然のように一緒に入ってきたキャロルへの文句は控えて、これからの予定を話し合う。同じ浴槽に裸で浸かりながら、まずは別行動をしていた間に知った情報を共有した。

　先日の襲撃は自分とキャロルが組んだ所為で起こったのかもしれない。そう聞かされたアキラが軽く頭を抱える。

「そんな理由で襲われたのかもしれないのかよ……。勘弁してくれ……」

「裏を取った訳じゃないから、あくまでも推測だけどね。でもドラゴンリバーから私込みで加入を誘われたんでしょう？　その辺を含めて考えると有り得ない話じゃないわ」

「ああ、そうするとあの話は、俺じゃなくてキャロルが目当てだったたって可能性もあるのか……」

「敢えて邪推すれば、あの襲撃はドラゴンリバーとロットブレイクを互いに相手の工作だと疑わせて潰し合わせる為の、別のハンターチームの工作、と見せ掛けて、ドラゴンリバーとロットブレイクの両方の自演だったたって可能性すらあるわね」

「両方の自演？　裏で組んでたってことか？」

「そうかもしれないし、同じ工作を別々にやったのかもしれないわ。だから両チームの装備とかが簡単に流出したのかもね」

「そこまで疑わないといけないのか……」

　アキラは非常に嫌そうな表情を浮かべた。面倒臭い。その心情がありありと顔に出ていた。

　キャロルが笑って話を戻す。

「まあ所詮は推測よ。全然違う理由で襲われた可能性も十分にあるし、その辺も含めて用心するしかないわね。それで、明日からどうする？　アキラの新装備の調達も済んだし、前に話した通り一緒に第2奥部に行く？」

　アキラが迷う。元々はそのつもりだった。しかしキャロルの話を聞いた後では、キャロルを連れて第2奥部に行くのは、自分から揉《も》め事《ごと》に首を突っ込みに行くようにも感じられたのだ。

　キャロルと一緒に第2奥部に行き、その所為で他の高ランクハンターに襲われたとしても、アキラとしては返り討ちにするだけだ。しかし事前に襲撃を予想して、それを分かった上で返り討ちにする前提で行くのは、ちょっとどうかとも思った。アキラも高ランクハンターのチームと進んで揉めたい訳ではないからだ。

　では行くのをやめるのかというと、それも迷う。新装備で第2奥部に行き、どこまで奥に行けるか試す。それで十分な位置まで辿り着けるようなら、アルファの依頼に本格的に着手する。そういう予定だったからだ。ここで足踏みは出来ない。そういう気持ちも確かにあった。

　どうするか。迷ったアキラがアルファに尋ねる。

『……アルファ。どうする？』

　そもそも第2奥部に行くのは、自分がアルファの依頼を本格的に始められる力があるかどうかを、そこでの戦い振りからアルファが判断する為だ。だからどうするかはアルファに決めてもらおう。そう思ってアキラはアルファに聞いていた。

　キャロルとの入浴中は姿を消すことにしているアルファが、声だけで答える。

『アキラの好きにして構わないわ。重要なのは新装備でアキラがどこまで戦えるかを確かめることだからね。第2奥部以外でも、相手がモンスターでもハンターでも、その確認は可能よ』

『そうか』

　高ランクハンターのチームと交戦することになっても、アルファは構わないと考えている。アキラはそう判断した。

アルファが機嫌の良い声で更に続ける。

『それに、アキラがキャロルの護衛依頼を優先したことで、私の依頼の開始時期が多少遅れるのも構わないわ。アキラが依頼に対して誠実であろうとすることは、私にとっても良いことだからね』

『……、そうか。分かった。ありがとな』

『良いのよ。私とアキラの仲でしょう？』

アキラはアルファとの念話での会話が、キャロルに露見しないように注意して話している。アルファと二人であれば浮かべていた笑顔を、内心を表情に出さないように気をつけていた。それでも少しだけ機嫌の良さそうな様子を見せながら、今度はキャロルに尋ねる。

「キャロル。そっちの都合に合わせるって言ったらどうする？」

「良いの？」

「ああ。護衛中でも遺跡探索とかは俺の好きにして良いって契約だけど、一応護衛を引き受けてる訳だしな。多少はそっちに合わせても良い。まあ、一緒に別の都市まで避難するってことになったら、流石に付き合うのは護衛依頼の期限までだ。その後は延長は無し。俺だけこっちに戻らせてもらう」

キャロルが軽く考え込むような表情を見せる。そして良い案を思い付いたように笑った。

「アキラ。それならミハゾノ街遺跡で遺跡探索をしない？」

少々予想外の提案に、アキラが不思議そうな顔をする。

「ミハゾノ街遺跡？　ああ、そういえばキャロルは地図屋もやってて、あそこの地図も売ってるんだっけ。その地図を作りに行くのか？」

「そうなんだけど、折角アキラを護衛に雇ってるんだし、やってみたいことがあるのよ。上手くいけば大金を稼げるし、私が持ってるクズスハラ街遺跡奥部の地図情報の価値を大きく下げられるわ。そうすれば、私が第2奥部の地図情報を持ってる所為で襲われることも無くなると思うのよね」

ミハゾノ街遺跡の探索をして、なぜ第2奥部の地図情報の価値を下げることが出来るのか。その理由が分からずに、アキラはますます不思議そうな表情を浮かべた。

「キャロル。ミハゾノ街遺跡で何をする気なんだ？」

キャロルが得意げに、妖艶に、そして自信有り気に意味深に微笑む。

「クズスハラ街遺跡奥部への裏口探しよ」

その悪女の妖しい微笑みで、アキラ達の次の行動が決定した。

◆

遺跡探索の準備を済ませたアキラ達は、荒野仕様の大型キャンピングカーでミハゾノ街遺跡に向かっていた。

車内は十分に広い。寝泊まりが必要な長距離移動を快適に過ごす為の設備も整っている。浴槽も一人で入る分には手足をしっかり伸ばせる大きさだ。

車両の後部には、バイクどころか小型車程度なら余裕で入るスペースもある。そこには大量の食料品や弾薬類、二人の装備にアキラのバイクなど、様々な物が積み込まれていた。

積み込んだ物資の量は1ヶ月程度なら都市に戻らなくとも余裕で暮らせるほどだ。途中でモンスターの大規模な群れに襲撃されたとしても、有り余る弾薬で問題無く蹴散らせる。

たかがミハゾノ街遺跡の探索の為に、アキラ達がこれほどの準備をしたのは、アキラの自宅が消し飛んだ前回と同等、或いはそれ以上の襲撃に備えてのことだった。

前回は防壁の外とはいえ都市の中であり、下手をすれば都市の防衛隊が鎮圧に来る場所だった。だがここは荒野だ。相手のやる気次第でどこまでも大規模な襲撃を実行できる。その点も考慮して備えておく必要があった。

また、アキラ達は今回の遺跡探索を日帰りにするつもりは無かった。十分な食料を用意したのもその為で、遺跡内をしっかり調査する予定になっていた。

アキラ達の目的は、ミハゾノ街遺跡でクズスハラ街遺跡奥部への裏口を探すことだ。

東部の地下には旧世界時代の流通網の施設が今も残っている。以前にアキラが見付けたヨノズカ駅遺跡もその一つだ。そしてそこにあった地下トンネルは、そこから出現したモンスターの種類から、クズスハラ街遺跡に繋がっていると考えられている。

同様の施設がミハゾノ街遺跡にあっても不思議は無い。当時は大勢の人々がそこで暮らしていたのだ。他の都市まで大量の人や物資を容易に運べるように、大規模な地下トンネルが建設されていた可能性は十分にある。

そのトンネルがクズスハラ街遺跡の奥部まで繋がっていれば、遺跡奥部への裏口となる。その出入口が、各ハンターチームが攻略中の場所より奥にあれば、そしてそのルートが既存のものより安全であれば、それを記載した新たな地図情報の価値はそれだけ大きくなる。つまり、キャロルが保有している既存の地図情報の価値が相対的に低下する。

勿論、既存の地図情報の価値も完全に無くなる訳ではない。それでもその価値が、それらの地図情報がキャロルから各ハンターチームに流出しても、奥部の攻略を進める上位チームから睨《にら》まれない程度まで下がれば、地図情報の奪取、或いは消去の為にキャロルを狙う価値も無くなり、アキラ達も安全になる。

そうなることを期待して、アキラ達はミハゾノ街遺跡の探索を決めた。

もっともそれも、その裏口が実際にあれば、そして見付けられればの話だ。無駄骨になる恐れも十分にあった。

車内で強化服の訓練を兼ねて柔軟体操をしているアキラが、キャロルに何となく尋ねる。

「なあキャロル。上手くいきそうな可能性って、実際どれぐらいなんだ？」

キャロルはアキラの柔軟体操に付き合って、同じように片手で逆立ちして両足を大きく一直線に広げていた。その体勢のまま答える。

「正直に言って、やってみないと分からないわ」

「分からないって……、キャロルは地図屋もやってて、それらしい場所の見当も付いてるんだろ？」

「候補の場所を情報として知ってるだけよ。それにミハゾノ街遺跡はいろんな場所で再建築が繰り返されているからね。実際に行ったら瓦礫の山があるだけかもしれないし、新しいビルが建ってて地下への出入口が塞がれてるかもしれない。だから、目当てのものが見付かるかどうかは、実際に調べてみないと分からないわ」

「そういうことか」

アキラが片足で指を伸ばしてつま先立ちをして、もう片方の足を真上に上げながら、両腕を軽く組んで唸る。強化服の接地機能も使わずに、全く揺れずに体勢を維持している。アルファのサポートも受けていない。この程度のことは、今のアキラには容易なことだった。

キャロルも同じ体勢を取る。キャロルも体の揺れは全く無い。ただしこちらは高性能な強化服による姿勢制御の補助のおかげだ。もっともこの体勢が可能な体の柔らかさはアキラと同じだった。

そして同じ体勢でも、そこらの子供がやっているのと、起伏に富んだ魅惑の体型の美女が、その凹凸をありありと感じさせる旧世界風の尖ったデザインの強化服を着てやっているのでは、印象は全く違っていた。観賞だけでも異性から多額の金が取れる価値がそこにはあった。

「付け加えると、私はそれらしい場所には近付かないようにしてたからね」

「何でだ？」

「何でって、そこにクズスハラ街遺跡奥部への裏口が本当にあったら大変でしょう？」

自分達はそれを探しに行くのではないか。そう思って不思議そうな顔を浮かべたアキラに、キャロルが話の補足をしていく。

クズスハラ街遺跡の奥部に繋がっているということは、そこにいる非常に強力なモンスターと遭遇する危険もあるということだ。以前にヨノズカ駅遺跡で起こった騒ぎが良い例で、その時には賞金首になるほど強力なモンスターまで出現した。

そのような場所を下手に調べに行って、そのようなモンスターと遭遇してしまえば、以前の自分の実力では確実に死ぬ。また、その調査でヨノズカ駅遺跡の騒ぎのようなことを起こしてしまえば、都市からその責任を追及される恐れもある。だからその手の情報を手に入れても調査はしなかった。

しかし今は自分も強くなった。加えてアキラを護衛に雇っている。クズスハラ街遺跡奥部のモンスターと遭遇しても十分に戦える。また、調査の過程で以前のような騒ぎが再び起こっても、今は多数の高ランクハンターが都市にいるので事態の収拾は容易だ。

そういった理由で、今までは手に余ると思ってやらなかった遺跡探索、クズスハラ街遺跡奥部の裏口探しを、この機会にやることにした。キャロルはそうアキラに説明した。

アキラもそれで納得する。

「そういうことか。でも奥部への裏口が見付からなかったらどうするんだ？」

「私達がミハゾノ街遺跡を探索している間に、クズスハラ街遺跡奥部の攻略が大きく進むことを期待するしかないわね。それで新たな地図情報が出回った分だけ、私が保有している既存の地図情報の価値も下がるから」

「なるほど」

「まあそれでも駄目だったらその時はその時よ。今は上手くいくことを期待しましょう」

「そうだな。次の手はその時に考えれば良いか」

アキラが柔軟体操をやめて息を吐く。キャロルも体の柔軟性の向上より艶めかしさの向上を目的としているような姿勢をやめた。

「それにしてもアキラは随分体が柔らかいのね」

アキラが少し得意げな顔をする。

「だろう？　頑張って少しずつ柔らかくしたんだ。体の柔らかさは戦闘でも大切だからな」

体の柔らかさを褒められて喜ぶアキラの姿はどこ

か子供っぽく、キャロルには見た目よりも幼く見えた。何となくアキラの頭に手を伸ばす。しかし撫でる前に、アキラに怪訝そうに止められた。

「何だ？」

「何でもないわ」

これも違うのか。シズカという者には黙って撫でられていたが、そういう扱いを好んでいる訳でもないのか。キャロルはそう思い、ちっとも籠絡されてくれない難攻不落の異性に、内心の不満を隠して軽い冗談のような笑顔を向けた。

◆

ミハゾノ街遺跡に到着したアキラ達は、早速クズスハラ街遺跡奥部の裏口探しを開始した。アキラのバイクに二人で乗って遺跡の中を駆けていく。

キャロルの車は遺跡のハンターオフィス出張所が運営している駐車場に停めてある。ここに停められた車に手を出すことはハンターオフィスへの敵対行為だ。高ランクハンターであっても襲撃には覚悟が要る。アキラ達は安心して車を置いていった。

ミハゾノ街遺跡は、以前の騒ぎでは遺跡中にモンスターが溢れたことで大規模な戦闘が発生し、多くのビルが倒壊するなど広い範囲で多大な被害が出た。だが今ではその痕跡はすっかり消えていた。

再建築されたばかりの真新しい高層ビルが立ち並び、その周囲では多脚と多腕を生やした球形の汎用作業機械が徘徊《はいかい》している。かつてアキラ達が山ほど撃破した小型戦車のようなモンスターの姿は見当たらない。

アキラがその様子を見て軽く言う。

「前の騒ぎの影響とかは、もう完全に無くなったみたいだな。最悪、あの時みたいにモンスターの群れの中を突き進まないといけないかもしれないって思ってたんだけど」

アキラの後ろでキャロルが笑う。

「何言ってるのよ。そうなっても今のアキラなら余裕でしょ？」

アキラも笑って答える。

「まあ、そうだけど」

その時とは装備が違う。実力が違う。かつての死地など今の自分にとっては散歩道と変わらない。その実感に、自身の成長に、アキラは機嫌良く笑っていた。

「でも遺跡は何が起こるか分からないだろ？　クズスハラ街遺跡奥部への裏口が本当にあったら、奥部のモンスターがここまで来てるかもしれないし、それを倒す為の凄く強力な機械系モンスターが配備されていても不思議は無いんじゃないか？」

「……まあ、そうかもね」

そのアキラのたわい無い話に、キャロルは返事をすぐに返せなかった。笑顔のまま、遺跡のある場所をチラッと見る。そしてすぐに視線をアキラに戻した。そのまま軽い調子で言う。

「でも、そういう場合に備えてアキラを雇ってるんだけど？」

「そうだな。その時は頑張るよ」

「期待してるわ」

アキラ達は笑い合い、目的地を目指してその場を走り去った。

その場から少し離れた位置、キャロルがチラッと見た場所には、そこらと変わらない遺跡の光景が広がっている。アキラがそこを同じようにチラッと見ても、別に何も無いと判断する。

しかしそこには迷彩機能を有効にした巨大な多脚機が存在していた。大きいだけではない。その強さはアキラが都市間輸送車両で戦ったモンスターに匹敵するほどだった。

アルファはその存在に気付いている。しかし敵性ではないのでアキラにいちいち教えてはいなかった。そしてキャロルもその存在に気付いていた。見えていた。その上で、黙っていた。

ミハゾノ街遺跡はクズスハラ街遺跡ほどではないにしろ、クガマヤマ都市周辺の遺跡では有数の広さを持っている。市街区画だけでも非常に広い。

しかしアキラのバイクの性能であれば、遺跡の端から端への移動でもさほど時間は掛からない。途中でそこらのモンスターと遭遇しても、アキラ達の実力であれば無視することも蹴散らすことも出来る。何の障害にもならない。一番目の目的地にはすぐに到着した。

そこには瓦礫の山が広がっていた。一応情報収集機器でその下を調べて見たが、地下への入口のようなものは見付からなかった。

「アキラ。次に行きましょう」

「了解だ」

次の調査場所には高層ビルが建っていた。バイクに乗ったまま中に入り、集まってきた警備の機械系モンスターを倒しながら屋内を調べていく。地下3階まであったが、ヨノズカ駅遺跡のような施設ではなかった。

「ここも違うようね。アキラ。行きましょう」

「分かった」

そのまま遺跡内を巡って調査を続行する。しかしことごとく外れだった。

「見付からないなー」

「情報が古い所為なのか、そもそも偽情報を摑まされてたのか……、まあ、全部外れだったとしても一応調べましょう」

「全部調べるのにどれぐらい掛かりそうなんだ?」

「この調子なら3日もあれば終わるわね」

「3日か……。すぐだな。1ヶ月分ぐらいの準備はしてきたのに」

「そうね。折角それだけ準備したんだもの。情報の場所を調べ終えたら、遺跡中を隈《くま》無く調べましょうか」

走行中のバイクに並走するように宙に浮かんでいるアルファに、アキラがチラッと視線を向ける。

『アルファ。奥部の裏口の場所に心当たりがあったりしないか?』

『それは言えないわ。裏口があっても無くてもね』

『何でだ?』

『アキラがどうしてそれを知っているのか、キャロルに説明できないでしょう？　偶然見付けたことにするにしても、見付けたのはアキラではなくてキャロルでないと駄目よ。何しろ見付けるものがものだもの。本当に偶然なのか疑われてしまうわ』
『そうか……。分かった』
アルファなら知っていそうだが、確かにそういう理由があっては教えてもらうのは難しい。アキラもそう判断して、このままアルファの協力無しで調査を進めることにした。
結局その日は奥部への裏口を見付けることは出来なかった。夕日を浴びながらキャロルのキャンピングカーに戻ったアキラ達は、そのまま本日のハンター稼業を終えた。

キャンピングカーの浴室はそこらの部屋より高品質だが、その浴槽は流石に二人で一緒に入れるほど広くはない。今日は各自で入浴することになった。

厳密にはキャロルも一応アキラを誘ってはみた。浴槽の狭さから必然的に裸のキャロルと密着することになるので、普通の者であればその後の流れも含めて非常に抗い難い提案だ。

しかしアキラにはあっさり断られてしまった。キャロルは、でしょうね、とでも言うような苦笑をアキラに見せると、少し大袈裟な態度で一人で浴室に向かった。

もっともその態度も浴室に入るまでだった。一人になったキャロルは笑顔を消して湯船に浸かると、今日のことを真面目な顔で反芻《はんすう》していく。

（初日にいきなり見付かるのは不自然……、最終日の最後に見付かるのもちょっとあからさま？　明日の遅い時間か、明後日《あさって》の早い頃に見付けるのが自然？　……いえ、いっそのこと遺跡の中を限無く探している途中に、偶然見付けたことにした方が……）

たっぷりの温かな湯も、今のキャロルの精神を和らげる効果は無い。キャロルは今後の遺跡探索の予定を真剣に考え続けていた。


翌日、ミハゾノ街遺跡の探索を続けようとキャンピングカーを出たアキラ達が、少々予想外の光景を見て意外そうな表情を浮かべる。駐車場の近くにメイド服と執事服を着た者達がいたのだ。それも一人や二人ではなく、軽く数えただけでも十数人はいた。

「何だあいつら……」

怪訝な顔のアキラの横で、キャロルが興味深そうに微笑む。

「旧世界製のメイド服や執事服を戦闘服代わりにしているハンターチーム……じゃなさそうね。アキラ。多分だけど、あれはリオンズテイル社の人達よ」

「リオンズテイル社……」

アキラはその名前に心当たりがあった。

以前アキラはヒガラカ住宅街遺跡の館の地下で、旧世界の企業の支店や端末の場所のデータを手に入れたことがあり、そのデータを基にして未発見の遺跡を探したことがあった。その企業の名前がリオンズテイル社だ。

尚、当時のアキラはまだまだ無知で、リオンズテイル社といえば一般的に何を指すのか知らなかった。今は知っており、そちらの方を口に出す。

「……それって、あのメイドとか執事とかを派遣してる会社だっけ？」

「そう。そのリオンズテイル社よ」

リオンズテイル社は東部全域に支店を持つ大企業だ。人材の育成と派遣を主業務にしており、客に秘書や護衛を兼ねたメイドや執事などを提供している。主な顧客は桁違いの財を持つ富裕層、つまりは権力者であり、その者達との繋がりも深い。

企業通貨の発行などは行っていない為、坂下重工を始めとする五大企業には含まれず、同列に扱われることもないが、それらの条件を緩めた十大企業の括《くく》りであれば、そこにリオンズテイル社の名前が入っていても不思議は無い。リオンズテイル社はそれほどの大企業だった。

「あの会社にはいろいろ面白い噂があるのよね。旧世界にも同じ名前の会社があったらしいわ。それで実は密かに旧世界から続いているとか、旧世界人が起業したとか言われてるのよね。まあ同じ名前を使ってあやかっただけでしょうけど」

「そのリオンズテイル社の人達が何でこんな所に？」

「さあ？　まあ私達には関係無いんじゃない？」

「……、それもそうだな」

少し気になったが、ただの興味だ。自分達には関係無い。アキラ達はそう思い、それ以上は気にせずに今日も遺跡の探索を始めることにした。

探索中にセランタルビルの姿が遠目に映る。

セランタルビルはヤナギサワがビルの管理人格と取引したことで、現在でもクガマヤマ都市の防衛隊によって包囲されている。その警備は厳重で、クズスハラ街遺跡の第一奥部の封鎖にも使用されている人型兵器が配備されており、そこらのハンターでは近付くことも出来ない。

そのおかげもあって、セランタルビルに関わる怪談などの、ハンターがビルに近付いたり乗り込んだりした所為で発生する事象なども起こらず、ミハゾノ街遺跡は一応平穏を保っていた。

ビルの周囲も綺麗になっている。かつてはビルの防衛機械が侵入者の撃退の為に、周囲の被害を考慮せずに攻撃した所為で酷く荒れ果てていた。だが今ではそれらの交戦などが発生しなくなったことで、真新しい建築物が立ち並んでいた。

その様子をアキラが遠目で見て軽く言う。

「セランタルビルか……。確か前の騒ぎの時は、あそこからも機械系モンスターが大量に出現したんだよな？」

「ええ。無尽蔵ってぐらいに湧き出すモンスターを抑える為に都市が部隊を配置して、それからずっと封鎖してるはずよ」

「そのモンスターって遺跡の工場区画で造られたんだろ？　どうやってあそこまで運んだんだ？　そんなにたくさん空輸で運んだとは思えないし、ビルの地下に工場区画と繋がってるトンネルがあったのかもな」

「そうかもしれないわね。でもあの一帯は都市の防衛隊が護ってるし、流石に調べには行けないわ。あそこにクズスハラ街遺跡奥部への裏口があったとしても、残念だけど諦めるしかないわね」

「そうだな。他の場所で見付かることを期待するか」

そもそも本当にあるかどうかも分からないものを探しているのだ。下手に気にしても仕方無いだろう。アキラはそう思いながら、キャロルと一緒に遺跡の中をバイクで駆けていった。


アキラ達がミハゾノ街遺跡の調査を続ける。アキラ達の高性能な情報収集機器であれば、広い範囲を短時間で詳細に調べられる。現地に到着さえすれば、そこが外れであれば調査はすぐに終わる。アキラ達は候補の場所を次々に潰していた。

そして遂にそれらしい場所に辿り着く。建築中の商業施設のような建物の広間に、幅10メートルほどの地下深くに続く階段があったのだ。

アキラがその光景を見て興味深そうに笑う。

「おっ！　ここ、それっぽいんじゃないか？」

「……、そうね！　ようやくだわ！　アキラ！　早速奥を調べましょう！」

「了解！」

アキラが意気揚々とバイクを走らせる。階段という夕イヤでの走行に全く適していない悪路も、空中すら走行可能なバイクには欠片も問題にならない。極めて滑らかな坂を下りるように進んでいく。

上機嫌のアキラの後ろで、キャロルが意識を切り替える。

（……まあ、無関係な場所に続いているだけかもしれないし、他に当たりの場所があっても不思議は無いしね。少々予定が狂っても問題無いわ）

キャロルの予定では、自分達がクズスハラ街遺跡奥部への裏口を見付けるのは、明日だった。

階段を下りて遺跡の地下を進むと、更にそれらしい場所に辿り着いた。地下トンネルとの接続口だ。

トンネルは直径30メートルほどの筒状で、床、壁、天井の境目が無く、全面が舗装されていた。通行する車両が、重力を無視して走行できることが前提の構造だ。地下だが真昼の明るさで、しかも光源が見当たらない。頑丈そうな隔壁が備わっているが、今は完全に開いた状態だった。

アキラがトンネルの奥を見ながら笑う。

「ヨノズカ駅遺跡で見たやつとは違うけど、これはこれで大発見な気がする。あとはこの奥がクズスハラ街遺跡の奥部まで繋がってるかどうかだな」

キャロルも興味深そうに微笑む。

「未発見の遺跡に繋がってる可能性もあるわ。そっちの場合でも大発見ね」

「おっ！　そうだな！　よし、行こう！」

続いている場所がクズスハラ街遺跡の奥部にしろ、未発見の遺跡にしろ、大成果には違いない。アキラはこの先にその大きな成果があることを期待して、バイクを勢い良く走らせた。

トンネルは曲がりくねってもおらず、障害物も無く、モンスターもいない。通行を妨げるものが無いので、アキラは遠慮無くバイクを加速させていく。

速度による暴風は、バイクの力場障壁《フォースフィールドシールド》で防いでいるので全く苦にならない。わずかな操作の誤りが大事故に繋がる速さだが、バイクの高性能な制御装置のおかげで車体は完全に安定している。舗装された路面の上を高速で突き進む。10分も走らせない内に、アキラ達は既にミハゾノ街遺跡から遠く離れた位置まで移動していた。

そこでアルファから指摘が入る。

『アキラ。前に誰かいるわ』

こんな所に誰かがいるとは思わず、アキラは少し驚いて前を注視した。合わせて前方の索敵で対象を捉えた情報収集機器が、その人影を拡大表示する。

そこにはトンネルの途中で立ち止まって奥側を見ているハンターの姿があった。

アキラがバイクを減速させてその者に近付いていくと、相手の方もアキラ達に気付いて振り返る。そしてアキラ達と同じく驚きの表情を浮かべた。

アキラがバイクを停める。予想外の場所で予想外の人物と出会ったことを、その場の全員が意外に思っていた。

「アキラ。久しぶりだな。こんな所で会うとは思わなかった」

「それはこっちの台詞《せりふ》だ。トガミ。こんな所で一人で何やってるんだ？」

そこにいたのはドランカム所属の少年ハンターであり、アキラ達と一緒にミハゾノ街遺跡でハンター稼業をしたこともある、トガミだった。

第223話　地下トンネル

クズスハラ街遺跡奥部への裏口を探していたアキラ達は、ミハゾノ街遺跡で見付けた地下トンネルを進んだ先でトガミと出会った。

トガミの方も意外な場所で意外な者達と遭遇したことに驚いていた。そしてアキラからなぜここにいるのかを先に聞かれたことで、少し考えてからそれに答える。

「何やってるって……、遺跡探索だよ」

「遺跡探索って……、もうミハゾノ街遺跡から随分離れてるだろう。あ、トガミもこのトンネルを進めば、未発見の遺跡とかがあるかもしれないって考えてるのか？」

「まあそんなとこだ」

トガミはそう軽く答えて、キャロルを見てまた少し考えた。そして続ける。

「……もう少し詳しく話すと、俺は依頼を受けて遺跡のマップ作りをしてる最中なんだ。こういう別の遺跡に繋がっていそうな場所も含めてな。もしかして、アキラ達もか？」

それにアキラが答えようとする前に、キャロルが先に答える。

「ええ、そうよ」

「やっぱりか」

トガミはそれで納得した。アキラはキャロルがトガミとの話を引き継いだと判断し、自分がキャロルの護衛として雇われの身であることもあって、余計なことを言うのはやめることにした。キャロルもアキラの判断を察して、笑って話を続ける。

「でもマップ作りをしてたのなら、何でこんな所で突っ立ってたの？　休憩中？　それとも機器にトラブル？」

「いや、これ以上進むかどうか、ちょっと迷ってたんだ」

トガミも徒歩でここまで来た訳ではない。しかしアキラ達のように荒野仕様の大型バイクで屋内に乗り込んだ訳でもなかった。

　トガミが使用したのは折り畳み式の小型バイクだ。タイヤも含めて細いフレームのみで構成されており、畳むとバックパックに入るほど小さくなる。それでいて車体は力場装甲《フォースフィールドアーマー》による強化で頑丈。速度もそれなりに出る。

　しかし流石に対モンスター戦を前提とした荒野仕様と呼ぶには性能が足りていない。それでも比較的安全な場所であれば便利に使える代物だった。

　トンネルの中にモンスターはいなかった。恐らく途中で崩落していて、余所のモンスターが入ってこられないのだろう。マップ作りとしては、その行き止まりの部分まで調べれば良い。トガミはそう思ってトンネルを進んでいた。

　しかししばらく進んでも行き止まりに到達しない。流石に未知の場所をこれ以上一人で進むのは危険か。いや、ここまで来たのだからもう少し進んでみるべきか。トガミは進むか引き返すかを迷い、この場で一度バイクを停めて悩んでいたところだった。

　トガミがアキラのバイクを見る。

「……アキラ達はどうやって地下トンネルまで来たんだ？　俺は階段を歩いて下りてきたんだけど、どこかに地上と繋がる車道でもあったのか？」

「いや、俺達も階段を下りてきた。このバイクで、ちょっと無理矢理にだけど」

「そうか。……ってことは、そっちの情報源だと、移動にデカいバイクが必要になる地下トンネルがあることまで、事前に分かってたのか？」

　ちょっとした雑談の口調で探りを入れてきたトガミに、キャロルが笑って軽い調子で口を挟む。

「その辺を下手に探り合うのはやめましょうよ。お互いどんな情報源で動いているかは知らないけど、変なことをうっかり話しちゃった所為で、口封じが必要になるのは嫌でしょう？」

「……そうだな。了解だ」

　トガミも軽い調子で笑って答えた。しかし返事の内容自体は真面目に答えていた。キャロルは冗談っぽく言ってくれているが、その口封じをした場合には消されるのは自分の方。そして仮にこの先に未発見の遺跡でもあれば、その情報にはそうするだけの価値がある。それぐらいはトガミも分かっていた。

「じゃあアキラ。行きましょうか」

「ん？　ああ。トガミ。またな」

そう言い残して去っていこうとするアキラ達を、トガミが呼び止める。

「あ、ちょっと待ってくれ」

「何だ？」

「……俺の依頼主が一緒にやろうって言ってるんだけど、どうする？」

意外な申し出に、アキラとキャロルが顔を見合わせる。その間にトガミは情報端末の外部音声出力を操作した。すぐにトガミの依頼主の声が聞こえてくる。

「そっちも遺跡間の地下経路を調べてるんだろ？　トガミの知り合いみたいだし、どうせなら一緒にやらないか？」

「あなた、どこの誰？」

「そういうのは下手に詮索しないって、ついさっき決めたばかりじゃなかったっけ？」

調子良くそう答えた相手に、キャロルも交渉用の質の悪い笑顔を浮かべて答える。

「そうだったわね。分かったわ。それなら何て呼べば良い？」

「そうだなー。それならシロウって呼んでくれ」

聞き覚えのある名前が出たことに、アキラが少しだけ怪訝な様子を見せる。しかし相手が偽名として名乗ったこともあって、偶然だと考えて深くは気にしなかった。

「シロウね。それじゃあシロウ。一緒にやるのなら、取り分やら何やらちょっと交渉しましょうか」

そのままキャロルはシロウと交渉を進めていく。雇われの身であるアキラとトガミは、いろいろ考えながらも黙って推移を見守っていた。そしてキャロル達の交渉が纏まる。

「よし。決まりね。トガミ。こういう言い方も何だけど、あなたはこっちとの実力差もあって、戦力というよりは同行者。もっと正確に言えば、こっちの護衛対象よ。そういう扱いで構わないわね？」

キャロルと依頼主の間で、自分の頭越しに勝手に決められたことだったが、トガミは普通に頷いた。

「分かってる。俺もアキラと同列に戦えるなんて自惚れちゃいないよ。装備の性能の方もキャロルより格段に低いしな。身の程は弁えるさ」

「悪いわね。それじゃあ改めて、しばらくよろしくね」

予定外の同行者を加えて、アキラ達は再び地下トンネルを奥へ進んでいった。

◆

ミハゾノ街遺跡から地下トンネルで荒野の地下を進んでいくアキラ達。アキラとキャロルはアキラのバイクで前を走り、トガミは自分のバイクで後ろを走っている。トガミのバイクの速度に合わせて、加えてトガミを一応護衛対象にしていることもあって、アキラは急な事態に余裕を持って対応できるように速度を落として進んでいた。

アキラがキャロルに何となく尋ねる。

「キャロル。何でトガミと一緒に行くことにしたんだ？　いや、別に駄目って訳じゃないんだけどさ」

止めるほどではなかったので口は出さなかったが、わざわざ足手纏いを加えたとも解釈できるキャロルの判断を、アキラは少し不思議に思っていた。

その疑問にキャロルが軽く答える。

「その方が都合が良いからよ。私達がクズスハラ街遺跡奥部への裏口を探すのは、その地図情報を広めることで私が持っている奥部の情報の価値を落とす為だけれど、その所為で損害を被るハンターチームも出てくると思うの。例えば、遺跡攻略の下位チームがその裏口を使って奥部攻略を一気に進めた所為で、追い上げられた上位チームとかね」

「ああ、確かにそうだな」

「だから裏口の情報を広める時は、その出所が私達だとバレないようにする必要があるんだけど……、そもそもその出所が私達じゃなければ、その心配は不要でしょう？」

「……そういうことか。俺達の代わりに、トガミを雇ってるやつに広めてもらうってことだな？」

「そういうこと」

納得して頷いたアキラの様子を見て、キャロルは嘘は言っていないと思いながら微笑んだ。そしてもう少し続ける。

「多分トガミを雇っているシロウって地図屋も、それぐらいのリスクは分かってやってるはずよ。だから自分では調べずに、トガミを雇って調べさせているのだと思うわ」

「うわっ。そういうことか。……トガミに教えてやった方が良いかな？」

「アキラ。それはやめておきましょう。彼もその程度のリスクは分かった上で高額で雇われているのかもしれないし、違っていたとしても部外者が他のハンターの契約内容に口を出すものじゃないわ。依頼の開始前ならともかく、既に始めているなら尚更ね」

「……それもそうか。分かった」

どのような内容であれ契約は契約。後でトガミが激怒するとしても、そして怒りのままに依頼主を殺しにいくとしても、それはトガミと依頼主の間で解決することかもしれない。アキラはまずそう思った。

そして更に思う。恐らく自分が似たような依頼を斡旋されても、自分ではそのような裏事情には気付けない。致命的なものであれば聞かなくともアルファが教えてくれるだろうが、いつまでもアルファに頼り切りというのも良くない。

キバヤシも、最低限の交渉能力ぐらいは身に付けておかないと食い物にされると言っていた。自分でも気付けるように注意しよう。

そう改めて自身に言い聞かせたアキラだったが、この時点でいろいろと気付いていないことがあった。

シロウが地図屋だというのは、キャロルがそう言っているだけだ。加えて、それぐらいのリスクは分かってやっているはず、という話は、相手もクズスハラ街遺跡奥部への裏口を探していることを前提とした内容だが、それもキャロルがそう言っているだけだ。

しかしアキラはキャロルの話から、所詮はキャロルの推測にすぎないそれらのことを、事実だと思ってしまっている。そしてキャロルは意図的にそういう話し方をしていた。

そして何よりも、キャロルがトガミを同行させた一番の理由は、遺跡奥部の裏口の情報をシロウに広めてもらう為ではなかった。

アルファはそれらに気付いていたが、それをアキラにいちいち教えるような真似はしなかった。アキラの依頼に対する誠実さは確認済み。それならば、知らない振りが出来ないアキラに余計なことを教えて、状況を混乱させる必要など無いからだ。

アキラ達の後ろをバイクで進みながら、トガミがシロウに愚痴を吐く。

「……なあシロウ。こっちの動向、ずっと監視してたのか？」

通信を介してシロウの調子の良い声が返ってくる。

「別にずっとじゃないって。何かあったらすぐに分かるようにしてただけだよ」

「それでも、こっちの会話は全部聞こえるようになってたってことだろ？」

「そうだけど、そもそも依頼中の情報は全部記録するって契約だろ？　そういう条件だから高い金を前払いしたんだ。そこに今更文句を言われてもなー」

「……全部っていっても、地形情報とか地図作製に関わるものだと思ってたんだよ」

「おっと、そうだったの？　あー、その辺はちゃんと確認しときゃ良かったな。でも確認を怠ったのはそっちもだぜ？　それにもう契約済みなんだ。悪いけど諦めてくれ」

シロウの明るい声に、トガミは深い溜め息で了承の意を返した。

「……それで、何でアキラ達を誘ったんだ？　遺跡探索を俺一人でやるってのも、そっちから出した条件だったはずだぞ？」

トガミが一人で遺跡探索をしていたのは、シロウからそのような条件を出されたからだった。その条件を依頼主の方から覆されたことにも、トガミは少々不満を感じていた。

その質問に、また明るい声が返ってくる。

「そうだけどさ、ハンターランク70を誘えるなら、誘うだろ？」

「……な、70？」

驚きを露わにしたトガミに、シロウの軽い声が続く。

「ん？　知らなかったのか？　知り合いなんだろ？」

「いや、アキラは50ぐらいだったはずだし、キャロルの方はもっと低かったはずなんだが……」

「情報が古いな。今のアキラのハンターランクは70だ」

シロウがトガミの拡張視界に、ハンターオフィスのアキラの個人ページを表示する。その内容はシロウの話が本当であることを示していた。

「マジか……。どんな稼ぎ方をすれば一気に70になるんだよ……」

「都市間輸送車両の護衛依頼で派手に稼いだみたいだな。詳細までは書かれてないけど」

「……そういう話か？　……いや、そういう話なのか……」

詳しいことは分からない。しかし実際にハンターランクが70になっている以上、それを認めるだけの戦果をアキラが出したことは確実だ。それほどまでにアキラは強い。その思いで、トガミが思わず呟く。

「……カツヤが死ぬ訳だ」

「ん？　何だって？」

「何でもない。こっちの話だ」

「そう？　まああれだよ。人数が少ない方が情報漏洩の恐れは減るだろ？　だから遺跡探索は一人でやってもらうつもりだったんだ。でもハンターランク70が同行してくれるなら、その程度のリスクは許容できるだろ？　だから駄目元で誘ってみたんだ。そしたら上手くいった。それだけの話だって」

「そうか。まあ理解はした。他にまだ何かあるなら今の内に言ってくれ。急な予定変更とかも含めてだ。契約上問題無くても、大したことじゃなくても、後から教えられると腹は立つんだよ」

「分かった。じゃあ一度向こうと一緒に話すか」

「あるのかよ……」

トガミは顔をしかめながら、アキラ達と通信を繋げた。

トガミ達と一緒に行動することになったアキラ達だが、各チームの編成は変えていない。アキラ達とトガミ達の2チーム体制で、通信もチーム間での遣り取りになっている。アキラとキャロルの密談はトガミ達には聞こえず、トガミとシロウの遣り取りもアキラ達には分からない。

その状態で地下トンネルを進んでいる一行に、シロウが通信越しに話し始める。

「ぶっちゃけると、俺はクズスハラ街遺跡奥部への裏口を探してるんだ」

「聞いてないぞ？」

アキラとキャロルには想定内のことが、トガミには、シロウから知らされていなかった。思わず声を上げたトガミに、シロウは軽く言う。

「別に驚くことじゃないだろう。遺跡間の地下経路の調査だって言っただろう？　もしこの地下トンネルが旧世界時代の流通の大動脈なら、この辺りで一番デカい遺跡に繋がっていても不思議は無いだろう」

「だったとしても……」

事前に教えておけ。トガミはそう抗議を続けようとしたが、キャロルに口を挟まれる。

「トガミ。悪いんだけど、そっちのチームの話は後にしてくれない？」

「……分かった」

他のチームを交えた情報共有の場を、自分のチームの問題で、しかも自分から乱す訳にはいかない。その判断からトガミは仕方無く引き下がった。

キャロルが話を続ける。

「それで、そっちもクズスハラ街遺跡の第2奥部やその先に続く裏口を探してるのね？　その地図情報を奥部攻略中のハンターチームに売って儲けようとしている。或いはどこかのチームと契約している地図屋で、攻略ルートの裏口や抜け道の調査を委託されてるってところかしら？」

見抜いた、と言わんばかりにキャロルは得意げに自信たっぷりな口調でそう言った。

もっともそれが正しいかどうかなど、キャロルにとっては重要ではない。自分の言葉に相手が乗ってくれればそれで良かった。乗ってくれれば、遺跡奥部への裏口の情報の出所を、相手に押し付けやすくなるからだ。

しかしシロウに否定される。

「いや、俺が探してるのは第1奥部への裏口だ」

「第1奥部？　あそこならクガマヤマ都市が整備した後方連絡線を通ればすぐでしょ？　裏口なんて必要無いと思うけど」

不思議そうな顔で聞き返したキャロルに、シロウが意味深な声で答える。

「そのクガマヤマ都市が封鎖していて入れない場所があるだろ？」

それでキャロルも相手の目的を理解した。しかしそれだけに驚く。ツバキの管理区域への裏口を見付け出してその情報を売るなど、クガマヤマ都市への明確な敵対行為だからだ。

シロウは気にせずに話を続ける。

「あそこの管理人格とお話がしたい人は多いんだよねー。クガマヤマ都市がその管理人格との交渉に成功した以上、統治系の管理人格にしては話が通じる可能性も高いし、直に会って交渉に持ち込めば意外と何とかなるんじゃないか、って考えもあるし」

「そう思って直接会いに行こうとしても、周囲は都市の防衛隊が念入りに封鎖してる。だから裏口が必要。それは分かるわ。そういう人達に裏口の情報が高値で売れるのもね」

「だろう？」

「でも分かってるの？　それ、下手をすればクガマヤマ都市だけじゃなくて、坂下重工まで敵に回すわよ？」

アキラは内容の把握が追い付いていなかった。しかしキャロルに尋ねて話を止めるのもどうかと思い、代わりにアルファに尋ねる。

『アルファ。ツバキの所に行ける裏口の情報を売ると、何で坂下重工を敵に回すことになるんだ？』

『裏口を通ってツバキに会いに行った人が余計なことをしてツバキを怒らせて、それを周囲の封鎖を請け負っているクガマヤマ都市の不手際だと判断したツバキが都市との取引を止めた場合、坂下重工が発行するオーラムから、旧世界の存在と商取引が出来る企業通貨という価値が消えるからでしょうね』

『そういうことか……。止めた方が良いかな？』

『それはやめておきましょう。ツバキが誰と交渉しようと、その結果がどうなろうと、私達が関与することではないわ』

『そうか……。分かった』

アルファがそう判断したのであれば、その方が良いのだろう。アキラはそう考えて、口を出すのをやめた。


その念話による実時間では一瞬の会話の後、つまりすぐに、シロウがキャロルの質問に平然と答える。

「何言ってるんだ。だから高値で売れるんだろう？」

クガマヤマ都市、更には坂下重工との敵対も容認すると解釈できるその言葉に、流石にキャロルも顔を険しくした。

「ちょっと……、本気で言ってるの？」

本気であれば、そちらに付き合うのはここまでだ。その補足を不要とするキャロルの強い口調に、シロウが笑って答える。

「いやいや、違うって。坂下重工と敵対する気なんて俺にも無いよ。クガマヤマ都市との交渉の場でそういうことを匂わせれば、あの場所に通じる裏口を封鎖したい都市側が、それだけ高値で買ってくれる。そういう話だって」

「……そう。それなら良いんだけど。誤解されるようなこと言わないでくれない？」

「悪かった。気を付けるよ」

本当に誤解だったとしても、こちらの反応から考えを変えたのだとしても、しっかり釘は刺した。

キャロルはそう判断し、今はそれ以上の追及を取《と》り止《や》めた。

シロウが調子の良い態度で話を続ける。

「まあ今は先に進もうぜ。そもそもこのトンネルがクズスハラ街遺跡に繋がってるって、決まった訳でもないしな」

「……、そうね。今は先に進みましょうか」

キャロルがそう答えたことで、一度話に区切りがついた。すると、そちらの話は後にしてくれとキャロルから言われたことで黙っていたトガミが、早速口を開く。

「もう口を出しても良いよな？　シロウ。お前、あの封鎖区域に俺を行かせる気だったのか？」

「いいや？　違うけど」

「はあ？　どういうことだ？　さっきそう言ってただろ？　あの封鎖区域への裏口が狙いだって」

いらだつトガミに、シロウはそれを気にした様子も無く続ける。

「そうだけど、そこに行ってくれって頼んでも無理だろ？　地下でも広域マップで大まかな位置は分かるんだ。封鎖区域にある程度近付いたら、これ以上は進めないって引き返すだろ？」

「ま、まあ、そうだろうけど……」

「だろう？　俺も大金を払ってるからって、あの封鎖区域に突っ込んで死ね、なんて言う気は無いよ。ハンターなんだ。進むのか、引き返すのか。生死を分けるその判断は、そっちの仕事だろ？　俺もそれぐらいは分かってるって。だから強制はしないし、出来ない。まあ頼めば行ってくれるって言うのなら、行ってほしいけどさ」

言い負かされている。言い包められている。トガミはそう思いながらも、上手い返答を思い付けずにいた。

シロウが更に続ける。

「何ならトガミだけもう引き返しても良いぞ？　このトンネルがクズスハラ街遺跡の奥部に続いていたとしても、トガミは奥部の手前辺りでそれ以上進むのを嫌がるだろうし、その時点でトガミには帰ってもらって、続きはそこまで調べた情報を基に他の高ランクハンターに頼むつもりだったんだけど、トガミの伝のおかげでハンターランク70に調査の続きを引き受けてもらえたから、これ以上トガミに無理に付き合ってもらう必要は無くなったしな」

トガミが険しい顔で歯を食い縛る。

乱暴に要約すれば、お前はもう用済みだと言われたのだが、奥部に進むことを先に渋ったのは自分の方だということもあり、トガミには言い返す言葉が見付からない。

トガミにも意地はある。だがその意地の張りどころも難しい。アキラ達の戦力から考えれば、自分が足手纏いなのは認めざるを得ない。その上で、誰が帰るか、という方向に意地を張ると、アキラ達の足を引っ張ることに意地を張ることになる。そのようなみっともない真似は許容できない。

しかし今から自分だけ帰ることも意地が邪魔して難しい。どうすれば良いのか。トガミは険しい顔で悩んでいた。

そこでキャロルが自分達にだけ聞こえるように通信設定を変えて話す。

「アキラ。どうする？　アキラの負担が大きそうなら、トガミには悪いけど戻ってもらった方が良い？」

「いや、一緒でも大丈夫だ。ついてくるなら止めない。引き留める気も無いけどな」

キャロルとトガミを護衛しながらでも第2奥部で問題無く戦えるようなら、アルファも今の自分には十分な実力があると判断するかもしれない。そうなれば、いよいよだ。そう思ったアキラは、新装備を含めた自分の実力をアルファにしっかり確認してもらう為にも、仮にトガミがどれだけ足を引っ張ろうとも、トガミの同行を断る気は無かった。

そしてキャロルはアキラの返事を、それだけ余裕なのだと解釈して笑う。

「そう。それならトガミがこのまま同行するかどうかは、本人に決めてもらいましょうか」

キャロルが通信設定を戻してトガミに言う。

「トガミ。一応言っておくけど、もしアキラに護ってもらったら、その護衛代はしっかり払ってもらうからね？　ハンターランク70に護ってもらうんだもの。安くはないわよ？　そっちの分け前が無くなっても知らないからね？」

それを聞いたトガミは一度顔をしかめた。しかしそこであることに気付いて不敵に笑う。

「それは……、俺がヘマをした分だけこっちのチームの取り分を減らすってことだよな？　最悪只働《ただばたら》きになる。そういうことだよな？」

「まあ、そういうことね」

そこでシロウの声がする。

「あっ……、そう来たか……」

それを聞いたトガミは、笑顔を更に強くした。

「分かった！　このまま同行する！　まあ足を引っ張らないように頑張るよ。出来るだけな」

自分がアキラ達の足手纏いにならないように、出来る限りのことをする。それでも足を引っ張ってしまった分だけ、アキラ達の報酬が増える。トガミは自分の意地の所為でアキラ達に迷惑を掛ける分を、まずはそれで相殺できるとした。

加えて自分達の報酬が減ればシロウの儲けも減ることになるので、それでシロウに対する意趣返しも済ませたとした。

自身の意地の張りどころに変則的ではあるが対処したトガミは、そのまま意気を上げてアキラ達についていった。

アキラ達は地下トンネルを順調に進んでいた。途中で何度か分岐があったが、クズスハラ街遺跡の方向に近い道を選んでいく。現在位置を広域マップと照らし合わせると、クガマヤマ都市や遺跡攻略の前線基地からは大分離れているが、既にクズスハラ街遺跡の外周部に近い所まで来ていた。

アキラが視線を進行方向の先へ向ける。トンネルは遺跡の奥側へまだまだ続いている。

『アルファ。この感じだと少なくとも第1奥部ぐらいには続いてるかな？』

『そう推測できるという意味なら、そうよ。続いているかどうかを聞いているのなら、今は聞かないことをお勧めするわ。アキラには知る手段が無いはずの情報になるからね』

『ああ、俺がそれを知っても、何でそれを知っているのか、キャロルやトガミ達に説明できないってことだな。分かった。聞かない。でも危ない時は教えてくれ。何か嫌な予感がするってことにしておくから』

『了解よ。まあその辺も含めて、アキラが自力でどこまで出来るのか、まずは見せてちょうだい』

『了解だ』

キャロルには見えない位置で、アキラはアルファと不敵に笑い合った。

地下トンネルを更に進んだアキラ達は、遺跡の外周部と第1奥部の境目辺りに辿り着く。そしてそこが行き止まりだった。トンネル自体はまだ続いているのだが、分厚い隔壁で閉じられていた。

アキラがバイクを停めて皆と相談する。

「どうする？　頑張ってこじ開けてみるか？　出来るかどうか分からないし、ここまでモンスターと遭遇しなかったのが、これが閉まってるおかげだったら、下手に開けるのはヤバいかもしれないけど……」

場合によっては奥部の強力なモンスターが、地域一帯に大量に流出する恐れがある。その懸念を考えると、アキラも無闇に開けたいとは思わなかった。

キャロルがトガミをチラッと見て言う。

「そうねえ……。どうしようかしら……」

キャロルもアキラと同じ懸念には気付いていた。しかしキャロルはアキラとは逆で、出来れば開けたかった。地下トンネルの地図情報には現時点でも十分な価値はあるのだが、第2奥部への裏口が無ければ、キャロルが抱えている遺跡奥部の情報の価値を暴落させることは出来ないからだ。

この隔壁をこじ開けた所為で実際に荒野にモンスターが溢れようとも、都市にこの地下トンネルの情報を密かに流して塞いでもらえば良い。自分にも事情がある。背に腹は代えられない。そう思い、キャロルはアキラと二人だけならば、何だかんだと理由をつけて開けようとしていた。

しかしこの場にはトガミがいる。トガミの雇い主も通信で状況を把握している。荒野にモンスターが溢れて、都市がその犯人捜しをした場合、トガミ達が自分達を売らないとは限らない。その懸念がキャロルを迷わせていた。

トガミはアキラと同じ懸念を覚えたことから隔壁を開けることに消極的だった。そこでシロウから提案が来たので、それをそのままアキラ達に伝える。

「取り敢えず周りを調べてみないか？　作業用の迂《う》回《かい》路とかがあれば、これを開けなくてもそっちから奥に行けるかもしれない……って、シロウが言ってるんだけど」

その案を採用したアキラ達は、全員で地下トンネルの内壁を調べ始めた。壁も天井も強化服の接地機能を使って普通に歩けるので、全面を隈無く調査する。

『アルファ。見付かりそうか？』

『自力で見付けられない場合は、見付からなかったことにしなさい』

『了解』

迂回路が存在することはこれで確定した。この情報は本来自分には知り得ないこと。なぜそれを知っている、と聞かれると困ることになるが、その前に見付けてしまえば辻褄は合う。新装備は情報収集機器の性能も格段に上がっている。多分見付けられるだろう。アキラはそう思って調べていく。

そして実際に迂回路が見付かる。ただし見付けたのはトガミだった。アキラとキャロルが揃って意外そうな表情を浮かべる。

迂回路の前には立体映像の壁があり、その上に壁の質感を再現した力場障壁《フォースフィールドシールド》が重ねられていた。自分の高性能な情報収集機器を用いても、ここに隠し通路があると知らずに調べていれば、恐らく気付けなかっただろう。アキラ達にそう思わせるほど高度な迷彩が施されていた。自分がアキラに教えて見付けさせると、キャロル達から不自然に思われる。そうアルファが判断したほどに、迂回路はしっかりと隠されていた。

「トガミ……、よく見付けたな」

「本当に……、よく見付けたわね」

驚くアキラ達を見て、トガミが事態の異常さを改めて認識する。

「本当にどうやって見付けたんだろうな」

「えっ？」

「どういうこと？」

「見付けたのは俺じゃない。シロウだ。俺の情報収集機器をシロウが遠隔で操作して見付けたんだよ」

再び驚くアキラ達に、トガミの情報端末を介してシロウの調子の良い声が届く。

「見付け方は秘密だぜー。一流の地図屋の秘匿技術だからな。100億オーラム出すって言っても教えねー」

「いや、別に教えろとは言ってないよ」

そう言って、アキラは迂回路を塞ぐ力場障壁《フォースフィールドシールド》に痛烈な蹴りを叩き込んだ。力場障壁《フォースフィールドシールド》により固体化していた空気が、強化服の超人的な脚力による一撃を喰らって割れ砕け、光の破片となって飛び散っていく。

「よし。行くか」

立体映像の壁をすり抜けて、アキラ達は迂回路を進んでいった。

第224話　保留

　アキラ達が地下トンネルの隔壁の迂回路を進んでいく。通路はバイクで走って進むほど広くはない。徒歩で移動する。トガミのバイクは折り畳まれてバックパックに戻され、アキラのバイクは自動運転で後をついてきている。

　移動中、トガミはアキラの新装備の値段を聞いて驚いていた。

「200億オーラムもするのか……。凄《すげ》えな。っていうか、そんなに稼いだのかよ。高ランクハンターの稼ぎって本当に桁違いなんだな。流石はハンターランク70ってとこか」

「……ん、まあな」

　自分の稼ぎで買ったとは言い難い部分が多々あるのだが、他者に分かりやすく示せる強さを肯定することにしているアキラは、細かい説明はせずにそれだけ答えた。

　トガミが自分とアキラの装備を見比べて、小さく溜め息を吐く。

「一応俺の装備もドランカムの貸出品の中じゃトップクラスに高性能なやつなんだけど……、アキラの装備に比べればまだまだ安物か」

　そこでキャロルが軽い調子で口を挟む。

「私の装備もアキラほどじゃないけど高くて高性能なやつなのよ？」

「あー、それは見れば分かる。っていうか、そこまで尖った旧世界風のデザインなのに低性能だったら、着てるやつの正気をちょっと疑う」

「あら、言ってくれるわね」

「……女性ハンターは高ランクになると、服装とかの感性がどんどん旧世界に近付いていって、ヤバい格好も普通にするようになるっていうけど、キャロルもそんな感じなのか？　アキラ。都市間輸送車両の護衛依頼で、もっと東側の領域で活動してる高ランクハンターに大勢会ったんだろ？　女性ハンターはみんなこんな感じだったのか？」

そう聞かれたアキラは、キャロルの格好を改めて見ながら、都市間輸送車両で見掛けた女性ハンター達の姿を思い返してみた。

「……いや、流石にこんな格好のやつばかりじゃなかったはずだ」

「それはあれよ。多分私の装備の方が高性能だからよ。自分で言うのも何だけど、私程度のやつでも第2奥部で戦えるようになるほどの装備だからね」

トガミが納得したように頷く。

「道理で。最前線付近だと水着や下着を丸出しにしてるような格好のやつも珍しくなくなるらしいけど、それが旧世界の感性なら、旧世界はそういう格好が普通だったのかな」

アキラがチラッとアルファを見る。

「……そうかもな」

アキラの拡張視界に映る実在しない女性は、その通りの格好で微笑んでいた。


迂回路を更に進んだアキラ達が、地下トンネルの隔壁の向こう側に辿り着く。この分厚い壁がモンスターの流出を抑えていたので、こちら側はモンスターだらけ、ということもなく、今までアキラ達が通ってきたトンネルと、さほど変わらない光景が続いていた。

もっとも全く変わらないという訳ではない。一つ目。この地下トンネルはミハゾノ街遺跡から隔壁の手前までは大して分岐が無かった。しかしここからはこの場で確認するだけでも、横道が幾つも存在していた。二つ目。床にモンスターの死骸が転がっている。つまりここから先はモンスターがいる。そして三つ目。それをキャロルが口に出す。

「アキラ。色無しの霧が随分濃くて広域通信が切れそうなんだけど、アキラの方はどう？」

『アルファ。どんな感じだ？』

『私との通信は全く問題無いわ。情報端末の広域通信の方は、確かにいつ切れても不思議が無いぐらい悪い状態ね』

「俺の方も切れそうだ。トガミは？」

トガミが少し得意げに笑う。

「俺の方はバッチリだ。旧領域対応の情報端末だからな。この程度の色無しの霧じゃ影響なんて受けねえよ」

「そんなの持ってるのか。凄いな。でも何で情報端末だけそんなに高性能なんだ？」

アキラ達は揃って意外そうな表情を浮かべた。その反応に、トガミは更に上機嫌になった。

「シロウから依頼の報酬の前渡し分として貰ったんだ。遺跡の地下とかは通信環境が悪い所も多いし、それを使ってしっかり情報を送れってことなんだろうが、性能は申し分ねえ。アキラの装備は２００億もしたんだろ？　情報端末はそういう高性能なやつにしなかったのか？」

「……あー、俺は銃や強化服の性能の方を優先したからな」

旧領域接続者でありアルファのサポートもある自分には、旧領域対応の情報端末など必要無い。それでも自分にはそのような物は不要だと思わせない為にも、手に入れておけば良かったかもしれない。アキラはそう思いながら、ごまかすように答えた。

トガミもそれで納得する。

「確かにアキラならそっちが優先か……。そりゃそうだな」

トガミが思う。アキラは強敵と戦い続けている。自分が知っている限りでも、ミハゾノ街遺跡の工場区画では旧世界製の装備を身に纏った者と、イイダ商業区画遺跡では多数の旧世界製の自動人形達と、生還する方が不思議に思えるほどの相手と戦っている。

そして恐らくそれ以外でも、アキラは似たような絶望的な戦力差の敵と戦い続けているのだろう。死地を駆け、命を賭け続けているのだろう。だからこそ、とにかく直接的な武力を優先させている。通信環境の改善など後回しにしている。

強くなる訳だ。トガミはそう考えた。

キャロルが提案する。

「それなら外部との通信はトガミに全部任せましょ

う。マップデータも地形とかをしっかり記録すればデータ量が凄いことになるけど、旧領域を使って常に送信すれば、こっちでデータを確保しておく必要も無くなるわ。多分もうやってるんでしょ？」

それにシロウが通信越しに答える。

「ああ。やってる。そっちの通信の中継もついでにやっとくよ」

「頼んだわ」

そしてキャロルはトガミに笑って告げる。

「それじゃあトガミ。悪いんだけど、チーム全体の通信担当として、その情報端末を死守してちょうだいね？」

「分かった。任せてくれ」

自分は確かに戦力的には足手纏い。だがこれで自分もただ護られるだけの同行者ではなくなった。自分の仕事を全うしよう。その思いで、トガミはやる気をみなぎらせた。

再び地下トンネルを進むアキラ達の行く手にモンスターが現れる。蛇やワニやトカゲや蜘蛛《くも》やネズミやカタツムリなどが混在して群れをなし、揃って武装して押し寄せてきた。

個体の体長は小さいものでも3メートルほど、長細いものは十数メートルもある。それらが銃や砲や小型ミサイルなどを装着、或いは生やして襲ってくる。

それらの群れを、即座に応戦したアキラ達が蹂躙《じゅうりん》する。モンスターは決して弱い訳ではない。群れの一匹一匹が、第1奥部の地上に棲息《せいそく》しているものと同等か、それ以上の強さを持っている。

しかしアキラもキャロルも第2奥部で戦える実力を持つハンターだ。その程度の相手を蹴散らすことなど余りにも容易い。

自身の新しい銃であるRL2複合銃を撃ったアキラが、その威力に満足する。

普通に撃ったたった一発の銃弾が、地下トンネルの奥まで続く群れを貫いた。喰らった個体は一瞬で木っ端微塵になる。射線の近くにいただけで、掠《かす》りすらしていない個体まで、ただの余波で武装や四肢をもがれて吹き飛ばされていた。

　かつて使用していたＳＳＢ複合銃であれば、この群れの一体を倒すだけでも山ほどの弾丸を必要とした。前に使っていたＬＥＯ複合銃で同等の結果を出すには、Ｃ弾《チャージバレット》に相当のエネルギーを時間を掛けて注ぎ込んでから撃たなければならなかった。

　それがこのＲＬ２複合銃であればここまで容易く行える。その明確で圧倒的な性能の向上に、アキラが思わず笑みを零す。

『凄い威力だ！　これなら第２奥部でも戦えるな！』

　そしてアルファもアキラの隣で機嫌良く微笑む。

『そうね。でも私達の目標は第２奥部ではないわ。だからアキラ。第２奥部でも余裕で戦えるぐらいの強さを見せてちょうだい。期待しているわ』

『ああ！』

　アキラが気合いを入れて群れを銃撃する。トンネルの奥まで続く群れが、その先まで貫く銃弾により引き裂かれていく。それで倒された分は、トンネルの横道から続々と出現する増援によって補給されるが、それで群れの勢いが増すことはない。一発の銃弾で吹き飛ばされるモンスターの数が増えるだけだ。アキラは一方的に敵を倒していく。

　大規模な群れを蹴散らし続けるアキラ達だったが、トガミはほとんど活躍できていなかった。苦戦は全くしていない。苦戦する暇をトガミに与えないほどに、アキラとキャロルがモンスターを即座に大量に倒しているからだ。

　これはトガミの実力不足というよりは、使用している銃の性能の所為だ。トガミの銃では、この場のモンスターを一体倒すのに十数発の弾丸を必要とする。だがアキラの銃なら一発で群れごと貫ける。この性能の差を個人の実力で覆すのは不可能だ。

　交戦前にやる気を上げていたトガミは、自分がほとんど働けていないこの現実を、当たり前の結果だとは思いながらも、不甲斐《ふがい》なさを覚えていた。

　そこにアキラから声を掛けられる。

「トガミ。俺の銃を貸そうか？」

トガミがわずかに迷う。

「……良いのか？」

「ああ。使った分の弾薬費は払ってもらうけどな」

「……それ、その弾薬費と俺の護衛代、どっちの方が高くなりそうなんだ？」

「それはトガミの頑張り次第じゃないか？」

そのアキラの返事は、トガミにはどことなく挑発的にも聞こえた。だがそれで迷いが消える。トガミが強気の笑顔で威勢良く答える。

「貸せ！」

アキラのバイクがトガミに近付き、補助アームのＲＬ２複合銃を外してトガミに渡す。

「そのバイクも盾にして良いぞ」

トンネル内に遮蔽物は無い。しかしアキラは敵の射線を見切って避けている。キャロルは高性能な強化服による防御で、敵の攻撃を喰らってもほぼ無傷だ。そのどちらの真似もトガミには出来ない。

「そりゃどうも。至れり尽くせりだな」

トガミがバイクの陰からＲＬ２複合銃を撃ち放つ。強力な弾丸が敵を群れごと引き裂いた。

「凄え威力。アキラ。これを手に入れるの、凄え大変だっただろ。どんな無茶をしたんだ？」

「凄えヤバいやつと戦った。危うく殺されるどころか消し飛ぶところだった。塵《ちり》も残らないぐらいにな」

実感の籠もったアキラの声に、トガミもその話に誇張は無いと理解する。

「相変わらず無茶してるな」

「好きでやってる訳じゃないんだけどな」

予想通りアキラはずっと死地を駆け続けていた。強くなる訳だ。トガミは改めてそう思った。

アキラ達はそのままモンスターの群れと戦い、程無くして殲滅《せんめつ》した。その後は再びトンネルを奥へ進んでいく。

この場に駆け付けることが出来たものを殺し終えたことで、一帯からモンスターは消え失《う》せている。トンネル内に大量の死骸が積もったが、天井も歩けるアキラ達には通行の邪魔にはならない。問題無く先を急いだ。

そして第1奥部と第2奥部の境目辺りで、再び隔壁に行く手を遮られる。アキラがそれを見上げながら言う。

「ここから先が第2奥部って感じだな。取り敢えずまた迂回路を探すか」

そこでシロウが口を出す。

「トンネルの横道から、あの管理人格の管理区域へ続く道を探しにいくって選択もあるぞ？」

それをキャロルが却下する。

「駄目よ。そっちがこっちに同行している以上、どこを目指すかはこっちで決めさせてもらうわ」

第2奥部にしろ、ツバキの管理区域にしろ、トガミにとっては場違いな領域であることに違いは無い。トガミは緊張を高めていた。シロウに釘を刺す。

「シロウ。お前に雇われているとはいえ、命を張ってるのは現場にいるこっちなんだ。俺は現場の意見に賛成させてもらうぜ。あと、ちゃんと探せよ？　管理区域への道を探したいからって、迂回路が無かったことにするなよ？」

「へーいへい。ちゃんと探しますよ」

そのままアキラ達はトンネルの内壁を調べ始めた。今回もシロウが迂回路を発見する。しかしそこでシロウが怪訝な声を漏らす。

「……うーん」

「どうした？」

そのトガミの声に、シロウはすぐに取り繕った。

「いや、何でもない。この先が第2奥部に続いていれば、モンスターの強さも跳ね上がるんだ。トガミは気を付けろよ？」

「分かってるよ」

トガミはそう言って、迂回路を塞ぐ力場障壁《フォースフィールドシールド》の壁を全力で蹴り付けた。しかし壁はびくともしない。トガミが顔をしかめる。

キャロルが笑ってトガミの横に立ち、魅惑の脚で痛烈な一撃を放つ。壁の見た目に変化は全く無いが、何かが割れ砕けた音が響いた。力場障壁《フォースフィールドシールド》の壁が消え、立体映像の壁だけが残る。

「私の強化服でも壊せるみたいね。それじゃあ行きましょう」

「そうだな」

トガミは自分の装備だけ性能が数段低いことを改めて理解して、軽く溜め息を吐いてキャロルの後に続いた。アキラも自分のバイクと一緒にその後に続く。

シロウはそのアキラの姿をトガミの情報収集機器を介して見ていた。

そのシロウの視線にアキラは気付いていない。しかしアルファは気付いている。

そしてアルファもまた、トガミの旧領域対応の情報端末を介して、シロウを見ていた。


地下トンネルの隔壁の向こう側、第2奥部の地下に辿り着いたアキラ達は、早速モンスターの襲撃を受けた。

第1奥部で襲ってきたのは武装した生物系モンスターの集団だった。今回は機械系モンスターの一団だ。球形の浮遊砲台。大型の肉食獣を模した機獣。楕円《だえん》体の胴体を持つ多脚機。それらが生やし、背負い、搭載した大小のレーザー砲でアキラ達を狙う。

その敵集団に対してアキラは一人で走り出す。

「キャロル！　トガミと一緒に下がってろ！」

そのまま前衛として突出した位置に行き、自身を囮にしながら両手の銃を撃ち放った。

銃弾とレーザーがすれ違う。被弾した機体が一瞬で大破する。一方アキラは相手の射線を見切って高出力の光線を回避した。

容易く倒した。アキラは自他共に十分にそう表現して良い戦い振りを見せていた。しかしその内容は、第1奥部の地下での戦闘とは著しく異なっている。

アキラは敵を1体倒すのに十数発の弾丸を撃っていた。第1奥部ではたった1発で敵を群れごと貫いた威力の弾をだ。その時点で敵の耐久力は桁違いに上がっている。

また、アキラは敵の攻撃を問題無く回避していたが、第1奥部の時は一切避けなくとも大丈夫だった。敵の銃弾、砲弾、小型ミサイルを全身に喰らっていたとしても、新しい強化服の非常に高性能な力場《フォースフィールド》装甲《アーマー》であれば全て弾《はじ》き返《かえ》していた。被弾による無駄なエネルギーを避ける為に、そして自身の訓練の為に躱していたにすぎない。

　しかし今回は避けなくてはならない。喰らえば即死などということはないが、それでも今のアキラにも通じる威力なのだ。黙って食らい続けていれば死ぬことになる。

　加えてキャロル達の安全も考慮した位置取りをする必要がある。避けるとキャロル達に当たる場合、アキラは回避ではなく、自身をキャロル達の盾とする防御に徹しなければならない。そしてそもそも、その選択が不要な状態を保たなければならない。

　敵の増援が来る。即座に銃撃する。今度も一瞬で倒したが、撃破までに必要な弾数は大きく増えていた。

(さっきのより随分硬い……！　外見は同じだけど別のモンスターなのか？)

『先に倒された個体の被害から、アキラの銃撃の威力を認識して、力場装甲《フォースフィールドアーマー》の出力を上げただけよ』

　声にも念話にも出していないアキラの疑問に、アルファは笑顔で答えていた。アキラの心が読める訳ではない。その程度のことであれば正しく推測できるほど、既にアルファはアキラを理解していた。

『……そうか！　でも倒せたぞ？』

『ええ。だから次はもっと出力を上げるでしょうね。力場装甲《フォースフィールドアーマー》も、レーザーもね』

『なるほどな！』

　次を倒す。その次も倒す。倒す度に敵はより強靱になり、レーザー砲の威力も増していく。それでもアキラは敵を倒し続けていく。

　敵の防御を突破する為に、C弾《チャージバレット》に更にエネルギーを注ぎ込んで連射する。既にその威力は、都市間輸送車両でアキラが戦った大型バスぐらいの大きさの巨虫類《ジャイアントバグズ》なら、あっさり消し飛ぶほどになっている。

　だがその威力でも、更に出力を上げた機械系モンスターは、わずかではあるが耐えていた。破壊は出来る。しかし一瞬では倒せない。そして倒される前に、更に一層出力を上げたレーザーを撃ち放つ。その威力はトンネル内に濃い色無しの霧が充満していなければ、そして隔壁が閉じられていなければ、クズスハラ街遺跡の外まで届きかねないほどだった。

その多大なエネルギーの光線を、アキラは高速かつ俊敏な動きで直撃を避ける。色無しの霧の影響下でさえ、当たらずとも余波だけで肉が焼かれるどころか炭化する威力だが、その程度であれば今のアキラの強化服であれば十分に防げる。無駄に大きく避けようとして隙を生み出すこともなく、問題無い距離を見切って躱し、反撃する。

大穴を開けられた浮遊砲台が落下する。胴を半分失った機獣が転倒する。脚と砲をもがれた多脚機が停止する。そして破損により力場装甲《フォースフィールドアーマー》が消えた瞬間、被弾の衝撃で原形を失い、残骸の山に成り果てる。

敵の増援がその山を乗り越えて、或いはトンネル内壁の上部を走って、または宙を飛んで、更に出力を上げて現れる。

アキラはそれらも撃ち倒す。ハンターランク70以上で買える拡張弾倉とエネルギーパックを使い、まるで無限の残弾と無尽蔵のエネルギーでもあるかのように、両手の銃から桁外れの数と威力の銃弾を撃ち放つ。

その弾丸はトンネルの内壁にも当たっている。しかし壁に損傷はほとんど無い。

『アキラ。敵は力場装甲《フォースフィールドアーマー》の出力を上げてアキラの攻撃に対抗しているけれど、その為には相応のエネルギーを必要とするわ。そのエネルギーはどこから供給されていると思う？』

『このトンネルそのものだろ？　飛んでるやつもいるから、内壁に触ってなくてもトンネル内にいるだけで供給されるんだろうな』

この地下トンネル自体の異様な頑丈さも、そのエネルギーでトンネルの力場装甲《フォースフィールドアーマー》の強度を上げているから。そしてそれだけのエネルギーを供給できる以上、敵のエネルギー切れは期待できない。アキラはそう付け足した。

その返事にアルファも満足して微笑む。

『その通りよ。相手のエネルギー供給に隙は無い。だから相手はもっと強くなるわ』

そしてアキラに向けて少しだけ挑発的に笑った。

『アキラ。まだまだ余裕よね？』

『……ああ！　勿論だ！』

アキラも意気を上げて笑って返した。

実際には、その威勢の良い返事ほどアキラに余裕は無い。敵は強く、その上でキャロルとトガミの安全も保たなければならないからだ。

そして何よりも、今アキラはアルファのサポートを受けていない。この戦いは自分がどこまで戦えるかをアキラがアルファに示す為のものでもある。アルファのサポートを受けて戦っては意味が無い。

アキラは、自力で戦っていた。

常人の感覚器を遥かに超えた情報収集機器の力を、旧領域接続者の通信能力を以て拡張感覚として自身に取り込み、世界を知覚する。

その上で自身の体感時間と意識上の現実の解像度を操作する。強化服の身体能力を以て、空気に粘性を感じそうなほどの速度で動きながら、それを遅いと感じるほどに、世界の時間は緩やかに流れている。そしてその世界では、敵の姿だけが輝くほどに鮮明に見えていた。

アキラが現実解像度操作を、アルファのサポートを受けている時の水準で行えば、余りの過負荷で確実に脳死する。アキラはそれを防ぐ為に、敵の周囲だけ解像度を上げることで負荷を抑えている。アキラはエルデとの死闘を経て、自身の現実解像度操作技術をそこまで上げていた。

自分は全力で戦っている。手を抜く余裕など無い。しかし、それでも、今まで経験してきた死闘に比べれば、生温《なまぬる》いものでしかない。アキラはそう思い、そういう意味でアルファにまだまだ余裕だと答えていた。

両手の銃を撃ち放つ。全ての弾丸が敵に吸い込まれるように命中して標的を粉砕する。敵から放たれるレーザーを回避する。喰らえば即死の威力であろうとも、十数の敵から伸びる数十の射線を完全に見切っているアキラには当たらない。

加えて自分が避けた攻撃がキャロル達にも当たらないように、前衛として、囮として、的確な位置取りを続ける。その上で破壊する目標の優先順位も効率的に調整している。

それはかつてのアキラであれば、アルファのサポートを受けていても不可能なこと。それを自力で行えている時点で、危ない場合はアルファのサポートを受けて更に高度な戦いが可能な時点で、確かにアキラには、まだまだ余裕があった。


激戦の中、キャロル達は後方からアキラを援護している。キャロルは自前の銃で、トガミはアキラから借りた銃で、とにかく撃ち続ける。どちらの銃も威力は十分。キャロル達でも敵は倒せる。アキラのバイクを盾代わりにしながらひたすら撃ち続ける。

トガミは自分達からかなり離れて戦っているアキラの強さに、改めて驚嘆していた。

「凄えな……。あれがハンターランク70の実力か」

後方から撃っている以上、射線にアキラが入ってしまう恐れはある。それでもトガミは遠慮無く連射を続けている。こっちで避けるから構わずに撃ってくれ。アキラのその言葉を完全に信じさせる強さがそこにはあった。

自分達の方に敵のレーザーが飛んでこないのも、偶然ではなくアキラがそうしているから。トガミもそれぐらいは気付いている。そして、あれだけの敵を相手にしながら、それが可能なアキラの実力に感嘆していた。

「あー、こりゃこっちの報酬はそっちに根刮ぎ持っていかれそうだな」

キャロルが軽くからかうように笑って言う。

「護衛代がそこまでかさみそうなんて思ってなかったの？　考えが甘かったわね」

「全くだ。俺もまだまだだなー」

トガミは気にした様子も無くあっさりそう答えた。キャロルが少し意外そうな顔をする。

「あら、随分余裕ね。俺だってー、とか言わないの？」

「言わない。そんなことを考えて冷静さを失えば、アキラの足を更に引っ張りかねないからな」

その言葉通り、トガミは落ち着いて戦っていた。前衛のアキラが敵を抑え切れなければ、後衛の自分達の実力では死は免れない。それを理解しながらも平静を保っていた。

「へー、随分成長したのね。前に一緒に戦った時はあんなだったのに」

「まあな」

ミハゾノ街遺跡でのかつての自分の失態を持ち出されても、トガミは今更揺るがない。更なる強さを求めながらも、その思いが焦りになることはない。強力な力を得たことで、昔のように傲慢になることもない。ハンターとしてトガミはしっかり成長していた。

そのトガミの成長振りを見て、キャロルが無意識に呟く。

「変わってないのは私だけか……」

「何か言ったか？」

「何でもないわ」

「そうか。じゃあちょっと聞きたいんだけど、俺達が進んでるこの地下トンネルだけどさ、クズスハラ街遺跡奥部への裏口の価値って、まだあるのか？　地上は強力なモンスターだらけで危険だから、安全な地下を通っていこう。そういう意味での裏口の予定だったんだろ？」

この地下トンネルが第2奥部の奥に続いていたとしても、これほど強力なモンスターがここまでいる経路に、もはやそのような価値は無いのではないか。それならばこれ以上進んでも無駄ではないか。トガミはそう考えていた。

その問いにキャロルがあっさり答える。

「その辺は多分大丈夫よ。考えてもみて。確かにアキラは強いわ。流石はハンターランク70ね。でも考えようによっては、この地下トンネルは、ハンターランク70のハンターが、一人で、しかも足手纏いを二人も連れた状態で、前に進める程度の難易度でしかないのよ」

十分に高難度ではないか。それを表情で示したトガミに、キャロルが更に続ける。

「一方地上の難易度はどれぐらいかっていうと、ハンターランク70の人達がチームを組んで、足手纏いも連れずに、高ランクハンター向けの人型兵器とかまで持ち込んでるのに、攻略が大して進まないぐらいなの。それを考えれば、この地下トンネルの裏口としての価値は十分に残ってると思わない？」

トガミもそれで納得した。そして何度か頷いてから、何かに気付いたように難しい顔を浮かべる。

「確かに……。あー、でもそうすると、クガマヤマ都市ってそんな場所がこんな近くにあるのに、よく消し飛んでないな」

「それは……、あれよ。クズスハラ街遺跡が、近くにあっても下手なちょっかいを出さなければ、比較的無害な遺跡だからじゃない？　だからクガマヤマ都市にとっては、稼げる遺跡が近くにあるっていう利点だけが残って……」

「でも今、無茶苦茶ちょっかい出してるよな？」

「……、そうね」

少し長めの沈黙を挟んで、キャロルが開き直ったように言う。

「取り敢えず、私達はアキラが撤退って言うまで進みましょう。今から引き返したところで大して違いは無いわ。……多分だけど」

「……、そうだな」

キャロルとトガミは浮かんだ懸念を棚上げして、今はとにかくアキラを援護した。

戦い続けるアキラが敵の変化に気付く。倒す度に強くなっていた機械系モンスター達が、それ以上強くならなくなっていたのだ。

『……ん？　敵が強くならなくなったな』

アルファが笑って答える。

『機体の性能の上限に達したのよ』

『上限？』

『無限のエネルギーを供給されても、際限無く強くなれる訳ではないわ。限度を超えれば過負荷で機体自体が保たなくなるからね』

『なるほど。よーし。じゃあ後は、残りを片付けるだけだな！』

ここから物量で押し切られるとは思わない。それが可能であれば既にそうしているはずだ。そう判断したアキラは、そのまま粘り強く戦い続ける。

そして敵の増援が止まった。そうなればもうアキラ達の優勢は覆らない。残りの敵もすぐに片付いた。

敵の残骸の山を見ながら、アキラが大きく息を吐き、力強く笑う。

「勝った！」

大量の機械部品が散らばる地下トンネルの中で、アキラは勝利を宣言した。

『アルファ。どうだ？　俺の実力は』

これでアルファに自分の力を認められれば、アルファの依頼を始めることになる。遂にだ。その思いを乗せて、アキラは意気を上げて笑っていた。

しかしアルファからは予想外の返事が来る。

『うーん。保留で』

『……保留？　どういうことだ？』

『アキラに私が指定する遺跡を攻略できる十分な実力があったとしても、今アキラはキャロルの護衛依頼の最中でしょう？　依頼に対して誠実なアキラに、アキラが依頼に対して誠実であることを誰よりも望んでいる私が、アキラに依頼を途中で投げ出させる訳にはいかないわ』

『ま、まあ……、そうか』

アキラも言われたことは理解した。しかし少々拍子抜けにも感じて、何とも言えない内心を、何とも言えない表情で表していた。

そこでアルファが笑って付け加える。

『保留にする理由はもう一つあるわ。確かに今のアキラの実力なら、私が指定する遺跡の攻略も可能かもしれない。でもそれは、一番簡単なルートなら何とかなるかも、というものなの』

『難しいルートなら？』

『確実に死ぬわね』

『そ、そうか』

アルファがどこか優しくアキラに微笑む。

『私もアキラに私の依頼を早く完遂してほしいとは思っているわ。でも私もアキラを死なせたい訳ではないの。だから保留にしている間にもっと強くなりなさい。可能なら、難しいルートでもアキラが死なずに済むぐらいにね。無理に急ぐ必要は無いわ。アキラも死ぬのは嫌でしょう？　私もアキラに死なれるのは嫌よ？』

そのアルファの言葉で、アキラは落ち着きを取り戻した。その上でしっかり答える。

『そうだな。分かった』

『まあ一度下見を兼ねて、アキラを目的の遺跡まで連れていくぐらいはしても良いかもね。キャロルを一緒に連れていく訳にはいかないから、キャロルの護衛依頼が終わった後になるけれど』

『それは連れていくのは危ないからか？　それとも遺跡のことを知られたくないからか？』

『勿論、両方よ』

『了解だ』

知らない間に随分と気が逸《はや》っていた。意気を上げるのは構わないが、意気込み過ぎた所為で下らない失敗をしては意味が無い。いつも通りにやるのが一番良い。アキラはそう思い、逸る自分を抑えて、笑っていつもの調子を取り戻した。

そこにキャロル達がやってくる。あれほどの戦いの後にもかかわらず、普段と変わらない様子を見せているアキラを見て、キャロル達はアキラの実力に改めて驚いていた。

「アキラ。お疲れ様。やっぱりアキラは強いわね。アキラを護衛に雇って大正解だったわ。それでどう？　まだ余裕？　もっと奥に行けそう？　それともこの辺で引き返した方が良い？」

「そうだな。増援も止まったし、もう少し進んでも良いんじゃないか？　まあ第1奥部のモンスターと比べて桁違いに強かったし、次はもっと多くて強いかもしれないし、キャロル達が反対なら帰っても良いけど」

「それなら私は前進に一票。折角アキラがもっと奥に行けるように頑張ってくれたのだからね。トガミは？」

「俺も前進に一票だ。俺の護衛代が酷い額になってそうだからな。もっと地図情報を増やして稼いでおかねえとヤバそうだ」

「決まりだな。行こう」

アキラ達は地下トンネルを更に奥へ進み始めた。そこでキャロルが少し笑って、一応それとなくアキラに尋ねる。

「あー、ちなみに私の護衛代なんだけど、どんな感じっていうかー、その辺は後で要相談っていうかー、……トガミの護衛代よりは安いわよね？」

「ん？　まあ、そうだな」

「ありがと」

言質は取った、とでも言うように笑ったキャロルを見て、トガミが少しだけ怪訝な顔をする。

「アキラ。キャロルに幾らで雇われてんだ？」

「取り敢えず1ヶ月分の護衛代っていうか、拘束料？　みたいな感じで1億3000万オーラム。加えて実際に戦った分を要相談って感じだ」

「最低でも1億3000万か……」

高い。しかしハンターランク70を護衛に雇うならそれぐらいは当然か。そう思ったトガミに、キャロルが笑顔で付け加える。

「あと、護衛期間中に私を只で好きなだけ抱いて良いことになってるわ」

トガミはそんな条件をアキラが呑んだのかと疑問に思い、その真偽をアキラに尋ねようとした。しかしその前にキャロルが更に続ける。

「ちなみにその権利、オーラム換算なら最低でも200億ってところよ？」

「200億？　冗談だろ？」

「冗談じゃないわ。ちょっと前に私を一晩100億で買ったハンターが、その支払の為にチームの機密情報に手を付けて大変だったのよ？　ねえアキラ」

「ああ、そうだな」

「マジか……」

本当らしいと判断したトガミが、思わず非常に意外そうな表情をアキラに向ける。

「何ていうか……、アキラはそういうことに大して興味が無いと思ってたんだけど……、へー」

「ちょっと待て。トガミ。何か勘違いしてないか？」

「えっ？　護衛代としてキャロルに毎日手を出してるんだろ？　アキラ。気を付けろよ？　キャロルはその手の揉め事でドランカムから出禁を受けてるんだ。女で身を崩すハンターは珍しくないし……」

「違う！　そうじゃない！」

「いや、毎日じゃなくてたまにでも……」

「そういうことでもない！」

誤解を解こうとするが説明が下手なアキラと、そのアキラの説明を言い訳だと捉えたトガミの、噛《か》み合《あ》わない話が続く。キャロルはその二人の様子を楽しげに見ていた。

そしてアキラの誤解が解けた頃、地下トンネルを進んでいたアキラ達は再び隔壁に道を遮られた。アキラ達が辿り着いたのは、第2奥部とその先の領域の境目だった。

アキラが巨大な隔壁を見ながら、壁の向こう側のモンスターの強さを想像する。そして自力でやるのはここまでと判断した。

『アルファ。ここからはサポート有りで頼む。出来るだけ自力でやるつもりだけど、キャロルとトガミを庇いながら戦うのは、自力じゃ難しいだろうからな』

『分かったわ。ここからは私のサポート有りでの新装備の力のお披露目ね』

そう言ってアルファは得意げに微笑んだ。アキラが苦笑する。

『……出来るだけ自力でやるって』

『ええ。頑張って』

自分の予想通り、隔壁の向こう側はアルファのサポートが必要になる領域だ。アキラはアルファの笑顔からそれを理解した。

アキラがキャロル達に一応注意する。

「キャロル。トガミ。一応聞いておく。多分この先はモンスターが更に強くなる。それでも進むか？」

「アキラ。それはここから先は私達を護り切る自信が無いってこと？」

「自信か……。まだ余力はあるし、よほどのことが無い限り何とかするつもりだけど、未知の場所で初見の敵が相手なんだ。絶対に護り切るとは言えないな」

そしてアキラが自嘲気味に苦笑する。

「あと、これは経験則なんだけど、俺はそういう時にそういう事態に巻き込まれやすいんだよ。それを踏まえて、キャロル達が嫌なら帰ろうってことだ」

キャロルとトガミが難しい表情で顔を見合わせる。キャロルはミハゾノ街遺跡で、トガミは加えてイイダ商業区画遺跡でも、アキラの言葉に説得力を持たせる事態に遭遇している。その記憶が二人を悩ませていた。

そしてまずは、キャロルが決断する。

「……アキラ。一応聞くけど、どんな状況でも私達を見捨てずに、真面目に護る気はあるのよね？」

「勿論だ」

「それなら私は進みたいわ。多分この先は第3奥部って言われている場所のはずよ。遺跡奥部への裏口が第2奥部で行き止まりなのか、第3奥部まで続いているのかで、その地図情報の値段の桁も変わる。アキラに支払う護衛代の為にも、その辺を確かめておかないとね」

次にトガミが決断する。

「どこを目指すかはそっちが決める。そういう条件で同行してるんだ。アキラ達が進むなら止める気は無い。まあ、そっちの都合に付き合わされる部分もあるんだし、俺の護衛代の方をその分だけ手加減してくれると助かるけどな」

金は惜しい。命はもっと惜しい。それでもそれを理由に進むのをやめてしまうのであれば、ここまでハンターを続けていない。その程度にはキャロルもトガミもハンターだった。

「分かった。進もう」

アキラ達は頷き合い、更に危険な領域に進むことを全員で決めた。前と同じようにトンネルの内壁を調べて迂回路を探す。今回もシロウが発見した。アキラを先頭にして、やや上り坂の通路を慎重に進んでいく。

　そして第2奥部の次の領域、第3奥部に辿り着く。そこは広大で真っ白な空間だった。

第225話　第3奥部

ミハゾノ街遺跡から地下トンネルを通ってクズスハラ街遺跡の奥部を目指したアキラ達は、遂に第3奥部に到達した。そこはどこまでも白い広大な空間だった。

辺りを見渡してもひたすらに白い。地平の先まで続いていそうで、床と壁の境目も分からない。見上げても天井も空も見えない。床には影が落ちておらず、空中に立っているかのような錯覚さえ覚える。

アキラ達はその余りに予想外な光景に戸惑っていた。

アキラが情報収集機器で周囲を探る。しかし分かるのは床の存在ぐらいだった。

「何なんだここは……」

強い困惑を顔と声で示したアキラの隣で、キャロルも驚きを顔に出す。

「色無しの霧の濃度が見たこともない数値になってる……。ここまで酷いと私やアキラの情報収集機器でも、50メートル先も分からないわね」

更に後ろからトガミの驚きの声が続く。

「うわっ……。マジか……」

「どうした？」

振り返ったアキラが顔を引きつらせる。自分達がここまで来るのに通った通路が無かった。壁から通路が消えているのではない。壁すら無かった。白い空間だけがそこにあった。

「マジか……」

余りの事態に、アキラもそう言うしかなかった。

現場にいないシロウが状況の推測を述べる。

「さっきまで通っていた通路は、立体映像と力場《フォースフィールド》障壁《シールド》で作ったものだったみたいだな。いや、途中からは立体映像だけだったかも」

「立体映像だけなら流石に情報収集機器の反応で分かるんじゃないか？」

「そうでもない。旧世界の立体映像には気配まで感じられるものもあるからな。情報収集機器でも軽く調べたぐらいじゃ、そこに実在の壁があるって誤認しても不思議は無いよ」

「旧世界にはそんなものまであるのかよ……」

「まあ一口に旧世界って言っても、時代や場所で技術の傾向も水準も違うんだ。ここはそういうものがあるぐらい、技術レベルが高い場所なんだろう」

未知の状況に翻弄されていたアキラ達だったが、シロウのそれらしい解説を契機にして落ち着きを取り戻した。軽く息を吐き、慌てず騒がず状況に対処する。

「キャロル。トガミ。取り敢えず帰り道を探そう」

「そうね。こんな所まで来れたんだもの。遺跡奥部への裏口の地図情報は、もう十分手に入ったわ。戻りましょう」

アキラ達の意見にトガミも頷く。

「通った通路は消えちまったが、移動経路の情報は残ってるんだ。まずはそれを辿るか？」

アキラ達は各自の拡張視界などに自分達の移動経路を表示して、それを目安に真っ白な空間の中を進んでいく。しばらくは順調に進めたが、それも移動経路の線が床の中に入ったことで終わりになった。

キャロルがその床を見ながら唸る。

「ここに地下へ続く通路があったはずなのよねー。無いけど」

キャロルは移動中に自動生成した立体マップを、拡張視界上で実際の視界と重ね合わせて見ていた。そこには地下トンネルに続く緩やかな傾斜の長い通路が表示されていた。

「キャロル。少し離れてろ」

アキラはそう言ってキャロルの前に立つと、強化服の出力を全開にして床を殴り付けた。強い衝撃音が響き、それを周囲の濃い色無しの霧が呑《の》み込み掻《か》き消《け》していく。

アキラが体勢を戻す。床に穴は開いていなかった。少々凹んでひび割れた程度だ。

「偽の床じゃない。しかもこれ、通路が塞がってるんじゃなくて、この下に通路自体が無い感じだな」

それを聞いたキャロルは険しい表情を浮かべた。

「そうすると……、マップの現在位置がずれてる？

色無しの霧の所為で測位システムが狂った？　まずいわね……」

荒野で自分の位置や方向を見失っても、近隣の都市などと通常の通信が繋がれば、それを基に広域マップでの位置を調べることが出来る。色無しの霧の影響などでそれが不可能な場合でも、地図情報と周囲の地形を照らし合わせれば、位置と方向の補正が可能だ。

しかし今はその両方が出来ない。下手をするとこのまま移動経路の線の上を進んだとしても、既に方向が狂っていて遺跡の外側に向かうことすら出来ない恐れがあった。

そこでトガミが別の推測を出す。

「通路があった位置は正確だけど、何らかの方法で物理的に埋められたって可能性もあるぜ？　それなら今は測位システムは正しいとして、遺跡の外の方向に進んでみないか？　通路自体が無いって感じるぐらいしっかり埋められたのなら、掘り出すのは無理だろ」

シロウも別の推測と案を出す。

「測位システムの狂いの所為で通路の位置がずれたとしても、誤差が少なければこの近くにはあるだろう。周囲を念入りに調べてみたらどうだ？　色無しの霧の濃度がここまで酷いと、高性能な情報収集機器でも見付けるのは難しいかもしれないけどさ」

状況の推察と、その上での行動指針を出し終えたキャロル達が、チームの最大戦力として事実上決定権を持っているアキラに、どうするのかと視線を向ける。

だがそれに対するアキラの返答は、別の事柄へのものになった。

「誰か来る……」

キャロル達がアキラの視線を追う。すると濃い色無しの霧で隠された先から、確かに何かがこちらに向かってきていた。

相手との距離が縮まっていき、大きさや輪郭などが判別できるようになる。仮にモンスターだとしても人型。大きさも人間ぐらい。多数ではなく一体。

移動速度は徒歩程度。最低でもモンスターの群れではないことは確定した。

そしてそれが黒いドレスを着た女性であることまで分かるようになった時点で、キャロルは相手がハンターであることを期待した。この場に辿り着けるような高ランクハンターならば、旧世界風のドレスのような強化服を着ていても不思議は無いからだ。

「地上を通ってここまで来たハンターかしら。それなら出口を知ってるはず。交渉して教えてもらいましょう」

トガミは少し怪訝に思う。

「うーん。でもこんな所まで来るハンターならチームで動いてるんじゃないか？」

「トガミも一人だったじゃない」

「そうだけどさ。……まあ、物凄く強くて自信もあるから単独行動を取ってるだけか？」

女性はそのまま顔がはっきり分かる距離まで近付いてきた。キャロルとトガミは、その女性の表情が友好的なものだったこともあり、敵対する気は無さそうだと思って安堵し気を緩める。

だがアキラは驚いていた。そしてシロウはアキラ以上に驚愕していた。

女性がアキラに向けて親しげに微笑む。

「お久しぶりですね」

黒を基調にした旧世界製のドレスを着たその女性は、ツバキだった。

アキラはツバキという予想外の者との遭遇にたじろいでいた。

『……アルファ。どうなってるんだ？　いや、その前に、彼女は本物なのか？　気配のある立体映像？　それとも俺の拡張視界に表示されてるだけ？』

アルファが普段の笑顔を消して答える。

『彼女は実体よ。なぜここにいるのかは、私にも分からないわ』

『そ、そうか』

久しぶりに聞いたアルファのとても機嫌の悪い声に、アキラは再度たじろいでいた。

キャロルがそのアキラの様子を少し不思議に思いながら声を掛ける。

「アキラ。知り合い？」

「…………ま、まあ、うん」

たったそれだけの返事に、アキラは随分長い時間を必要とした。キャロルはそのアキラの様子から、アキラとツバキが単純な知人や友人ではないことを理解する。それでも相手が友好的な態度を取っていることから、交渉すれば出口の情報ぐらいは手に入れられるだろうと考えていた。

そこでシロウの声が響く。

「アキラ！　彼女と知り合いなのか!?」

アキラはそれに答えず、真面目な顔でトガミに指示する。

「トガミ。通信を切れ」

「えっ？」

「早く」

「あ、ああ……」

「ちょっと待っ……」

少し強めの口調で急かされたトガミは、アキラの雰囲気に少々押されながら情報端末を操作した。シロウの慌てた声が途中で切れた。

キャロルが困惑気味の少し険しい表情で、アキラとツバキの関係を推測する。

シロウは驚いていた。つまりシロウは最低でも彼女のことを知っている。そしてアキラが彼女と知り合いであることは、シロウにとって驚くべきことだった。

また、アキラがトガミにシロウとの通信を切らせたのは、恐らくシロウの口から彼女のことが漏れるのを防ぐ為。つまりアキラは、自分が彼女と面識があることを知られるのは不都合だと考えている。彼女のことを知っている者に対しては特に。

そこまで推測した時点で、キャロルは自分がまずい状況に置かれたことを理解した。自分はアキラが彼女と知り合いであることを知ってしまった。それはアキラにとってどの程度不都合なことなのか。下手をすればアキラを敵に回すことになる。そう思って焦り始める。

トガミも同様の結論に辿り着いていた。キャロルと一緒に表情を硬くする。

そしてアキラも焦る。キャロル達もいるこの場で、ツバキの口からアルファの話が出たら非常にまずいからだ。

それらの考えがアキラ達にわずかな緊迫感を生み出す中、ツバキがアキラに向けて口を開く。

「御心配無く。見掛けたので御挨拶に来ただけです。こんな所で何を？」

「……あ、いや、その、……遺跡探索を」

「そうですか」

ハンター稼業は旧世界側の視点では基本的に犯罪だ。施設への不法侵入。警備機械への武力行使。設備の破壊。窃盗。強盗。無法の限りを尽くしている。

そしてツバキは旧世界側の存在だ。愛想の良い表情での、そうですか、という短い返事にも、アキラは意味深なものを感じずにはいられなかった。

ツバキが親しげな笑顔のまま続ける。

「ここは貴方《あなた》が思っている以上に危険な所です。お帰りになった方が良いと思いますよ？」

「あー、そうですね。はい。いや、その、ちょうど帰ろうとしてたところだったんですけど、帰り道が分からなくなっちゃって……」

「そうでしたか。それでは一緒に帰りますか？　私もちょうど帰るところでしたから」

「あー、それは……、その……」

アキラが非常に返事に困る。ツバキに同行した場合、そのままツバキの管理区域まで連れていかれる恐れがあった。キャロル達と一緒にいる状況でそれはまずいと思い、言葉を濁す。

しかし遺跡の中で帰路を見失っているこの状況で、帰り道を知っている者から一緒に帰ろうと誘われているのに、それを断るのは余りにも不自然だ。キャロル達に間違いなく問い詰められる。そう思い、アキラはそちらの理由でも口を濁していた。

『アルファ。何とかしてくれ。……アルファ？』

アキラの拡張視界の中では、アルファはアキラの隣で不機嫌な顔をしていた。

だがツバキの視界の中では、アルファはツバキの目の前にいた。冷徹な表情で、冷酷な目を向けている。

そちらのアルファの姿はアキラには見えていない。その表情と目に相応しい冷たい声も、アキラには聞こえない。

『何の真似？　前は見逃してあげたけれど、また見逃してもらえるとでも思っているの？』

『彼がいたので挨拶をしにきただけだ。その程度のことを咎《とが》められる謂《いわ》れは無い』

そしてアルファが見ているツバキの表情も、アキラには見えない。そこに実在している方のツバキはアキラに向けて微笑んでいるが、アルファの視界の中のツバキは、アルファと同様の顔と目をアルファに向けていた。

アルファが告げる。

『これ以上邪魔するようなら敵対したとみなす』

ツバキが答える。

『好きに判断すると良い。こちらもそうする』

『警告はした』

『やってみろ』

言葉での牽制は終わった。ここからはどちらがどの程度で済ませるにしろ、行動で示すことになる。アルファもツバキもその認識だけは一致していた。

そして事態が動く。アキラ達の情報収集機器が、こちらに高速で向かってくる巨大な反応を捉えた。

それは全長30メートルほどのモンスターだった。虎や狼《おおかみ》に似た肉食獣の背中に、異形の人型の上半身を移植したような外観をしている。

その融合体の獣部分の頭には目が無く、逆に上部の人型の頭には無数の目が前にも横にも後ろにも付いていた。獣の巨大な口からは長い牙が生えており、人型には口そのものが無い。

獣は肥大化した筋肉を全身に纏い、異様に隆起した四肢で床を駆けている。その獣部分に比べれば脆《ぜい》弱《じゃく》な異形の上半身は、直径1メートルはある太い鞭のような腕を幾つも生やしていた。

その腕の一本がツバキを襲う。大きくしなり、勢い良く振るわれ、物理的に伸びて、遠距離から高速で正確に標的へ繰り出される。第3奥部に棲息するモンスターによる一撃が、その威力を物語る派手な衝突音を辺りに響かせる。

だがツバキは無傷だ。迫り来る巨大な腕を、余りに質量差がある女性の細腕で、払うように弾き飛ばしていた。融合体の一撃はツバキの体勢を崩すことすら出来なかった。逆に融合体の方が長く重い腕を弾かれた衝撃で体勢を崩していた。

ツバキが小さく溜め息を吐く。そしてアキラに微笑みながら告げる。

「残念ですが、ゆっくり話せる雰囲気ではないようです。またお会いしましょう。それでは」

ツバキはそう言ってアキラに背を向けて歩き出す。しかし数歩で立ち止まり、振り返ってアキラに軽く告げる。

「ああ、一応言っておきます。私を狙ったものはこちらで対処しますが、そちらを狙ったものはそちらで対処願います。では、失礼」

そう言い残し、ツバキはその場から忽然《こつぜん》と姿を消した。トガミが驚きの声を出す。

「消えた！　どこだ!?　いや、光学迷彩か!?」

「……違うわ！　あそこよ！」

キャロルが指し示したのは、遠距離から攻撃してきたモンスターの位置だった。確かにツバキはそこにいて、ちょうど融合体の獣部分の胴体に飛び蹴りを放っていた。巨体が派手に吹き飛び、色無しの霧に呑まれて消えていく。そしてツバキも自身で蹴飛ばした融合体を追って、キャロル達の情報収集機器の探知範囲の外へ姿を消した。

目まぐるしく変わる事態が続く。アルファが表情を普段の笑顔に戻してアキラに告げる。

『アキラ。来るわよ』

『あ、ああ』

アキラが両手の武器を、強化服のオプション品のブレード2本に切り替える。それはアルファの判断であり、アルファによるサポートだ。その有効性はすぐに証明された。

色無しの霧の向こうから2体目の融合体が駆けてくる。そしてまだ大分遠い位置で、獣の大口をアキラ達に向けて大きく開けた。

次の瞬間、獣の口から高エネルギーの奔流が放出される。その威力はアキラの強化服でも完全には防ぎ切れないほどに高い。キャロルの強化服では重傷は確定。トガミの強化服では中身ごと消し飛ばされる。

だがアキラは慌てない。極限の体感時間操作の中で、両手の刃を十字に振るう。黒い片刃の刀身から斬性を帯びた波動が放たれ、巨大な刃と化してエネルギーの奔流を斬り裂いた。

もっともその程度では、エネルギーの奔流を押し止《とど》めることも相殺することも出来ない。しかしその指向性を狂わせることは可能だ。獣の口から放出された膨大なエネルギーが、斬撃の跡に残った力場によって流れの向きを変えられて、アキラ達から逸れていく。

それでも流石に放出されたエネルギーが高過ぎた所為で、流れの向きを大きく変えることは出来なかった。自分達の真横を通り過ぎていく光の濁流の迫力に、それに呑み込まれていれば死んでいたと思い、キャロルとトガミが引きつった笑顔で冷や汗をかく。

その二人にアキラが告げる。

「キャロル。トガミと一緒に俺のバイクに乗れ」

そしてアキラは返事も聞かずに融合体へ駆け出した。

キャロルとトガミが慌ててバイクに乗る。するとバイクはすぐに自動で、正確にはアルファの運転で走り出した。アキラの後に続くのではなく、融合体の周囲を旋回するように移動する。

自身に直進してくるアキラに向けて、融合体が複数の腕を繰り出す。肉で造った鞭のような太く長い腕が、しなり、伸びて、上からも左右からもアキラに襲い掛かる。

それをアキラは巧みに躱す。床を蹴って俊敏に、宙を蹴って立体的に、敵の巨大な腕を掻い潜る。合わせてブレードを振るう。黒い刀身が、鉄塊よりも強靱な肉の鞭を斬り裂いていく。

その程度の負傷など、融合体にとっては掠り傷にすぎない。それでも腕を斬り落とされれば、短くなった分だけ射程は落ちる。腕による攻撃がキャロル達の所まで届かなくなる。

時が緩やかに進む世界の中を、アキラは更に踏込んでいく。その際に生じる空気抵抗は、アキラの速度と濃密な色無しの霧により、鉄板を貫く際の抵抗を上回っている。それを100億オーラムを超える価格の強化服の身体能力で貫き、捩《ね》じ伏《ふ》せて、強引に突き進む。

ただでさえ白い世界を、現実解像度操作で更に白く染め上げる。相手の姿をはっきりと捉え、詳細な挙動まで精細に認識して、高速で迫る攻撃を見切り、躱し、隙を衝く。

相手は第3奥部のモンスター。高ランクハンター達で構成されたハンターチームを押《お》し止《とど》める存在。そのような強敵を相手に、アキラは退かずに戦っている。

勿論全て自力とは言い難い。今はアルファのサポートを受けている。使用している高性能な装備も、アルファに助けてもらわなければ死んでいた戦いの報酬として得た物だ。

それでもアキラは出来る限り自力で戦っていた。

獣の頭部が大口を開け、再び高エネルギーの奔流を放とうとする。口内が輝き始め、その中心に超高密度のエネルギー体である光球が生成されていく。その光球が崩壊し、その構成要素である膨大なエネルギーがアキラに向けて放出されるまで、1秒も掛からない。

しかし濃密な体感時間操作を行っているアキラにとって、その時間は十分に長い。そしてその隙を見逃すアキラではなかった。

アキラが両手のブレードを振るう。黒い刀身から放たれた斬性の波動が、光球を十字に斬り裂いた。

莫大なエネルギーは強力な力場によって球状に圧

縮されていた。その力場が斬られたことで、内部に蓄えられていたエネルギーが、切断箇所から一気に放出される。

アキラはそれを回避した。自分で斬ったのだ。エネルギーの放出先は予想できる。

しかし融合体は躱しようがない。本来は口の外に放出されるエネルギーが、光球の前後上下左右からも噴き出して、獣の口内を荒れ狂う。獣部の頭部から周囲に閃光《せんこう》が吹き荒れた。

その閃光の中をアキラが駆ける。宙を蹴って獣の背中に到達すると、そこから生えている異形の上半身を斬り裂いた。横に一閃。異形を獣の背中から切り離す。更に縦に一閃。異形を左右に両断する。

融合体の本体が獣の方でも異形の方でも、これで両方潰した。アキラはそう思いながらも、念の為に獣の方も両断しておこうと考えて、ブレードを振りかぶった。

だがそこでアキラが驚愕する。足場にしている巨大な獣が、背中のアキラを振り落とそうと、勢い良く跳ねる。頭部を半壊させた状態でそこまで動けたことへの驚きが半分。そしてもう半分は、左右に分かたれた異形のそれぞれが、その状態で尚、アキラに向けて腕を振るったことだった。

それでもその驚愕が、アキラの動きと思考を止めることはない。獣の背中からは振り落とされたが、即座に宙を蹴って俊敏に移動し異形の腕を回避する。そして獣と異形のどちらを相手にするべきかを考える。

しかしアキラがその選択を終える前に、異形は木っ端微塵に吹き飛んだ。キャロルとトガミ、そしてバイクの補助アームに取り付けた銃による一斉射撃だ。

異形は生体力場装甲《フォースフィールドアーマー》により異様なまでの強靱さを持っていたのだが、その強度は獣部分から供給されるエネルギーに依存していた。その所為で、獣から斬り落とされた状態では、キャロル達の銃撃には耐えられなかった。

どこか得意げな顔のキャロル達を見て、アキラも少しだけ表情を和らげる。そして残る獣の部分を倒そうと視線をそちらに戻した。

そこでアキラは、獣が酷く欠損した頭部を再生させながら、口内に再び光球を作り出しているのを見た。しかもそれをキャロル達の方に向けようとしていた。

アキラが慌てて宙を蹴り、その反動で獣の頭部に瞬時に移動する。そして思いっ切り蹴り付けた。その衝撃で獣の頭が明後日の方向に向く。そこから放出された光の奔流も、キャロル達とは見当違いの方向に飛び散った。

『……危ねえ！』

あと少しでも遅れていれば、このエネルギーの奔流がキャロル達に当たっていた。そう思って焦ったアキラに、アルファが笑って告げる。

『大丈夫よ。アキラが間に合わなかった時は、私がキャロル達を避けさせていたわ。あのバイクを運転しているのは私だからね』

バイクの遠隔操縦ぐらいはアキラにも出来る。しかし流石に融合体と戦いながら、その戦闘に耐えうる水準でバイクを運転する余裕は無く、バイクの方はアルファに任せていた。

アルファが挑発的に微笑む。

『アキラ。出来るだけ自分でするのでしょう？　もう少し頑張りなさい』

『分かったよ！』

アキラは意気を上げて笑って返した。アルファも満足げに笑って返す。

『その意気よ』

アキラがここまで強くなったことに、アルファは非常に満足していた。


融合体との戦いが続く。前衛はアキラ。後衛はキャロル達だ。

獣が俊敏な動きでアキラを襲う。大きく裂けた顔のまま飛び掛かり、頭部の割れ目から牙を生やし、裂け目をそのまま大口に変えて、獲物に食らい付こうとする。

アキラはその一撃を躱しつつ、すれ違い様に合わせてブレードを振るった。黒い刀身が獣の頭部から首を通り、胴体にまで達して止まる。以前に戦った人型兵器ぐらいなら両断できる斬れ味だったのだが、獣は余りに強靱で、そこまで斬るのが限界だった。

次の瞬間、今アキラが斬った部分から無数の牙が生える。切断面が嚙み締めた大口に変わり、アキラの右手のブレードを固定した。

アキラは融合体の余りの変化に驚きながらも、すぐに左手のブレードで大口を斬り付ける。だが弾かれた。

『嘘だろ!?』

体勢を崩した状態で斬り付けた所為で、先程の斬撃よりは甘い一撃だったとはいえ、ブレードの性能は同じだ。まさか弾かれるとは思わず、アキラは顔を驚きに染めた。

一方アルファは普段の表情で軽く言う。

『ブレードの切断力を覚えられたようね。生体力場装甲《フォースフィールドアーマー》の出力を部分的に上げて防がれたわ』

『そんなことまで出来るのか！　ビームみたいなのも出すし、斬った箇所が口に変わるし、何でもありだな！』

『ありよ。シロウも言っていたでしょう？　ここは技術レベルが高い場所だって』

『そうだったな！』

今、自分がいるのはそういう場所だ。そして恐らく、アルファが指定する遺跡もそのような場所なのだろう。それならばここでアルファに無様な姿は見せられない。アキラはそう思い、更に意気を高めた。

強く咥《くわ》えられていたブレードを、融合体を蹴り付けて引き抜く。そして両手のブレードを交差して振るう。交点で増幅された斬撃の波動が、融合体の生体力場装甲《フォースフィールドアーマー》を突破した。

その交点に開いた小さな穴に、アキラがＲＬ２複合銃の銃口を合わせる。一瞬で持ち替えて、即座に連射していた。

無数の銃弾がその穴から融合体の内部に飛び込み荒れ狂う。そして獣の胴体部の逆側に大穴を開けて飛び出していく。

　それでも融合体は倒れない。それどころか獣の背中から異形の上半身を再び生やし、その複数の腕でアキラを襲おうとする。

　しかしその前に異形はキャロル達の銃撃により再度粉砕された。アキラがその支援を嬉しく思いながら考える。

『あっちの部分は案外脆《もろ》いのか？』

『正確には、使用可能なエネルギーにあちらの部分まで強化する余力が無いのでしょうね』

『そういうことか！』

　恐らく相手のエネルギーは事実上無尽蔵。遺跡そのものから遠隔で常に供給されている。しかし単位時間での上限はある。だからこそ相手はエネルギーの奔流を出し続けることが出来ない。エネルギーを溜《た》める為に光球を作ってから放出する必要がある。

　持久戦では勝ち目は無い。とにかく攻撃を続けて相手のエネルギー消費を増やし、単位時間での上限を超えさせて、融合体の防御と再生が間に合わないようにしなければならない。それで倒せる。そう判断したアキラが、キャロル達に通信を入れる。

「キャロル！　トガミ！　良いぞ！　そのまま撃ち続けろ！　銃撃を止めるな！」

「分かったわ！」

「了解だ！」

　威勢の良い声を返したキャロル達が指示通りに銃撃を続行する。融合体に異形の部分がある時は異形に、無い時は獣の部分に、とにかく撃ち続ける。

　濃密な色無しの霧の所為で銃撃の威力も落ちている。アキラが近距離で斬り付けても防がれるのだ。遠距離からの攻撃では負傷させるのは難しい。

　それでも本来は相手を一瞬で粉砕する威力がある。融合体はそれを生体力場装甲《フォースフィールドアーマー》で強引に防いでいるにすぎない。

　そこにアキラが斬撃を合わせる。銃撃とブレードの威力の差から、融合体はアキラの攻撃を優先して防ごうとする。その所為で、被弾箇所の生体力場《フォースフィールド》装甲《アーマー》が著しく脆くなった。銃弾とレーザーが獣の肉を焼き焦がし抉《えぐ》り飛ばす。

攻防が続く。黒い双剣が獣を滅多斬りにする。深くは刻めない。弾かれることすらある。しかし同時に着弾する銃弾とレーザーが獣の巨体を確実に削っていく。

再生した異形がアキラとキャロル達の両方を襲う。アキラは自身に迫る長く太い腕を斬り落とし、キャロル達は自分達に向けて伸びてくる腕を迎撃する。

斬り落とされた腕の切断面から牙が生えて大口に変わる。更に手足が生えてアキラに飛び掛かる。アキラはそれを蹴り飛ばし、斬り飛ばし、ぶっ放して粉砕する。

キャロル達に撃ち落とされて千切れ飛んだ長い腕も、蛇のようなモンスターに変化する。そして床を高速で這《は》ってキャロル達に向かっていく。だがバイクの速度には追い付けず、迎撃されて、全身に被弾して飛び散った。

それでも融合体は怯《ひる》まない。アキラ達の猛攻など無駄だと言わんばかりに、欠損部位を再生させて戦闘を続行する。再度斬り落とされた部位も、別種のモンスターに変化してアキラ達を襲う。

アキラもキャロルもトガミも全力を尽くしている。手を抜く余裕など欠片も無い。各自が最善を尽くしている。持久戦では勝ち目が無いと分かっている。必死に戦っていた。

もっともアキラ達には、厳密にはアキラにはまだまだ余力があった。出来るだけ自分でする。アキラはその言葉通りに、アルファのサポートを十全に受けていない状態で戦っている。つまりアルファのサポートをしっかりと受ければ、更に強くなることが出来る。

そしてアキラがアルファから更なる支援を受ける前に、融合体は短時間での度重なる負傷と再生により、単位時間でのエネルギーが枯渇し始めていた。融合体は完全に追い詰められた。しかしそれはアキラ達を窮地に追い込む契機でもあった。

完全な劣勢であり、現状でそれを巻き返すのは不可能。その判断が融合体の行動指針を変化させる。

キャロルが融合体を銃撃し、被弾させる。今までは相手の肉を削り、再生されて、また削るの繰り返しだった。しかし今回は違った。獣の胴体に、その半分が失われるほどの大穴が開いた。

それを見てアキラが笑う。

『おっ！　やっとか？』

あれほど強靱だった体が、あそこまで吹き飛んだのだ。自分達の攻撃を喰らい続けて、遂に体の再生が追い付かなくなり、不完全な力場装甲《フォースフィールドアーマー》しか使えなくなったのだろう。あとは畳み掛けるだけだ。

アキラはそう思って勝ちを確信した。

アルファも既に勝ったと判断している。しかし状況の解釈は異なっていた。

『ええ。やっとよ。ようやく相手が道連れを選択したわ』

『えっ!?』

驚くアキラの前で融合体の体が変化していく。体に開いた大穴は、被弾の衝撃で開けられたのではなく、融合体が意図的に体を変形させたものだった。

融合体の体が、開いた穴を中心にして、透明な球体を半分溶けた巨大な手で摑んでいるかのように変化する。そしてその中心に光球が生成されていく。

『あの高エネルギー体が破裂すれば、あの体は間違いなく消し飛ぶわ。一緒に消えて無くなる気よ』

自身の死を厭《いと》わないモンスターも、手当たり次第に刺し違えるような真似はしない。死なずに倒せる程度の敵であれば、自身の生存を前提にして戦う。だがそれが不可能であれば、判断を変える。アキラ達の猛攻に追い詰められた融合体は、勝利条件から自身の生存を消去した。

『自爆する気か！』

慌てるアキラの横で、アルファが楽しげに笑う。

『アキラが自分でするのはここまで。頑張ったわね。それじゃあ、アキラ、やるわよ？』

アルファの笑顔を見て、アキラも勝利を確信した。威勢良く笑って返す。

『ああ！』

ここからはアルファのサポートをしっかり受けて

戦うのだ。負ける気などしなかった。

アルファがアキラの強化服を操作する。その動きに促されるままに、アキラは片方のブレードを仕舞い、もう一本を両手で握った。そして光球へ向けて全力で跳躍し、その刃を自身では不可能な絶技を以て振るう。黒い刃から放たれた斬撃の波動が、刀身より巨大な光球を一刀両断した。

光球が崩壊し、その構成要素である高エネルギーを一気に放出する。通常ならば全方位に勢い良く広がる。だがアルファのサポートを受けて繰り出された斬撃は、光球から放出されるエネルギーに指向性を与えていた。膨大なエネルギーがアキラとは逆方向に放出され、真っ白な空間に満ちる高濃度の色無しの霧に呑まれて消えていった。

その余波で融合体が崩れていく。アキラ達を道連れにする為に、体内の全エネルギーを絞り出した体は、酷く乾いた肉のように硬化していた。それが割れ砕け、崩れ落ちた衝撃で更に細かく砕け散って、砂になる。

着地したアキラが振り返る。そこには砂の山が出来上がっていた。

『……流石にここから復活はしないよな？』

心配性なアキラにアルファが笑って告げる。

『大丈夫よ。倒したわ』

『よし！』

その短い言葉で勝利を宣言して、アキラはブレードを仕舞った。そこにキャロル達がやってくる。

「アキラ。やったわね。っていうか、アキラは本当に凄いわね」

本心の感嘆を顔に出しているキャロルの隣で、トガミも強い同意を示す。

「ああ。流石はハンターランク70だ。いや、奥部攻略のトップチームでも、第2奥部後半のモンスターが強過ぎて、足止めを喰らってるって考えれば、それ以上か」

「……まあ、な」

アキラはそれが自分の実力ではないと知っている。しかしアルファのサポートを含めた力を、自分の実

力だと誇示しなければならないことも理解している。

それがアキラの返事をわずかに遅らせ、硬くさせた。

そのアキラの反応を、トガミは別の解釈をした。

軽く笑って言う。

「俺の実力じゃなくて、装備のおかげだって言いたそうだな。別に良いじゃねえか。前にアキラも、強くなるなら装備と訓練が大切で、強いて言えば装備の方だ、なんて言ってただろ？　その凄え装備込みで、アキラは凄えんだよ」

それを聞いたアキラは、少しだけ驚いたような様子を見せた後、どこか吹っ切れたように笑った。少し大袈裟に自分の実力を宣言する。

「そうだな。まあ、俺も苦労したからな。そのおかげでここまで強くなったんだ。大したもんだろ？」

キャロルも合わせて笑う。

「ええ。大したものだわ。でもまあ、私達も頑張ったわよね？」

「ああ、そうだな」

「そうよね。私達も頑張った。認めたわね？」

「ん？　ああ」

どこか言質を取るようなキャロルの話し振りを、アキラは少し不思議に思ったものの、間違ってはいないので普通にそう答えた。するとキャロルが笑顔で強く頷いてから続ける。

「……じゃあ、その頑張った分、護衛代を手加減してくれると助かるんだけど……」

キャロルは少し硬い笑顔を、どこか言い難そうな表情を見せていた。トガミも似たような表情を浮かべている。

キャロルの護衛をしているアキラだが、その護衛代は具体的な働きに応じて要相談となっている。では今回の戦いは幾らぐらいが適正なのか。キャロルの試算では、自身の支払能力を完全に超える金額になっていた。

それでも相手がただの実力者であれば、キャロルは自身の副業で相殺する自信があった。しかし相手はアキラだ。その手は使えない。

事前に具体的な支払額を決めておらず、アキラと自分の両方の納得で決める契約とはいえ、要相談での減額にも限度はある。キャロルはそう思い、真面目に困っていた。トガミも程度の差はあれど同じだ。

アキラもキャロル達の態度からそれを理解した。しかしアキラもハンターとして、払えないのなら仕方が無い、で済ませる訳にもいかない。どうしようかと考えて、ツバキのことを思い出す。

「分かった。護衛代は思いっ切りまけてやる。その代わり、さっき会ったやつについては忘れてくれ。俺達は誰にも会わなかった。そういうことにしてくれ」

アキラの真面目な顔に、キャロル達が少し戸惑う。しかし返事は決まっていた。まずはキャロルが笑って言う。

「了解。はい！　私達は誰にも会わなかった！　いやー、急にモンスターが襲ってきて、大変だったわねー」

そのわざとらしく白を切るキャロルの態度に、トガミも調子良く笑って合わせる。

「あー、そうだな！　本当に大変だった！　遭遇したモンスターが1匹だけで助かったぜ」

ツバキにも、ツバキに蹴飛ばされたモンスターにも、自分達は会っていない。キャロル達はその下手な芝居でそれを示した。

勿論、あの女性は何だったのかと気にはなっている。しかしそれは多額の護衛代を支払わずに済むことや、アキラを怒らせることに比べれば些事《さじ》だった。

アキラもキャロル達に合わせる。

「そうだな。あのモンスターが1匹で良かった。2匹いたら大変だったな」

口止めはした。アキラはそれで良しとした。口止めではなく口封じをしてまでツバキのことを隠す気は、アキラにも無かった。

第3奥部のモンスターに勝利して、各自の心配事も取り敢えず片付けたアキラ達は、いろいろと有耶《うや》無耶《むや》にするように笑い合っていた。


激戦を終えたアキラ達は、休憩を兼ねてその場でこれからの方針を相談した。そして取り敢えずは、ここに来るまでに自動生成された地図情報の移動経路を、高低差を無視して逆走することになった。

濃い色無しの霧の影響で測位システムに狂いが生じているとしても、北と南を間違えるほどでなければ、第2奥部には出られるだろう。そう期待してのことだ。

そこでトガミがアキラに一応確認を取る。

「アキラ。シロウとの通信はどうする？　切ったままにしておくか？　俺達がここで完全に遭難した場合、あいつに繋いで緊急依頼を出してもらうって手もあるにはある。緊急依頼の報酬は裏口の情報にすれば良い。上位のハンターチームなら受けるはずだ。まあ問題は、その際にシロウに何て説明するかなんだけど……」

「そうだな……」

アキラが迷う。シロウにはツバキのことへの口止めをしていない。通信を繋げば確実に問い詰められる。ツバキのことをキャロル達と一緒に白を切ったまま、シロウとその交渉が出来るかどうか。アキラには自信が無かった。

『アルファ。どうする？　っていうか、一応聞いておくけど、帰れるよな？』

『アキラが帰還するだけなら全く問題無いわ。それ以上はどこまで妥協できるかによるわね』

『妥協？』

『帰る為なら自分とツバキの関係を知られても良い。それを妥協できるなら、ツバキと一緒に帰っておけば良かったでしょう？』

『え、でもツバキと一緒に帰るのはまずいよな？』

『まずいわ。でもアキラがここで遭難して死ぬぐらいなら妥協できる。そういう意味よ』

『そういうことか』

『取り敢えず、今は自力で出口を探して。私は脱出方法を知っているし、アキラだけなら案内も出来るけれど、今はキャロル達もいるからね』

アルファが自分を遺跡の外に案内する為には、キャロル達がいない必要がある。場合によっては、口止めではなく、口封じが必要。そういうことだろう。アキラはそう理解した。

『……分かった。シロウとの通信はどうする？』

『今はこのままにしておきましょう』

アキラがキャロル達に言う。

「シロウに助けを求めるかどうかは、もう少し後で決めよう」

キャロル達が頷く。異論が無い訳ではない。アキラの選択は、生還の可能性を減らす悪手とも判断できる。しかし文句を言う気も無い。そもそもその生還の可能性を握っているのはアキラだからだ。

そして、それはそれとしてキャロル達は思う。アキラはこの状況ですらシロウと連絡を取りたくないほどに、あの女性のことに触れられたくないのだと。

そう判断したキャロル達は、ツバキに対する興味をより強くしながらも、アキラの機嫌を損ねない為に、その興味に蓋をした。

アキラにそれ以上に知られたくない者がいることなど、流石にキャロル達には分からなかった。


休憩を終えたアキラ達は、第3奥部からの脱出を目指して真っ白な空間を歩き出した。徒歩での移動は敵襲を警戒してのことだ。濃密な色無しの霧の所為で、索敵範囲は非常に狭くなっている。バイクで走るとモンスターに激突する恐れがあった。

それでも今までの移動距離から考えれば、30分も歩けば真っ白な空間の端に辿り着けるはずだった。そしてその30分は既に過ぎている。しかしアキラ達は今も歩き続けていた。

アキラが怪訝な顔を浮かべる。

「……変だな」

キャロルとトガミも、険しい表情と困惑気味の口調で同感だと告げる。

「ええ。変ね。もう随分歩いているはずなのに……」

「ああ、流石にそろそろ第2奥部との境に着いてないとおかしいぞ？」

そしてアキラが決断した。

「キャロル。トガミ。俺のバイクに乗ってくれ」

そして全員でアキラのバイクに乗ると、勢い良く走り出した。

「ちょっとアキラ。大丈夫なの？」

「気を付けるよ」

アルファは帰り道の案内はしてくれないが、バイクの運転はしてくれる。この濃い色無しの霧の所為で、前方のモンスターに気付けずに体当たりしてしまうようなことになっても、アルファが何とかしてくれるだろう。アキラはそう判断していた。

そしてキャロル達も、アキラがそう言うのであればと、文句は言わずに大人しくアキラの後ろに乗っていた。

白い世界をバイクが高速で進んでいく。余りに予想外の事態に、アキラも、キャロルも、トガミも、その表情に強い困惑を表している。

「どうなってるのよ……」

遮蔽物の無い平坦《へいたん》な場所を、バイクでかなりの速度を出して真《ま》っ直《す》ぐ進んでいるのにもかかわらず、アキラ達はまだ白い空間を走り続けている。既に第3奥部どころかクズスハラ街遺跡の外に出ていなければおかしいほどに走っている。

だがアキラ達の前には、真っ白な空間がどこまでも続いていた。

第226話　レイナの成長

アキラ達が地下トンネルを進んでいた頃、一台の大型荒野仕様車両が荒野を走っていた。乗っているのはレイナ、シオリ、カナエの三人だ。

レイナは白銀の軽鎧《ライトアーマー》にも純白のドレスにも見える強化服を着用している。一見性能よりもデザインを重視した使い物にならない品に見える。

しかしその性能は非常に高い。防御力だけでも、分厚い鉄板を重ね着したような重装強化服を軽々と超えている。身体能力向上を含めた他機能も同様、或いはそれ以上だ。

高ランクハンター向けの非常に高性能な品には、見た目と実際の性能が全く一致しないこの手の物も珍しくない。旧世界製のきわどいデザインの強化服などはその極みだ。

シオリとカナエの、戦闘服を兼ねたメイド服にも似た傾向が見える。それは三人の武装が以前の物に比べて格段に高性能であることを示していた。

運転席のシオリは少し険しい表情を浮かべている。そして既に何度か言ったことを改めて言う。

「……お嬢様。やはり私一人で行きますので、お嬢様は自宅でお待ちになる訳にはいきませんか？」

レイナはカナエと一緒に後部座席に座っていた。シオリの様子を分かった上で、明るい顔で答える。

「シオリもカナエもいるんだし大丈夫よ」

「しかし万が一ということも……」

「あるの？　そんなに危ないのなら、シオリも行くのはやめた方が良いんじゃない？」

「いえ、そういう訳には……」

「じゃあ私も行くわ」

シオリは内心で深い溜め息を吐きながら、その胸中を映した一段と悩ましい表情を浮かべた。レイナは普段の表情で、普通の口調で、しかし取り付く島も無い態度で、自分だけ戻るのを完全に拒否していた。

「カナエ。お嬢様の護衛として何か言うことはないの？」

　カナエがいつものように笑って答える。

「私はお嬢に、どこかに行くな、なんて言う気は無いっすよ。それは私の仕事じゃないっす」

　予想通りの返事に、シオリは内心ではなく実際に溜め息を吐いた。

「仕事はちゃんとするっす。本気でヤバい時には、お嬢を担いで、姐《あね》さんを見捨てて、ちゃんと逃げるっすよ。それ以上を求められても困るっす」

「そうね……」

　同行を決めているのは主人であるレイナであり、従者である自分ではない。そして従者の都合で主の決定を覆すなど、従者の在り方ではない。そういう意味では、自分よりもカナエの方が真っ当なことを言っている。それが分かっているだけに、シオリの溜め息は深かった。

　そこでレイナが言う。

「シオリ。どうしてもついてきてほしくないのなら、私は帰っても良いわ。我が儘を言ってるのは私だし、シオリにはたくさん迷惑も掛けてきたからね。今回はシオリの都合を優先する」

「ありがとう御座います。それでは申し訳御座いませんがカナエと一緒に……」

　シオリは思わず安堵した。そしてそのまま話を続けようとしたが、それを遮って、レイナが口調を少し真面目なものに変える。

「でもその場合は私は何も受け取らないわ。押し付けられても、それがシオリが命と引き換えに手に入れたものでも、捨てる。絶対に」

　黙ってしまったシオリに、レイナが口調を戻して続ける。

「シオリもいろいろ考えてやってるんだろうし、いろんな理由で私には話せないこともたくさんあるとは思う。その辺は私の為だったり、私が頼りない所為だと思うから、それはそれで構わないのだけど、シオリが何をするにしても、さっき私が言ったことを前提にしてちょうだいね」

　レイナもシオリも、それで黙った。二人の感情が滲んだような沈黙が流れる。

シオリはレイナの為なら命を捨てられる。自分が死ぬことでレイナが幸福な未来を得られるのなら躊躇は無い。

だがその思考はシオリが命を賭ける基準を緩めてしまう。勝てばレイナが幸せになる。負けても最悪自分が死ぬだけ。それならば、賭けるに足る。そう考えて、賭けに出てしまう。

レイナはシオリがそうすると分かっていた。だから宣言した。その賭けで得られたものが何であれ、自分はそれを受け取らないと。

これでシオリは賭けに出られなくなった。勝ったとしても、それで得たものを受け取る者がいないのでは意味が無い。賭ける必要性が根本から失われた。

もっともそれも、シオリがレイナの話を信じればの話だ。口だけ。戯《ざ》れ言《ごと》。今は本気で言っていたとしても、実際にシオリが死んだ後になれば、シオリが命と引き換えに残したものだからと、受け入れてしまう。その程度の言葉でしかないと思われてしまえば、レイナを想うシオリの忠義が勝る。レイナの為に自身の命を捨てられるシオリの心は動かない。

そしてシオリは、レイナの言葉を信じた。レイナの言葉には、それだけの決意が込められていた。

シオリが大きな溜め息を吐く。そして少々苦笑気味に笑った。

「……お嬢様も随分と成長なされましたね」

「ありがと」

「皮肉ですよ？」

「分かってるわ」

シオリは主の成長を本心で嬉しく思っている。同時に、そう思いながらも、少々厄介で面倒臭い方向にも成長してしまったがもしれないとも、少しだけ思った。

その二人を見て、カナエはいつものように笑っていた。

レイナが改めて言う。

「それでシオリ、真面目に聞くけど私はどうした方が良い？」

「このまま同行なさるのでは？」

「そうしたいけど、もう一度聞いて、それでも帰れって言うのなら帰るわ」

先程の釘刺しでシオリの判断基準は大きく変わった。それでもシオリが判断を変えないのであれば、自分は戻った方が良い。レイナはそう考えていた。

そしてシオリも考え直す。

「分かりました。ではお嬢様。まずはこれを御覧ください」

シオリがそう言って取り出したのは、白いカードだった。以前イイダ商業区画遺跡での戦いで、リオンズテイル社所属の汎用人格と名乗った自動人形であるオリビアが、アキラに渡すようにシオリに告げた物だ。それをシオリはアキラから詐欺紛いの手段で手に入れていた。

レイナはその入手経路を知らない。しかしそのカードが何であるかは知識として知っていた。思わず驚きの表情を浮かべる。

「シオリ。それって……」

「今回の件について全てお話しします。同行なさるかどうかは、それを聞いて御判断ください。いえ、それ以前に、お嬢様がそう判断なさるのであれば、今から中止しても構いません」

シオリがそう前置きしてから、少し口調を強めて告げる。

「ですが、聞いてしまえば、知らなかったは通じなくなります。お嬢様。本当にお聞きになりますか？」

シオリのその少々脅すような念押しに、レイナは動じずに笑った。

「何言ってるのよ。私が本当に何も知らなかったとしても、知らなかったは初めから通じないわ。従者が勝手にやったことでも、責任を取るのはその主人。そういうものでしょ？」

私は知らない。部下が勝手にやったこと。だから私に責任は無い。そのような戯れ言が通じるのであれば、主人である資格など無い。

極論、王とは、全ての咎を背負って首を落とされる為に存在する。どれほどの無能でも、それで責任を取ったことになる。王の栄華は、その首にそれだけの価値をつける為のもの。

シオリが自分に栄華を与えるならば、その栄華を得る為に行われた責も、無条件で受け入れなければならない。主人と従者とはそういうものだ。自分達の在り方を、レイナはそう理解していた。

そしてシオリはそのレイナの成長を受け止めた。

「畏まりました。では、レイナ様。お聞きください」

シオリはどこか満足そうに微笑み、話し始める。今までのレイナには話せなかったことを含めて、全てを。


レイナはシオリから一通りの話を聞き終えた。カードの入手方法については思うところもあった。だがその件に関する感情は、他の話の内容の驚きに比べれば些事だった。

「……まあ、そのカードをアキラから半分騙《だま》し取《と》った件は、後でアキラに相応の謝礼を渡して解決することにしましょう。そういう取引だったとも解釈できるしね」

「畏まりました」

レイナに宜しくない行為だったとは思われながらも、レイナから強い叱咤や嫌悪を向けられなかったことに、シオリが安堵する。カナエもいつもの笑顔に、似たような思いを滲ませていた。

「それでシオリ。その計画なんだけど、上手くいくの？」

「……何とも言えません。少なくとも確実に失敗するようなものではありません。成功する可能性も、実際に行動に出る程度にはあるかと思います。それ以前に、これは基本的に断れない指令なのですが」

「そうなのよねー」

「ですが、レイナ様が中止と判断されるのであれば、中止致します。それによる私達への処罰はお気になさらず。レイナ様の判断が最優先です。如何《いかが》なさいますか？」

レイナが改めて悩む。シオリ達の主であることを望む以上、主として全てを知った上で決断しなければならない。決めた結果が、良きに計らえ、というものであってもだ。

そして決断する。

「やりましょう。でも安全には十分に気を付ける。カナエ。ヤバい時には本気で逃げるから、本当に私を担いででも撤退してちょうだい。シオリも一緒に逃げること。一人で残って時間を稼ぐような真似はしないこと。全員で生きて帰る。それが大前提。良いわね？」

「畏まりました」

「了解っす」

レイナの決定で、レイナ達は元々はシオリが一人でやるはずだったことを、全員でやることになった。計画の概要に変更は無い。しかしそれを誰が主導するのかには、明確な違いがあった。

「……それにしても、釘を刺しておいて良かったわ。シオリ。私に内緒でどれだけ危ない橋を渡るつもりだったの？」

レイナの声に非難の色は無い。しかし不満は少々滲んでいた。

「必要なだけ、とお答えしておきます」

「必要なだけって……」

そこにカナエが口を挟む。

「お嬢。姐さんはお嬢が未熟な分を補おうとしてただけっすよ。良いじゃないっすか」

レイナが苦笑いを浮かべる。自分の未熟の所為だと言われればレイナも言い返すのは難しい。

「……そうね」

また、カナエの言葉は過去形だ。レイナはそれを、今の自分であればシオリも無茶はしないだろうとカナエも判断している、という意味に解釈して、少々強めの口調を以てその解釈を二人に示した。

その主の心情を理解して、シオリは微笑み、カナエは笑っていた。


目的地を目指す車の後部座席で、レイナが今までのことを思い返す。

この数ヶ月の間、レイナ達はクガマヤマ地方を離れていた。それを決めたのはシオリで、表向きの理由はレイナの実家絡みの諸事情となっている。それは嘘ではなく、当時のレイナには教えられていなかったが、アキラから手に入れた白いカードを活用する為の各種交渉を、シオリが現地で直接行う為のものだった。

　しかしシオリがレイナをクガマヤマ地方から遠ざけたかった一番の理由は別にある。それはアキラとドランカムの抗争、厳密にはアキラとカツヤの戦いにレイナを巻き込ませない為だった。その情勢に強い懸念を抱いたシオリは、情勢が更に悪化する前に、白いカードの交渉を口実にして、レイナの実家に自分達を呼び寄せさせることにしたのだ。

　レイナは遠方の地でカツヤの死を知った。その時のレイナは想い人の死に驚き、嘆き悲しんだ。そしてそれ以上に、カツヤが死んだことにそこまで驚いている自分に驚いていた。

　ハンターはいつ死んでも不思議は無い。レイナもそれぐらいは分かっていたつもりだった。しかしカツヤの死は、レイナにとって余りにも予想外のことだった。

　そして気付く。自分は知《し》らず識《し》らずの内に、何の根拠も無く、カツヤは死なないと思っていたことに。

　以前、アキラの財布を盗んだ者をカツヤが庇ったことで、アキラとカツヤ達が殺し合い寸前にまで至ったことがあった。そしてその時、自分はシオリの説得もあって、自分達だけその場から離脱した。ある意味で、カツヤを見捨てた。

　その選択が間違っていたとは思わない。今でもだ。しかし思い返せば、自分がそうした理由の中には、自分達がいなくなってもカツヤは死なないと、無意識に考えていた部分も確かにあった。

　極端な話、あの場でユミナやアイリ、自分やシオリ達が死んだとしても、カツヤは死なない。何の根拠も無いのだが、カツヤだけは当然のように生き残る。自分はそう思い込んでいた。

　レイナは今頃になってそのことに気が付いた。死ぬはずの無いカツヤが、死んだことで。

そして理解する。自分達が生きている世界は、人が死ぬ世界なのだと。カツヤですら例外ではないのだと。

自分は運良く生きている。明日は分からない。今までの幸運は、これからの幸運を保障しない。その認識を基に、レイナは前を見る。

死に満ちた未来に怯えず、臆さず、目を見開いて、世界を正しく認識する。そして覚悟を以て乗り越える。シオリとカナエの主として。その想いで、レイナは前を見ていた。

レイナはカツヤの死を以て、自身の類い稀な才を磨き上げた。カツヤの下に自信を持って戻れる日はもう来ない。永遠に失われた。それでもレイナは、想い人を失ったことと引き換えに、自分で自分を認められる強さを手に入れていた。

ミハゾノ街遺跡の近郊で車を停めたレイナ達が、十分に遠い位置から遺跡の様子を探る。

遺跡内のハンターオフィスの出張所に続く道に、メイド服や執事服の者達、リオンズテイル社の人間がいるのを確認して、レイナはシオリと一緒に顔を険しく変えた。

「あー、やっぱり先回りされてるわね」

「残念ですが、そのようです」

「私達がここに来ることは漏れていた。シオリ。他にどこまで漏れてると思う？　私達の目的までバレちゃってると思う？」

「……断言は出来ませんが、流石にそこまで露呈はしていないはずです。しかし部隊を前もって配置する必要性を認めるだけの、何らかの確証は得ているのでしょう」

「そうよねー」

レイナは軽く頷いて、状況の推察を続けた。

「カナエ。私達がここに来ることはもうバレてるみたいだけど、来たことはまだバレてない感じ？　どう？　あの人達の様子からその辺を探れそう？」

「んー、勘っすけど、多分まだバレてないっすね」

「じゃあ、先回りしていることを私達に伝える為に目立つ場所にいるだけか。……よし。シオリ。カナエ。取り敢えず、行ける所までこっそり行ってみましょう」

レイナ達がその場から移動する。そしてミハゾノ街遺跡の工場区画付近で車を停めると、装備の迷彩機能を使って自分達の姿を消した。

「それじゃあ、行きましょうか。慎重にね」

レイナ達はそこから徒歩でミハゾノ街遺跡の市街区画に向かうと、更にセランタルビルを目指して遺跡の中を進んでいく。途中でモンスターと何度も遭遇したが、レイナ達の迷彩機能は強力で、全く気付かれない。

今のレイナ達は可視光線も赤外線も、歩く際に地面に伝わるわずかな振動も、物体が通る際に生まれる空気の流れすら隠蔽している。忍び足の透明人間より見付け難《にく》い状態だ。

それでも、自分達が警戒している者達には見付かってしまう恐れがあると理解して、慎重に進んでいく。そして、これ以上近付くのは危険だと判断した位置で進むのをやめた。

その位置にある高層ビルの上層階の窓辺から、レイナ達がセランタルビル周辺の様子を窺う。レイナ達の視線の先には二つの部隊が展開していた。

一つはクガマヤマ都市の部隊だ。クズスハラ街遺跡の第1奥部の封鎖にも用いられている部隊を流用しており、ヤナギサワの指示によりセランタルビルへの侵入者を問答無用で撃退する任に就いている。

そしてもう一つはリオンズテイル社の部隊だ。メイドと執事、各人が高ランクハンター並みの武力を持っている者で構成されたその部隊は、都市の部隊と交戦には至らない距離を保っていた。

現在セランタルビル周辺は、その二つの部隊により二重に封鎖されている状態だった。

レイナが難しい表情を浮かべる。

「まあ予想通りね。流石にこれを突破するのは無理。シオリ。駄目だからね」

シオリも少し険しい表情で頷く。

「分かっております。クガマヤマ都市の部隊だけであればビルへの潜入も可能かと考えておりましたが、リオンズテイル社の部隊までいるのです。無理でしょう」

「クガマヤマ都市の部隊だけだったら、やる気だったのよね？」

少し釘を刺すようなレイナの指摘に、シオリが白いカードを取り出して言い訳する。

「いえ、レイナ様。これもありますし、都市の部隊だけでしたら何とかなる可能性は高かったのです」

迷彩機能を使用すれば都市の部隊に発見される確率は下がる。発見され、交戦に至ったとしても、ビルの管理人格にこのカードを示せる位置まで辿り着ければ、ビル側から侵入者ではなく入館者として扱われ、都市側へ戦闘の中止が指示されることも十分に考えられる。決して無謀なことをしようとした訳ではない。シオリはレイナにそう訴えた。

レイナもその言い分は理解できる。しかし上手くいく可能性は高かったとはいえ、それは賭けに勝った時に得られるものを考えれば、賭けるに足る程度には高い、という意味だ。シオリが命に関わるほどに危険な真似をしようとしたことに変わりはなく、その分だけレイナの視線は厳しいものになっていた。

その視線にシオリが少々押され気味になっていると、カナエが笑って口を出す。

「まあまあお嬢。その辺で良いじゃないっすか。姐さんはお嬢の至らない部分を何とかしようと過保護になってただけっすよ。今はお嬢も成長したはずっすし、それなら姐さんもお嬢が止めれば無駄に無茶はしないはずっす。そうっすよね？」

カナエの指摘に、レイナとシオリが主従揃って苦笑いを浮かべる。

「そうね」

「そうね」

声も揃っていた。レイナもシオリも指摘の内容自体は正しいとは思いながらも、それをカナエに指摘されるのは微妙に納得がいかなかった。

それでもカナエの指摘で、レイナとシオリは意識を切り替えた。これからどうするかを相談する。

レイナ達の直近の目的は、旧世界のリオンズテイル社所属の汎用人格であるオリビアと接触することだ。そしてその接触方法は、安全、穏便、妥当、正当なものであることが望ましいとされている。

シオリはその為にセランタルビルの57階にあるリオンズテイル社の支店に向かおうとしていた。尚、支店の情報は上からのもので、上がなぜそれを知っているかについては、シオリは一切聞かなかった。

その支店に行く為に、周囲にクガマヤマ都市とリオンズテイル社の両部隊が展開しているビルの中に、どうやって入り込むか。レイナがシオリと一緒に考える。

「うーん。強行突破は絶対無理だし、迷彩も見破られそうだし、どうしようかしらね。いっそセランタルビルへの隠し通路でもあれば良いのに。シオリ。何か心当たりとか無い？」

そのレイナの発言は、そのような心当たりなどある訳が無い、ということを前提とした、軽い冗談のようなものだった。しかしシオリから予想外の返事が来る。

「隠し通路の心当たりですか……。無い訳ではありません」

「えっ？　あるの？」

「可能性の話になります。レイナ様はキャロルという者のことを覚えておられるでしょうか。以前私達がミハゾノ街遺跡の工場区画に行った時に、アキラ様に同行していた女性ハンターです」

「ええ。覚えてるわ。あの時は大変だったわね」

「彼女は優秀な地図屋でもあるようでしたが、思い返せば彼女が保持していたミハゾノ街遺跡の情報は異常です。遺跡が管理している工業区画のコンテナを開けられるなど、本来有り得ません。その彼女であれば、私達がセランタルビルに安全に入る方法も知っているかもしれません」

レイナもその時のことを思い返す。そして言われてみればその通りだと考えた。

「確かに、彼女なら知っているかもしれないわね」

「ただしこの手段には問題点があります。彼女を頼った時点で、私達が何らかの目的を持ってセランタルビルに入ろうとしているという情報が、外部の者に漏れるという点です。これをどの程度問題視するかですね」

レイナが少し考える。そして決断する。

「構わないわ。既に私達のことは、リオンズテイル社の部隊が先回りして配置されている程度には漏れている。それを考えれば、その程度の情報が彼女に追加で漏れることぐらい、誤差よ。シオリ。彼女と連絡を取ってちょうだい」

「畏まりました」

シオリは情報端末を使って早速キャロルと連絡を取ろうとした。しかし繋がらない。

「……駄目ですね。繋がりません。通信範囲外にいるようです。一応連絡を求める旨は送信しておきました」

「分かったわ。じゃあ彼女からの連絡を待つとして、彼女と連絡が取れなかった場合の手段を考えましょうか。……シオリ、確認するけど、そのカード、私達でも使えない訳じゃ、ないのよね？」

推奨されないことは十分に分かっている。レイナはそれを険しい表情で示していた。

シオリも同じ表情で頷いて返す。

「はい。ですが、オリビア様との穏便な接触という点で多大な懸念が存在します」

シオリはそう言って、白いカードを改めて示した。

「私達はこのカードをアキラ様との取引で手に入れました。このカードは私達の物です。アキラ様も今更このカードの所有権を主張することは、恐らくないでしょう」

詐欺紛いの、多々問題のある取得方法ではあったが、その点に間違いは無い。シオリはそう判断しており、レイナもそこは同意見だった。

「ですが、それは私達とアキラ様の間の取引です。オリビア様は全く関与しておられません。つまりオリビア様にとっては、このカードの所有者はアキラ様のままです。私達がこのカードを使用してオリビア様と連絡を取った場合、不正使用とみなされる恐れがあります」

その懸念を回避する為に、シオリはクガマヤマ都市の部隊により厳重に封鎖されているセランタルビルに侵入してでも、そこにある支店に実際に足を運んで、旧世界のリオンズテイル社に直接接触しようとしていた。

「そうなのよねー。やっぱり危ない？」

「何とも言えません。オリビア様が理解を示してくれる可能性も、無い訳ではないでしょう」

「かといって楽観視も出来ないか……。このカードを使ってオリビア様に繋ぐとしても、オリビア様にとってのカードの所有者のアキラに、事情を説明してもらうとかした方が良いかしらね。盗んだカードを使ったなんて誤解されたら大変だわ」

「そうですね。アキラ様にも立ち会って頂くのが一番ですが、通信越しで説明して頂けるだけでも助かります。……アキラ様に御連絡なさいますか？」

「……、お願い」

シオリは頷き、アキラと連絡を取ろうとする。しかしアキラにも繋がらなかった。レイナが難しい表情を浮かべる。

「キャロルだけじゃなくて、アキラにも繋がらないの？　参ったわね……」

オリビアとの接触は穏便な方法が望ましい。しかし接触しないという選択肢は無い。そして今の自分達には、確実に来るかどうかも分からないキャロルとアキラからの連絡を、ずっと待っていられるほどの時間も無い。

ではどうするべきか。レイナが悩む。危険を承知でオリビアに連絡するか。時間が状況を改善すると期待して待ち続けるか。両方悪手であろうとも、自分が選び、選んだ責任を負わなければならない。シオリとカナエの主として。

決断する者の重責に、レイナは屈さずに考え続ける。だが結論が出る前に状況が変化した。

「レイナ様。キャロル様から通話要求が来ました」

「そう！　じゃあ、彼女と交渉して」

思わず安堵の表情を浮かべたレイナに釣られて、

シオリも表情を緩めた。そしてキャロルからの通話要求に出る。しかし聞こえてきたのは予想外の声だった。

「キャロルには繋がらないぜー。アキラにもな」

通信元を示す情報はキャロルであることを示している。しかし相手は間違いなく別人。しかも自分達がアキラと連絡を取ろうとして失敗したことを知っている。シオリはそのことに驚きながら、この得体の知れない者との通信を即座に切るべきか迷った。

だがそこに相手の言葉が続く。

「おっと、切らない方が良いぞ。アキラとキャロルの命に関わるからな」

「……貴方、誰です？」

「そうだな。俺のことはシロウと呼んでくれ」

シオリはその名前に聞き覚えがあった。ただしそれは、坂下重工所属の旧領域接続者の名前としてではなかった。

「シロウですか。その名前、最近流行《はや》っているようですね。何でもその名前を名乗っていると、その間の足跡がデータから消えるとか」

それはシロウが坂下重工による捜索から逃れる為に行った工作の一つだった。

シロウという偽名を使うと、そう名乗っている間の足跡が監視機器などのデータから消える。その情報を後ろ暗い者達、裏取引などの際に自身の痕跡を消したい者などに流すことで、シロウという偽名を流行らせる。そうやってシロウの偽物を大量発生させて、坂下重工による捜索を混乱させる為だ。

データの改竄はシロウが坂下重工で身に付けた技術を用いて本気で行っている。その改竄精度は一流と呼ばれる諜報員達でもデータ上は見分けがつかないほどに高い。つまりそこらの者が、シロウという偽名を名乗った人物の正体を見抜くのは、事実上不可能だ。

それにより現在クガマヤマ地方のいわゆる裏世界では、シロウと名乗る者達が大量に発生していた。

「どこの誰が何の為にそんな真似をしてるのかは知らねえが、便利に使わせてもらってるよ。まあ俺のことなんてどうでも良いだろ？　重要なのは、今アキラとキャロルは大変な状況だってことだ」

「……大変な状況とは？」

「アキラ達は今、クズスハラ街遺跡の奥部で遭難中だ。二人に死なれると困るんじゃないか？　助けてやった方がいいと思うんだけどなー」

「その話を信じろと？」

「疑うなら本人に聞いてみるか？　俺ならアキラ達と通信を繋げられる。ただし貸しにさせてもらう。どうする？」

シオリが視線でレイナに判断を求める。それを受けて、レイナが真面目な顔で答える。

「分かったわ。繋げて」

「よし」

アキラとの通信はすぐに繋がった。

「俺だ。レイナか？」

アキラの声を聞いたレイナの胸中に複雑な感情が湧き起こる。

「ええ。私よ。アキラ。急に悪いけど、単刀直入に聞くわ。アキラは今、クズスハラ街遺跡の奥部で遭難しているの？」

それでもレイナはその感情に流されず、自身の想い人を殺した者としっかり向き合った。

第227話　シロウとの取引

真っ白な空間に、巨大な獣の体軀から異形の人型を生やしたモンスターが横たわっている。ツバキに倒された融合体だ。

アキラ達に倒されたものとは異なり、死体は原形を留めている。それはツバキがこの個体を即死させたからだ。戦闘続行の為に体からエネルギーを搾り取る暇すら与えずに殺せば、融合体が砂になることはなかった。

ツバキはその個体をあっさり倒し終えた後、しばらくその場からアキラ達の様子を見ていた。もっとも濃密な色無しの霧の影響で、その位置からはアキラ達の姿など影も形も見えない。ツバキの非常に高性能な機体を以てしても、光学的に認識できる距離ではない。

それでもツバキには、アキラ達の奮闘振りがしっかり見えていた。そしてどこか残念そうに呟く。

「……このまま普通に勝つか。私に支援を要請することはなさそうだな」

この領域のモンスターを相手に、足手纏いを二人も連れて戦っているのだ。アキラがこちらに支援を求める可能性はある。ツバキはそう判断してその場に残っていた。だがアキラがツバキの想定を超える強さを見せたことで無駄になった。

これ以上残っていても意味は無い。ツバキはそう判断して帰ろうとする。だがそこで足を止めた。

「何か用か？　そちらとの用件は済ませたはずだが」

ツバキの前には、旧世界風の武装をした一人の少女が立っていた。

◆

融合体を倒したアキラ達が真っ白な空間の中をバイクで進んでいる。その顔は険しい。

「どうなってるのよ……」

怪訝では済まない内心を零したキャロルに、アキラも似たような胸中をその顔に滲ませて尋ねる。

「キャロル。データ上だと俺達は今どこにいる？」

「とっくにクズスハラ街遺跡の外よ」

「色無しの霧の所為で現在位置の算出に大きな誤差が出てる……、なんて話じゃないな」

「ええ。方角計算がどれだけ狂っていても、直線でこの距離を進んだのよ？　遺跡の外に出ないなんて有り得ないわ」

「本当に……、どうなってるんだ？」

アキラとキャロルがこの余りに不可解な事態に頭を抱える中、トガミが同じことへの感想を小さく溜め息を吐いて零す。

「全く……、旧世界の遺跡ってのは本当に何でもありだな」

その説明になっていない説明で、アキラはある意味で納得し、落ち着きを取り戻した。表情を緩めて言う。

「そうだったな」

そもそも旧世界の遺跡とはそういう場所だ。魔法のような超技術が詰まった旧世界の領域であり、アキラの常識など通じなくとも不思議は全く無い。

だがアキラはハンターとして何度も遺跡に足を運び、経験を積み、驚愕に満ちた遺跡での活動に慣れてしまった。そしてその慣れはいつしかアキラの中で常識へと変化した。その常識的な知識から外れたことは起こらないという、思い込みに。

そしてトガミの言葉でそれに気付けば、精神的にも余裕が出てくる。突発的な事態など今まで何度も起こってきた。それを考えれば不必要に慌てる必要は無い。自分はその事態を、その度に乗り越えてきたのだから。そう思える強さが、今のアキラにはあった。

アキラの雰囲気から不安、困惑、動揺などが消えたことで、キャロルも落ち着きを取り戻す。

「……ええ。そうだったわね」

遺跡がそういう場所であることは、キャロルもよく知っていた。ある意味で、アキラ以上に。

トガミがアキラ達の雰囲気から急に険しさが薄れ

たことを少し不思議に思う。ただ深くは気にしなかった。自分達の最大戦力が落ち着いてくれたことに比べれば、大したことではないからだ。

「それでアキラ。どうするんだ？　このまま進めるだけ進むのか？」

「そうだな……、ん？　ちょっと待ってくれ。通信が入った。……え？　レイナからだ」

「レイナから？　いや、その前に、この色無しの霧の中で何で通信が繋がるんだ？」

「俺にも分かんねえよ」

それはそれとして、アキラはレイナの通信に出るのを少々躊躇った。人間関係に疎いアキラだが、それでもレイナがカツヤを想っていたことぐらいは知っている。そのカツヤを自分が殺したこともあり、少々気不味い思いを覚えていた。

「……取り敢えず通信に出てみるから、ちょっと待っててくれ」

レイナとの通信を繋いだアキラが、軽い戸惑いを含んだ声で答える。

「俺だ。レイナか？」

「ええ。私よ。アキラ。急に悪いけど、単刀直入に聞くわ。アキラは今、クズスハラ街遺跡の奥部で遭難しているの？」

予想外の者から予想外のことを聞かれた驚きで、レイナに対する気不味さなどアキラの中から消し飛んだ。思いっ切り怪訝な声を返す。

「ちょっと待て。何でそれを知ってるんだ？」

その問いに、通信に割り込んだシロウが答える。

「俺が教えた」

「お前は……」

通信を切るべきか迷ったアキラに、シロウが告げる。

「おっと、今度は切るなよ？　そこから脱出する手段が無くなるぞ？　キャロルとトガミの護衛を引き受けている以上、アキラには二人をそこから生還させる責任があるんじゃないか？」

そう言われてしまっては、アキラに通信を切ることは出来なかった。そして通信が繋がったままの数秒の無言が、シロウにそれを雄弁に伝えた。

「よし。細かい説明は後にして端的に話そう。取引だ。そこから脱出するのに協力してやる。その代わり、彼女と友好的な交渉ルートを作るのに協力してほしい」

「お前……、レイナ達にどこまで話した？」

思わず口調を厳しくしたアキラに、シロウが安心させるように答える。

「安心しろって。余計なことは言ってない。この通信もレイナ達に余計なことを聞かれないようにフィルターを入れてある。あと、お互い細かい詮索は無しにしようぜ？　今はそれどころじゃないだろ？あ、そっちのフィルター設定とかはそっちでやってくれ。アキラがここからの会話をキャロル達に聞かれても良いのなら、このまま話しても構わないけどな」

『アルファ』

『済ませたわ』

そこからアキラはアルファを介して念話でシロウと話し始める。

『良いぞ。話せ』

『よし』

キャロル達はアキラが発声せずにシロウと話していることに気付いていた。もっとも高ランクハンター向けの装備であれば、声を出さずに無線経由で話すことぐらいは普通に可能なので、それを不思議には思わない。自分達には聞かせられない内容なのだろうと判断して、アキラ達の話が終わるのを待つ。

『それで、俺達がここから脱出するのに協力するって、具体的にはどうする気なんだ？』

『技術的な説明は省くし、俺の推察も大分混じってる。その上で言うが、多分そこは拡張空間で、出入りする際には、その都度出入口を生成するタイプだ』

『拡張空間って何だよ……』

『だからその辺の説明は後にしろって。俺も専門家じゃねえんだから、原理の細かい説明なんて出来ねえよ。旧世界の何か凄え技術で何か凄えことをしてるんだろ。外観は小さな家なのに、中が高層ビル並みに広い、訳の分からねえ場所にいるとでも思っとけ』

『……分かった』

今はここからの脱出が最優先。細かいことを、細かいことではないかもしれないが、ここからの脱出に比べれば細かいことを気にしても仕方が無い。アキラはそう考えて、今は旧世界の技術という問答無用の説得力に、敢えて流されることにした。

『それでだ。アキラ達がそこに入った時は、地下トンネルの設備にそこへの出入口を作る機能があって、それが自動で動いたんだろう。それでそこから出る時には、本来はそっち側に同じ機能があって、それを使って外に出るんだろうが、認証やら何やらの問題で、アキラ達には使えないんだろう。何で、とか聞くなよ？　何でそうなったんだとか、じゃあ何でそこに入れたんだとか、俺に聞かれても分かんねえよ』

『分かった分かった。それで、脱出方法は？』

『地下トンネルからは入れたんだから、またそっちから出入口を作れば良い。俺が何とかしてやる。あ、その方法はこっちで決めるぞ。俺が直接行くにしても、そこに同行者がいても、他のハンターだけを向かわせるにしても、文句は言うな。どうだ？』

アキラが悩む。脱出方法に文句は無い。現実的な手段であり、上手くいきそうだと思う。

問題は、その報酬の方だ。ツバキと友好的な交渉ルートを作るのに協力してほしいと言われても、そのような伝などアキラは、少なくともアキラ自身は持っていない。そしてそれをシロウに説明しても、信じてもらえるかどうかは微妙だ。アキラはまずそこを悩む。

また、仮にそれが可能であったとしても、その条件を呑んでも良いのかどうか。アルファに頼めば良いのかもしれないが、それをアルファに頼んで良いものか。駄目なような気がする。だがこの話を断ればここからの脱出が難しくなる。それを理由にアルファを説得するべきか。アキラはそこも悩む。

「うーん………」

悩み迷うアキラの胸中は、唸り声として口から漏れた。

それを聞いたシロウは強い手応えを覚えて、表向きは妥協を見せた。

『分かった。じゃあこうしよう。これは貸しだ』

『貸し？』

『ああ。アキラにも事情があって、ツバキに俺を紹介するのは難しいんだろ？　無理強いはしない。そもそも重要なのは、ツバキと友好的に接触することなんだ。知ってるか？　ちょっと前に坂下重工がツバキと交渉しようとしたんだけど、現地に行った交渉人の護衛は全滅。木っ端微塵にされたらしい。交渉人も戻ってきたのは首だけだったらしいぞ？』

『そ、そうか』

下手をすれば自分もそうなっていたかもしれない。そう思い、アキラは微妙に顔を引きつらせた。

『何が言いたいかって言うと、統治系の管理人格と交渉するのはそれだけ危険なんだ。それを安全に行える交渉ルートには高い価値がある』

シロウがアキラを納得させるように話を続ける。

『だから、俺はアキラに無理強いする気は無い。この状況で俺の話を断ればそこから生還できなくなる。選択の余地は無い。事実上の脅迫だ、なんてアキラに思われるのは、俺にとっても困る。友人が脅されて無理矢理言うことを聞かされた、なんてツバキに勘違いされたら好感度は激減。友好的な交渉ルートの構築なんて絶対無理。台無しだ。だから、俺にはアキラを脅す気なんて、全く無い』

アキラを脅している訳ではない。そう何度も念押しして、シロウは話を進めていく。

『でも、俺もツバキとの交渉ルートを作りたい。だから、貸しだ。今回の件以外にもいろいろ手を貸してやる。それで、俺に協力しても良いと思わせるだけの貸しを作れたら、俺の頼みを聞いてほしい。どうだ？』

『……それ、俺にそれだけの貸しを作れなかった時はどうするんだ？』

『その時は別の頼み事をするよ。まあ何にしても、ハンターランク70にデカい貸しを作っておいて損は無いさ』

アキラが再び迷う。ただし今度は前向きに考えていた。

『アルファ。どう思う？　アルファが止めないのなら受けようと思うんだけど……』

間接的にアルファにも関わることなので、アキラはアルファが駄目だと言うのであれば、何とか別の案を考えるつもりだった。しかしアルファは笑って告げる。

『構わないわ。目撃者がいても問題無い脱出方法をむざむざ捨てる方が問題だからね』

『そ、そうか。分かった』

自分にキャロル達の口封じをさせるよりは、その方が穏便に脱出できる。アルファはそう判断したのだろう。アキラはそう解釈した。

その解釈は概《おおむ》ね正しい。アキラにキャロル達を殺させたり見殺しにさせたりすると、アキラの心証を大きく損ねてしまう。それは好ましくない。アルファもそう判断した。

またアキラの、依頼や貸し借りへの誠実さは、アルファがアキラを大きく評価している重要な要素だ。

アキラはアルファから溜まりに溜まった借りを返す為に、アルファの依頼を完遂しようとしている。よってアルファはアキラにこれからも誠実であってもらう必要がある。借りを容易に踏み倒すような、不誠実な者になられては困る。

アルファはその為にも、アキラに依頼や貸し借りに対して不誠実になるような真似は、極力控えさせなければならない。たとえそれがアルファの指示によるものであろうともだ。

そして何よりも、アルファはツバキにシロウを紹介して、その後にシロウがツバキに殺されようとも全く構わない。それでアキラのツバキに対する心証が悪化すれば好都合とすら考えている。

それらの理由で、アルファはアキラを止めなかった。

アルファの承諾を得たアキラが、シロウとの話を前向きに続ける。

『分かった。でもシロウ、先に言っておくけど、俺にそれだけの貸しを絶対に作れるとは思うなよ？』

『分かってるって。その辺は頑張るさ』

シロウはそう調子良く答えて、さりげ無く同じ調子で話を続ける。

『じゃあ早速そっちに向かおうと思うんだけど、俺が一人でそっちに行くのは無理だ。だから護衛を雇おうと思うんだけど、それ、アキラの仲介ってことで良いか？』

『俺の仲介？』

『そんな訳の分からない場所に行くんだ。護衛を雇うにしても交渉のカードは多い方が良い。その際に、アキラの承諾や許可があれば使えるカードもあるってことだよ。難しい交渉になるだろうが、ハンターランク70に貸しを作りたいやつは多いはずだ。アキラの仲介ってことにすれば、交渉が上手くいく可能性も高くなる』

『ああ、そういうことか』

『そういうことだ。交渉のカードは多い方が良い。だから、交渉の為にアキラをカードにして良いよな？　ああ、金は俺が出すから大丈夫だ。アキラを助ける為に使った経費だ、なんて言って、護衛代を請求なんかしない。そこは安心してくれ。だから、アキラのカードを使っても良いよな？』

『分かった。使って良いぞ』

『よし。急いでそっちに行く。俺が行くまで死ぬんじゃないぞ？　それじゃあな』

シロウとの通話はそれで切れた。アキラがキャロル達にツバキのことは伏せて状況を説明する。

脱出の目処《めど》がついたことに、キャロルは安堵の息を零した。

「良かった。これで何とかなりそうね」

トガミも大きく息を吐く。

「ああ。助かった。シロウに感謝だな。……でもアキラ。シロウはどんだけ金を持ってんだ？　ここまで来れる実力者を護衛に雇うんだ。護衛代も凄いことになりそうだけど……」

「それもそうだな……。その辺は地下トンネルの地図情報を売るなり渡すなりするんじゃないか？」

「多分そうでしょう。まあ仕方無いわね」

売れば巨額の金になる地図情報だが、命には代えられない。アキラ達はそう考えてシロウの話の辻褄を合わせた。

シロウの話を直接聞いていないキャロルとトガミに、それ以上の疑問は浮かばない。話を直接聞いたアキラには交渉能力が欠けている。

そしてアルファは、黙っていた方が都合が良いと判断して、気付いた上で指摘しなかった。

交渉のカードとアキラのカードは別のものを指している。前者は交渉材料や手段の喩《たと》えであり、後者は物理的な物だ。シロウはそれを同じものだと敢えて誤認させるように話していた。

◆

レイナは複雑な胸中に流されず、落ち着いてアキラと話を続けようとした。自分がアキラ達の状況を知っていることに驚く相手に、その理由を答えようとする。

だがそこでシロウに割り込まれる。

「俺が教えた」

「お前は……」

「ちょっと、まだ私が話して……」

レイナの文句はシロウに無視された。

「アキラ。悪いんだけど、まずは私の話を聞いてくれない？　……アキラ？」

「お前……、レイナ達にどこまで話した？」

「安心しろって。余計なことは言ってない。この通信もレイナ達に余計なことを聞かれないようにフィルターを……」

アキラの方もレイナの声には応えず、そのままシロウと話を続ける。

それでレイナも自分の声がアキラに届いていないことに気付いた。加えてそれがシロウの仕業であることも理解する。そしてアキラと連絡を取る為に自分達を利用したことにも気が付いて、シオリと一緒に顔をしかめた。

「やってくれたわね……」

「やられたっすね。まあ、取り敢えずは様子を見るしかないんじゃないっすか？」

レイナとシオリとは異なり、カナエはいつものように笑っていた。そのカナエの様子を見て、レイナも意識を切り替える。一度大きく息を吐いて、表情を落ち着いたものに戻した。

「そうね。取り敢えず様子を見ましょう」

そのままレイナ達はアキラとシロウの話を聞いていた。シロウによるフィルターの所為で断片的な内容しか聞こえないが、それでも分かることはある。

アキラ達がクズスハラ街遺跡の奥部で帰還困難な状況にあるのは間違いない。帰還する為にはシロウの協力が必要。アキラがシロウとしている交渉には、自分達には知られたくない内容が含まれている。それらのことはレイナ達も把握できた。

そしてシロウがアキラとの話を終える。

「よし。急いでそっちに行く。俺が行くまで死ぬんじゃないぞ？　それじゃあな」

シロウの話は終わった。次は自分達の番。ようやくアキラと話せる。レイナがそう思ったところで、シロウにアキラとの通信を切られた。

流石にレイナも口調を強めて文句を言う。

「……ちょっと、好い《い》加減《かげん》にしてほしいんだけど？」

声を荒らげてはいない。しかしそこにはある種の威圧、権力者の強制力を思わせる強い響きがあった。

だがシロウはその程度の声など聞き慣れている。また、坂下重工の重役と比べれば、そこらの権力者など一般人も同然だ。全く臆さずに返答する。

「そう言うなよ。聞いてただろ？　急いでるんだ。アキラとの長話は俺の用件が済んでからにしてくれ」

「用件って何？」

「旧世界のリオンズテイル社に俺の護衛を頼むから、アキラに所有権があるリオンズテイル社のカードを使わせてくれ」

さらっとそう言われたことに、流石にレイナも驚愕で一瞬言葉を失った。だがすぐに我に返り、その顔を非常に険しいものに変える。

「……どういうこと？」

「どういうことも何も、今言った通りだよ。ちゃんとアキラにも許可を取ったぞ？　聞いてただろ？　アキラのカードを使っても良いよな？　分かった。使って良いぞ。言質はバッチリだ。持ち主が良いって言ってるんだ。問題無いよな？」

レイナ達には断片的にしか聞こえなかったシロウとアキラの会話だが、その遣り取りはレイナも確かに聞いていた。厳密には、シロウに聞かされていた。それは、その遣り取りが可能なだけの情報をシロウが知っている証拠でもあり、その明示の為でもあった。

「あなた……、どこまで知って……」

「おっと、細かい話は後にしようぜ？　言っただろ？　急ぐんだ。そっちとゴチャゴチャ話してる時間は無いんだよ。それともその無駄話をしなければならない理由でもあるのか？　時間稼ぎ？　俺に時間を取らせてアキラの生還を邪魔するのが目的か？　違うよな？」

シロウにそう言われたことで、レイナは状況を把握したり探りを入れたりする為の会話を封じられた。ゆっくり推測する時間も奪われる。白いカードをシロウに使わせるかどうか、少ない情報から短い時間で決めなければならない。

「……違うわ」

「だろ？　じゃあ、使わせてくれ。アキラに所有権があるカードを、所有者の許可を得た者が使うんだ。大して問題は無いって。所有権の無い者が、許可も取らずに使うよりはな」

レイナの表情が険しさを増していく。自分達の状況は相手にどこまで筒抜けなのか。それを考えながら言葉を選ぶ。

「……使わせるとしても、アキラにそのカードの所有権のことを説明してからよ。アキラと通信を繋いで」

「その説明はアキラを助ける前じゃなくて、アキラが助かった後にした方が良いと思うぞ？　脅迫だと思われたら大変だ」

「どういう意味？」

「リオンズテイル社のカードを、アキラの無知につけ込んで、詐欺紛いの手段で手に入れました。取引は正当なものだったと認めないと、カードは使わせない。つまり、俺にアキラを助けさせない。そう誤解されたら大変だぞ？」

その恐れは否定できない。そう思ってしまった時点でレイナが選べる選択肢は大幅に絞られた。

このシロウの話は、こちらがその気になればアキラにそう誤解させることも十分に可能だ、という脅しを含んでいる。レイナもそれぐらいは理解していた。

現状ではレイナ達はアキラと直接通信を繋げることは出来ない。それが可能なシロウに、先にアキラに偏った情報を吹き込まれてしまえば、後から誤解を解くのは極めて困難になる。シオリがアキラから詐欺紛いの手段でカードを入手したのは事実なのだ。先に知った情報による思考誘導の効果は高い。

しかしだからといって、リオンズテイル社のカードをシロウに使わせられるか、といえば難しい。レイナ達にとって、それはそれだけ危険性の高いことだった。場合によっては、シロウにカードを使わせなかった所為でアキラが死ぬことになったとしても、そちらを選ぶほどに。

そのレイナの気配を察したシロウが、脅しを切り上げて譲歩と懐柔に方針を切り替える。

「まあそっちにも、そう簡単に使わせられない事情はあるんだろう。でも、俺もそっちも、アキラに生還してもらった方が都合が良いはずだ。アキラに貸しを作るにしても、借りを返すにしても、俺達は協力できるはずだ」

シロウはそこは嘘偽り無く言っていた。

「かなり強引なことをしてる自覚はあるが、俺にも事情がある。ぶっちゃけ切羽詰まってる。だから、俺がカードを使うのに何か条件があるなら言ってくれ。可能なら譲歩もする。何か困った事情でもあるのなら、俺がその解決に協力しても良い。俺は役に立つぞ？　俺の有能さはそっちも理解できてるはずだ」

レイナもシロウが本心でそう言っていると、何となくだが察した。それでシロウへの警戒を少し下げる。そして決断する。

「分かったわ。ただし条件が二つ。一つ目。あなた本人がここに来ること。代理とかは一切認めない。顔もちゃんと見せること。名前も教えること。顔も名前も分からない人なんて信用できないからね」

「オーケーだ。二つ目は？」

「アキラの所に私達も連れていくこと。アキラに事情を直接説明したいし、知っての通り私達はアキラに借りがあるの。この機会に返しておくことにするわ」

「それは単に同行したいってことか？　それとも護衛として雇えってことか？」

「どちらでも構わないわ。強いて言えば、アキラに借りを多く返せる方ね」

「それなら護衛の方だな。分かった。そっちもオーケーだ。雇おう。護衛代は後で要相談だ。これで条件は呑んだ。アキラのカードを使わせてくれ」

「あなたがこっちに到着したらね。私達の居場所なんて言わなくても知ってるんでしょう？　いつまでに来れる？　あんまり遅いようならこの取引は無しよ」

レイナはシロウがこちらの条件を余りにもあっさり呑んだことに、判断を誤ったかと思って内心で少々不安を覚えていた。しかしそれを欠片も表に出さず、逆にシロウを急かせて相手の焦りを誘った。

だがそれに対するシロウの反応には、流石に驚きを隠せなかった。

「もう着いてる」

「えっ？」

次の瞬間、カナエが笑顔を消して一瞬でレイナの前に立ち、強い警戒を示しながら構えを取った。わずかに遅れてシオリもそれに続く。

そしてレイナ達の前方、10メートルほど先の位置に、シロウが突如姿を現した。

「そんなに警戒するなよ。ちゃんと十分離れた位置で姿を現しただろ？　……もっと離れた位置の方が良かった？」

「……そうしてくれると助かるっすね」

カナエはそう言って、何とか普段の笑顔を浮かべた。しかし内心では、幾ら相手が迷彩機能を使っていたとはいえ、自分がこの距離まで接近を許してしまっていたことに驚き、その失態に自身を叱咤していた。

「分かった。次はそうする」

シロウはそう軽く答えると、そのまま歩いてレイナ達の前に行く。そしてフードを外して顔を晒すと、改めて自己紹介をする。

「初めまして。シロウだ。あ、本名だぞ？　偽名と言った覚えは無いけどな」

トガミを雇い、レイナに通信を入れたのは、実際にシロウだった。自分の名前を偽名のように騙《かた》っていただけだった。

レイナが小さく息を吐いて意識を切り替える。相手がこちらの事情にやけに詳しかったのは、近くで自分達の話を聞いていたから。迂闊《うかつ》だった。そう思って内心で舌打ちしながら動じずに対応する。

「レイナよ」

「シオリと申します」

「カナエっす」

シロウが笑って答える。

「よろしく。本人が来る。顔と名前も教える。条件は満たしたぞ」

そしてレイナに向けて片手を出した。

「じゃあ、使わせてくれ」

レイナがシオリに片手を向ける。

「シオリ」

そしてシオリからカードを受け取ると、自分の責任でシロウにカードを渡すのだとシオリ達に示すように、自分の手でカードをシロウに差し出した。

「一応言っておくけど、変な真似をしたら命は保障しないわよ？」

レイナの口調は普通だが、告げた内容は事実だ。それがたとえ誤解であろうとも、シロウがこの場で不審な真似をすれば、レイナ達はこの場でシロウを殺してカードを奪い返す。

「分かってるって」

シロウの方もそれを分かった上でカードを普通に受け取った。そして返した。

流石にレイナも戸惑う。

「……えっ？　これを使うんじゃなかったの？」

「もう済んだ」

シロウは旧世界のリオンズテイル社に正規の手段で接触する為にそのカードを使いたかっただけだ。そしてシロウであれば、一度カードを介して旧領域経由で通信を繋げば、以降は自力で接続できる。アキラの紹介客であることも接続時にカードを使って送信済み。もうそのカードは必要無かった。

呼び出しに応じて、シロウの拡張視界にオリビアが現れる。オリビアはアキラの視界に映るアルファのように、まるでそこに実在しているかのように立っていた。そしてお客様に丁寧に頭を下げる。

『リオンズテイルの御利用、誠にありがとう御座います。アキラ様の御紹介で当社を御利用頂くシロウ様で御座いますね？　シロウ様を担当させて頂くオリビアと申します』

『はい。よろしくお願いします』

『御契約の内容を確認させて頂きます。開始は即時。終了時期は未定。1ヶ月単位での更新。主要な業務はシロウ様の護衛。シロウ様の当面の予定はアキラ様の救援。基本料金の範囲を超える業務が発生した場合、追加料金を御請求致します。この内容でお間違えないでしょうか？』

『はい。大丈夫です』

『僭越《せんえつ》ながら、御契約内容に対する提案が御座います。アキラ様の救援に向かう為に当社を御利用なされるのでしたら、当社の機体を直接アキラ様に派遣することも可能です。当社としてはそちらの方がアキラ様の安全をより高められると判断いたしますが、如何でしょう？』

オリビアの話は、アキラの生存を最優先に考えるのであれば妥当な提案だ。シロウもそれぐらいは理解できる。その上で答える。

『いえ、そちらにお願いしたいのは私の護衛です。アキラのことは、契約期間中の行動の一つにすぎません。そのままでお願いします』

『畏まりました』

シロウはアキラを助ける為にオリビアを雇おうとしているのではない。あくまでも自分の護衛の為にオリビアを雇おうとしていた。

『それで、俺の護衛はいつから可能ですか？　出来るだけ急いで頂きたいのですが……』

『代金の御入金後、即座に始めさせて頂きます』

『あー、はい。分かりました』

実機が今どこにいるかは分からないが、それがこちらに向かうのは入金後で、その移動時間も契約期間に含まれるのだろう。シロウはそう判断し、とにかく支払を済ませることにした。

（……基本料金だけで５００万コロン！　高《たけ》え！　そりゃ当時の金銭感覚なら５００万オーラム程度なんだろうけどさ！）

しかしシロウには、高いから支払わないという選択肢は無い。そもそも５００万コロンあればオリビアを雇えるという訳ではない。アキラの仲介と、レイナ達がアキラのカードを持ってこの場にいたという、二つの偶然を利用しなければ、シロウでもオリビアに護衛を頼むことは出来なかった。

この機会を逃す訳にはいかない。その思いで５００万コロンを躊躇せずに振り込んだ。

オリビアが愛想良く微笑む。

『御入金を確認致しました。では、業務を開始致します。シロウ様の御期待に添えるよう、微力を尽くさせて頂きます』

『お願いします。それで、ここにはどれぐらいで来れます？』

「もう到着しております」

「えっ？」

次の瞬間、カナエがレイナを掴んでその場から全

力で飛《と》び退《の》いた。シオリも遅れずに続き、カナエと一緒にレイナを護る配置につく。

遅れてシロウも理解する。オリビアは既にその場に来ていた。そして迷彩状態のまま自分の拡張視界上の位置に立ち、その迷彩を今解除したのだと。

シロウもレイナも驚きで動きを止める中、先にレイナが我に返った。オリビアに声を掛けようとする。

「あ、あの……、私は……!」

しかしレイナが具体的な内容を口に出す前に、オリビアに先に言われる。

「申し訳御座いません。当機は既に御契約のお客様に対する業務中で御座います。当機を介しての当社へのお問い合わせは御遠慮願います」

そう言われてしまっては、レイナは何も言えなかった。オリビアの不興を買わない為にも、オリビアの業務を邪魔する訳にはいかないからだ。

「……は、はい。失礼しました」

シロウも遅れて我に返った。

「……よし。じゃあ、アキラの所に急ぐか」

そしてレイナ達に向けて言う。

「まだ俺の護衛をやる気があるならついてこい。悪いけど急いでるんだ。そっちに合わせて待ったりしねえぞ」

シロウはそれだけ言い残し、迷彩機能を有効にしてその場から走り出す。オリビアもその後に続く。

レイナはわずかに迷ったが、すぐに決断した。敢えて強気に笑う。

「シオリ。カナエ。行くわよ」

主の意気に合わせてシオリとカナエも笑う。

「畏まりました」

「了解っす」

状況は混沌《こんとん》としている。予想外のことばかりが起こっている。それでもレイナ達は臆さずに意気を上げて走り出した。

ビルの外に出たシロウが、迷彩状態で停めておいたバイクに乗る。高性能な荒野仕様のバイクだがそこまで大型でもなく、レイナ達を乗せる余裕は無い。

「経路は送ってやる。自力でついてこい」

シロウはレイナ達にそう言い残して、そのままバイクで走り去った。オリビアは普通に走ってシロウについていく。

レイナ達にはオリビアのような真似は出来ない。送られてきた移動経路はミハゾノ街遺跡からクズスハラ街遺跡の奥部まで続いている。強化服を着ているとはいえ、自分の足で追い付くのは無理だ。

また、クズスハラ街遺跡までは地上を進んで、後で合流することも出来ない。経路はずっと地下だ。地下トンネルを含んだ地図情報には、地上と繋がる道は一つも記載されていなかった。

「シオリ。どうする？」

「彼に同行するのであれば、このルートで進むしかないかと」

「そうよねー。行きましょうか！」

そのルートは自分達にとって強行突破のルートでもある。それを分かった上で、レイナはその道を進むと決めた。


「面白くなってきたっすねー！」

カナエはそう言って楽しげに笑った。

カナエが楽しめる状況とは、護衛対象であるレイナがそれだけ危険な目に遭っているということでもある。シオリが少し厳しい表情をカナエに向ける。

だがレイナは笑って返す。

「たっぷり楽しんでちょうだい」

カナエは少し意外そうな表情を浮かべた。そして調子良く笑う。

「お嬢。そこは私を窘《たしな》めるところじゃないっすか？」

「楽しむ余裕があるなら大丈夫でしょう？　違う？」

カナエはまた意外そうな顔をしてから、また調子良く笑った。

「お嬢も言うようになったっすねー」

「褒められてると思っておくわ」

「褒めてるっすよ？」

「ありがと。じゃあ、急ぐわよ」

レイナが強化服の力で走り出す。シオリとカナエもその後に続いた。

第228話　リオンズテイル社

　セランタルビルを包囲するように展開しているリオンズテイル社の部隊。その部隊を指揮しているパメラというメイドが、主人であるクロエという少女と通信で話している。

「じゃあレイナはまだそっちに来てないのね？」

「はい。本人も従者も発見できておりません」

「うーん。セランタルビルに行くと思ったんだけど、外したかしら」

「近くまで来ていたが、配備された我々を見て断念した、という可能性もあります。少なくとも密かに侵入された恐れは無いかと。クガマヤマ都市と我々による二重の包囲を、どちらにも気付かれずに突破したとは考え難いです」

「そうね。まあまだ来てないだけかもしれないし、そのまま包囲を続けてちょうだい」

「畏まりました。……ん？」

　パメラは自身の拡張視界に、部下達の情報収集機器から送られてくる映像を幾つも表示している。そしてその中に、遺跡の外を高速で走る車の姿を見付けた。レイナ達だ。

「お嬢様。来ました」

「そう？　じゃあ、任せたわ」

「レイナ達がこちらの制止に応じない場合は如何致しましょう？」

「それも含めて、任せたわ」

「畏まりました」

　好きにして良い。最悪死んでも構わない。パメラは主の言葉をそう解釈し、その解釈通りに動き出した。


　ミハゾノ街遺跡の外からセランタルビルの方向へ車を走らせるレイナ達に、パメラから短距離通信が入る。

「レイナ様。私はクロエ様に仕えるパメラという者です。御同行願いたい用件が御座いますので、そこでお止まりください」

知った名前を聞いたレイナは、少し嫌そうな表情を浮かべた。

「うわっ……。あそこに展開してた部隊って、クロエのか……」

シオリが気持ちは分かるという表情で確認する。

「レイナ様。一応伺いますが、どうします？」

対処方法を問うシオリに、レイナは躊躇わずに答える。

「突っ切って」

「承知しました」

シオリは頷き、車を更に加速させた。

レイナ達の声はパメラには届いていない。しかしパメラは車の挙動を返答と受け取った。

「そうですか。警告はしましたよ？　やりなさい」

パメラの指示で、遺跡と荒野の境目付近に配置されていた部下達が、レイナ達の車を一斉に銃撃する。牽制射撃ではない。車を破壊して強制的に止めることを目的にした、乗員の生死を考慮しない明確な攻撃だった。

レイナ達もそこらの車に乗っている訳ではない。飛躍的に高性能になった装備と同様に、車の性能も並外れて高い。生半可な攻撃など通じない。

だが相手の銃もそこらのハンターが使っているような安物ではない。高ランクハンターの武装に匹敵する強力な代物だ。レイナ達の車でも、一方的に撃たれ続ければ長くは保たない。

そしてそれを許すレイナ達でもない。先に撃ったのは相手の方、という大義名分の下に即座に反撃する。車載の銃を遠慮無く撃ち放つ。

レイナ達の銃撃は相手の殺傷を目的としたものではない。包囲を突破する為の牽制射撃に近いものではあった。しかし相手の命を気遣う余裕は無い。真面に喰らえば死ぬ攻撃だ。

よってパメラの部下達もそれを躱さなければならない。その隙を衝き、レイナ達が遺跡内に強引に入り込む。

だがパメラの部下達も黙って行かせるような真似

はしない。跳躍し、レイナ達の車に飛び乗ろうとする。地を離れた後は空中を慣性に従って動くしかない、という常人の常識など、高ランクハンターの領域に達している者達には通じない。飛び上がって銃弾を躱し、宙を蹴って自身の軌道を変えて、レイナ達の車の屋根に的確に着地しようとする。

そしてそれを許すシオリとカナエではない。二人はレイナを車内に残して一瞬で屋根に上がると、パメラの部下達を斬り付け、殴り飛ばして迎撃する。

シオリの刀をナイフで防ごうとした執事服の男は、相手の刃の防御には成功したが、衝突の衝撃で車外に吹き飛ばされた。

カナエの拳にナイフを合わせようとしたメイド服の女は、拳の軌道を変えられて腹部に一撃を喰らい、通りのビルの壁まで吹き飛ばされた。

パメラの部下達は両者とも車に飛び乗ろうとするだけはあって近接戦闘には自信があった。だがシオリ達の技量はその上を行った。

車に飛び乗ろうとする者達はその2人で終わりではない。更に4人が宙を蹴ってシオリ達を襲う。前衛の2人が光刃を飛ばせる刀を空中で構え、後衛の2人は銃を構える。

まずは前衛を片付ける。シオリとカナエはそう判断し、跳躍した。前衛から繰り出された光刃を、前衛の体で後衛の射線を遮る位置取りで躱しながら、相手の懐に潜り込み一撃を入れる。

しかし倒せない。前衛の2人はシオリ達の攻撃を喰らう前提で、力場装甲《フォースフィールドアーマー》の出力を大幅に上げていた。その所為で光刃の威力は極端に落ちていたが、躱される前提で放つ分には問題無い。そして誘いに乗ったシオリ達を全力で摑む。

しまった。シオリ達がそう思った時は手遅れだった。後衛の2人がシオリ達を前衛ごと銃撃する。

シオリ達に回避は出来ない。前衛にしっかり摑まれて、機敏な動きを封じられている、それでもシオリ達の装備であれば、その程度の銃撃など軽傷で済む。しかし被弾の衝撃までは消し切れない。シオリ達はその衝撃で弾かれ、車から離される。

前衛2人の役割は、始めからシオリ達をレイナから引き剝がすことだった。あとは後衛の2人がレイナしかいない車内に乗り込んで制圧するだけ。パメラの部下達はそう思っていた。

だがそこで後衛の2人が銃撃される。威力は十分。被弾の衝撃で大きく弾かれて吹き飛んでいく。撃ったのはレイナだ。車から半身を出して両手の銃を素早く撃ち放っていた。

前衛の2人も、負傷している状態ではシオリ達を拘束し続けることは出来ない。元々後衛の2人が車内に乗り込むまでの、わずかな時間を稼ぐのが目的だった。シオリ達から追加の攻撃を喰らい、遺跡の地面を転がっていく。

前衛を片付けたシオリ達が急いで車に戻る。

「レイナ様。御助力は感謝致しますが、危険です。車内にお戻りください」

「お嬢……。危ないっすよ？」

レイナから離されそうになったのは失態ではあったが、この車の強度であればレイナが支援しなくとも、自分達が戻るまでの時間は稼げたはず。シオリ達はそう考えており、レイナに少し厳しい目を向けていた。

だがレイナはシオリ達の考えを分かった上で言い返す。

「駄目。どうせシオリ達がやられたら私も終わりなんだから、危なそうなら援護するわ。それが嫌なら、私が安心できるぐらい頑張りなさい」

レイナはそれだけ言って車内に戻っていった。

シオリとカナエが顔を見合わせて苦笑いを浮かべる。

「失態を見せるな……っすか。お嬢も厳しいっすね」

「心配して頂いていると思いましょう。来るわよ」

「はいはい。了解っす」

更に続くパメラの部下達の襲撃に、シオリとカナエは笑って構えを取った。

レイナ達の車を中心にした激戦から、近くにいたハンター達が慌てて距離を取る。

「おいおいおい!? 何が起こってんだ!?」

「あの格好……、どっちもリオンズテイル社のやつらだろ? 何でやり合ってんだ?」

「知るか! 良いから逃げろ!」

ありふれた実力しか無いハンター達が、高ランクハンター並みの実力を持つ者達の戦いに巻き込まれれば一溜まりもない。皆、疑問など棚上げして必死に逃げていた。


パメラはレイナ達の様子を、部下達の情報収集機器などを介して見ていた。そして怪訝な表情を浮かべる。

(これ、あのままセランタルビルまで強行突破するつもり……?)

パメラが思考する。

仮にレイナ達が、相手が自分達だけであれば突破できるかもしれないと考えるほど、哀れなほどに自惚れていたとする。

それでもセランタルビルの周囲には、自分達の他にクガマヤマ都市の部隊もいる。流石にレイナ達もその両方を相手に強行突破を試みるほど、無能の極みではないはずだ。

自棄になって無策で突撃しているのであれば話は別だが、レイナ達からそのような雰囲気は感じ取れない。つまりレイナ達は、最低でも、一見暴挙に見えるこの行動に出るほどの、賭けるに足る何らかの根拠を持っていることになる。

ではそれは何か。パメラはそこまで考えて、都市の部隊に視線を向けた。

(……既にクガマヤマ都市と取引を済ませた? 私達だけ突破すれば良いと考えている……?)

都市の部隊はレイナ達がセランタルビルに入るのを傍観する。下手をすれば支援する。それならばレイナ達がこのような無謀な賭けに出るのも、その実現性は別にして理解できる。パメラはそう考えてレイナ達の行動の辻褄を合わせると、その表情をわずかに険しくさせた。

(レイナ達はともかく都市の部隊を軽んじるのは危

険ですか。用心はしておきましょう）

自分達だけでもレイナ達を止められるが、都市の部隊に妨害されると万が一が有り得るかもしれない。パメラはそう判断し、その万が一を消す為に部下達に指示を出す。

パメラの部下達は、レイナ達を逸早《いちはや》く発見する為に、セランタルビルを中心にした広い範囲に散っていた。そして今は各自でレイナの下に向かっているところだった。

そこでパメラからセランタルビルに向かうように指示が出る。これによりパメラ達によるビルの包囲は、その範囲を狭めながらも一段と強固になった。

これでたとえ都市の部隊の支援を受けたとしても、レイナ達がセランタルビルに入ることは不可能だ。パメラはそう判断して笑った。

車の屋根でパメラの部下達の迎撃を続けていたシオリ達が、増援が止まったことを素早く察知する。

「おっ？　打ち止めっすか？」

「あとはこちらの行き先を読まれて、先回りされていないことを期待するしかないわね」

レイナがシオリ達の会話に車内から割り込む。

「その時は諦めて強行突破ね。シオリ。カナエ。このまま行くわよ！」

そしてレイナは今までセランタルビルに向けて進んでいた車の進行方向を、減速など一切せずに強引にほぼ直角に変更した。

当然ながら強い慣性が掛かる。そこらの車であれば間違いなく横転する。その慣性を、まずは荒野仕様車両の強力な姿勢制御装置が軽減する。加えてシオリ達が近くの建物を蹴り付けて、本来ならば車体が5回転はしていても不思議は無い慣性を、無理矢理相殺した。その結果、レイナ達の車はほぼ真横に曲がったのにもかかわらず、ほとんど速度を落とさずに進行方向を変えていた。

加速する車の上からシオリ達が前方の様子を確認する。パメラの部下達の姿は無かった。

「おっ！　大丈夫そうっすね！」

「私達がセランタルビルの包囲を強行突破しようとしている。パメラはそう判断して、それを止める為に部下達をビルの近くに集めたようね。強引な手段を取った甲斐があったわ」

レイナ達の無謀にも思える突撃は、自分達の目的をパメラ達にそう誤認させる為のものだった。勿論上手くいく保証など無かった。パメラはレイナ達の行動を怪訝に思いながらも、そのまま部下達にレイナ達を襲わせ続けていたかもしれなかった。

しかしパメラはシオリ達の奮闘振りに、その行為に合理性を求めた。その所為で思考を誘導されてしまった。

まずは上手くいった。シオリはそう思って安堵しながらも、険しい表情のまま前を見る。

「……まあ違っていたとしても、あの場所に先回りして封鎖しようとは流石に思わないでしょうが」

加速する車の前方には非常に頑丈そうな壁があった。出入口や窓のようなものは見えない。何らかの巨大建築物の基礎部のように、中身がみっちり詰まっているように感じられる。

その壁に向けて車載の銃が撃ち放たれる。鉄板どころか鉄塊に穴を開ける威力の弾が無数に放たれた。しかしその壁は非常に綺麗なままだ。被弾箇所に穴が開くどころか、ひびすら入っていない。

今レイナ達の車は、その壁に向けて加速していた。

「姐さん。これ、シロウの情報が嘘だったらヤバいっすよね」

「……その心配は、私達が彼に騙されていたことが確定した後に存分にしましょう。レイナ様は彼の情報が正しいものとして動くと決めた。それならば、私達も今はその前提で動くだけよ」

「まあ、そうっすね！」

車は今も加速し続けている。シロウから送られてきた情報に誤りがあった場合、車はこのまま壁に激突して大破する。もっともその程度のことでレイナ達が大怪我《けが》をすることはない。それだけの装備をレイナ達は身に纏っている。

しかし車という移動手段を失った状態でパメラ達

から逃げ切るのは困難だ。装備の迷彩機能を使っても、自分達の大まかな位置は既に摑まれている。高確率で発見される。

つまりシロウから渡された情報に誤りがあれば、それが意図的なものではなかったとしても、レイナ達は詰む。少なくともそれに非常に近い状態になる。

車載の銃は今も壁に向けて絶え間無く銃弾を撃ち続けている。だが壁の表面には、たった一つの弾痕すら刻まれていなかった。壁までの距離は、あとわずかだ。

シオリが刀を構える。

「カナエ。合わせなさい」

「了解っす」

カナエも拳を構える。そして車が壁に激突する一瞬前に、シオリ達は壁に向けて跳躍し、刃と拳を全力で繰り出した。

しかしその刃と拳は空を切った。一瞬後、レイナ達の車も壁をすり抜けてその内側、地下トンネルに続く道に入る。宙を飛んでいたシオリ達は、そのまま再び車の屋根に着地した。

シオリ達が安堵の滲んだ苦笑を浮かべる。

「……これが立体映像と力場障壁《フォースフィールドシールド》の合わせ技っすか。姐さん。あそこまで近付いても本当の壁にしか思えなかったっすよ？」

「流石は旧世界の技術、ということなのでしょうね。恐らく似たような方法で封鎖されている通路は、他にも至る所にあるのでしょう」

威力の高い車載の銃を連射しても壁に傷一つ付かなかったのは、その壁が立体映像だったからだった。力場障壁《フォースフィールドシールド》の方の壁は破壊できたが、そちらが壊れたことにレイナ達が気付くのは、高度な情報収集機器を用いても、気配まで感じ取れる立体映像に邪魔されて無理だった。

「確かにこれならこの遺跡にどれだけハンターがいても見抜くのは無理っす。一体シロウはどうやってこの通路を見付けたんすかね？」

「さあね。まあ、後で本人に聞きましょう。答えてくれるかは分かりませんが」

レイナは車内で少々興奮気味に笑っていた。

「派手にぶつかるかと思ったわ！　シオリ。カナエ。大丈夫？」

「問題ありません」

「大丈夫っす」

「よし！　じゃあ急いでシロウに追い付くわよ！　飛ばすわ！」

シロウ達に追い付いて一緒にアキラの所に向かう為に、レイナ達はそのまま地下トンネルを駆けていった。

◆

移動要塞と呼んでも差し支えないほど巨大な荒野仕様車両、その内部にある整備場のような一室で、黒い服を着た少女が配下からの報告を聞いている。

少女の側には一人の執事が控えている。その立ち位置が、同じ部屋にいる他の多数の執事やメイドとは別格の立場であることを示している。

少女はパメラの主人であるクロエであり、執事はクロエの側近であるラティスという者だった。

一通りの話を聞いたクロエが、立体映像で表示されているパメラを、通信越しにじっと見る。そして叱咤ではない普通の声で言う。

「パメラ。確認するわ。レイナはセランタルビルには入っていない。それは確かなのね？」

「はい。それだけは確かです。逃げられはしましたが、それだけは間違い御座いません」

レイナ達の車を遠隔で見ていたパメラは、その車両が立体映像の壁を突き抜けて消えていったのを見て、慌てて部下を調査に向かわせた。そして安堵と困惑の両方を覚える。

レイナ達の反応はセランタルビルとは異なる方向へ消えていった。よって出し抜かれてセランタルビルに入られてしまった、という恐れは無かった。

そのことにはパメラも安堵した。だがそれならばレイナ達はなぜあのような真似をしたのか。幾ら考えても分からず、パメラは困惑した。

その報告を聞いたクロエが、レイナ達の行動の意図を思案する。

「それならレイナはそんなに急いでどこに行こうとしてるのかしらね」

「急ぐ、ですか？　あれは急いでいたのではなく、包囲を強行突破してでもセランタルビルを目指していると、こちらに誤認させる為の策だったと思うのですが……」

地下トンネルへの入口はパメラ達による包囲の範囲内にあった。そこでレイナは、自分達はその包囲を強行突破しようとしている、とパメラに誤認させることで、パメラがそれを防ぐ為に部下達をビルの側に集結させるのを促し、入口が包囲の外に出るようにした。

それぐらいはパメラも既に気付いている。そしてその策にまんまと引っ掛かってしまったこともあり、どこか言い難そうにクロエの考えを否定した。

だがクロエは軽く言う。

「そういう話じゃないわ。レイナがその策を取らなければならなかった必要性の話よ」

レイナ達の策の意図の解釈自体は、クロエもパメラと同意見だ。しかしレイナ達の目的が単にその地下トンネルに入ることだったならば、その策を実行する必要性は薄い。レイナ達には、パメラ達に見付からないように、トンネルの位置まで迷彩機能を使って慎重に進むという選択肢もあったはずだ。クロエはそう考える。

車載の武装でなければ力場障壁《フォースフィールドシールド》の壁を破壊できないと判断したのかもしれないが、各自の武装でも何とかなる可能性を考慮しなかったとは考え難い。そしてその可能性は、パメラ達に確実に見付かる手段を選ばせるほど低いとは思えない。

つまりレイナ達には、そのトンネルに車で入らなければならない理由があったことになる。

また車でトンネルに入るだけならば、レイナ達にはパメラ達が包囲を解除するまで待つという選択もあった。加えてパメラ達の調査では、他の出入口が存在する可能性もあるということだった。レイナ達にはそちらの出入口を使用する、或いは探すという選択肢もあった。

しかしレイナ達はそれらの手段を選ばなかった。つまりそうせざるを得なかった理由、時間的な制約があったことになる。そしてそれは、パメラ達に発見されて確実に交戦になる危険性をレイナ達に呑み込ませるほど、非常に強いものだった。

それは一体何なのか。流石にクロエにもそこまでは分からなかった。

「レイナは移動手段に車両を必要とするほど遠い場所に行こうとしている。そこは地上からでは辿り着けない所で、しかもパメラ達と交戦してでも急ぐ必要がある。それだけの価値があることを、レイナはしようとしている。パメラ。何だと思う？」

自分がレイナを逃がさなければ、それを考える必要は無くなっていた。そう暗に叱咤されている、と捉えるのは考え過ぎか。パメラはそう思い、わずかに表情を硬くした。

「……分かりかねます。本人から聞き出すのが確実かと。レイナの追跡には既に分隊を出しておりますが、私が本隊を率いて捜索するべきでしょうか？」

「そこまでする必要は無いわ。パメラ達はそのままセランタルビルの近くにいてちょうだい。レイナはパメラ達をそこから引き離す囮役、という恐れもあるにはあるし、パメラ達には場合によっては、クガマヤマ都市の部隊を突破して、セランタルビルに入ってもらうからね」

「畏まりました」

「それじゃあ、また何かあったら連絡してちょうだい」

クロエが通信を切る。深々と頭を下げるパメラの立体映像が室内から消えた。そこで今までクロエの側で黙って立っていたラティスが口を開く。

「クロエ様。レイナに逃げられたことを悔やむのでしたら、パメラにはレイナの殺害を命じておくべきだったかと。ここは壁の外です。一族の者を殺したとしても、さほど叱責は受けないかと」

「殺害の指示は出していないけれど、その許可は出したわよ？　その程度のことはパメラも分かっていたでしょう。その上でレイナを殺そうとしなかったのは、パメラの判断よ。その所為でレイナに逃げられたことも含めてね」

「ですが……」

　食い下がろうとするラティスに、クロエが笑って告げる。

「安心しなさい。レイナに逃げられたのは残念だけど、その責任をパメラに取らせる気は無いわ。レイナをセランタルビルに入れないことが大前提なら、パメラの判断は妥当でしょう。ビルへの侵入を阻止する程度の理由で、一族の者を殺すのはどうかという判断も含めてね」

「……左様ですか。不要な進言をしてしまい、大変失礼致しました」

　パメラが失態を演じた原因には、クロエの中途半端な指示にも一因がある。だからパメラの処分には手心を。ラティスはそう暗に言い、主人から不興を買うのを覚悟してパメラを庇った。

　そしてクロエはその従者の心境を汲《く》み取《と》ってパメラの失態を不問とした。その上で微笑んで言う。

「同僚を庇うなとは言わないけれど、業務に支障が出ない程度にしてちょうだいね？」

「……、勿論で御座います」

　不要に不寛容な必要は無いが、不必要に寛容である必要もまた無い。限度はある。主からそう釘を刺されたラティスは、表向きは平静を保っていたが、主への返答までわずかだが時間を必要とした。

「それじゃあ向こうはパメラに任せて、こっちもそろそろ始めましょうか。ラティス。準備して」

「畏まりました」

　部屋の設備が動き出す。多関節のアームが、重装強化服の各部位をラティスに取り付けていく。その工程は、まるで一度分解された小型人型兵器が、再度組み立てられていくようだった。

　人型兵器に乗り込むのではなく、着用する。その設計思想で製造されたこの重装強化服には、使用時の面倒な着用作業を許容させるだけの性能が備わっている。これからラティスが向かう場所には、それだけの武力が必要だった。

「格好良いわよ？　惚《ほ》れ惚《ぼ》れしちゃう」

「ありがとう御座います」

主からの称賛に、ラティスは丁寧に礼を述べた。同系統の重装強化服の着用者は、この場にラティスの他にも6名いた。内5名はラティスの部下だ。

クロエが残る1人に視線を向ける。

「今更ですが、本当に宜しいんですか？　私達はともかく、貴方は取り返しがつきませんよ？」

その者が外部スピーカーで答える。

「構わんよ」

「クガマヤマ都市は当然として、これは十分に坂下重工を敵に回す行為です。分かってます？」

坂下重工の経済圏で坂下重工を敵に回す。それがどれだけの重罪なのかは、その者もよく分かっていた。その上で言う。

「分かっている。……実は私は坂下が大嫌いでね？　そういうことを言われると、むしろやる気が上がるのだよ」

「それはそれは。では、お気を付けて。事が成った暁には、当社と末永いお付き合いを宜しくお願い致します。ラティス。行きなさい」

部屋の外壁が開いていく。そこから見える光景は、クズスハラ街遺跡の第2奥部のものだった。そしてそこからラティス達が次々に飛び出していく。

「壁の外は楽しいことだらけね。レイナ。あなたも楽しんでるの？」

同じ一族の、一足先に壁の外に出た少女の姿を思い浮かべて、クロエは楽しげに笑っていた。

◆

シロウの乗るバイクが地下トンネルを高速で走る。高性能な荒野仕様車両が許す限りの速度を、躊躇わずに出している。それはアキラ達が先にここを通った時の情報で、トンネル内にモンスターがいないことを知っているから、ではない。そのバイクに2本の脚で平然と並走するオリビアの力を信用しているからだ。

（……この速度でも余裕でついてくる。まあ500万コロンも払って雇ったんだ。それぐらいは出来てもらわないと困るんだけどさ）

シロウはオリビアに最前線で活動するハンター並みの力を期待している。貴重なコロンを使ったのもその為だ。そしてそれだけの力があれば、この速度でモンスターと遭遇したとしても、問題無く撃破してくれるだろうと考えていた。

（……っていうか、これ、あっちの方が速いな？　俺のバイクの速度に合わせてるだけか？）

シロウが試しに聞いてみる。

「あー、オリビアさん。ちょっとした質問なんですけど、もしかして俺をバイクごとオリビアさんに運んでもらった方が、クズスハラ街遺跡に早く着けたりします？」

「シロウ様が速度を抑えているのでなければ、そうなります」

「じゃあ、その、運んでもらったり、出来ます？」

「お望みであれば。しかしながらその要望はシロウ様の護衛という契約内容から少々逸脱しております。よって10万コロンの追加料金を頂きます。宜しいですか？」

「……あー、それならやめておきます」

シロウもアキラの所に急ごうとは思っている。しかしその為に追加の費用を支払えば、その分だけオリビアを護衛として雇える期間が短くなる。シロウは迷い、後者を優先した。シロウが坂下重工を脱走してでも成し遂げたいこと。それにはオリビアの力が必要だった。

「……あと、俺はこれからもオリビアさんにいろいろ頼むと思うんですが、それが追加料金が必要なことなら、今みたいに事前に確認を取ってもらえると助かります」

「承知致しました」

そこでシロウが後方から近付いてくる反応を捉える。それはレイナ達の車両だった。

「あいつら本当に来たのか……。あ、そうだ。オリビアさん。あいつらの扱いはどうなるんですか？」

「基本料金内で護衛対象に含めることは可能か、という意味でしたら、可能です。追加料金の請求条件は、シロウ様と同じ扱いになります。その防止の為に護衛対象から事前に外すことも出来ます。如何致しますか？」

「……あー、じゃあ、護衛対象には含めるけど、基本料金の範囲内でってことでお願いします」

「畏まりました」

レイナ達の車がシロウに追い付き、そのまま並走する。そしてレイナからシロウに通信が入る。

「私達の車の方が速いわ。急ぐんでしょう？　シロウもこっちに乗って」

「分かった」

「じゃあ一度車を停めるから……」

「それには及びません」

オリビアが走行中のシロウのバイクを掴み、そのまま飛び上がってレイナの車両の屋根に着地する。

そして唖然《あぜん》としていたシロウが我に返ってバイクのタイヤを止めてから、丁寧にバイクを下ろした。一連の動作は非常に自然かつ精密なもので、シロウは欠片も体勢を崩さなかった。

「……どうも。ちなみに、今のに追加料金が掛からなかった理由を聞いても良いですか？」

「護衛として雇われておりますが、多少の雑務であれば行わせて頂きます。しかしながら私を移動手段として使用するのは、流石に多少の範疇を超えておりますので」

「そうですか。分かりました」

車両の屋根が開いてレイナが顔を出す。

「……そこまで急ぐのなら、もっと他に遣り様があったんじゃない？」

少し呆れているような表情を浮かべているレイナに向けて、シロウがバイクから降りながら調子良く笑って答える。

「かもな。でもそれを俺が思い付くかどうかは別だろ？」

「確かにね。……あ、バイクは後ろから入れてください」

車両の後部扉が開く。オリビアはレイナに会釈してからバイクを持って軽く後ろへ飛び、宙を蹴って後部扉から車内に入った。レイナがシロウを手招きして車内に戻り、シロウもその後に続く。

一行を乗せた車は、そのまま地下トンネルを更に加速していった。

第229話　幻影都市

　アキラ達が真っ白な空間をバイクで戻っていく。

自分達はこの空間からの脱出を、シロウによる救援に期待することにした。恐らくシロウは自分達と同じ道を通ってここまで来てから、第3奥部と地下トンネルを繋ぐ通路を生成する。それならばその出入口は前回と同じ場所に作られる可能性が高い。そう判断したのだ。

　もっとも、元の場所に戻れるとは限らない。どこまで進んでも周囲の光景は真っ白なまま。道標になりそうなものは一切無い。現在位置算出の基となる測位システムも信用できない。

　そして何よりも、ここは拡張空間と呼ばれる場所だ。単純な移動距離換算ではクズスハラ街遺跡の外に出るほど走っても、白い世界から抜け出せない異常な空間なのだ。来た道を戻れば元の場所に戻れるという常識は余り期待できない。

　それでも今の場所に留まるよりはましだろう。そう考えて、アキラはバイクを走らせていた。

「キャロル。今どの辺だ？」

「あと1キロも進めば元の場所に着く辺りよ。データ上はね」

　それを聞いたトガミが言う。

「そこに俺達が倒したモンスターの跡が無かったら、元の場所には戻れなかったってことか……」

「そうかもしれないし、単純に跡形も無く消えてるだけかもしれないわ」

「この短時間でか？」

「何言ってるのよ。すぐに戻ったんだから当然残ってる。ここはそんな真面なことが期待できるような場所じゃないでしょう？」

　言われてみればその通り。そう思い、トガミは小さく溜め息を吐いた。

「そうだな……。ちゃんと戻れることを期待して、データ上だけでも元の場所に行くしかないか」

　確かなことなど分からない。それを理解した上で、やれるだけのことをやるしかない。キャロルとトガミはそう考えていた。

アキラも大体同じことを考えている。キャロル達との違いは、アキラはアルファに聞けば分かるということだ。その上で、敢えて聞かずにいた。

聞いてしまえば分かってしまう。元の場所に戻れたとしても、戻れなかったとしても、自分がそれを確信していることになる。そのことをキャロル達に気付かれれば、なぜそう確信できるのかと疑問に思われる。

勘と答えるのは無理がある。これほどまでに不可解な空間で、自分は確かに元の場所に戻ったと何となく確信した、などと説明するのは余りにも不自然に思えた。

そしてキャロルを相手に、分からない振りが通じるとは思わない。ヴィオラの友人で交渉事にも秀でているのだ。確実に見抜かれる。加えてツバキの件もある。自分達には説明できない何らかの理由で把握したと間違いなく思われる。

それならば自分も分からないままの方が良い。アキラはそう考えて、アルファにいろいろ聞くのは意図的にやめていた。自分もキャロル達と同じように、限られた情報の中で最善を尽くす。そう決めていた。

そしてアキラ達は、データ上は元の場所に戻ってきた。辺りを軽く見渡す。自分達が倒した融合体の成れの果ては、そこには無かった。アキラが軽く息を吐く。

「……まあ、何の目印も無い場所であれだけ移動したんだ。少しぐらい誤差は出るって」

キャロルとトガミも頷いて同意を示す。

「そうね。大丈夫。近い場所には来てるわよ」

「そうだな。ここでシロウを待とう」

そのままアキラ達はこの場で休憩しながらシロウを待つことにした。

だが5分もしない間に中断させられる。上方向、濃密な色無しの霧の先に、その悪影響越しでも分かるほど大きな反応を捉えたのだ。

そしてその反応の一部が、さほど速くはないが近付いてくる。それに気付いたアキラ達は急いでバイクに乗り、その場から距離を取った。警戒しながら反応の正体を探ると、その正体が落ちてくる。

アキラ達の頭上から濃い色無しの霧を突き破って現れたのは、融合体の死体だった。アキラ達が戦ったものと同じく、背中から異形の人型を生やしている。だが下部は魚類と鳥類を混ぜたような外観をしている。その死体には巨大な拳で殴られた痕があった。

撲殺された巨体が床に派手に激突し、大きな音を立てる。呆気《あっけ》に取《と》られているアキラ達の前で、同種のモンスターが次々に落ちてくる。その体に撃ち殺された、または殴り殺された痕を色濃く残して自由落下し、床に叩き付けられていく。

最後に下りてきたのは赤い人型兵器だった。自由落下ではなく飛行して床に着地する。機体は人型兵器であることを考慮しても太い腕を備えており、その先にある巨大な拳を血肉で汚していた。

周囲に落下したモンスター達を殴り殺したのは、この機体だった。

遺跡のモンスターと敵対していることから、アキラ達も人型兵器への警戒を少し緩めた。しかし完全に気を緩めるような真似はしない。相手が第3奥部に乗り込んだハンターであっても、自分達と敵対しないとは限らないからだ。

もっともそれは赤い機体の方も同じだ。互いに相手の出方を窺う。そして先に動いたのは人型兵器の方だった。機体の拡声機から意外そうな声が響く。

「お前、アキラか！」

そして敵意は無いと示すように、搭乗者が機体から降りてくる。赤い機体の中から現れたのは、タツカワだった。

アキラ達の所まで来たタツカワが、初見のキャロルとトガミに軽く自己紹介をする。

「タツカワだ。ドラゴンリバーの隊長をやってる」

「キャロルよ。よろしく」

「ト、トガミです。ドランカム所属のハンターです」

アキラは既にタツカワと面識がある。加えてハンターランクなどによるハンター間での上下関係を、良くも悪くも気にしない。キャロルは副業のこともあって高ランクハンターとの付き合いがある。交渉能力にも秀でているので、相手がドラゴンリバーのトップであろうとも気後れすることはない。

だがトガミはクガマヤマ都市の基準では実力者という程度のハンターでしかない。圧倒的な格上を前にしてうろたえている。キャロルとの情報共有により拡張視界に表示されている、ハンターランク78という表記も、トガミの緊張を高めさせていた。

タツカワが少し不思議そうにする。

「ドランカム？　ああ、クガマヤマ都市のハンターチームか。……こう言っちゃ悪いが、こんな所まで来れるようなやつがいるようなチームじゃなかったはずだが……」

「い、いろいろありまして」

「そうか。まあ細かい事情まで聞く気はねえが……」

タツカワが改めてアキラを見る。

「ここでアキラに会うとは思わなかった。どうやってここまで来たんだ？」

「えっと……」

何をどこまで話して良いものか。その度合いが分からずに悩むアキラを見て、キャロルが代わりに答える。

「ぶっちゃけると、私達、今、遭難中なの。通路を通ってたらこの真っ白な空間にいつの間にか着いててね？　振り返ったらさっきまで通ってたはずの通路も消えてたのよ」

嘘は吐かず、しかし地下トンネルのことは一切話さずに、キャロルは自分達がここに来た過程と現在の状況を説明した。

それを聞いたタツカワが納得した様子を見せる。

「そっちもか」

「そっちもって……、タツカワさんの方もそんな感じでここに来たの？　っていうか、そっちも遭難中なの？」

「ああ。俺は仲間達と一緒に第2奥部を進んでいたんだが……」

ドラゴンリバーはクズスハラ街遺跡奥部の攻略を部隊で進めている。人型兵器に乗っているとはいえ、タツカワも単身でここまで来た訳ではない。率いていた部隊には他にも数機の人型兵器と、個人武装の高ランクハンターが20人ほどいた。

第2奥部の奥側は第1奥部に近い場所とは難易度がまるで違う。ハンターランク50程度では勝ち目など欠片も無いモンスターが、当たり前のように徘徊している。更に奥に進めばハンターランク60でも、或いは70でも倒せないモンスターまで出現し、遺跡攻略を競うトップチーム達を足止めしていた。

タツカワ達の部隊はそのような場所に先行して踏み込み、チーム全体の為に遺跡攻略の橋頭堡《きょうとうほ》の確保も行う精鋭部隊だ。ドラゴンリバーでも上位の実力者が揃っている。冗談のように強力なモンスターの群れを撃破し、ゆっくりとではあるが攻略済みの場所を広げていた。

そしてタツカワは今日も部隊の先頭にいた。高層建築物が立ち並ぶ遺跡の中を、愛用している強力な機体で進んでいた。

周囲に漂う色無しの霧は非常に濃い。機体に搭載されている高性能な索敵機器を用いても、敵の存在に逸早く気付くのは難しい。

それでもタツカワが多額の金を個人的にも注ぎ込んだこの機体であれば、モンスターから奇襲を受けても即座に破壊される危険は低い。タツカワは機体のその頑丈さを活かして、交戦時に一番初めに狙われることで味方に敵襲を伝える囮役もしていた。その為に少し突出気味の位置取りもしていた。

だが今回はそれが裏目に出た。タツカワが遺跡の中を進んでいると、突如真っ白な空間に放り出される。慌てて引き返そうとしたタツカワだったが、振り返った先に広がっていた光景は、どこまでも続く白い世界だった。数秒前まで通っていたはずの高層建築物の谷間も、そこにいる仲間達の姿も消えていた。

「……勿論俺もすぐにその場から戻ろうとしたんだ

が、どこまで進んでも景色は同じ。それならと思って上にも飛んでみたんだが、そっちも駄目だった。しかも計器を信じると２０００メートルは昇ったはずなのに、５００メートルも降りたら地面に着いた。訳が分からねえ」

タツカワはそう言って頭を抱えながらキャロルに尋ねる。

「そっちはどんな感じだったんだ？」

「こっちも大体同じよ。測位システム上は遺跡の外まで進んだのに、ここからは出られなかったわ」

「そうか……。参ったな。正直に言うと、その程度の武装でここまで来たのなら、ここに安全に出入りできる方法でも知ってるんじゃないかって、結構期待したんだが……」

当たらずとも遠からず、というタツカワの鋭い指摘を聞いて、キャロルは相手に教える内容を増やすことにした。

「あ、私達は脱出の目処はついてるわよ？」

「おっ！　本当か！」

思わず喜んだタツカワに、キャロルが質の悪い笑顔を向ける。

「ええ、本当よ。嘘じゃないわ。……もっと詳しいことを聞きたいのなら要交渉よ。分かるわよね？」

「分かったよ。お手柔らかにな」

タツカワは少し苦笑気味に笑って返した。

キャロルの言葉には、ここから一緒に脱出したければこちらに有利な条件を呑め、という恫喝《どうかつ》が含まれている。だがタツカワには相手に力尽くで条件を呑ませる武力がある。二人のこの軽い遣り取りには、下手をすればそのまま殺し合いになる道筋が存在していた。キャロルもタツカワもそれを分かった上で笑って話していた。

交渉中の二人を見ながら、トガミが内心で戦々恐々とする。

（キャロル!?　相手が誰だか分かってんのか!?　どんだけ度胸があるんだよ!?）

クズスハラ街遺跡奥部の攻略を競うハンターチームのトップを相手に、下手をすれば脅しと解釈される内容を平然と口にする。そのような真似をするなど、トガミには自殺行為にしか思えなかった。

チラッとアキラの様子を見る。アキラは普通の様子を見せていた。少なくともキャロルの言動を問題視しているようには見えなかった。

（アキラは……、まあこいつは前からこんな感じだったたな。あたふたしてるのは俺だけか……）

場違いな場所にいる。トガミは改めてそう思いつつも、自分もいつかはこの場所に相応しい者になってやると強く思った。

その時、アキラとタツカワがモンスターの気配を察知して同時に振り返る。それは周囲の濃い色無しの霧の影響もあって非常に微弱なものだった。

相当の実力が無ければこの距離で敵の存在に気付くことは出来ない。この場でそれが可能なのは自分だけ。そう思っていたタツカワは、アキラも敵に気付いたことに軽く驚きながら、笑ってアキラに言う。

「ああ、俺がやる」

アキラは頷き、銃を下げた。

キャロルとトガミもアキラ達の様子から敵襲を理解したが、モンスターの位置などはまだ分かっていない。アキラの情報収集機器と連携していても、それで分かるのは収集データとその解析内容だけだ。アキラが情報収集機器を拡張感覚の感覚器として活用し、その知覚情報を基に捉えた敵の気配までは流石に共有できない。

タツカワが自身の人型兵器に飛び乗る。赤い機体が構えを取る。そしてモンスターがキャロル達でもその存在を捉えられる距離まで接近した瞬間、タツカワが操る機体は、その巨体から感じさせる鈍重さなど欠片も見せずに、相手との間合いを一瞬で詰め終えた。

それは達人が敵との間合いを一歩で詰めるような、非常に精細かつ滑らかな動きだった。人であっても多くの才と鍛錬を必要とするその動きを、タツカワは巨大な人型兵器で再現していた。

出現したモンスターは、下部が獣型で上部が異形の融合体だった。アキラ達が交戦したものと同種のものだ。その獣が大口を開いて高エネルギーの奔流を吐き出そうとする。

だがその前に、赤い巨大な拳による突き上げを喰らって大口を無理矢理閉じさせられた。

閉じられて行き場の無くなった口内のエネルギーが、獣の牙の隙間から周囲にほとばしる。更に融合体の巨体が拳の衝撃で宙に浮く。

そこにタツカワが追撃を入れる。今度は上からの一撃。軽く跳躍し、巨大な拳で異形の人型の頭を殴り付け、そのまま相手の上半身を押し潰しながら、下部の獣部をその痛烈な一撃で床に叩き付ける。肉塊が潰れる鈍い音が辺りに強く響き渡った。

動かなくなった融合体から、赤い人型兵器が腕を抜いて背を向ける。アキラ達があれほど苦労して倒したモンスターは、たった2撃で撃破された。

その光景を見て、トガミが半ば唖然としながら呟く。

「凄え……。あれがハンターランク78か……」

トガミもこの戦果が、桁外れに強力な人型兵器という武装あってのものだと分かっている。しかし自分があれに搭乗しても同じことは出来ないことも一目で理解した。流石はハンターランク78。そう問答無用で納得させる強さがそこにはあった。

戻ってきた機体からタツカワが降りてくる。そして倒したモンスターを指差してキャロルに言う。

「ほら、俺の強さは分かっただろ？　これだけの戦力を護衛代わりにするんだ。だからもうちょっとこっちの取り分に考慮を入れられねえか？」

「……仕方無いわね。じゃあ地下トンネルの地図情報をドラゴンリバーに全部流すわ。加えて、そっちが見付けたことにして良い。これでどう？」

「オーケーだ。そうそう。それぐらいは出してもらわねえとな」

それぐらいは出してもらわないと、後でメルシアに何を言われるか分からない。タツカワは笑いながら、内心でそう付け足していた。

キャロルは、仕方無く妥協した、という表情をしながらも、内心では全く残念に思っていなかった。

地下トンネルの情報を自然な形で流せた上に、付随する面倒事もドラゴンリバーに押し付けることが出来た。そう考えて好都合とすら思っていた。

「あ、でもシロウから流れる分までは、私には保障できないわ。その辺の交渉はドラゴンリバーがシロウと、私達がここから脱出した後にやってちょうだい。その交渉を今やって、シロウに脱出の支援の取り止めを交渉材料にされると困るからね」

「分かった。後にしとくよ。……あ、それとは別件で、そのシロウってやつと通信が繋がるなら繋げてもらえないか？　仲間に俺の状況を知らせておきたい。俺の通信機器じゃ繋がらねえんだ」

「アキラ。頼める？」

「分かった」

アキラがシロウとの通信を試みる。そして険しい表情を浮かべた。

「……駄目だ。繋がらない」

キャロルが本心で表情を険しくする。

「繋がらないって……、え、待って。アキラ。どっち？　通信環境の所為？　それともシロウが応答しないの？」

「それも分からない。そもそも普通はこんな状況で通信なんて繋がらない。それをシロウが多分何かやって連絡してきた訳だからな」

通信環境に問題は無いのにシロウに繋がらない場合は、こちらに救援に向かっているはずのシロウに何かが起こった恐れがある。それを理解した上で、タツカワが無意味に慌てずに落ち着いた声で言う。

「今は通信環境が悪化した所為だと思って待つしかねえな」

「そうね……。待ちましょう」

今はそうするしかない。その考えでキャロルは落ち着いてそう答えた。トガミとアキラも頷いて同意を示す。ただしアキラは頷きはしたが、ここは流石にアルファに聞いておこうと判断する。

『アルファ。どうなんだ？　シロウに繋がらないのは通信状態の所為なのか？』

『違うわ。通信状態は劣悪だけれど、現状でシロウと連絡を取る分には問題無いわ』

『それじゃあ……、シロウに何かがあったってことか？』

『いいえ。シロウは普通にここへ向かっているわ。シロウの現在の詳しい状況をアキラが知っているのは不自然だから説明しないけれど、シロウの方に問題は何も起こっていないわ』

それを知ってアキラはまずは安堵した。その上で怪訝に思う。

『じゃあ何でシロウと通信が繋がらないんだ？』

『そうね。その理由を教えない所為でアキラが過度に不安になる方が好ましくないから話しておくわね。でも本来はアキラには分からないことなのだから、何を聞いても知らない振りをすること。良いわね？』

『分かった』

『シロウとの通信はずっと繋がっているわ。今もね。シロウがこちらとの通信が切れている振りをしているだけよ』

『……は？』

『トガミがシロウから貰った情報端末は、シロウとの通信を常時維持しているの。切断処理をしても表示上はそう見えるだけで、こちらの情報を常にシロウに送っているのよ』

『つまり、こっちの情報はシロウにずっと筒抜けだった？』

『そういうこと』

アキラは表情を変えないようにするのに酷く苦労した。その甲斐あって、キャロル達から変に思われることはなかった。

アルファが笑ってアキラを宥める。

『まあ怒るのは分かるけれど、アキラにとっても好都合な部分もあるのだから落ち着きなさい。今もシロウとの通信が確立しているのは、ここに入る前から繋がったままだったからよ。切ったら二度と繋がらないでしょうね』

タツカワの機体にも旧領域経由での通信が可能な機器ぐらいは備えている。色無しの霧が多少濃い程度ならば普通に繋がる。それでも仲間に通信が繋がらないのは、この空間の通信環境がそれだけ酷いことを示している。

シロウはその状況でも、その卓越した技術を以てアキラ達との通信状態を維持していた。坂下重工からその手腕を認められた重要人物だけはあり、その技術は飛び抜けていた。

加えてアルファもシロウに気付かれない範囲で通信の維持に協力していた。もっともアルファであれば、この環境下でも外部と通信を繋げるぐらいのことは、シロウがいなくとも可能だ。ただし少々露骨な手段を用いる必要があり、そうすると自身の存在が露見する恐れがあるので、シロウを密かに手伝う方法を採っていた。

それらの説明をアルファから軽く聞かされたアキラが、そういうことならばと自身を納得させる。

『……そうか。分かった。落ち着くよ』

キャロル達と一緒にここから無事に脱出するのが最優先。アキラはそう考えて、今はシロウの所業に目を瞑《つぶ》ることにした。


アキラ達がタツカワと一緒にシロウを待つ。既に深夜の時刻だが、辺りは明るいままだ。一帯の光量はアキラ達が第3奥部に入ってから一切変化していない。

アキラがタツカワに倒された融合体の死体を見る。上部の人型の部分も下部の獣の部分も酷い有様《ありさま》になっている。しかし砂にはなっていない。それをアキラが不思議がる。

『アルファ。何でこっちの死体は俺達が倒したやつみたいに砂の山になってないんだ？』

『エネルギーが細胞単位で枯渇する暇も与えずに倒したからよ』

『……そういうものなのか？　俺達はあんなに撃ったり斬ったりしてようやく倒したのに、人型兵器だからって、2回殴っただけで倒せるのも変な気がするんだけどさ』

自分達は融合体を幾度も斬り山ほど撃って、その体を大きく損壊させていた。それにもかかわらず相手は自身の体を即座に再生させて襲い掛かってきた。それを考えれば、恐らく同種のこのモンスターが、この程度の負傷で倒されてしまうのはどう考えてもおかしい。アキラはそう不思議に思っていた。

アルファが平然と答える。

『単に2回殴ったのではなく、それを可能にする高度な技術を用いて攻撃したのよ。本人の技量と機体の機能の両方でね』

『そんなことが出来るのか……。凄いんだな』

アルファの説明は細部を省略し過ぎており、それだけの説明で誰もが納得するのは難しい部分もある。それでもアキラはその説明で納得した。アキラには、アルファがそう言うのであればそうなのだろう、という考えがある。その上で実際に融合体が2撃で倒された光景を見たのだ。今更疑いはしなかった。

そこでアキラがタツカワから声を掛けられる。

「アキラ達もこいつを倒したんだってな。やるじゃねえか」

「……まあ、三人掛かりだったしな」

「お前一人でも勝てたんじゃないか？　キャロル達から聞いた感じだと、俺にはそう思えるんだが」

「そうだったとしても、一人で戦えばその分だけ俺が苦労するんだ。俺一人でも余裕だったなんて絶対言わないからな」

アキラは釘を刺すようにそう答えた。タツカワが少し楽しげに笑う。

「そんなこと言わなくても良いじゃねえか。別に何か言質を取ろうとしてる訳じゃねえよ」

「……発言に気を付けてるだけだ。俺一人でも楽勝だった、なんてうっかり言ったら、その難易度を前提にして、何だかんだしてきそうなやつに心当たりがあるんだよ」

その人物がキバヤシであることはタツカワも簡単に察した。

「確かに。気を付けねえとな」

タツカワは表向きはそう軽く答えながら、アキラの言動に興味を持った。

（謙遜じゃねえな。自分一人じゃ勝てなかったって

本気で思ってる。三人掛かりだったってまず答えたのはそういうことだ）

タツカワはそう考えながら、同時に思う。

（だがこいつは同時に、余裕でも楽勝でもないし苦労もするが、自分一人でも何とかなると思ってる。こっちも嘘じゃねえ。本気でそう思ってる）

自分一人では勝てないが、自分一人でも何とかなる。それがアキラの中で矛盾していない。タツカワはその辻褄の合わない部分に、アキラの強さの秘密があるように思えた。

（まあ、それを聞き出す気はねえけどな。切り札や奥の手ぐらい誰でも隠してるもんだ）

タツカワの推察は概ね正しい。アキラはあの融合体に自分一人では、自力では勝てないと思っている。同時に、アルファのサポートを初めから十全に受けていれば、キャロル達の援護が無くとも何とかなっていたと思っている。

この矛盾した言葉と態度は、アキラの難しい胸中によるものだ。アルファのサポートを含めた力を対外的には自分の実力だと誇示すると決めたとはいえ、流石にアキラもあの融合体を楽勝で倒せるとは言い難かった。

タツカワもそこまでは読めない。読めないので、その不可解な強さを持つハンターを興味深そうに見ていた。

その視線をアキラが怪訝に思う。

「……何だよ」

「いや、キバヤシが大喜びするだけはあると思ってな」

アキラは嫌そうな表情を浮かべると、言い返すように言う。

「それはそっちもだろう。人型兵器に乗ってるっていっても、一人でこんな所に来て帰れなくなってるんだ。無難に安全に稼ぐだけのやつになったタツカワが、また無茶をするようになったって、キバヤシが大喜びするんじゃないか。それにそういう危ない真似は、メルシアに止められてるんじゃなかったのか？」

そのアキラの指摘に、タツカワがスッと目を逸らす。

「……いや、違うって。あれは……、そう、部隊の効率的な運用を考えたら俺が前に立つのが一番だったってだけだって。まあ、確かに、ちょっと前に出過ぎた所為で、俺だけがこの空間に入ることになったけど、そのおかげで仲間達は無事だったはずだし、部隊全体の安全を考えれば悪くない判断だったたって……」

ここにはいない誰かに言い訳するように、後でしなければならない釈明の内容を、今事前に考えているように、タツカワが話を続けていく。

「……そう！　運が悪かっただけだ！　アキラだってそうだろう？　こんなことになるなんて思ってなかったはずだ。十分に注意して進んだ上で、それでも予想外の事態に遭遇した。それだけだ。無茶をしようなんて欠片も考えてない。違うか？」

「まあ、そうだけど」

「だろう？」

タツカワは満足そうな様子で頷いた。しかしそこにアキラが続ける。

「それを相手が信じてくれれば良いんだけどな」

「……そういうこと言うなよ。あいつを怒らせると大変なんだぞ？」

恋人を宥める労力を思い浮かべて、タツカワが項垂れながら小さな溜め息を吐く。そしてその顔を上げた。

その途端、タツカワの表情が驚きで固まる。上げた顔の先に広がっていた光景は、どこまでも続く真っ白な空間ではなく、高層ビルの街並みだった。

アキラも周囲の変化に驚いて辺りを見渡している。アキラ達はまるで瞬間移動でもしたかのように、旧世界の都市の中にいた。しかしすぐ側に転がっている融合体の死体が、アキラ達が同じ場所にいることを示していた。

近くのビルを見上げる。高層ビルの上には真っ白な空間ではなく夜空が広がっていた。しかし周囲の明るさに変化は無い。真昼の光量のままだ。アキラが思わず呟く。

「……もう、何でもありだな」

近くで休憩していたキャロルもこの事態に驚いて、トガミと一緒に慌てた様子でアキラの所まで来た。そして辺りを見渡してから言う。

「アキラ。このビル、本物だと思う？」

「そうだな。情報収集機器の反応だと本物っぽいけど……」

それが大して当てにならないことは、既に体験済みだ。気配のある立体映像か、或いは本物か。アキラはその真偽に迷う視線を近くのビルに向けた。

するとタツカワが軽く言う。

「確かめるか」

そしてその場で自身の人型兵器を遠隔操縦する。赤い機体が搭乗者無しに動き、巨大な拳でビルを殴り付けた。

ビルの外壁に大穴が開く。穴の向こうには部屋があり、床などと一体化している椅子やテーブルなども見ることが出来た。

その室内は全く散らかっていなかった。つまり、大穴を開けた際に生じる瓦礫、元々は壁の一部だった残骸などが全く無かった。それらは壁に穴が開いた瞬間に消えていた。

赤い機体がビルから腕を引き抜く。数秒後、ビルの壁の大穴が突如消えた。穴の開いている壁の映像を、穴の無い壁の映像に切り替えたように、一瞬で元に戻っていた。

タツカワが私見を述べる。

「殴った感触はしっかりあった。内部もしっかり作ってあって、家具らしいものまであった。張りぼてでも偽物でもないようだが……」

キャロルが自分の考えを言う。

「これ、多分だけど、立体映像と力場障壁《フォースフィールドシールド》だけでビルを建てたんじゃない？　旧世界の建築技術なら、この程度の強度の建築物で良いのであれば、高層ビルであっても建てるのに建築すら必要無いってことかもね。中身も込みで」

自分で言っておいて少し無理があるとは思いなが

らも、キャロルは旧世界の技術ならばその程度のことは可能だろうとも思っていた。

　そしてそれを聞いたタツカワは、自身も長年のハンター稼業の中で旧世界の技術による様々なものを見てきた経験から、その説明に納得した。

「……そういうことか。待てよ？　そうすると……、そういうことだったのか？　この領域を第３奥部と呼ぶとして、俺は周囲が真っ白になった時点で第３奥部に入ったと思っていたが、俺が第２奥部の深部だと思って進んでいた辺りは、実は既に第３奥部の中で、周囲の建物は全部これと同じ立体映像と力場障壁《フォースフィールドシールド》の建物だった？　そしてそれが解除されたことで、周囲が急に真っ白になった……」

　そのタツカワの予想を聞いて、アキラ達も自分達が第３奥部に入った時のことを思い返す。辻褄は合っているように思えた。

　そしてアキラが思い付く。

「あれ？　じゃあ今なら外に出られるんじゃないか？　どこからが第３奥部だったかは分からないけど、地上でも地下でもこういう景色の時は第２奥部と繋がってたってことだろ？」

　それを聞いたキャロルが嬉しそうに笑う。

「試してみる価値はあるわね。アキラ。やりましょう」

　アキラ達は頷き合い、早速移動の準備を開始する。タツカワは自分の人型兵器に乗り込み、アキラ達はアキラのバイクに跨《また》がった。そこでタツカワが言う。

「ああ、誰か一人こっちに乗るか？　二人は無理だが、一人ぐらいなら何とかなるぞ」

　一台のバイクに三人も乗っているアキラ達が顔を見合わせる。そしてトガミが自分から決める。

「じゃあ俺があっちに乗るよ」

　自分がこちらにいても足手纏いになるだけ。それならば自分が移った方が良い。トガミはそう判断した。

「アキラ。それで良いか？」

「キャロル。どうする？」

　今自分はキャロルとトガミの両方の護衛を請け

負っているが、護衛依頼としての優先順位は先に契約したキャロルだ。それならばバイクより安全な人型兵器の方には、キャロルを乗せた方が良いかもしれない。アキラはそう迷ってキャロルに尋ねていた。

そしてキャロルはアキラの言いたいことを分かった上で笑って答える。

「私のことはアキラが護ってくれる契約のはずよ？」

それを聞いて、アキラも笑って頷いた。

「分かった。トガミ。移ってくれ」

「ああ。じゃあアキラ。俺はあっちで楽をさせてもらうぜ？　悪いな」

トガミが冗談っぽくそう言いながら、借りていた銃をアキラに返す。そして自分の実力では戦力になれないことを残念に思い、それを少しだけ表情に出しながら、タツカワの機体に乗り込んだ。

一機と一台になったアキラ達は、まずは近くの高層ビルの屋上を目指すことにした。そこでアキラがタツカワに何となく尋ねる。

「そういえば、ここを第３奥部と呼ぶとして、とか言ってたけど、ここが第３奥部なんじゃないのか？」

「ん？　ああ、その辺は今は共通認識が無いからな。全部暫定だよ」

今は各ハンターチームが遺跡奥部の攻略を競っている段階だ。ここから先が第３奥部だとクガマヤマ都市が決めたり、ハンター間で認識を合わせたりはしていない。

既に第3奥部に到達したと宣言しているハンターチームもいるが、それはそのチームが勝手に言っているだけにすぎない。それを他のチームにも認めさせるだけの情報でも出せば別だが、今は各チームが遺跡の攻略情報を秘匿しているので、そういう認識の擂《す》り合《あ》わせも発生しない。

しかしいずれはこの領域が第３奥部と呼ばれるようになる。タツカワはそう確信していた。

「俺達は既に第３奥部に到達したって吹聴してるやつらもいるが、そいつらからこんな真っ白な空間の話は欠片も出なかった。それを考えれば、この第３奥部に一番乗りしたのは俺達かもしれないぞ？」

「そうなのか？」

「まあ、先に到達した他のチームが情報を秘匿してるだけかもしれねえけどな。それでも俺達が先にこの情報を流しちまえば関係ねえ。後で、いやいや俺達の方が早かった、なんて言い出すやつが出ても手遅れだ」

「そういうものか」

その短い雑談の間にアキラ達はビルの屋上に到着した。そこから見える景色は、高層建築物がどこまでも続く旧世界の都市の光景だった。それが第2奥部まで続いているかどうかは、遠景が極度に濃密な色無しの霧に遮られている所為で分からない。

アキラが軽く唸る。

「うーん。まあ進んでみるしかないとして、タツカワ、どっちに進むんだ？」

宙を飛ぶ融合体の群れと遭遇しても、タツカワが前衛として蹴散らしてくれることを期待して、アキラはタツカワにそう聞いてみた。

「そうだな。機体の測位システムを信じるならあっちなんだが……」

既に測位システムは、広域マップでの位置も高度も移動距離も信用できない状況だ。しかし方角ぐらいは、まだ少々誤差がある程度で済んでいるのではないか。タツカワはそう期待して、クガマヤマ都市の方向を指差した。

巨大な指が示す方向にアキラが視線を向ける。

「あっちか」

その直後、アルファがその表情を著しく険しいものに変えた。

『アキラ。警戒して』

注意ではなく警告に近いアルファの雰囲気に、アキラも一気に警戒を高めた。そしてタツカワに危機的な状況であることを暗に伝える。

「……タツカワ。何かヤバい気がする」

「……分かった」

アキラの険しい雰囲気を感じ取ったタツカワは、アキラのその非常に大雑把な説明を、詳細を聞かずに受け入れた。

高ランクハンターのその手の勘は当てになる。加えて実力者であるほど高精度になる。そのことを、自身もその実力者であるタツカワはよく知っていた。

そしてそれが証明される。機体の索敵機器が前方に強い反応を捉えた。高濃度の色無しの霧に覆われて尚、その存在を掴めるほどに巨大で高エネルギーな何かがそこにいた。

色無しの霧の影響下では、どこかに潜んでいるかもしれないモンスターなど、いるかどうかも分からないものを探すのは非常に困難だ。しかしそこにいると確定している存在の詳細を調べることは、情報収集機器等《など》の解析範囲を絞って精度を上げれば良いので比較的容易い。

赤い機体の高性能な索敵機器が、反応の詳細な情報を解析して、相手の姿形を徐々に露わにさせていく。アキラも肉眼では視認困難な相手の姿を、アルファのサポートで拡張視界上に表示させる。遠景と混じって非常にぼやけていた相手の姿が、少しずつ明らかになっていく。

そしてその姿が十分に分かるようになった時、アキラは思わず硬い笑顔を浮かべた。

「知ってるぞ……。あれ、怪獣ってやつだろ？」

最前線付近に棲息する山のように巨大な生物系モンスターは、その余りの巨大さと強さから怪獣と呼ばれている。

モンスターは大きなやつほど強い。それを体現したかのような存在。その怪獣が、アキラ達の視線の先にいた。

第230話　怪獣

　地下トンネルを進むシロウ達は、クズスハラ街遺跡の外周部と第1奥部の境目にある隔壁の前に辿り着いた。レイナがその巨大な隔壁を見てシロウに尋ねる。

「行き止まりね……。シロウ。ここからどうするの？　……シロウ？」

　シロウはレイナの話が届いていない様子で険しい表情を浮かべていた。

「……まずいな」

「まずいって、もしかして、これは開いてるはずだったの？　ここを通れないとアキラ達の所には行けない？　でもこれをこじ開けるのは大変そうなんだけど……」

「……ん？　いや、一応車両では通れない大きさの迂回路があって、アキラ達はそっちから奥に入ったんだけど……」

「アキラ達もこれをこじ開けるのは諦めたのね。じゃあ私達もそっちから……」

　シロウはレイナの話を聞き流しながら、険しい表情で決断した。

「いや、大丈夫だ。開ける」

　シロウが隔壁に向けて意識を集中する。坂下重工の施設で鍛え上げた技術を使い、旧領域を介して隔壁のシステムに介入した。すると巨大な隔壁がゆっくりと左右に開いていく。

「開けたぞ……。進んでくれ……」

　そう何とか答えたシロウは、明確な疲労と苦痛をその顔に示していた。

「ちょっと、大丈夫？」

「……大丈夫だ。進んでくれ。急がないとまずい」

　レイナが視線でシオリに出発を促す。シオリはすぐに車を動かした。まだ完全には開き切っていない隔壁の隙間を通って、車が地下トンネルの第1奥部の領域に突入する。

　シロウは少しふらふらした様子で車内の椅子に腰

掛けた。疲労の滲んだ様子で深い息を吐くシロウを見て、レイナが心配そうに声を掛ける。

「大変そうね。まずいって言ってたけど、そんなに辛いの？」

「そうじゃない。アキラ達がまずいことになってる」

「えっ？」

「ここから先はモンスターが出るはずだ。悪いけど止まらずに突っ切ってくれ。オリビアさん。レイナ達では時間が掛かるようでしたら援護をお願いします」

「畏まりました」

丁寧に頭を下げたオリビアを見て、シロウは追加料金が掛かると言われなかったことに安堵した。

カナエが地下トンネルの奥を見て言う。

「お嬢。わらわら来たっすよ」

この付近にいたモンスター達は一度アキラ達に殲滅されたが、時間が経ったことでその数をある程度は戻していた。それらの群れがレイナ達の車両に殺到する。

それを見てレイナが声を張り上げる。

「突っ切りなさい！」

「了解っす！」

車載の銃が勢い良く火を噴き、前方の群れを薙《な》ぎ払《はら》う。無数のモンスターが一瞬で粉微塵になる。その血肉と機械部品の残骸の中を、レイナ達の車が強引に突き進んでいく。

その車に、トンネルの天井などにいて掃射から逃れたモンスターが襲い掛かる。銃撃しようとするものもいれば、車の屋根に飛び付こうとするものもいる。

それらのモンスターを、先に屋根に出ていたシオリとカナエが迎撃する。第1奥部のモンスター程度、今のシオリ達の敵ではない。問題無く蹴散らしていく。

オリビアも車の屋根に立っているが、立っているだけで何もしない。シロウの指示通り、レイナ達だけでは対処に時間が掛かる状況にならない限り、手は出さない。シオリ達もそれを理解して、オリビアの手を煩わせないように全力で戦っていた。

この調子なら大丈夫。レイナはそう判断して、意識を車外の様子から車内のシロウに戻す。

「シロウ。アキラ達はどんな状況なの？」

「……凄く急いだ方が良いぐらい大変な状況だ」

詳細を話す気は無い。そう言われていることぐらいはレイナも察する。シロウとしばらく無言で視線を合わせ続ける。

そのレイナの圧力に、シロウが先に譲歩した。軽く息を吐いて言う。

「もうすぐ第2奥部の領域に入る。そこで怖じ気なかったら話してやるよ。アキラ達がいるのは、その更に先だからな」

レイナ達の方から出した条件だから自分の護衛として同行させているが、第2奥部の領域で真面に戦えないようでは話にならない。そんなやつらに情報は渡せない。シロウはそう言っており、レイナもそれを理解した。

「分かったわ」

そしてレイナ達は第2奥部との境目に着いた。そこにある隔壁を、シロウが再び脳への負荷による苦痛を顔に出して開けようとする。同時にレイナに忠告する。

「……一応言っておく。お前達だけ引き返しても文句は言わねえぞ」

「ありがと。本気で危ない時はそうするわ」

レイナはシロウにそう言い残して自分も車両の屋根に上がった。そしてシオリとカナエが自分を車内に戻そうとするのを視線だけで止めると、オリビアに尋ねる。

「確認させてください。私達だけでは苦戦するようであれば、お手を貸して頂けるのですね？」

「はい。シロウ様からそう指示されております」

「ありがとう御座います」

最低限の安全はこれで確保した。だから自分も戦うことに文句は言うな。レイナはシオリ達に向けてそう告げるように笑った。そして隔壁が開いていくのを見て、二人の主として告げる。

「行くわよ。オリビア様の手を煩わせないように頑張りましょう」

そのまま車両は開きかけの隔壁を通って第2奥部の領域に突入した。するとすぐにモンスターの反応が現れる。アキラ達によって一度ほぼ全て倒された後ということもあって数は少ない。

しかしその強さは今までとは別物。第1奥部の相手とは訳が違う戦いを間違いなく強いられる。それを理解した上で、レイナは力強く声を上げる。

「さあ、やるわよ！」

車が速度を落とさずに車載の銃を連射する。レイナ達も各自の銃を撃ち放つ。そこらのモンスターなど塵も残さず消し飛ばす弾幕が放たれる。まずは1体、標的となった個体がその威力に耐え切れずに倒された。

しかしレイナはわずかに顔を険しくする。

今までの相手なら群れごと倒せた銃撃だった。それにもかかわらず、たった1体の敵が、その弾幕にそれなりに耐えていた。強い。その実感が、レイナの表情を歪めさせた。

シオリとカナエも敵の予想以上の強さに驚いている。そのシオリ達に2体のモンスターが襲い掛かる。即座に全力で斬り付け、本気で殴り付けて迎撃する。そしてオリビアをチラッと見る。

オリビアは立ったままだった。手を出さない状態を続けている。

それを見て、レイナが敢えて笑って声を張り上げる。

「シオリ！　カナエ！　この調子でいくわよ！」

「はい！」

「分かってるっす！」

二人の従者も、主の意気に力強く応えた。

そのままレイナ達は地下トンネルを進んでいく。数は多くないが、一体一体が非常に強いモンスターを撃退し続けて先を急ぐ。そこで車内のシロウから通信が入る。

「約束だ。アキラ達の状況を教えてやる。忙しいなら後にするか？」

「いいえ。今教えて」

「分かった」

レイナ達の拡張視界にアキラ達の様子が表示される。向こうの状況が分かりやすいように、情報収集機器などから取得したデータを基にして、アキラ達の様子を第三者視点で映したものだ。

そしてそれは、余りに予想外な内容だった。

「ちょっと……。これ、どうなってるの……？」

「さあな」

そこには、巨大な怪獣から逃げるアキラ達の姿が映っていた。

◆

怪獣の姿を見たアキラが思わず呟く。

「知ってるぞ……。あれ、怪獣ってやつだろ？」

その余りに巨大なモンスターは、異様に発達した体軀を持つ大型獣脚類にも似た姿をしていた。そして周囲のビルを破壊しながらゆっくりと前進していた。立ち並ぶビルの高さは２００メートルほどだが、その高さでも怪獣の凶悪な顔は隠せない。破壊の権化のような姿をアキラ達に見せている。

強い。デカい。これを倒すのは無理がある。アキラに一見してそう思わせる特大のモンスター、怪獣がそこにいた。

「……タツカワ。一応聞いておくけどさ、あれ、戦っても何とかなりそうか？」

「無茶言うな」

「だよな」

濃い色無しの霧のおかげもあって、怪獣の方はまだアキラ達の存在に気付いていない。それを確認してタツカワが指示を出す。

「アキラ。あいつから離れるぞ。分かってるな？ゆっくりとだ」

「分かってる」

アキラ達がその場から反転して慎重に移動を開始する。焦って速度を出してしまえば、それだけ見付かりやすくなる。色無しの霧に紛れて少しずつ進もうとする。

だがその努力も無駄になった。怪獣から離れようとするアキラ達の前方から、魚類と鳥類を混ぜた下部を持つ融合体が出現したのだ。加えてアキラ達は情報収集機器や索敵機器の処理を怪獣の方に多く振り分けており、その所為で発見も遅れてしまった。

勿論タツカワの機体であれば撃退は容易い。しかし交戦すれば高速移動より目立つ。怪獣に自分達の存在を気付かれてしまう恐れが高くなる。

何とか戦わずにやり過ごせないか。そう考えるタツカワだったが、それは無理だった。アキラ達に気付いた融合体が大きなくちばしを開く。そしてそこに光球を生成させていく。

それを見て、タツカワが思わず吐き捨てる。

「クソが！」

そして機体を操り、全速力で融合体との間合いを詰めて、巨大な拳を繰り出した。

勢い良く振るわれた拳が融合体のくちばしの中にある光球に直撃する。光球が弾け飛び、周囲にエネルギーを撒《ま》き散《ち》らす。赤い機体の拳はそのエネルギーに耐え、更にそのまま融合体を殴り飛ばし、木っ端微塵に吹き飛ばした。

融合体がエネルギーの奔流を自分達に向けて放てば、その先にいる怪獣に確実に気付かれる。それならば交戦を避けても意味は無い。多少目立ってでも一瞬で倒して、エネルギーの奔流が怪獣の方向に放たれるのを阻止し、あとは怪獣に気付かれないことを期待する。そう判断しての一撃だった。

（……どうだ？）

色無しの霧がここまで濃いのだ。意外に大丈夫かもしれない。タツカワがそう願いながら怪獣の反応を探る。

怪獣が立ち止まり、その巨大な顔をアキラ達に向けた。

「アキラ！　逃げるぞ！　飛ばせ！」

タツカワが機体を全速力で飛ばす。アキラも一瞬も遅れずにバイクを加速させた。一機と一台が旧世界の夜景の街並みの中を飛んでいく。

怪獣に発見されたが、襲ってくるとは限らない。襲ってくるとしても、強いが遅い種類のやつなら逃げ切れる。そう期待するアキラ達だったが、一つ目の期待はすぐに潰《つい》えた。怪獣は進行方向を変えてアキラ達を追ってきたのだ。

それでも怪獣の移動速度はアキラ達より遅かった。これなら逃げ切れる。アキラ達はそう思ってわずかに安堵した。

だがそこで怪獣が大口を開ける。

「下だ！」

そのタツカワの指示と同時にアキラ達は急降下した。地面に激突する勢いで高層ビルの谷間に全力で飛び込む。

一瞬遅れて、怪獣の口から閃光が放たれる。都市間輸送車両の主砲を超える超高出力のエネルギーの奔流が、怪獣の前方を広範囲に亘って呑み込んでいく。

その光の奔流はアキラ達が直前までいた空中まで軽々と届いていた。濃密な色無しの霧による減衰効果など物ともせずに、宙を遠くまで焼き焦がす。更にその余波は地上部にも広がった。光に呑まれた無数の高層ビルが一瞬で消失する。その光に、アキラ達も呑み込まれた。

それでもアキラ達は無事だった。怪獣が放ったエネルギーの奔流は、その射線上にあった無数の建築物に阻まれて、アキラ達に届くまでにその威力を大幅に弱めていた。

直撃に比べれば著しく威力を落としたその閃光を、タツカワは機体の力場装甲《フォースフィールドアーマー》の出力を上げて防御した。加えてアキラは、タツカワの機体を盾代わりにした上で、バイクと強化服の力場障壁《フォースフィールドシールド》の出力を全開にして対処した。

危なかった。アキラ達は思わずそう安堵しながら、高層ビルの谷間を進んでいく。上には戻れない。遮蔽物が無い空間の方が速く進めるが、怪獣の閃光の射線が通る場所にいるなど自殺行為だ。同様の理由で大通りも出来るだけ避けていく。

怪獣の攻撃で吹き飛ばされた高層ビル群は、普通の物であれば瓦礫の山のままだ。次の攻撃の時には射線を遮ることはない。しかし立体映像と力場《フォースフィールド》障壁《シールド》で作られたビルは、既に何事も無かったかのように元に戻っていた。

流石に怪獣が立っている場所はそのままで、めり込んだ状態でビルが建つようにはなっていない。その場所が元に戻るのは怪獣が通り過ぎた後になる。それでも、破壊されても立体映像を再表示したかのように元に戻るビル群は、怪獣の移動速度を落とし、次の光の放出時にもアキラ達の盾代わりになる。

もっともアキラ達も、ビルの間を何度も曲がって進まなければならない分だけ、移動速度が落ちている。それでも怪獣よりは速く、この速度を維持できれば追い付かれることはないが、引き離すことも出来ない。

加えてアキラ達の行く手を遮るものが現れる。融合体の群れだ。獣の半身の群れが地上から、魚と鳥が混じった半身の群れが空中から、次々にアキラ達を襲う。

後退は出来ない。後ろにいるのは怪獣だ。勝率は目の前の群れ全てを素手で倒す場合よりも低い。アキラ達が選べるのは前進だけだ。

タツカワが声を上げる。

「援護はしてやる！　駆け抜けろ！」

赤い機体が高速で宙を飛び、空中の一番近い融合体に右手で掌底を繰り出す。今回は標的の破壊ではなく吹き飛ばすことを狙った一撃。狙った個体を勢い良く吹き飛ばし、そのまま別の個体に直撃させて、2体纏めて排除した。

同時に左手を他の融合体達に向ける。そして伸ばした指先を砲口に変えて無数の光弾を放った。その光弾の威力は第2奥部のモンスターを容易く消し飛ばすほどに高いのだが、第3奥部のモンスターを倒すのには足りていない。直撃させても一体も倒せていない。

それでも牽制には十分だ。タツカワはこの砲撃で空中の群れの動きをわずかな時間ではあるが封じ、その隙にアキラを援護しようとする。機体の右手の指も大砲に変えて地上の融合体へ向けた。

　次の瞬間、その融合体が両断される。勢い良く振るわれた銀色の刃により真っ二つにされた。


　アキラはアルファのサポートもあって、タツカワよりも早く融合体の群れを察知していた。反射的に体感時間の操作を実施する。そして時が非常に緩やかに流れる世界の中でアルファから指示を受ける。

『アキラ。バイクのブレードを使うわよ』

『分かった！』

　刃の無い柄《つか》をバイクの胴体部から引き抜き、ブレード生成機に接続する。柄とバイクを繋ぐ太いエネルギーケーブルを介して、バイクの大容量エネルギータンクから膨大なエネルギーが供給される。

　続けてバイクの補助アームのＲＬ２複合銃が、前方の標的に照準を合わせる。そして撃ち放つ。

　アキラの後ろに乗っているキャロルも銃撃に加わる。アキラが口答で銃撃を指示する時間など無いが、キャロルの拡張視界にその指示内容を表示するだけなら一瞬だ。キャロルも加速剤を用いて体感時間を操作しており、アキラの指示にほとんど遅れずに従った。

　アキラ達の前方にいる獣型の融合体に、アキラのバイクとキャロルによる一斉砲火が浴びせられる。だが大して効いていない。そもそもこの程度で倒せるのであれば、アキラ達はこの獣型の融合体を倒すのに、あれだけ苦労はしていない。

　それでも相手の動きを鈍らせることぐらいは出来る。加えて今はアルファがアキラをしっかりサポートしている。バイクによる銃撃も、アキラの実力を試す為にサポートの質を抑えていた前回とは精度がまるで異なる。計算され尽くした銃撃は融合体の動きを単に封じるだけでなく、光球生成の効果的な阻害まで行っていた。

　銃撃で融合体の動きを鈍らせている間に、アキラはバイクで相手との間合いを一気に詰めていく。同時にブレード生成機から、長く巨大な銀色の刃を引き抜いた。

そしてバイクで融合体の獣部の股の下を駆け抜けながら、そのブレードを勢い良く振るう。アキラの身の丈を遥かに超える巨大な刃は、アルファのサポートによる達人の技量を以て、その驚異的な切れ味を存分に発揮した。真下から両断された融合体が左右に分かれる。更に刀身から放たれる衝撃で吹き飛んだ。

だが敵はその一体だけではない。高速で走るバイクのすぐ前には別の融合体がいた。アキラはそちらにもブレードを振るう。ただ持つだけならば羽よりも軽く感じる刃を、慣性だけで鉄塊よりも重く感じながら、その重さを強化服の力を以て捩じ伏せる。そして渾身の一撃を繰り出した。刀身から漏れ出す光を纏って輝く刃が、次の相手も両断した。

それでもたった2体倒しただけだ。厳密には倒してすらいない。その体を大きく損壊させて、アキラ達をすぐには追えない状態にしただけにすぎない。

加えて融合体はまだ残っている。アキラに向けて大口を開き、光球を生成するものが1体。異形の上半身の長い腕を振りかぶるものが2体。直接飛び掛かろうとするものが1体。前から上から横からアキラを狙う。

多い。これらを一度に相手をするのは流石に無理だ。そう思い、アキラは表情を険しく歪めた。

しかしそこでタツカワの援護が入る。大量の光弾を浴びせられ、融合体達が大きく動きを乱した。その隙にアキラが敵達の横を駆け抜ける。同時にすれ違い様にブレードを振るい、2体を大きく斬り裂いた。

上を飛ぶタツカワから通信が入る。

「やるじゃねえか！　キバヤシが気に入る訳だな！」

「そっちもな！」

「お互い様か！　アキラ！　また怪獣の攻撃が来る！　もっと前に出ろ！」

「了解！」

前方にもまだ多数の融合体がいる。それでもアキラはタツカワの指示通りに、更に前衛の位置につく。同時にタツカワは機体をアキラの真後ろに移動させた。

　次の瞬間、遥か後方の怪獣が再びエネルギーの大奔流を吐き出した。その激しい光は無数の高層ビルを呑み込み、消失させて、前回よりも遠い位置にいたアキラ達まで到達し、更にその先にいる融合体達まで呑み込んでいく。

　アキラ達の後ろにいた融合体達は怪獣の攻撃で消滅した。前にいる融合体達も焼け焦げて真面に動ける状態ではない。

　その特大のエネルギー攻撃を、アキラ達は前回と同じようにして防いだ。力場装甲《フォースフィールドアーマー》と力場障壁《フォースフィールドシールド》の為に使用したエネルギーが、機体とバイクのエネルギー残量をごっそり削っている。黒焦げの融合体の側を駆け抜けながら、タツカワが厳しい声を出す。

「……あれを防げるのは、もってあと2回だな。アキラ。そっちは？」

「それならこっちも2回だ。タツカワが盾になってくれなければ初めから0だ」

「そうか。まあやれるだけやるしかない。全く、これをキバヤシが知ったら大爆笑確定だな」

　冗談のように笑うタツカワに合わせて、アキラも意気を上げて笑う。

「同感だ。……仕方が無い。あいつには笑い死んでもらおう！」

「そうするか！」

　自分達が生還しなければ、この戦いをキバヤシが知ることはない。そしてキバヤシを最も笑わせる要素は、この無理無茶無謀の体現のような状況で、自分達が生還することだ。アキラもタツカワも、キバヤシに振り回された者としてそれをよく知っていた。

　旧世界の都市の中を一機と一台が駆けていく。アキラもタツカワも死ぬ気など欠片も無かった。


　逃げるアキラ達と、追う怪獣、そしてアキラ達の行く手を遮る融合体の群れによる攻防が続く。

　融合体の相手はタツカワがハンターランク78の実力を見せ付けることで何とかなっている。アキラもアルファのサポートを存分に受けて、可能な限り足を引っ張らないように尽力している。

それでも怪獣の攻撃はどうしようも無い。防げるのはあと2回。そこはアキラ達がどれほど努力しようとも覆らない。

3回目を防ぐ。周囲の被害はアキラ達が怪獣との距離を稼いだことで多少減っている。しかし残りの回数を増やすほどではない。これであと1回。

流石にアキラも焦り始める。焦る理由は、防ぎ切れるのは次が最後、というだけではない。もう相当な距離を進んでいるのにもかかわらず、周囲の景色が全く変わらないのだ。つまり、今なら第3奥部から脱出できるのではないか、という予想が外れている恐れが高くなっていた。

『アルファ。何とかならないか？』

思わずそう尋ねたアキラに。アルファが真面目な表情で聞き返す。

『アキラ。確認するわ。私が何とかしても、本当に良いのね？』

そう聞き返されたことでアキラも理解する。頼めば、アルファは本当に何とかしてくれる。しかしその場合、何とかなるのは自分だけ。他の者達は全員死ぬことになる。具体的に何をするのかは分からないが、アルファはそういう手段で何とかするのだと。

それなら駄目だ、とは言えない。溜まりに溜まった借りを返す為に、アルファの依頼を達成しなければならない。ここで死ぬ訳にはいかない。

それでも頼む、とは更に言えない。自分はキャロル達の護衛を引き受けている。その自分がキャロル達を見捨てるような決断をするなど、あってはならない。

そのどちらの意志も否定しない為に、アキラはギリギリの決断をした。それを告げる。

『……限界まで待ってくれ』

『分かったわ』

アルファはそれだけ答えて、それ以上は何も言わなかった。そしてアキラもこれ以上尋ねるのをやめた。

怪獣から4回目の攻撃が来る。更に距離を稼いだ分だけ、その威力は大幅に落ちていた。それでも残りの防御可能な回数は増えない。これであと0回。次を喰らえば、アキラは消し飛ぶ。

それでもアキラはアルファに何も言わない。自分だけ保険を掛けて戦っているのだとしても、全員が生還できるように全力を尽くす。自分の意志で、もう無理だとは判断しない。アルファが何とかしてしまうのを、死に物狂いで防ぐ。そう決めていた。

どこまでも続く旧世界の街並みを、行く手を遮る融合体達を倒しながら、アキラ達は全力で駆けていく。5回目の攻撃は、今までの感覚だとあと少しで来る。その恐怖に屈せずに、最後まで諦めずに、アキラ達は出来る限りのことをした。

そしてまるでその努力が実ったかのように、怪獣の5回目の攻撃は、特大のエネルギーの放出ではなく、山のような巨体による突進だった。無数の高層ビルを薙《な》ぎ倒《たお》してアキラ達へ突き進む。

光線を4回放っても自分達を倒せなかった怪獣は、自分達が有効射程の外にいると判断し、それならば距離を十分に詰めようと走り出したのだろう。アキラ達はそう思い、猶予が延びたことにほんのわずかだけ安堵する。

しかしそれも所詮は時間の問題にすぎない。距離を詰められた後に光線を撃たれれば終わりだ。しかも怪獣の突進速度は、その巨体にもかかわらず、アキラ達より速かった。

キャロルがアキラの後ろで、どこか観念したように笑う。

「……アキラ。何とかなりそう？」

「……する！」

諦める気など欠片も無い。そう告げるような威勢の良い返事に、キャロルは少し驚いたような顔をした。そしてその笑顔から陰を消す。

「……そう。じゃあ、頑張って！」

「ああ！」

決意を滲ませて、アキラはそう威勢良く答えた。

その時だった。シロウから通信が届く。

『アキラ！　こっちだ！』

ようやく来た生還の機会に、アキラは思わず笑みを浮かべた。そして自分達の状況を知っている相手へ念話の声を荒らげる。

『……シロウ！　遅いぞ！』

『悪いな！　これでも急いだんだよ！　そっちも急げ！』

アキラの拡張視界には、既にシロウから送られてきた脱出地点が表示されていた。その場所を確認したアキラが、浮かべていた表情を一気に険しくさせる。

『そこかよ!?』

『そこだ！　急げよ！』

指定された場所は遺跡の中の大通り。アキラ達と怪獣の間だった。

「タツカワ！　こっちだ！」

アキラがそう言いながらバイクを操る。空中を走行可能なバイクの利点を活かして、曲がった見えないパイプの中を通ったように、ほとんど減速しないで移動方向を反転させた。

そしてそのまま周囲の高層ビルより高く上がり、障害物の無い空を加速する。建物を盾にしてもしなくとも、どうせ怪獣の次の光線を喰らえば消し飛ぶのだ。それならばと、シロウの所に最速で辿り着くことだけを考える。

脱出地点の情報はタツカワにも伝わっている。タツカワも遅れずにアキラに続く。

「ようやく救援が来たか！　ちょっと遅えんじゃねえか？」

「ああ！　でも間に合わないよりはマシだろ！」

「そうだな！　飛ばせよ！」

「そっちもな！」

怪獣が遠方から自分達の方に向かってくる大迫力の光景を見ながら、アキラ達はその方向へ死ぬ気で急ぐ。怪獣とアキラ達の間に融合体の姿は無い。怪獣の光線で消し飛んでいる。そのおかげでアキラ達は機体とバイクの性能が許す限りの速度を出せている。怪獣とアキラ達の距離が急激に縮まっていく。

勢い良く突進していた怪獣が、そのアキラ達を見て立ち止まろうとする。移動しながら光線は出せないからだ。しかしその巨体故に急には止まれない。転倒しないように徐々に速度を下げていく。その隙にアキラ達は脱出地点との距離を縮めていく。

怪獣がようやく立ち止まる。しかしすぐ光線を放つことは出来ない。圧倒的なエネルギーを放出するのだ。それだけ溜めが必要になる。加えて突進で消費した分のエネルギーもある。次の放出分のエネルギーを溜めるには、今までより時間が必要だった。

もっともそれは数秒程度の短いものでしかない。しかし今のアキラ達には貴重極まる時間だった。

その時間を使い、アキラ達が脱出地点の近くまで到達する。そこには大通りの途中にトンネルの出入口だけが、画像の合成のように開いている光景があった。

「あそこか！」

アキラ達がトンネルの中に飛び込もうとする。だがその時、溜めを終えた怪獣が、その大口をアキラ達に向けた。極度の集中により静止したような世界の中で、アキラは怪獣の口から漏れ出す光を見た。

それでもアキラは、欠片も諦めなかった。

（……まだだ！　まだアルファは何とかしようとしていない！　まだ手遅れじゃない！）

手遅れかどうかは自分が決めることではない。そして手遅れではないのなら、自分にはまだ足掻《あが》けることがある。そう考えたアキラは、手に持つ巨大なブレードを構えた。

このブレードで怪獣が放つエネルギーの奔流を斬ることが出来れば、その流れを変えることが出来れば、何とかなる。いや、出来る出来ないではない。やる。

そう決めて、アキラがブレードを振るう。その刃にエネルギーを注ぎ込めるだけ注ぎ込んで、渾身の力で、全身全霊で振るった。

同時に怪獣が巨大な口から光線を放つ。全てを呑み込むエネルギーの奔流が、一帯を呑み込み尽くした。

だがアキラ達は生きていた。十字の斬撃が閃光を切り開き、光の奔流からアキラ達を逃していた。

その光景を見たアキラが不思議に思う。

（……十字？）

自分は一度しか斬っていない。それにもかかわらずエネルギーの奔流は十字に斬られている。なぜなのか。その疑問の答えはアキラの横にいた。

そこにはオリビアが居合い切りを終えた体勢で立っていた。そして空中に立ったまま納刀を済ませると、アキラに告げる。

「お急ぎになられた方が宜しいかと」

アキラは極限の体感時間操作により、時が止まったような世界にいる。それにもかかわらずアキラがオリビアの声を聞き取れたのは、オリビアがアキラの体感時間に合わせて話しているからだ。納刀の動作も実際には一瞬で、通常の体感時間では視認など出来ない。

「あ、ああ……」

アキラは何とかそれだけ答えると、厳密には本人の感覚ではそう聞こえるだけの返事をすると、タツカワと一緒にトンネルの中に入っていった。

それを確認してオリビアもトンネルの中に戻る。その直後、トンネルはその場から忽然と姿を消した。

怪獣から辛うじて逃げ延びたアキラが、地下トンネルの中で大きく息を吐く。

「危なかった……」

後方の状況は、拡張感覚により振り返らずとも把握できる。怪獣の反応が無いどころか、第3奥部の景色すら見えない。アキラ達の後ろにあるのは短い地下トンネルと、黒で塗り潰したかのような闇だけだ。余りに暗過ぎて不自然に思えるほどだった。それはアキラ達が第3奥部から脱出したことを示していた。

キャロルはアキラの後ろで半ば呆然《ぼうぜん》としていた。しかし助かったことを少し時間を掛けて理解し、実感すると、アキラに抱き付いて大きな声で笑い出した。

アキラもつられて笑い出す。危機から脱した高揚が落ち着くまで、アキラとキャロルはそのまま二人で笑っていた。

ひとしきり笑ったアキラ達が、合わせたように落ち着きを取り戻す。キャロルが意識を切り替えるように大きく息を吐き、落ち着いた口調で嬉しそうに言う。

「アキラ。何とかなったわね」

「ああ。何とかなったな」

アルファに何とかしてもらわずに、何とかなった。自分もキャロル達も死なずに済んだ。良かった。アキラはそう思い、改めて安堵した。

そこでアキラ達の上を飛んでいるタツカワから通信が入る。

「アキラ。危なかったな。これでキバヤシが笑い死ぬのは確定だ。ところで、彼女は知り合いか？」

タツカワが言っているのは、バイクで走るアキラ達の横を平然と並走しているオリビアのことだ。怪獣が放出したエネルギーの奔流を斬り裂いたのも、その大部分がオリビアによるものであることを、アキラの後ろにいたタツカワはしっかり見ていた。

アキラがオリビアを改めて見る。見覚えは無かった。

「いや、知らない。シロウは護衛を雇ってこっちに来るって言ってたから、多分その護衛だと思う」

イイダ商業区画遺跡でオリビアがアキラ達の下に姿を現した時、アキラは激しい戦闘の直後で気を失っていた。その後、アルファもシオリもアキラにオリビアのことを教えなかったので、アキラはオリビアを知らなかった。

オリビアが軽く跳躍する。そして空中にいる間に姿勢を正し、慣性だけでアキラのバイクに並走しながら、走りながらの姿勢ではなく立った姿勢でアキラへ丁寧に頭を下げた。

「リオンズテイル社のオリビアと申します。当社を御利用中のシロウ様からアキラ様の救援の御指示を承り、誠に勝手ながら介入させて頂きました」

「い、いえ、おかげで助かりました」

「恐れ入ります。御無事で何よりで御座います」

跳躍を終えたオリビアが再び自分の足で走り出す。アキラはそのオリビアの言動に少したじろいでいたが、気を取り直してタツカワに向けて言う。

「ほら、やっぱりシロウの護衛だ」

「そうみたいだな。しかし……、リオンズテイル社か……。確かにあそこならここまでの人材がいても不思議は無いが、ここまでの実力者だと雇うのに相当の金が掛かるはずだし、相応の伝も要るはず……。なあアキラ。シロウってどんなやつなんだ？」

「俺も知らない。俺が知ってるのは、トガミを雇ってたやつってことだけだ。トガミは？」

トガミがタツカワの機体の中から答える。

「俺もあいつに雇われてただけで、あいつのことは全然知らねえよ。シロウって名前も偽名だろ？」

「そうだな。まあここまで来てるはずだから、気になることは本人から聞こう」

そのまま地下トンネルを進むとレイナ達が車を停めて車外で待っていた。バイクを停めたアキラがそこにいたシロウの顔を見て驚く。シロウは調子良く笑っていた。

「ようアキラ。久しぶりだな」

「トガミを雇ってたのって、お前だったのか……」

近くに人型兵器を停めたタツカワがトガミと一緒に降りてくる。

「アキラ。シロウとは知り合いなのか？」

「ああ。前にちょっとあってな。詳細は聞かないでくれ。いろいろあるんだ」

タツカワはアキラとシロウの様子から、ある種の面倒事の気配を感じ取り、事情を聞くのをやめた。

「分かった。聞かないでおく」

トガミはシロウのことよりも、この場にレイナ達がいることに驚いていた。

「レイナ。久しぶりだな。クガマヤマ都市を離れたみたいな話を聞いてたけど、戻ってきたのか？」

「ええ。ちょっと事情があって離れてたんだけど、昨日戻ってきたの。元気そうで何よりだわ」

レイナから親しげな、それでいて育ちの良さすら感じさせる笑顔を向けられて、トガミは内心で少し動揺していた。それをごまかすように苦笑する。

「元気そうで何よりって、レイナ、それ、ついさっき死ぬところだったやつに言うことか？」

「そう？　じゃあ、無事で良かった、って言い直しておくわ」

「そりゃどうも」

トガミはレイナとの気安い遣り取りに懐かしさを覚えながら、レイナの様子を改めて探る。ここにはアキラが、経緯はどうであれカツヤを殺した者がいるのだ。大丈夫だろうか、と少し心配していた。

そのレイナが視線をアキラに移して、少し呆れたように笑って言う。

「それにしても、アキラは相変わらず波瀾万丈《はらんばんじょう》な毎日を過ごしているようね。アキラらしいって言えばアキラらしいんだけど」

「俺も好き好んでこんな目に遭ってる訳じゃないんだけどな」

レイナに気付いたアキラは、自分がカツヤを殺したこともあって、微妙な気不味さを覚えていた。しかしレイナの方から気安い態度を取ってきたことで、アキラもそれに合わせることにした。

「それで、何でレイナ達はシロウと一緒にいるんだ？」

「あー、それなんだけど……」

レイナが口籠もる。詳しい事情を説明するのは、アキラが助かった後にした方が良い。レイナはシロウからそう言われていた。つまり今だ。しかしいざ話そうとすると、何からどう話せば良いのか迷ってしまっていた。

そこにタツカワが口を挟む。

「細かい話は戻りながらにしないか？　ここはまだ通信が不安定なんだ。俺の都合で悪いんだが、仲間と真面に通信が繋がる所まで、先に移動しておきたい」

それを聞いたアキラ達は頷き合い、まずは出発することにした。そこでレイナがアキラに言う。

「アキラは私の車で休んでいて。疲れたでしょう？　ここからは私達に任せてちょうだい」

「そうか？　あ、でも俺はキャロルの護衛だし……」

怪獣から死力を尽くして逃げ出したこともあって確かに疲れている。しかしここはまだ安全な場所ではないのだ。キャロルの護衛を放り出して休む訳にはいかない。アキラはそう考えてレイナの申し出を断ろうとした。

そこでキャロルが笑って口を挟む。

「そうね。アキラは休んでちょうだい。この辺なら大丈夫よ」

「いや、でも……」

そう言って護衛を続けようとするアキラに、キャロルが楽しげに笑って言う。

「駄目よ。今の内に休んでて。何しろアキラには、また怪獣が出たら頑張ってもらわないといけないんだからね？」

そうでも言わないとアキラは休まない。それを分かっているキャロルは、分かっているのでそう言った。そしてアキラもそう言われてしまっては休むしかなかった。苦笑を返す。

「分かったよ。休んでおく」

「それじゃあここからは、私がアキラを護衛中ってことでお願いね？　悪いけど報酬は期待させてもらうわ。アキラにあれだけ働かせた以上、私もここで頑張って支払額を少しは相殺しておかないと。あ、バイクは借りるわね」

「ちゃっかりしてんな。好きにしてくれ。トガミ。お前は？」

話を振られたトガミは、一緒に休んでいても構わないと言われていることを理解した上で、ここはキャロルに乗ることにした。

「そうだな。俺も今の内に少しは相殺しておくことにする」

それを聞いたアキラはＲＬ２複合銃を２挺、何も言わずにトガミへ投げた。そしてバイクから降りてレイナの車の中に入っていった。

シロウもアキラに続いて車に乗る。レイナは車両の屋根に上がろうとしたが、シオリとカナエに阻まれる。仕方が無いというように軽く頷いて車内に戻った。シオリ達は屋根に戻り、オリビアも屋根に乗る。

キャロルはアキラのバイクに乗ったまま、座る位置を前にずらした。トガミはその後ろに乗る。最後にタツカワが赤い機体に戻った。そしてアキラ達は地下トンネルを進んでいく。途中でモンスターと遭遇したが、今のアキラ達の敵ではない。問題無く蹴散らした。

第231話　殺した理由

　レイナの車に乗り込んだアキラは、車内の椅子に腰掛けると、意識を臨戦から休憩に切り替えた。気を緩めたことで疲労感も強くなる。回復薬を飲み、その効果が体に染み渡るのを感じながら大きく息を吐いた。

　そこでシロウが調子の良い笑顔でアキラに言う。

「アキラ。約束通り助けてやったぞ？　あんな状況から、俺のおかげで生還できたんだ。これはデカい借りになったはずだ。で、どうだ？」

　これだけ大きな借りを作ったのだ。自分をツバキに紹介してくれても良いだろう。レイナが横にいるので、ツバキの名前は出さずに、シロウはそう尋ねていた。

　アキラが少し悩む。そして答える。

「……駄目だ」

　流石にシロウも笑顔を消した。不満げな顔をアキラに向ける。

「おいおいおいおいおい、アキラ、そりゃねーだろ。お前を助ける為に俺がどれだけ苦労したと思ってるんだ？　俺の助けが間に合わなければ、お前は絶対死んでたぞ？」

「それは否定しないし、デカい借りを作ったことも認めるけど、あの頼みを引き受けるのには足りてない。そういうことだ」

　アキラとシロウはそのまま真面目な顔で視線をぶつけ合う。引く気は無い。どちらも強い目でそう示していた。

　そしてしばらくの沈黙の後、このまま相手との関係が拗《こじ》れると困る方が、仕方無く引き下がる。シロウだ。溜め息を吐いて話を続ける。

「じゃあ聞くけど、今回の借りの大きさなら、どこまでやってくれるんだ？　デカい借りを作ったことは認めるんだろ？」

「そうだな……、第1奥部の封鎖領域に行くから護衛しろって言うなら、引き受けても良い。ただし、今はキャロルの護衛依頼の最中だから、引き受けるとしてもその後だ」

「それ、ルートは地上か？　それとも地下トンネルか？」

「それはシロウが決めてくれ。どっちでも付き合うよ。でも護衛として同行する以上、俺がそれ以上進むのは危険だと判断したら、その時点でシロウを連れて帰るからな。生還が前提だ。自殺紛いならともかく、明確な自殺に付き合う気は無い」

シロウが唸る。

オリビアという護衛がいる以上、アキラを連れていけばツバキに安全に会うことまでは可能だろう。だが交渉の場にアキラを単に同席させた程度では、自分がツバキと交渉したところで上手くいくとは思えない。

ツバキとの接触後は、坂下重工の交渉人に任せるという手もある。それでも良いとスガドメからも言われている。だが恐らくその程度の成果では、自分が坂下重工から脱走したことを帳消しにするには足りていない。

しかしまだスガドメに渡せる真面な成果が無いのも事実だ。そろそろある程度の成果は示しておきたい。自分に一定の自由を、継続して認めさせる為にも必要だ。それを考えればやるべきか。

「うーん……」

ここでアキラに作った貸しを使うべきかどうか、シロウは迷い、唸り続けていた。

そこでアキラがふと思う。

「そういえば、レイナは何でシロウと一緒なんだ？」

「シロウに護衛に雇われたの」

「そうだったのか。俺が言うのも何だけど、よく護衛を引き受ける気になったな。俺達が遭難したって話は聞いてたんだろ？　そんな危険な場所によく行く気に……、ん？　ああ、そういうことか」

「そういうことって、何が？」

「いや、シロウが護衛を雇うのに俺の仲介がどうこうって言ってたんだ。あれはレイナ達のことだったんだな。あの無茶苦茶強い人も、メイド服を着てるんだしレイナ達の関係者なんだろ？　それで、俺が遭難するような場所に行く為に、連れてきてくれたんだろ？　おかげで助かった。ありがとう」

「どう致しまして。アキラが無事で良かったわ」

レイナは笑顔で、しれっとそう答えた。

シロウはそのアキラ達の会話を、アキラの貸しをどうするべきか考えていた所為で、半分聞き流しながら聞いていた。そしてそのまま流してしまいそうになったが、わずかに怪訝な顔をした後、我に返って慌てて口を挟む。

「ちょっと待て!?　アキラ！　違うぞ！　彼女は俺が雇ったんだ！」

「ああ、彼女を雇えるように、俺の仲介でレイナに頼んだんだろ？」

「そうじゃない！　オリビアさんは俺が直接雇ったんだ！　その為にレイナに取り次いでもらったりはしていない！」

アキラを助けた貸しを、レイナに横取りされかけている。そのことに気付いたシロウは、それがアキラの中で事実になってしまう前にちゃんと説明しようとした。しかしそこでレイナに口を挟まれる。

「でも私があの場にいなかったら、シロウはオリビア様を雇えなかったわよね？　っていうか、ぶっちゃけ私を半分脅して言うことを聞かせたわよね？」

アキラがシロウに少し厳しい視線を向ける。

「おい、そうなのか？」

シロウはすぐに答えられなかった。レイナの説明は、違うと即答するのが難しい程度には、間違ってはいないからだ。

しかし同時に、アキラが思っているほど非難される内容でもない。レイナもそれを分かっており、その上でシロウがアキラに悪い印象を持たれるように、敢えてそういう言い方をしていた。

シロウもそれぐらいは理解している。思わずレイナを軽く睨み付ける。

そのシロウにレイナは笑顔を返した。そして自分達を利用したことへの意趣返しはこの程度で良いだろうと考えて、話を進める。

「アキラ。その辺りはいろいろあったの。今から説明するから、まずは私の話を聞いてくれない？」

そしてシロウをチラッと見る。それは、意趣返しはこれぐらいにしてやるが、今からアキラにする説明の最中に余計なことを言ったら、アキラとの関係を無茶苦茶にしてやる、という釘刺しだった。

シロウもそれを察した。溜め息を吐き、分かったと答えるように小さく頷く。

それを見て、レイナは視線をアキラに戻した。そして白いカードを取り出してアキラに見せる。

「アキラ。これを覚えてる？」

「……何だっけ？」

「分かったわ。そこから話すわね。これはアキラがミハゾノ街遺跡で、私達と一緒に旧世界製の自動人形を探した時に……」

このカードはアキラの意識が無かった時に、オリビアがアキラに向けて残した物だったこと。オリビアは旧世界のリオンズテイル社の存在であること。そのカードをシオリが言葉巧みにアキラから手に入れたこと。それらのことを、レイナは真面目な表情でアキラに説明した。

アキラもレイナの話を聞いて、その時のことを思い出す。

「あー、思い出した思い出した。あの時のカードか。それで、そのカードがどうかしたのか？　あ、もしかしてそのカードで結構稼げたから、約束通り俺にも利益の一部を分けてくれるって話か？」

アキラは単純に、予想外の臨時収入が入りそうなことに喜んでいた。

そしてレイナにとっても、アキラのその態度は予想外のものだった。

「……えっと、アキラ。怒ってないの？」

「何を？」

「シオリにこのカードを取られたことよ」

「取られたって……、一応納得して渡したはずだけど」

「そ、そうかもしれないけど……」

そもそもその交渉が、アキラの無知につけ込んだ詐欺紛いのものだったのだと、分からないことはないだろう。レイナはそう思い、全く気にした様子の無いアキラの態度に困惑していた。

そこにアキラが続ける。

「いや、言いたいことは分かるぞ？　そのカードは上手く使えば物凄く金になる代物で、シオリが思わずそんな真似をするほどの貴重品なんだろ？　それを半分騙し取られて、何で怒んないんだって言いたいんだろ？」

「そうよ。このカードは……」

「でも俺がそのカードを持ってたところで、上手く大金に換える方法なんて知らないし、そういう伝も無いんだ。だからそれが出来そうな人に渡して儲けの一部を期待するってのは、悪くない手だと思うけどな。それに、それが詐欺に当たるかどうかの話はその時に済ませたんだ。今更ゴチャゴチャ言う気は無いよ」

そこまでの理由もアキラの本心だ。だが怒らない理由を更に付け加えるのであれば、そのカードについて、もう一つ思い出したことがあったからだった。

アキラはシオリとその交渉をした時に、アルファからそのカードを渡すように勧められていた。つまりそのカードは、そのままアキラが持っていると面倒な事になりかねない代物だった。

そのような物を手放せる上に、利益も期待できるのだ。アキラにとって怒る理由は何も無かった。

レイナもアキラのその裏事情までは流石に分からない。しかしアキラが本当に怒っていないことは理解できた。安堵して表情を緩ませる。

「そう……。私もアキラと揉めたくないし、そう言ってもらえると助かるわ。ありがとう」

カードの件をアキラは怒っていなかった。良かった良かった。レイナはそれで話を終わらせることも出来た。

しかしそれを分かった上で、レイナは話を続ける。

「でもシオリがアキラに対して詐欺紛いのことをしたのは事実よ。その責任は私が取るわ。なあなあで終わらせる気も無い。何かあれば言ってちょうだい。

何でもするとは言えないけど、まずは何でも言ってみて」

レイナはシオリ達の主として、従者の行いに責任を持つ者として、覚悟を以てアキラに向き合った。

そのレイナの真摯な姿勢に、言い方を変えれば、シオリ達に恥じない主であろうとして少々意気込んでいるその姿に、アキラが逆に戸惑う。

「そう言われてもな……」

レイナはシオリの行いに正面から向き合おうとしている。そのレイナに、この件を軽く捉えているような態度を取るのは、つまり下手に軽い要求で済ませるような真似は、逆に失礼になるようにアキラには思えた。

ではどうするか。大きな貸しを作ったとして、いつか返してくれとでもしておくか。レイナも自分とは揉めたくないと言っていたし、それで良いのではないか。そうしよう。

そう思ったところで、アキラがレイナの言葉を改めて思い返す。自分と揉めたくない。その短い言葉を。そして、真面目な表情を浮かべた。

「……何でも言って良いのか？」

急に雰囲気を変えたアキラの様子に、レイナも真面目な態度で答える。

「ええ。それに応えられるかどうかは、聞いた後にしか言えないけどね」

「そうか。じゃあ言うだけ言ってみる」

何を言われるのか。レイナは緊張を高めて、続く言葉を待った。

そしてアキラが言う。

「俺と敵対しないでくれ」

予想外の頼み事に、今度はレイナが戸惑った。確認するように聞き直す。

「……えっと、そんなことで良いの？　頼まれなくてもアキラと敵対する気なんて無いんだけど」

「ああ。頼む。まあ頼むって言っても、出来るだけやってくれれば良いよ。無理な時は無理で良い」

その約束が守られることなど、大して期待していない。敢えて悪く解釈すればそうとも捉えられるア

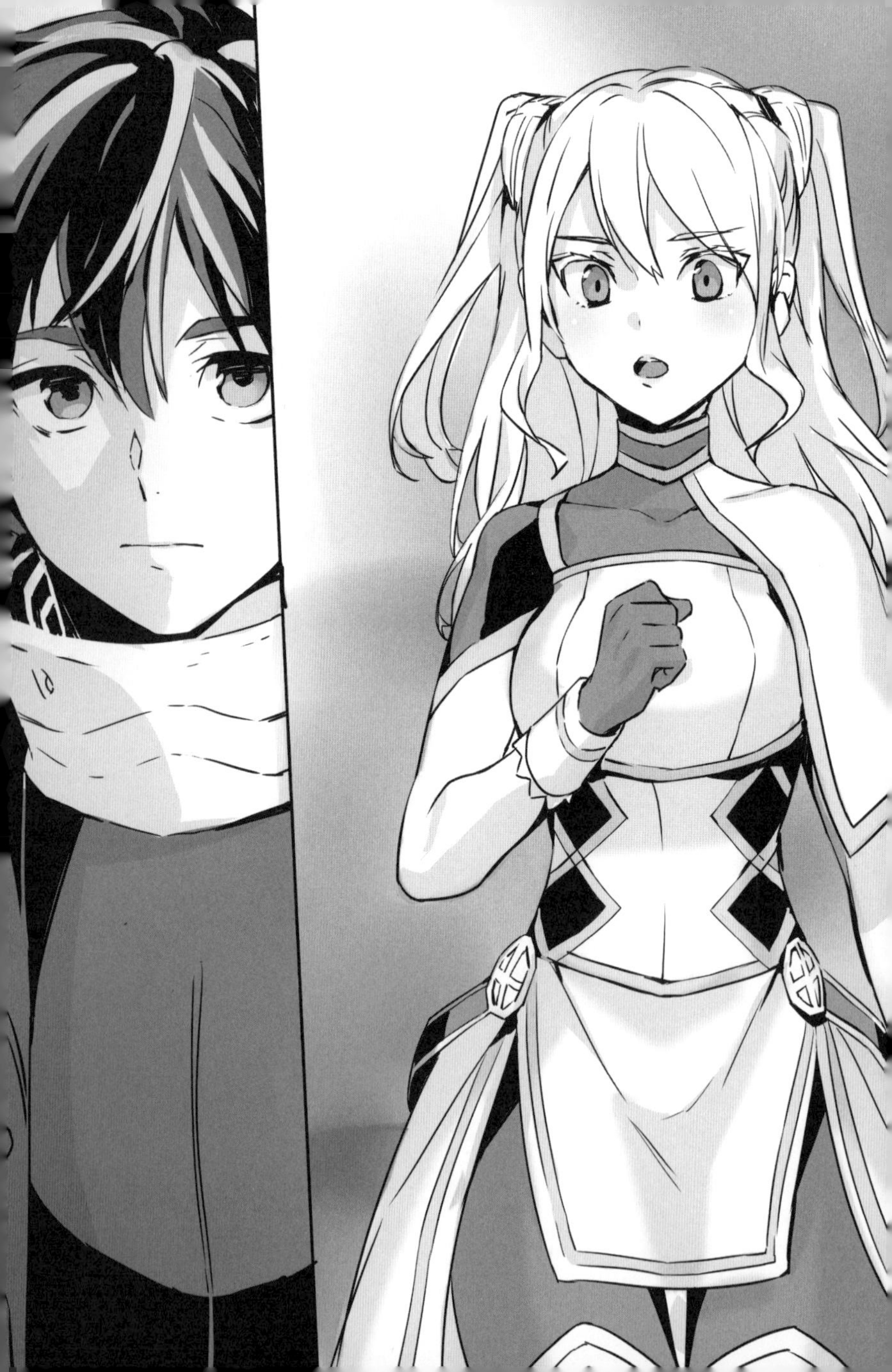

キラの言葉に、レイナは思わず、わずかではあるが、不満そうな表情を浮かべた。

「アキラ。そんな頼みで良いの？」

「ああ」

そのアキラの態度に、レイナは今回の件の責任を本気で取ろうとしていることもあって、そのことをアキラに軽んじられているようにも感じてしまっていた。しかし続く言葉を聞いて考えを変える。

「……ユミナにも、出来なかったことだからな」

それはとても重い言葉だった。

レイナはカツヤの死を知った時に、ユミナもアキラに殺されたことも一緒に知った。

カツヤを殺したことはまだ分かる。しかしユミナとは仲が良かったはずだ。それでもアキラは、敵対するなら殺すのか。ハンターとはそういうものなのか。そう思い、レイナはカツヤの件とは別に、複雑な思いを抱いていた。

しかしアキラの言葉で理解する。

ユミナとアキラは確かに敵対した。殺し合った。でもそのようなことは、どちらも望んでいなかった。詳しい状況は自分には分からない。それでも、それを避ける為に、どちらも出来る限りのことをしたのだと。

その上で、駄目だったのだと。

レイナはそれを理解し、納得した。そしてその納得が、レイナのわだかまりを薄れさせる。

確かにアキラはカツヤもユミナも殺した。だがそれは、もう本当にどうしようもないことだったのだ。レイナはそう思った。

それは、そうであってほしい、という願望を含んだものではあった。レイナはそのことを分かった上で、それを自分の中に受け入れた。

そして、それがアキラにとって、不可能だと思うほどに困難で、望む方が馬鹿げているような重い望みだと分かった上で、自身の名を以て宣言する。

「分かったわ。アキラとは敵対しない。約束する。レイナ・リラルト・ローレンスの名に懸けて、誓うわ」

アキラにはその宣言が、レイナにとってどれほど重い意味を持つかなど分からない。それでも、とてつもない覚悟を以て応えてくれたことだけは分かった。表情を緩めて答える。

「……そうか。助かる」

短い返事だが、そこには確かな感謝があった。それを感じ取って、レイナも雰囲気を緩めて微笑んだ。

そのアキラ達の様子に、シロウが場違いな空気を覚えて内心でたじろぐ。

（……えっ？　ちょっと待て。俺はこの空気の中で、アキラにオリビアを雇った経緯とかを説明しないといけないのか？）

説明しない訳にはいかない。オリビアが最高のタイミングでアキラ達を助けたことは、自分がアキラに作った貸しなのだ。ちゃんと説明しないとその貸しをレイナに取られてしまう。シロウはそう思いながらも、自分がこの空気に割り込んだら、アキラに空気の読めないやつだと思われて、好感度が下がるようにしか思えなかった。

ツバキに自分を友好的に紹介してもらう為にも、アキラの心証は重要だ。どうするか。シロウが今度はそちらのことについて悩み始める。

そこでアキラが思い出したようにシロウに尋ねる。

「あ、シロウ。レイナを半分脅して言うことを聞かせたって、どういうことなんだ？」

「あー、それは……」

少し険しいアキラの顔を見て、シロウはアキラからの好感度が下がり始めていることを感じ取った。内心で焦りを強くする。

そこにレイナが助け船を出す。

「アキラ。それはシロウがオリビア様をそれだけ急いで雇おうとしてたってだけよ。まあ？　その時は？　確かにちょっとむかついたけど？　それだけ急いだおかげでアキラを助けるのが間に合ったんだし、私は気にしてないわ。アキラも気にしないで」

「そうか？　まあそういうことなら……」

アキラが表情を戻したのを見て、シロウは小さく安堵の息を吐いた。そしてレイナの視線に気付く。

一つ貸しだ、と目で言っていた。シロウは仕方無くその借りを受け入れた。

「じゃあ改めて説明するぞ。アキラ。俺はレイナから、そのカードを借りただけだ。旧世界のリオンズテイル社に繋げたのも、護衛の交渉をしたのも、護衛代を支払ったのも、俺だ。レイナじゃない」

「でもレイナ達を護衛に雇ったんだろ？」

「雇った。でもそれはオリビアさんとは別枠だ。だからアキラがオリビアさんに助けられた借りを返す先は、オリビアさんの雇い主である俺だ。レイナじゃない。分かったな？」

「分かった分かった。それで、どうするんだ？キャロルの護衛依頼が終わった後に、お前と第1奥部の封鎖区域に行けば良いのか？」

「…………いや、今は貸しを溜めとくよ」

「分かった」

これでレイナもシロウも、アキラに取り急ぎ話しておかなければならないことは話し終えた。意識を切り替えて次のことを考える。


レイナが白いカードに視線を向ける。

（アキラから詐欺紛いの方法でカードを手に入れた件は解決した……。次はどうするか……。状況も変わったし、まずはシオリと相談かしら）

そしてアキラをチラッと見る。

（状況から考えて、アキラはこのカードを使えるはずだけど……、使えることを知らないのか、知った上で使えない振りをしてるのか、どっちかしらね）

知らないだけなら教えても良いかもしれない。しかし知らない振りをしているのであれば、それを指摘するのはアキラへの敵対に当たるかもしれない。アキラとは敵対しないと約束した以上、後者であればそれは出来ない。

（その辺りをどうするかも後でシオリと相談ね。アキラに頼みたいことも、この状況なら変えないといけないかも……）

レイナも元々はシロウと同じように、カードを安全に使用する為にアキラに協力を頼むつもりだった。だが今ならば、別の頼みも可能ではないかと考える。

（アキラは第1奥部の封鎖区域のことを口にしていた。シロウの目的がそこにあるとしたら、具体的には何？　あそこにいる管理人格との交渉？　その為にアキラに協力を頼むのはなぜ？　アキラに仲介を頼むと、交渉が成功する可能性が上がるの？　統治系の管理人格を相手に？　アキラにはそういう何かがあるの？）

通常はそのようなことは考え難い。しかしオリビアがわざわざアキラ宛にカードを残したことを考えると、有り得ないとは言い切れない。

そもそも本来はオリビアが、旧世界のリオンズテイル社が、偶然そこにいた者に、わざわざカードを残しておかしくはないかも気を失っていた者に、わざわざそこらのハンターに、しかも気を失っていた者に、わざわざカードを残していくようなことが、まず有り得ない。

（そんな有り得ないことがあったんだもの。その前提で考え直した方が良いわね。アキラに協力してもらう為にも、出来ればアキラに貸しを作って……）

シロウがアキラをチラッと見る。

（……クガマヤマ都市の防衛隊が徹底的に封鎖している場所に、護衛としてならついていくって自分から言ってるんだ。こいつも貸し借りの精算については誠実なんだろう。あとは俺をツバキに紹介させられるだけの貸しをどうやって作るかだな……）

どうするか。シロウは少し考えてみたが、上手い案は浮かばなかった。しかし悲観的には考えない。

（まあ何とかなるだろ。今回の件もそうだけど、アキラは変な事態に巻き込まれやすいみたいだし、デカい貸しを作る機会は、またすぐにあるはずだ。それにこいつが契約等に対して十分に信頼の置ける人物なら、別にツバキの件に固執する必要は無いんだ。俺の目的に協力してもらうって手もある……）

シロウにとってツバキの件は、所詮はスガドメに観光名目での外出を認めさせる為の、成果稼ぎにすぎない。つまりシロウが目的を達成する為の手段であって、目的ではない。アキラの協力により、目的の方を直接達成できるのであれば、シロウにはツバキの件などどうでも良かった。

（オリビアを雇えたから当面は戦力に問題は無いと

は思うけど、基本的には護衛としての戦力。加えて手持ちのコロンを使い切れば終わりだ。アキラならコロンじゃなくてオーラムで雇えるはず……。まあ流石にアキラも金だけじゃ動かないだろうから、デカい貸しが前提の話にはなるんだろうけどな。その為にもアキラにもっと貸しを作って……）

そこでアキラはレイナとシロウから似たような目を向けられていることに気付いた。

「……何だ？」

「何でもないぞ」

「何でもないわ」

「そうか」

問い詰めるほどに知りたい訳ではない。でも少し気になる。そう思い、アキラは取り敢えずアルファに聞いてみる。

『アルファ。何だと思う？』

『アキラに貸しを作る方法でも考えていたのでしょうね』

『シロウはともかく、レイナもか？』

『その貸しで何かアキラに頼みたいことでもあるのでしょう。そのような事情でも無ければ、シロウに護衛に雇われているという理由だけで、ここまで来るとは考え難いわ。理由も無しに窮地に駆け付けてくれるほど、レイナと仲が良い訳ではないでしょう？　シオリも止めると思うわ』

『なるほど』

聞いてみようか。そう少し思ったアキラだったが、考え直した。今はキャロルの護衛依頼の最中だ。下手に聞いた所為で面倒事に巻き込まれるのは良くない。そう思い、聞くのはやめた。

その間に車が地下トンネルの第１奥部と第２奥部の境目を通過する。

「あれっ？　隔壁が開いてる？」

そう不思議に思ったアキラに、シロウがあっさり告げる。

「ああ、俺が開けた」

「あれ、開けられるのかよ……」

「物凄く大変だったけどな。閉めとくか」

シロウでも遺跡の制御を突破して隔壁をこじ開けるのは大変だが、閉めるだけなら比較的容易い。車両の後方で隔壁が閉まっていく。するとタツカワから少し慌てた声で通信が入る。

「おいっ!? 隔壁が閉まっていくぞ!?」

「開けっぱなしだと、モンスターが流出して危ないだろ?」

「お前が閉めたのか!?」

遺跡の施設に介入できる者がいること。隔壁が閉まっている状態では、車両や人型兵器での通行が不可能になるので、それらを利用した遺跡攻略が出来なくなること。その両方の理由でタツカワは声を荒らげた。そしてその後に落ち着いた声で続ける。

「シロウだったな。お前、何者だ?」

「内緒。聞かない方が良いと思うぜー」

シロウは普段の調子の良い態度に戻して答えた。だがタツカワはそれでいろいろと察する。

「……そうか。それなら、開けてくれって後で頼むのは可能か?」

「それは状況と報酬次第だな。連絡先は渡しとくよ。アキラに貸しを作ったらいつでも連絡してくれ」

アキラが思わず口を出す。

「おい」

「良いじゃねえか」

シロウはあっさりそう答えた。

車はそのまま進んでいき、遺跡の外周部と第1奥部の境目に辿り着く。そこの外壁もシロウによって閉められた。ここから先はモンスターの心配もほぼ無いので、車外の者達も車内に入る。タツカワも機体を自動操縦にして車に入った。

車内に全員揃ったところで、タツカワから車の行き先について要望が出る。

「そろそろ遺跡を出るが、このまま地下トンネルでミハゾノ街遺跡まで戻るのか? 俺の都合で悪いんだが、近くに他の出口があるならそっちにしてくれると助かる。仲間に合流を急かされてるんだ」

タツカワは既に仲間と連絡を取り、自身の無事を知らせていた。状況の説明も済ませた。その際にメルシアから、すぐに戻ってきなさい、と静かだが迫力のある声で告げられていた。恋人を安心させて、その機嫌を速やかに回復させる為にも、タツカワは少々急いでいた。

そのタツカワの要望にレイナも乗る。

「あ、私も出来ればそうしてほしいんだけど」

ミハゾノ街遺跡にはパメラ達がいる。レイナも、オリビアがいる状況でパメラ達と交戦になる恐れは低いとは考えている。しかしそのオリビアはシロウに雇われているだけだ。味方という訳ではない。面倒な事態は避けておきたかった。

そこでキャロルが意見を述べる。

「他の出口も探せば見付かるとは思うけど、絶対にある保証は無いし、下手をすれば地下を延々とさまよう羽目になるわよ？　確実に地上に出るのなら、ちょっと面倒でもミハゾノ街遺跡まで戻った方が良い気がするけど」

アキラはキャロルの意見に同意しながらも、疲れたので早く地上に出たいとも思った。そして近くに出口があるかアルファに聞こうとしたが、自分がそれを知っているのは不自然かもしれないと思い直し、まずはシロウに聞いてみることにする。

「シロウ。他の出口とか知らないか？　隔壁とか開けられるなら、出口も開けられたりしない？」

「隔壁の開閉と、出口を知ってるかどうかは別の話だよ。オリビアさんは何か御存知ですか？」

この質問も、下手をするとオリビアを移動手段として使用することに該当するかもしれない。追加料金が掛かるのなら聞くのはやめよう。シロウはそう思いながら一応尋ねてみた。

オリビアが答える。

「存じております。お望みであれば御案内致します」

「そうですか？　ではお願いします」

タツカワとレイナ達が安堵する中、車はオリビアの案内で進んでいく。

シロウがオリビアに出口のことを尋ねた時、アルファがオリビアをじっと見ていたことに気付いた者は、オリビアを除いていなかった。

◆

クズスハラ街遺跡の近郊、東部に幾らでもある瓦礫地帯に、ドラゴンリバーの大部隊が展開している。指揮をしているのはメルシアだ。不機嫌、と顔に書いてある表情を浮かべている。

人型兵器に乗って周囲を警戒している男が、そのメルシアを見ながら通信で同僚達と話している。

「それにしても幾ら隊長が遭難したとはいえ、メルシアさんはこれだけの部隊の準備を、あんな短時間でよく済ませたな。隊長の遭難を前提に、事前に準備でもしてたんじゃねえのって、勘繰りたくなるぐらいだ」

「実際にやってたんじゃねえの？　副隊長はドラゴンリバーのことを、隊長に無茶をさせない為のものだって公言してるからな。隊長にいつ何が起こってもすぐに対応できるように、何も起こらなければ無駄になる準備をずっとしてるんだろう」

「あー、確かにそうかもな。本当に毎回こんな準備をしてたら、大変なんてもんじゃねえ手間が掛かるんだろうけど、メルシアさんならやりかねねえ。愛故にってやつか？　そこまでされるとちょっと怖い気もするな」

「同感だ。……おっ？　反応ありだ」

機体の索敵機器が瓦礫地帯のある場所を自動で注視する。すると次の瞬間、まるで地下で巨大な爆発でも起こったかのように、大量の土砂と瓦礫が舞い上がった。

それを行ったのはオリビアだった。地下トンネルの崩落箇所で痛烈な蹴りを放ち、地上まで繋がる大穴を開けていた。

辺りに漂う粉塵《ふんじん》が治まる前に、その大穴を通ってまずは赤い機体が地上に出る。次にレイナの車両が乗員ごとオリビアに運ばれた。

地面に置かれた車からタツカワが出てくると、メルシアが鋭い表情のまま近付いていく。

同時にメルシアの指示で部隊の半分が大穴を降りて地下トンネルの制圧を開始する。残りの半分はこの場にドラゴンリバーの簡易拠点を構築するのを兼ねて、周囲に防壁などを設置していく。

タツカワは無言で近付いてくる恋人の雰囲気にたじろぎながらも、その場でメルシアを待っていた。車から降りたアキラ達は少し離れた所から二人の様子を見ている。

そしてメルシアは遂にタツカワの前まで来ると、そのまま抱き付いた。小さな声で言う。

「……心配させないで」

「……悪かった」

恋人の、その胸中を絞り出したような声を聞いて、タツカワも言い訳せずにわずかに笑って謝った。

タツカワもメルシアもハンターだ。これで死別になっていても不思議は無かった。そこには、そうならなかったことを本心で喜び合う恋人達の姿があった。

だがそこで、メルシアが口調を不機嫌なものに変える。

「悪いって認めたわね？」

「えっ？」

次の瞬間、タツカワが吹き飛んだ。メルシアによる拳での、零距離からの一撃だ。

もっともタツカワも真面に喰らった訳ではない。即座の反応で防御はしていた。

「……勝手に突出するなって、何度も何度も何度も言ってるでしょ!?　ふざけてんの!?」

即座に距離を詰めての、続け様の一撃。メルシアの長い足がしなってタツカワの頭部に繰り出される。それをタツカワは大きく仰《の》け反《ぞ》って回避した。

「悪かったって！　でもあれは仕方ねーだろ!?　部隊の安全を考えれば、俺が先頭に立つのが一番だったし……！」

「それをやめろって言ってんのよ！　あんたはいつもそうやって……！」

そのまま恋人同士のじゃれ合いというには余りにも高度な技術を用いた攻防が続く。その高速戦闘の中でメルシアはタツカワを叱咤し、タツカワは必死に言い訳しながらメルシアを宥めていた。

　ドラゴンリバーの者達はその間も各自の作業を普通に続けている。誰もタツカワ達を止めようとしない。皆、慣れていた。

　アキラ達はその様子を見て少し呆れたり、面白そうな目を向けたりしていたが、タツカワ達が落ち着くまで待つようなことはしない。まずはシロウがその場から去ろうとする。

「じゃあこれで解散だな。アキラ。後で連絡する。ちゃんと出ろよ？　またな」

　自分のバイクにオリビアと一緒に乗っていたシロウは、アキラにそう言い残すと、オリビアの後ろで迷彩機能を有効にして姿を消した。そしてそのままバイクで出発する。

　坂下重工から脱走中ということもあって目立ちたくないシロウだが、ここは東部の中程の地域だ。荒野をメイド服の者がバイクで走る姿はそれなりに人目を引く。それでも、荒野を走る無人のバイクの隣で、メイドがバイクに乗らずに並走している光景よりはましだった。

　次はアキラとキャロルがその場を去ろうとする。

「俺達も帰る。レイナ。またな」

「ええ。またね」

　アキラ達はそのままキャロルの自宅へ向かった。ミハゾノ街遺跡にキャロルの車が置きっぱなしだが、今から取りに戻る気力は無かった。一度落ちた太陽は既に再び昇っている。まずはゆっくり休んで寝たかった。

　アキラ達を見送ったシオリがレイナに言う。

「レイナ様。我々も急ぎましょう。防壁内であればクロエ様も容易には手を出せないはずです」

「そうね。急ぎましょう。トガミ。久しぶりに会ったところで悪いけど、ちょっと事情があるの。ゆっくり話すのはまた今度ね」

「ああ。またな。それにしても、レイナも戻ってきてすぐにこんな目に遭って大変だったな」

「そうね。でもまあ、アキラがいたんだもの。これぐらいのことが起こっても、不思議は無かったかもしれないわ」

「全くだ」

トガミはレイナと笑い合い、それを別れの挨拶にして、自分のバイクでドランカムの拠点を目指す。これから報告しなければならないことを考えて、どこまで報告して良いものなのかも考えて、走りながら苦笑していた。

レイナ達も車に戻ってこの場から去っていく。車内でレイナが白いカードを取り出して言う。

「シオリ。アキラに協力してもらうとして、どこまで協力してもらうか、そしてその為にはどうすれば良いのか、一度考え直しましょう。このまま元の計画を進めるよりも、多分そっちの方が良いわ」

「畏まりました」

状況は変わった。アキラという要素の重要性は、自分達の計画の中で格段に大きくなった。その認識を合わせたレイナ達は、これからのことを考えながらクガマヤマ都市を目指した。


メルシアの猛攻をさばきながら、タツカワが次々に去っていくアキラ達を見て訴える。

「おいっ！　メルシア！　あいつら帰っちまうぞ!?　何か話さなくて良いのか!?」

「余所見《よそみ》してるなんて余裕ね！　後でちゃんと話すわよ！」

メルシアの一撃が、余所見をしたタツカワの隙に突き刺さる。それは恋人を宥める為にタツカワが敢えて作った隙であり、メルシアもその程度のことは見抜いていた。喰らった方も、繰り出した方も、長年の付き合いによる同意の下で、タツカワが派手に飛ぶ。

そのタツカワ達の様子を、作業中のドラゴンリバーのハンター達は半分呆れた目で見ていた。

「怪獣から逃げてきた後だってのに、隊長は元気だね」

「まあ、無事で何よりさ」

「だな」

何事も無かったように作業が続く。程無くしてこの場にはドラゴンリバーの簡易拠点が構築された。地下トンネルのクズスハラ街遺跡に通じる部分も合わせて占拠された。

◆

キャロルの自宅に戻ったアキラは、寝る前に風呂に入っていた。消し飛んだ自宅の浴室を超える快適な入浴体験が、アキラの疲労を湯に溶かしていく。

顔をふやけさせているアキラを見て、一緒に入っているキャロルが小さな溜め息を吐く。

あれほどの死地からの脱出、その高揚が残っている状態であれば、アキラでもその興奮に流されて異性の体を求めるのではないか。キャロルはそう少し期待していたのだが、湯に魂を溶かしているアキラの目は、キャロルの極上の裸体をその視界に入れても、相変わらず興味を示していなかった。

仕方が無いのでキャロルも意識を切り替えた。アキラと一緒に入浴を楽しむことにする。

「それにしても……、大変だったわね」

「ああ……、全くだ……。第3奥部に入る前に戻っておくんだった。調子に乗ってたな……。キャロル。悪かった」

先が分からない状況での判断だ。結果論ではある。何の問題も無く帰還できた可能性もあった。そもそもアルファもアキラを止めていなかった。

それでもアキラは、自分がキャロルの護衛を引き受けていた以上、あの場で引き返さなかったことを、自分の失態だと判断していた。

キャロルが笑って告げる。

「気にしないで。先に進みたいって言ったのは私だしね。それにアキラはちゃんと私を護ってくれたわ。アキラが謝ることなんか無いわよ」

「……そうか。そう言ってくれると助かる」

死地を一緒に乗り越えた二人は、互いを欠片も非難せずに笑い合った。

そこでキャロルが敢えて少し調子の良い態度で続ける。

「まあ、アキラが、その辺がどうしても気になるっていうのなら、そこは護衛代にたっぷり手心を加える方向で解消してくれると助かるわ」

そして小さく溜め息を吐いて、少し真面目な口調で言う。

「もうぶっちゃけるけど、怪獣から護ってくれた報酬なんて、私の支払能力を完全に超えてるわ。アキラ。本当に悪いけど、本気で払えない。どうする？」

「あー、うん。どうしようか」

アキラが少し考える。要らないとは流石に言えない。アキラにも金が必要だ。新装備の代金もイナベに立て替えてもらったままで返していない。怪獣から護り切った護衛代の相場が幾らになるのかは分からないが、支払えるのであれば支払ってほしいのが本音だった。

「……まあ、あいつのことを忘れてくれれば、護衛代は思いっ切りまけてやるって言ったしな。催促も取り立てもしないから、払えるだけ払ってくれれば良いよ」

「それで良いの？」

「ああ。ただし、護衛依頼は先払いの期限までだ。更新はしない」

「……それだけでも凄く助かるんだし、仕方無いか。分かったわ。アキラ。ありがとね」

キャロルは少しだけ残念そうな表情をしてから、笑顔でアキラに礼を言った。そしてまた調子良く笑う。

「まあそんな大金払うのは無理だっていうのも、オーラムで払うのならって話で、それ以外の支払方法なら私にも支払える自信があるんだけど、どう？この際、試してみない？」

豊満な胸を近付けて身を乗り出してきたキャロルに、アキラがあっさり答える。

「駄目だ」

「つれないわねー」

断られるとは分かっていたが、キャロルは楽しげに笑っていた。

入浴を終えたアキラ達がゆっくり睡眠を取る。大きなベッドの上、裸体に透けそうなほど薄手のシーツを掛けただけのキャロルの隣で、アキラは睡魔を進んで受け入れて眠りに就いた。

◆

日が沈みかけた頃、アキラの横で寝ていたキャロルにヴィオラから通知が届いた。それで目を覚ましたキャロルは、その通知が通常のものではなかったことで、半分寝ていた頭を即座に覚醒させた。そして内容を確認すると、すぐにアキラを起こした。

「アキラ。起きて」

起こされたアキラが返事をしようとする。だがそれよりも早くキャロルが続ける。

「すぐに移動するわ。準備して。説明は準備をしながらよ」

「……分かった」

キャロルの態度と、アルファの表情から、アキラは何も聞かずにすぐに準備を始めた。強化服を着用し、各種の武装やバックパックなどを身に着けていく。キャロルも移動の準備を進めながら、アキラに状況を話していく。

「ヴィオラから通知が届いたわ。今すぐそこから離れろってね。緊急で、これを無視して死んでも責任は取らないって種別のやつで、これを冗談で送ってきたら、私はヴィオラを殺す。そういう取り決めのやつだから危険度の確度は高いはずよ。詳細も一緒に送られてきてるけど、移動してから見ろって書いてあったわ。よし。行きましょう」

そこまで話している間に、アキラ達は準備を済ませていた。そのままキャロルは玄関の方に向かおうとしたが、アキラに止められる。

「キャロル。こっちだ」

アキラが示したのはベランダの方だった。キャロルは頷き、そこからアキラと一緒に外に飛び出した。同時にアルファの運転でアキラのバイクが現れる。アキラ達は迷わずそれに飛び乗り、そのまま宙を駆けていく。

そこに今度はイナベから連絡が入る。

「アキラ！　今どこにいる！」

「イナベか。悪いけど今忙しい……」

「都市にいるならすぐに脱出しろ！　荒野に出て身を隠せ！　よく聞け！　今からお前は賞金首になる！　罪状はウダジマの殺害だ！」

余りに予想外なことを言われた驚きで、アキラが思わず大声を出す。

「はぁ!?　ちょっと待て！　まだ殺してないぞ!?」

都市の幹部をいずれ殺すつもりだったと、キャロルが側にいる状況で口にしてしまったが、今のアキラにそれを気にする余裕は無かった。更に賞金首速報が届く。内容はイナベの話を肯定するものだった。

唖然とするアキラに向けて、イナベが声を荒らげる。

「だろうな！　私もそう思っている！　だがその冤罪が晴れる保証は無い！　防衛隊の一部が既にお前の確保に動いているが、大人しく投降するような真似は絶対にするな！　分かったな！　また連絡する！」

イナベとの通信はそれで切れた。そして入れ替わるように短距離通信が入る。同時にバイクの索敵機器が、後方から高速で接近してくる人型兵器の部隊の反応を捉えた。

「アキラだな？　我々はクガマヤマ都市防衛隊である。お前には都市幹部殺害の容疑が掛かっている。大人しく投降しろ。繰り替えす。我々は……」

「アキラ！　飛ばして！」

そのキャロルの声で、アキラは迷わずにバイクを飛ばす。

アキラ一人であれば迷う必要は無かった。しかし今はキャロルがいる。

防衛隊の狙いは自分なので、キャロルを巻き込まない為に何らかの対処をしたほうが良いか。例えば一度キャロルを降ろして、防衛隊にキャロルは無関係だと訴えた方が良いか。しかし相手はそれでキャロルを無視して自分だけを追うだろうか。どうするかキャロルに聞いた方が良いか。

キャロルが一緒にいることで、アキラにはそういう迷いで動きを乱す恐れがあった。

キャロルはそれを事前に読んで、とにかく飛ばせと、アキラが迷う前に告げていた。そのおかげでアキラは下手に迷わずに済み、余計な思考で動きを鈍らせることも無く、意識を防衛隊から逃げることだけに割り当てることが出来た。

しかしそれだけで逃げ切れる訳でもない。防衛隊の人型兵器の飛行速度はアキラのバイクを超えている。加えてアキラを既に射程に収めている。攻撃しないのは、今はまだ防衛隊の方も事を穏便に済ませたい考えが強いのと、防壁の外とはいえ都市の中で交戦すると周囲の被害が甚大になるからだ。

だがその猶予もアキラ達が荒野に出るまででしかない。相手に投降の意志が無く、周囲の被害を気にする必要も無くなった時点で、武力を以ての確保となる。勿論アキラの方から攻撃すれば、その時点で戦闘開始だ。

アキラもそれを分かっているので、自分から攻撃するような真似はしていない。しかし眼下に広がる景色が明確な荒野になったら攻撃されるのか、それともスラム街の景色になった時点で撃たれるのかは相手次第だと思い、その瞬間に即座に対応できるように集中していた。

そこに今度はシロウから通信が入る。

「ようアキラ！　大変そうだな！　そいつらから逃げたいのなら手伝ってやるぞ？　勿論、貸しにさせてもらうけどな。どうする？」

アキラは賞金首になった今の自分に、シロウが本当に協力するのかどうか一瞬迷った。

罠かもしれないという懸念は完全には拭えない。しかしシロウは、ツバキに自身を友好的に紹介してもらう為に、自分に貸しを作ろうとしている。自分を騙して捕らえてもそれは得られない。それに賞金首の逃走に協力するという行為は、シロウの方にリスクがある分だけ、自分への大きな貸しになる。

だから、罠ではないだろう。アキラはそう判断してシロウに協力を求める。

「……頼んだ！」

「よし。移動ルートを送る。それに沿って進め」

送られてきた移動ルートが、アキラの拡張視界に湾曲した光の線となって表示される。アキラがその空中の線に沿ってバイクを走らせていると、追ってきた人型兵器の部隊は、アキラとは逆方向の荒野へ消えていった。

「シロウ。何やったんだ？」

「あいつらの機体に介入して、アキラがあっちに逃げたようにデータを改竄した。まあすぐにはバレねえよ。今の内に都市から離れてくれ。そのまま指示通りに進めば俺と合流できる。細かい話はその後にしよう。貸しの話も含めてな。じゃあな」

シロウとの通信はそれで切れた。

「……あいつ、何でもありだな」

驚くアキラの後ろで、キャロルが防衛隊との戦闘を回避できたことに安堵の息を吐く。

「そうね。凄いわ。アキラ。今はシロウに言われた通り、急ぎましょう」

「ああ」

アキラ達はそのままクガマヤマ都市から急いで離れていった。

都市から十分に離れた。追っ手の気配も無い。そう判断したアキラは、一度状況を落ち着いて整理する為に、近くの廃墟で休むことにした。バイクから降りて、キャロルと一緒に大きく息を吐く。

「それにしても、一体どうなってるんだか……」

「本当にね。取り敢えず、まずはヴィオラから送られてきた詳細の中身を確認しましょうか」

移動してから見ろ。ヴィオラからそう指示されていたので、見るのを後回しにしていたデータの中身を、アキラ達がようやく確認する。そこにはある映像が含まれていた。それはクズスハラ街遺跡の第2奥部に、見覚えのある怪獣が立っている姿だった。

アキラ達がその映像を怪訝な表情で見ていると、その内容が怪獣の全体像から頭部のアップに変わっていく。そこには怪獣の頭の上でウダジマの胸ぐらを掴んでいるアキラの姿があった。

「何これ……」

その映像を見て、キャロルは思わずそう呟いていた。そのキャロルの横で、アキラは大体の事情を察する。

「またかよ……」

アキラは以前に自分の偽物がそう自称したことで、建国主義者のボスに仕立て上げられたことがあった。そしてそのことを思い出して、非常に嫌そうな表情を浮かべていた。

映像の中のアキラが、ウダジマを掴んだまま大声で言う。

「俺はアキラだ！　以前の建国主義者討伐戦の騒ぎをよく知ってるやつなら、俺のことを知ってるやつもいるだろう！　その時に建国主義者のボスを名乗った俺の偽物が出たことも、知ってるやつはいるかもしれない！」

映像のアキラが、その顔に憎悪を滲ませて続ける。

「でも今回は違う！　今度は本当だ！　俺は建国主義者に寝返った！　言っておくが、俺にはあいつらの理念なんかどうでも良い！　これは復讐《ふくしゅう》だ！」

そこで映像のアキラが、張り上げていた声を落とす。それは激情に耐えているようにも感じられた。

「……俺はあの時に他のハンター達にも狙われた。建国主義者のボスに仕立て上げられた所為でな。その所為で俺は……、大切な友達とも……、殺し合った。……あんな状況だ。それだけなら、仕方が無かったって、自分をごまかすことも出来た。……でも、違った！」

そして再び声を張り上げて、この映像を見る者に見せ付けるようにウダジマを持ち上げる。

「こいつから全部聞いたぞ！　都市の連中、知ってやがった！　襲われた俺が本物だってことも、あれが偽物で、俺が建国主義者のボスじゃないってことをだ！　それを分かっていて、俺を狙うハンター達を止めなかった！　止めなかった理由も聞いたぞ！その方が都合が良かったからだ！　もうあの戦いは、都市の幹部連中の権力争いに利用されていた！　建

国主義者討伐を口実にして、敵対派閥に協力するハンターを殺させていたんだ！」

映像の中でアキラが吼《ほ》える。その胸中を吐き出している。

「あれは……、都市の幹部連中の、ただの権力争いだった。そんな理由で、俺は……、俺は……、ユミナを殺す羽目になった！　許せるか！」

そこには復讐に焦がれる者がいた。憎悪を込めた拳を、それをぶつける相手に、渾身の力で叩き付けようとする者がいた。

「俺がユミナを殺したのはお前らの所為だ！　殺してやる！　全員だ！　こいつが一人目だ！」

映像のアキラがウダジマを放り投げる。そして銃撃した。対モンスター用の銃弾を喰らった体は、一瞬で木っ端微塵に吹き飛んだ。その血肉を浴びながら、映像のアキラが宣言する。

「次はお前らだ！」

映像はそこで終わった。敵対者の血で顔を紅く染めたアキラの姿を映したまま、止まっていた。


映像を見終えたキャロルは、ヴィオラがこれを後で見ろと指示した理由を十分に理解した。こんなものを逃げながら見ていたら、集中を欠くどころではなくなるからだ。そしてアキラをチラッと見て、その余りの様子に固まった。

アキラは能面のような表情を浮かべていた。そこには濃く、暗く、深い、黒い意志が滲んでいた。そして相手をじっと見ていた。

俺がユミナを殺したのは、あいつらの所為だ。

映像の中でそう語る自分に、アキラは色さえ見えそうな殺意を向けていた。

>Episode
008

上 第3奥部

キャラクターステータス
Character Status

アキラの最新ステータス。都市間輸送車両の護衛依頼の報酬に加えて、エルデ撃破による坂下重工からの報酬をハンターランクの上昇にしたことで、ハンターランクは70に到達。新たな強化服HC31R強化服ロスカーデンは、人型兵器並みの性能を有し単体で力場障壁を展開できる他、統合されている情報収集機器の精度も飛び抜けて高い。頑丈で高度な迷彩機能を備えたロングコートとバックパック、斬性エネルギー放出が可能な高性能ブレード等、オプション込みで100億オーラムを超える。

NAME　名前
アキラ

SEX　性別
男

HOMETOWN　出身
東部クガマヤマ都市

JOB　職業
ハンター

HUNTER RANK　階級
RANK 70

EQUIPMENT　装備

WEAPON　武器
RL2複合銃 ×4
黒いブレード ×2

ARMOR　防具
HC31R強化服ロスカーデン

AKIRA

MULTI-FUNCTION GUN

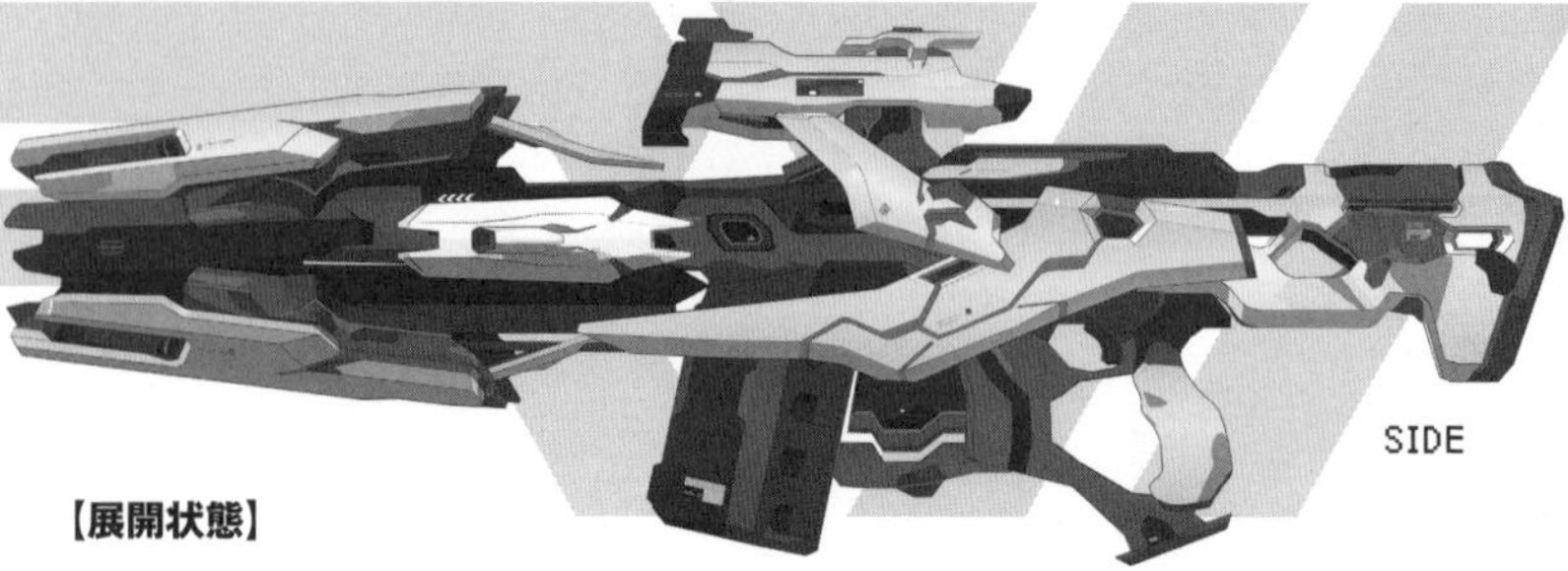

SIDE

【展開状態】

BACK

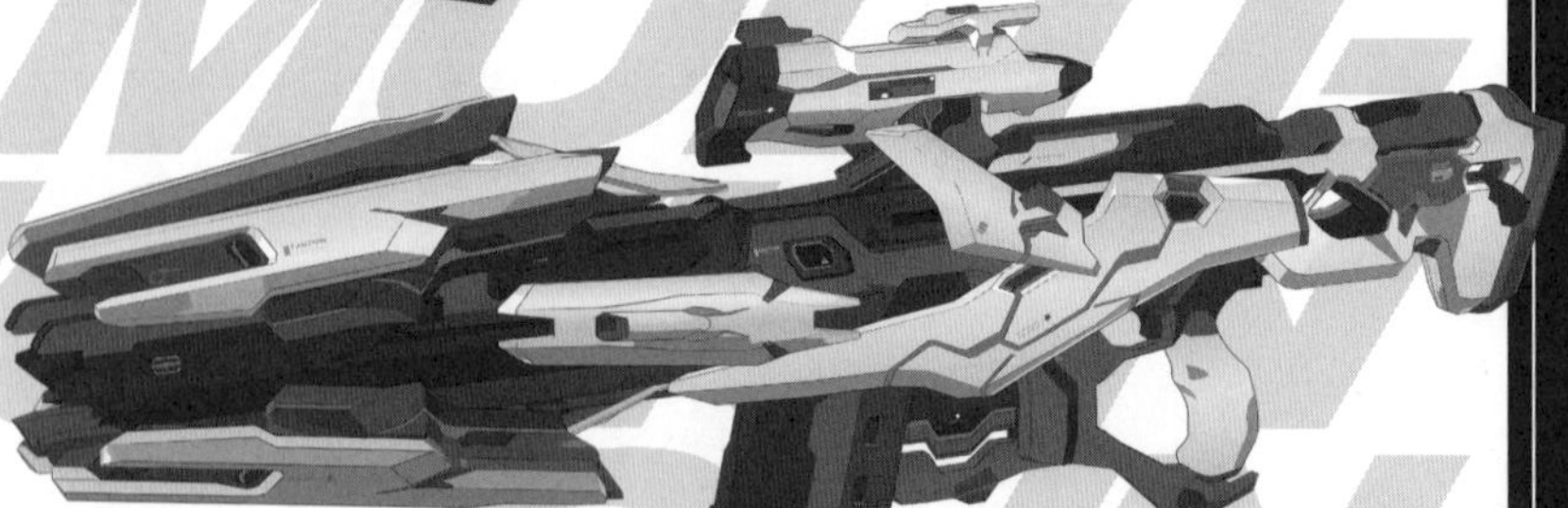

FRONT

RL2

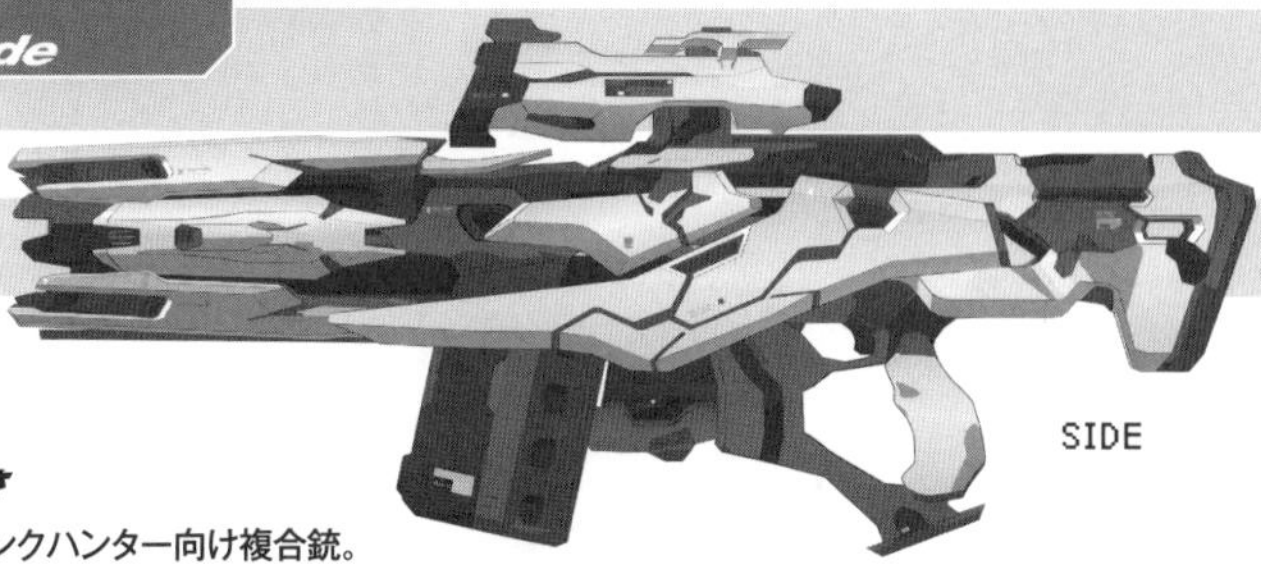

SIDE

RL2複合銃

TOSON製の高ランクハンター向け複合銃。可変機構を有し、一つの銃口で通常弾、C弾(チャージバレット)、小型ミサイル、レーザー、更には対滅弾頭まで使用可能な高級品。1挺20億オーラム。

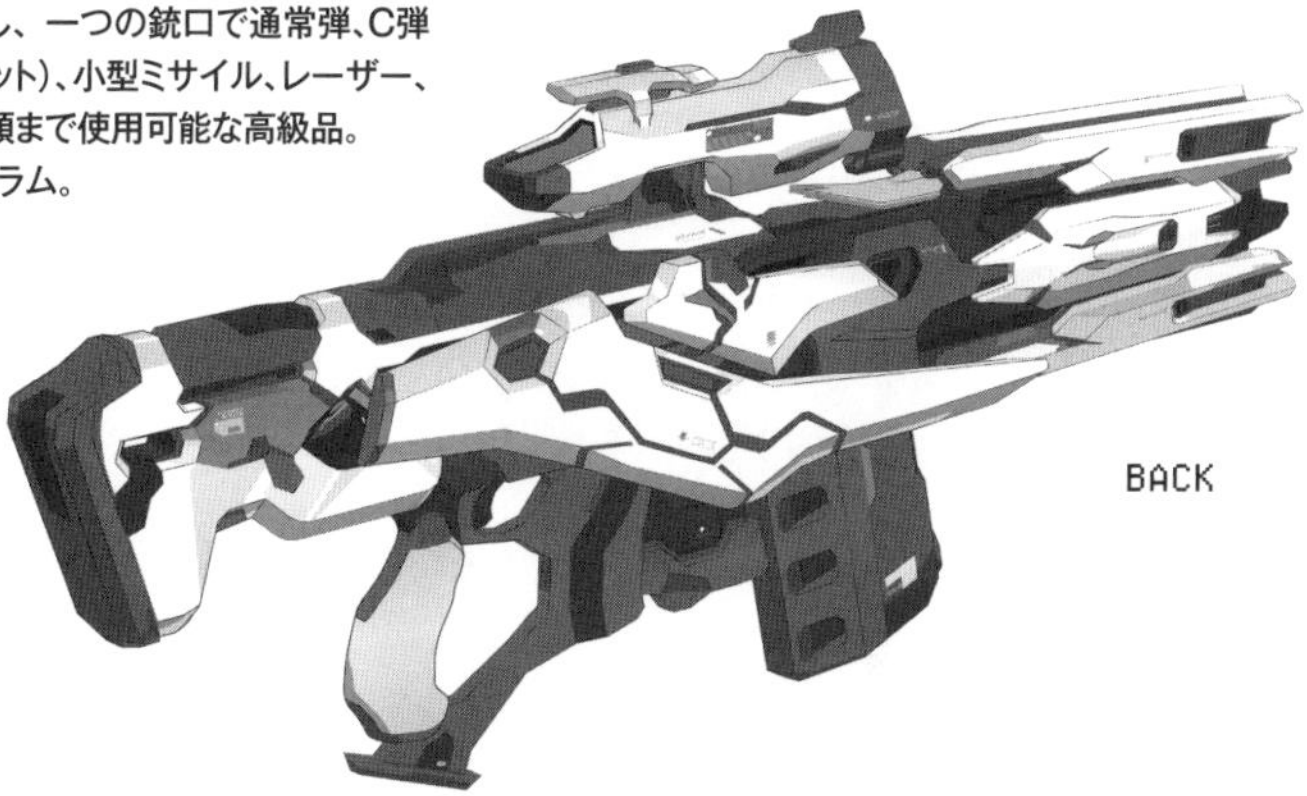

BACK

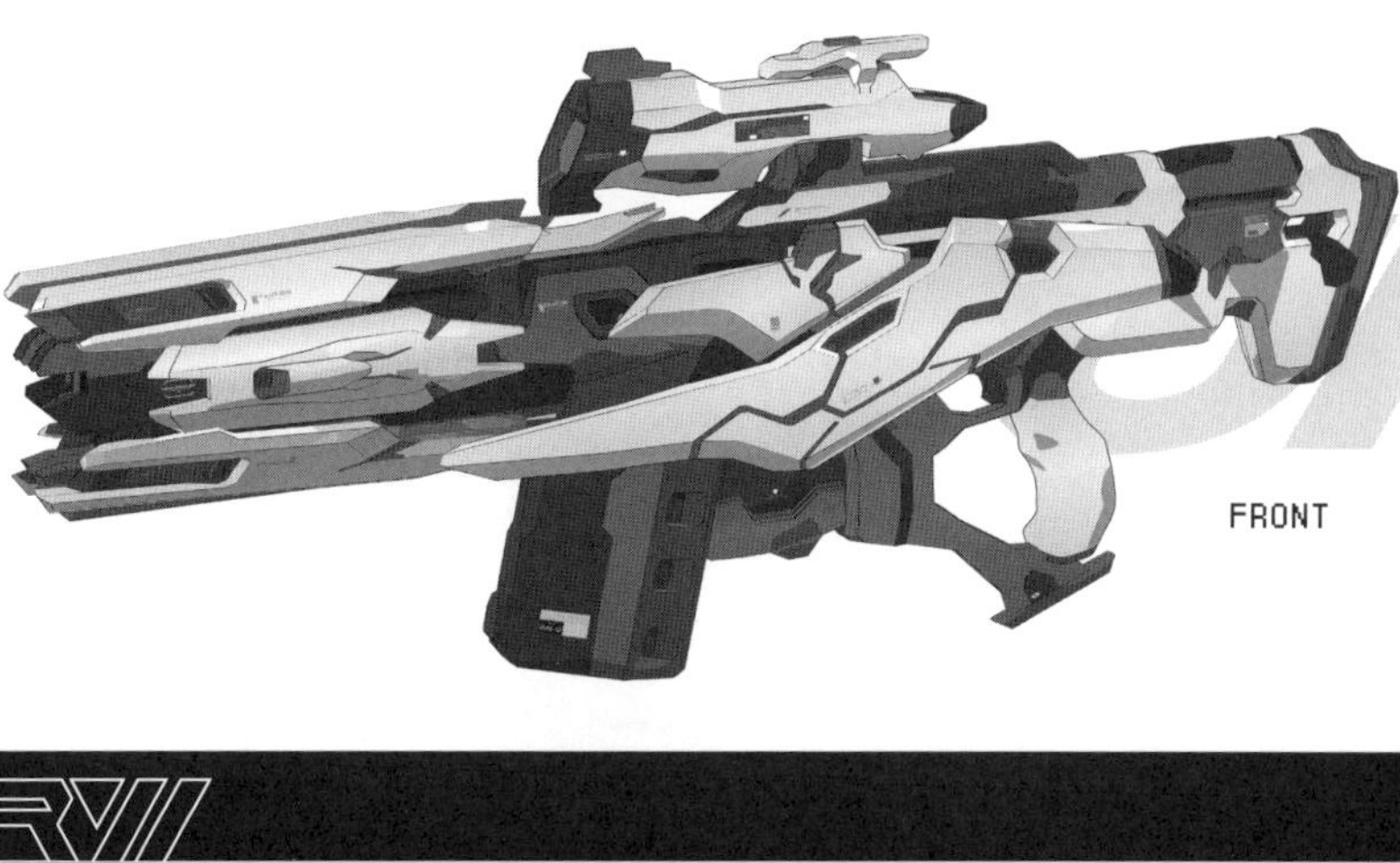

FRONT

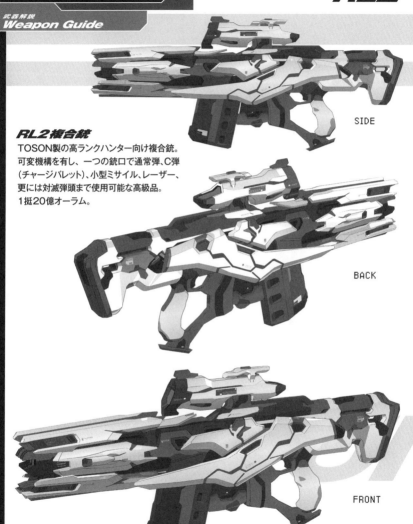

都市幹部殺害の容疑を掛けられ、
賞金首となったアキラの運命は――?
著 ナフセ
イラストレーション 吟
世界観イラスト わいっしゅ
メカニックデザイン cell
電撃の新文芸
リビルドワールド
Rebuild World
NEXT EPISODE >>>
VIII〈下〉
2024年発売予定!!

電撃の新文芸

リビルドワールドⅧ〈上〉

第《だい》3奥部《おうぶ》

著者／ナフセ

イラスト／吟《ぎん》　世界観イラスト／わいっしゅ　メカニックデザイン／cell

2023年7月17日　初版発行

発行者／山下直久
発行／株式会社ＫＡＤＯＫＡＷＡ
〒102-8177　東京都千代田区富士見2-13-3
0570-002-301（ナビダイヤル）
印刷／図書印刷株式会社
製本／図書印刷株式会社

【初出】……………………………………………………………………………………………

本書は、2018年にカクヨムで実施された「電撃《新文芸》スタートアップコンテスト」で《大賞》を受賞した
『リビルドワールド』を加筆、訂正したものです。

ISBN978-4-04-914865-7　C0093　Printed in Japan

ファンレターあて先

〒102-8177
東京都千代田区富士見2-13-3
電撃の新文芸編集部

「ナフセ先生」係
「吟先生」係「わいっしゅ先生」係
「cell先生」係

異修羅Ⅰ

新魔王戦争

全員が最強、全員が英雄、
一人だけが勇者。“本物”を決める
激闘が今、幕を開ける──。

魔王が殺された後の世界。そこには魔王さえも殺しうる修羅達が残った。一目で相手の殺し方を見出す異世界の剣豪、音すら置き去りにする神速の槍兵、伝説の武器を三本の腕で同時に扱う鳥竜の冒険者、一言で全てを実現する全能の詞術士、不可知でありながら即死を司る天使の暗殺者……。ありとあらゆる種族、能力の頂点を極めた修羅達はさらなる強敵を、“本物の勇者”という栄光を求め、新たな闘争の火種を生みだす。

著／珪素
イラスト／クレタ

Unnamed Memory Ⅰ

青き月の魔女と呪われし王

読者を熱狂させ続ける
伝説的webノベル、
ついに待望の書籍化!

「俺の望みはお前を妻にして、子を産んでもらうことだ」
「受け付けられません！」
　永い時を生き、絶大な力で災厄を呼ぶ異端――魔女。強国ファルサスの王太子・オスカーは、幼い頃に受けた『子孫を残せない呪い』を解呪するため、世界最強と名高い魔女・ティナーシャのもとを訪れる。“魔女の塔”の試練を乗り越えて契約者となったオスカーだが、彼が望んだのはティナーシャを妻として迎えることで……。

著／古宮九時
イラスト／chibi

電撃の新文芸

勇者刑に処す
懲罰勇者9004隊刑務記録

世界は、最強の《極悪勇者》どもに託された。絶望を蹴散らす傑作アクションファンタジー！

勇者刑とは、もっとも重大な刑罰である。大罪を犯し勇者刑に処された者は、勇者としての罰を与えられる。罰とは、突如として魔王軍を発生させる魔王現象の最前線で、魔物に殺されようとも蘇生され戦い続けなければならないというもの。数百年戦いを止めぬ狂戦士、史上最悪のコソ泥、自称・国王のテロリスト、成功率ゼロの暗殺者など、全員が性格破綻者で構成される懲罰勇者部隊。彼らのリーダーであり、《女神殺し》の罪で自身も勇者刑に処された元聖騎士団長のザイロ・フォルバーツは、戦の最中に今まで存在を隠されていた《剣の女神》テオリッタと出会い——。二人が契約を交わすとき、絶望に覆われた世界を変える儚くも熾烈な英雄の物語が幕を開ける。

著／ロケット商会
イラスト／めふぃすと

電撃の新文芸